Amalie H

Angie M

Sweet Home I

Amalie Howard ist in den USA eine gefeierte Bestsellerautorin. Neben ihren vielen Romanen für Erwachsene hat sie auch höchst erfolgreiche Jugendbücher geschrieben. Derzeit lebt sie mit ihrem Mann und ihren drei Kindern in Colorado.
Im More Taschenbuch liegen bereits ihre Romane »Das Biest von Beswick« und »Der Retter von Roth« vor.

Angie Morgan schreibt sowohl Kinder- und Jugendbücher als auch Erwachsenenunterhaltung. Sie lebt mit ihrem Mann, ihren drei Töchtern und einer ganzen Schar an Haustieren in New Hampshire.

Schottland, 1828: Seitdem er vor sechs Jahren seine Frau nach Paris hat gehen lassen, hat der heißblütige Niall Stuart Maclaren keine andere Frau mehr begehrt. Der Verlust von Lady Aisla Montgomery hat ihn zu einem harten, unnachgiebigen Mann werden lassen. Daher liegt dem Laird von Tarbendale auch nichts ferner, als Aisla erneut kampflos ziehen zu lassen, nachdem sie plötzlich vor seiner Tür auftaucht und die Scheidung will. Aisla hat genug von der Liebe und all dem Kummer und Elend, die ihr diese eingebracht hat. Sie möchte endlich ihre Freiheit zurückerlangen. Doch dann erklärt Niall, dass er einer Scheidung nur zustimmt, wenn Aisla zuvor für jedes Jahr ihrer Abwesenheit eine Woche bei ihm in Tarben Castle verbringt …

AMALIE HOWARD
ANGIE MORGAN

Sweet Home Highlander

ROMAN

Aus dem Amerikanischen
von Firouzeh Akhavan-Zandjani

more
Immer mit Liebe

Titel der Originalausgabe
Sweet Home Highlander

MIX
Papier | Fördert gute Waldnutzung
FSC® C083411

ISBN 978-3-98751-047-2

More ist eine Marke der Aufbau Verlage GmbH & Co. KG

1. Auflage 2024

www.aufbau-verlage.de
10969 Berlin, Prinzenstraße 85

Umschlaggestaltung Nele Schütz Design
graphische Adaption www.buerosued.de, München
unter Verwendung von AdobeStock/PixelVibe und shutterstock/Book Lover Covers, Matt Tilghman, Lia Koltyrina, Pajor Pawel
Satz Greiner & Reichel, Köln
Druck und Binden CPI books GmbH, Leck, Germany

Printed in Germany

Für Alethea Spiridon –
eine außergewöhnliche Lektorin

Kapitel 1

Schottland, Mai 1828

Die riesige Faust traf Niall Maclaren mit der Wucht eines Rammbocks an der Schläfe und ließ ihn fast zu Boden gehen. Es war ein Wunder, dass er es überhaupt schaffte, sich auf den Beinen zu halten. Aber in dem Fall hätte er auch gleich seine Siebensachen packen und nach England auswandern können.

»Hast du endlich genug?«, frohlockte sein bester Kumpel und engster Nachbar Hamish MacLeod in breitem schottischem Dialekt. »Gibst du auf?«

»Ich gebe auf, wenn Schweine anfangen zu fliegen, du aufgeblasener Wichtigtuer.«

Niall tänzelte auf der Stelle und schüttelte die nassen Haare, sodass Schweißtropfen in alle Richtungen flogen, während er sich wieder seinem Gegner zuwandte. Hamish MacLeod – zumindest die zwei verschwommenen Schemen von ihm – war ein Berg von einem Mann. Ein Berg mit langen, stämmigen Beinen und einem mächtigen linken Haken. Niall hätte es wissen müssen, schließlich hatten sie jahrelang spielerisch miteinander gerungen, um dann, als sie älter wurden, zu ernsthafteren Gegnern im Ring zu werden. Er hätte den Hieb kommen sehen müssen, aber er war abgelenkt gewesen.

Eine dralle Stallmagd war am Rand der Menge aufgetaucht,

und er hatte seine Konzentration und den festen Stand nur für den Bruchteil einer Sekunde verloren. Doch dieser Moment hatte gereicht, um Hamish die Gelegenheit zu geben, einen Treffer zu landen. Die schiere Kraft des Mannes reichte, um einen normalen Kerl niederzustrecken, aber Niall war kein normaler Kerl. Er hatte nicht fast sein ganzes Leben lang bei jedem Wetter, ob Regen, Sonne oder Eiseskälte herrschte, trainiert, um jetzt nicht zu wissen, wie man einen Hieb wegsteckte. Und er war auch nicht bereit, seinen Titel als Champion von Tarbendale, den er nun schon seit drei Jahren in Folge trug, abzugeben. Hamish brauchte schon mehr als einen Glückstreffer, um zu gewinnen.

Faustkämpfe wurden von seinem Vater, Laird Maclaren und Herzog von Dunrannoch, zwar nicht gern gesehen, doch was Niall auf seinem eigenen Land tat, ging nur ihn etwas an. Tarben Castle gehörte ihm, nachdem es ihm von seiner Schwester, Sorcha Montgomery, verkauft worden war, da sie keine Verwendung für das Anwesen hatte, das Teil ihrer Mitgift gewesen war. Weder sie noch ihr Ehemann, der Herzog von Glenross, hatten es gewollt. Sie hatte gesagt, wenn Niall Gewinne erwirtschaften könnte, würde sie es an ihn verkaufen. Das war vor drei Jahren gewesen. Tarbendale gehörte jetzt ihm – zusammen mit den lukrativen Minen, in denen Topase gefördert wurden.

Sein Blick huschte zum Milchmädchen, das ihm ein hübsches Veilchen eingebracht hatte. Bis zum Abendessen würde es voll erblüht sein. Das gesunde schottische Mädchen mit dunklen Locken, vollen Wangen, rosigen Lippen und einem sehr vollen Busen, der nur einen Hauch davon entfernt war, aus dem Mieder zu quellen, erwiderte seinen Blick. Er war zwar nicht bekannt dafür, nach weiblichen Brüsten zu linsen, aber ihre waren wirklich außergewöhnlich. Er hätte schon blind sein müssen, um sie nicht zu bemerken. Und er war auch nicht der Einzige, dem es so ging.

Niall seufzte. Wenn ihn der Anblick eines Busens den Sieg im Kampf gegen Hamish MacLeod kostete, hatte er schon zu lange keine Frau mehr gehabt.

Sein Freund bemerkte den Blick und grinste anzüglich. »Ich sag dir was«, erklärte Hamish mit leiser Stimme. »Werfen wir sie doch mit in den Pott. Zehn Rinder und dann noch ein Kuss von dem Mädchen.«

»Ich habe nicht über sie zu verfügen. Und kein Interesse.«

»Du bist doch der Laird, oder etwa nicht?«

»Nicht die Sorte Laird«, erwiderte Niall finster. Er war tatsächlich ein Laird. Als viertgeborener Sohn und das jüngste von fünf Kindern war es ein Geschenk des Himmels, Herr eigener Ländereien zu sein. Sein ältester Bruder, Ronan, war der Erbe von Maclaren und der Herzogskrone. Dazu gehörten auch zahlreiche Besitztümer, die damit einhergingen. Aber das kleine Tarbendale gehörte nicht zum Fideikommiss und war ganz allein Nialls Besitz.

Hamish grinste. »Eben warst du aber noch an dem Mädchen interessiert, oder? Oder zumindest an Teilen von ihr. Stell dir doch nur vor, dein Gesicht in diese beiden hübschen Kissen zu drücken.«

»Ich hab dir bereits gesagt, dass ich kein Interesse habe«, erwiderte Niall mit einem Hieb, der jedoch ins Leere ging, sodass er etwas aus dem Gleichgewicht geriet.

Hamish, der sich so eine Gelegenheit nicht entgehen ließ, verpasste Nialls ungeschütztem Rumpf einen Schlag. Niall erwiderte den Angriff mit seiner rechten Faust und dem linken Ellbogen, der die Rippen seines Gegners traf. Hamish ächzte und ging tänzelnd auf Abstand. Beide hatten nur Breeches an und waren von der Taille aufwärts nackt. Sie waren von oben bis unten mit Schweiß und Dreck bedeckt. Ein Bad im nahe gelegenen See war angebracht, sobald der Wettkampf zu Ende war.

»Dann schlägt dein Herz also für Fenella?«, fragte Hamish grinsend. »Sie sieht aus, als wollte sie dem armen Mädchen gleich die Hölle heißmachen.«

Niall stieß ein leises Brummen aus, und sein Blick ging zu der Stelle, wo Fenella stand, seine langjährige Freundin, die seit Kurzem auch seine Haushälterin war und das ahnungslose Mädchen finster anstarrte. Sie sah ihn gleich darauf mit ihren dunklen Augen an, machte dann aber kehrt und ging zur Burg zurück. Sie mochte seine Schlägereien, wie sie sie nannte, nicht. Doch Fenella verstand das nicht – Niall brauchte diese Kämpfe. Er brauchte sie, um hässlichere Ding in Schach zu halten. Der runde Stumpf am Handgelenk seines linken Arms, der in einer fest anliegenden Lederhülle steckt, zuckte, als wollte er diese in Erinnerung rufen. Er hatte die Abdeckung selbst entworfen, und es war eine von vielen, die er schon getragen hatte, seit er seine Hand vor mehr als zehn Jahren verloren hatte. Doch der Verlust hatte ihn nie von etwas abgehalten – schon gar nicht von einem Kampf.

Die Menschenmenge war größer geworden, stellte Niall fest, und es waren mehr Frauen dabei, als man bei so einer Darbietung erwarten würde. Seine Lippen verzogen sich zu einem Lächeln, während er sich das schweißnasse Haar aus der Stirn strich. Früher einmal hätte er gedacht, dass sie nur gekommen waren, um den einhändigen Sohn des Herzogs zu sehen. Den Krüppel von Maclaren. Doch angesichts der rosigen Wangen der Frauen, als sie seine glänzende muskulöse Brust und die kräftigen Arme betrachteten, hätte er wetten wollen, dass seine fehlende linke Hand wirklich das Letzte war, woran sie gerade dachten. Befriedigung stieg in ihm auf, wodurch er sich jedoch einen weiteren wohlplatzierten Hieb von Hamish einhandelte, ehe er dem zweiten auswich.

»Glückstreffer«, ächzte er und verpasste Hamishs breitem Kiefer einen wuchtigen Schlag.

»Aye«, sagte der Mann und tänzelte nach vorn, während ihm

der Schweiß in Strömen am Körper herunterlief. »Du scheinst abgelenkt zu sein, mein Freund. Vielleicht solltest du dir 'ne Frau nehmen, um in Ordnung zu bringen, was dich plagt, hm?«

»Du denkst viel zu viel an Frauen«, erwiderte er und unterstrich seine Worte mit einem wuchtigen Haken, um dann flink dem Gegenschlag auszuweichen.

»Und genau das tust du nicht. Schau sie dir doch an«, sagte Hamish und deutete mit einer weit ausholenden Bewegung seines klitschnassen Arms auf die tobende Menge. »Alle wollen dich.«

Nialls Augen wurden schmal, als er diesen gewissen Ausdruck im Gesicht seines Freundes sah, und er merkte, wie er innerlich zu kochen begann. »Hamish«, stieß er warnend hervor.

»Du könntest dir jedes Mädchen nehmen«, fuhr Hamish fort.

»Es reicht.«

»Wenn du nicht noch immer an der einen hängen würdest, die …«

Der rote Nebel, den Niall mühsam versuchte, unter Kontrolle zu behalten, drohte, ihn komplett einzuhüllen. »Ich warne dich, Hamish, halt dein verdammtes Maul.«

Doch der unbedarfte Hamish hörte ihn gar nicht und fuhr gedankenlos fort: »… dich verlassen hat.«

Niall dachte nicht eine Sekunde lang nach, sondern reagierte nur. Er ging mit Faust und Knie gleichzeitig auf seinen Gegner los und ließ die wuchtigen Hiebe in rascher Folge auf Fleisch und Knochen einprasseln. Er wich nach unten und zur Seite aus, während er mit der rechten Faust und dem linken Ellbogen auf Hamish eindrosch, so dass dieser immer weiter zurückwich, bis er fast den Zuschauerring erreichte, der einen Kreis um die Kontrahenten gebildet hatten. Blind vor Wut, ließ er Hamish wanken. Die mächtigen Arme des Mannes hatten den wuchtigen Schlägen, die in den Tiefen der Hölle aus jahrelangem Schmerz und Verrat geschmiedet worden waren, nichts entgegenzusetzen.

»Ich gebe auf, ich gebe auf!«

Es brauchte ein halbes Dutzend Männer, um ihn von Hamish wegzuziehen, bis sein Blutdurst nachließ und er erkannte, dass sein Freund den Kampf in fairer Weise beendet hatte. Alle jubelten, und seine Gefolgsleute sahen ihn voller Stolz an. Er war weiterhin ungeschlagen, doch dieses Wissen erfüllte ihn nicht mit Freude. Er hatte die Kontrolle über sich verloren. Nialls Fähigkeiten im Zweikampf waren bekannt, aber er verlor nie die Kontrolle über sich. Niemals.

Nicht mehr seit …

Verflucht.

Er holte krampfhaft Luft, als Hamish hochkam und einen Mundvoll Blut ausspie. Ein Auge war zugeschwollen, und sein Gesicht sah aus, als wäre eine ganze Herde Kühe darüber hinweggetrampelt. »Das war falsch von mir«, war das Einzige, was er sagte, aber das Mitleid im unverletzten Auge seines Freunds war nicht zu übersehen.

Niall wich taumelnd zurück und keuchte wie ein wildes Tier. Keiner sprach, als er nach einem Wasserschlauch griff und einen großen Schluck nahm. Er reichte Hamish einen zweiten mit Whisky gefüllten Schlauch, und der nahm das stumme Friedensangebot an. Sie drückten sich beide gegenseitig kurz die Arme und begaben sich zu zwei Baumstümpfen am Rande der Lichtung. Immer noch schwer atmend setzten sie sich. Der Kreis der Zuschauer schloss sich wieder, als zwei neue Kämpfer gegeneinander antraten.

»Ich hätte dich fast gehabt«, meinte Hamish mit einem fröhlichen Grinsen.

Niall sah ihn fassungslos an. »Das hast du ja wohl geträumt. Und glaub ja nicht, mir wäre nicht klar, dass du das Mädchen eingeladen hast. Sie sieht wie eine MacLeod aus.«

Hamish besaß den Anstand, ein bisschen verlegen zu wirken.

»Aye, aber noch mal zum Mädel … ich wollte nicht …«

»Vergiss es«, unterbrach Niall ihn.

Aber Hamish hatte noch nie gewusst, wann er den Mund halten sollte. Schon als kleiner Junge war er so gewesen. »Niall, ich weiß, dass du wütend bist«, lispelte er, da seine Lippen immer mehr anschwollen. »Aber meinst du nicht, es wäre langsam an der Zeit, nach vorn zu blicken? Lady Aisla ist jetzt schon seit Jahren weg, und sie wird nicht zurückkommen.«

»Sprich ihren Namen nicht aus«, sagte Niall.

Heißer, stechender Schmerz durchfuhr ihn wie an dem Tag, als seine Frau ihn verlassen hatte. Dieser Schmerz war im Laufe der Zeit nicht weniger geworden, sondern hatte sich sogar verstärkt wie eine schwärende Wunde. Es war seine ganz eigene Hölle. Und er hieß dieses Gefühl willkommen. Er hatte die Wut genutzt, um sich in einen Stein zu verwandeln, sodass er zu einem harten, undurchdringlichen Mann geworden war. Dafür musste er ihr wohl dankbar sein. Sie hatte ein Bürschchen, das noch feucht hinter den Ohren gewesen war, gezwungen, ein Mann zu werden – ein harter, unnachgiebiger Mann.

»Tarbendale braucht eine Herrin«, fuhr Hamish fort, ohne der Gefahr gewahr zu sein, die hinter der ruhigen Fassade seines Freunds schwelte. »Es ist jetzt sechs Jahre her, und hast du in der Zeit auch nur ein Wort von ihr gehört?«

Niall biss die Zähne so fest zusammen, dass sie fast knirschten. Er brauchte Hamish nicht zu sagen, dass dem nicht so war. Der ganze verdammte Clan wusste es.

»Lass endlich ab von ihr«, sagte Hamish. »Such dir eine Braut wie das junge Ding mit den riesigen Brüsten, das dich seit einer halben Stunde mit Kuhaugen angafft.« Seine Stimme wurde leiser. »Das, was du da mit dir herumträgst … es wird dich noch vernichten.«

Nialls geflüsterte Antwort war kaum zu hören. »Es hat mich bereits vernichtet.«

Aber er erhob keine Einwände, als Hamish die dralle Milchmagd und ein paar weitere kichernde Frauen heranwinkte. Er sagte kein Wort, als besagtes Milchmädchen ihren wohlgerundeten Hintern auf seinen Schoß setzte. Hamish lachte und zuckte mit seinen buschigen schwarzen Augenbrauen, als sich noch zwei Frauen an ihn heranwarfen, seine Prellungen streichelten und ihm unanständige Dinge in die Ohren gurrten.

»Du hast gut gekämpft, Laird«, sagte das Mädchen, das auf Nialls Schoß saß, schüchtern.

»Danke. Wie heißt du?«

»Maggie MacLeod.«

Er sah Hamish an und verdrehte die Augen, woraufhin dieser nur ungerührt mit den Schultern zuckte.

Maggie duftete nach warmem Brot, und Niall spürte eine Regung in seiner Brust und nicht zwischen den Beinen, wie man vielleicht gehofft hätte. Es war kein sexuelles Verlangen, das ihn erfasste, sondern der seltsame Wunsch nach Geborgenheit. Er hatte den unbeschreiblichen Drang, seinen Kopf auf den Schoß der Frau zu legen und zur Ruhe zu kommen. Das entsprach wahrscheinlich nicht ihrer Erwartung, doch seine wunderschöne, niederträchtige Ehefrau hatte mehr getan, als ihn nur zurückzuweisen und zu demütigen, als sie gegangen war.

Aisla Maclaren hatte ihm die Lust aus dem Körper gebrannt.

In ihm stieg die Erinnerung an goldglänzendes Haar und halb geschlossene, fast kupferfarbene Augen hoch. Sie saß ganz und gar schamlos rittlings mit dem Gesicht zu ihm auf seinem Schoß. *»O Gott, Niall, hör nicht auf. Ich komme gleich …«*

»Lass dich fallen, Liebste«, keuchte er. *»Ich werde dich auffangen.«*

Und das hatte er getan. Sie hatte die Erlösung in seinen Armen gefunden, und ihr schlanker Körper hatte gezittert, während sie ihn mit einem Ausdruck befriedigten Verlangens in ihren einzigartigen Augen angesehen hatte. Bei all ihren Fehlern war ihre Leidenschaft nie gespielt gewesen.

Das Mädchen auf seinem Schoß lachte über etwas, das Hamish gesagt hatte, und ihr Hinterteil zuckte. Niall blinzelte verwirrt, als sich der Teil seines Körpers, den er längst für tot gehalten hatte, regte. Aber nicht das Mädchen war dafür verantwortlich, sondern die höchst unwillkommenen Gedanken an eine Frau, die für ihn längst tot sein sollte.

Vielleicht würde er es dieses Mal schaffen, seine Ehefrau für immer aus seinen Gedanken zu verbannen, indem er die Erinnerung an kleine, runde Brüste durch einen riesigen, überquellenden Busen ersetzte oder lange, schlanke Schenkel, die ihn umklammerten, durch volle, kräftige Beine, die jeden Stoß abfederten. An die Stelle von kupferfarbenen Augen würden blaue Augen treten, ein anmutig sinnlicher Mund würde durch volle Lippen ersetzt werden und helles Haar durch dunkles.

Niall merkte, wie sein Verlangen schwand, als das Mädchen anfing, heiser zu kichern. Es war sinnlos. Egal, wie sehr er es auch versuchte, egal, wie schön oder willig die Frau war – er konnte sich nicht überwinden, eine andere zu berühren … sie zu begehren.

Vielleicht machte ihn das für jemanden wie Hamish zu einem bedauernswerten Mann. Aber Liebesspiele machten einen Mann weich. Sie machten ihn abhängig.

Und er würde weder das eine noch das andere je wieder zulassen.

Paris, Frankreich, Mai 1828

Die Soiree hätte eigentlich wie jede andere Abendgesellschaft sein sollen. Es wurde die gleiche Musik gespielt, der gleiche Champagner gereicht, und es waren die immer gleichen Gäste, die in helles Pastel und glänzendes Gold gehüllt waren, die Aisla bei jeder

Veranstaltung der feinen Gesellschaft in dieser Saison gesehen hatte. Lady Eugenie Montpierre, die Herzogin von Marchand, hatte sich sehr bemüht, dass ihr alljährlicher Ball nicht nur Pariser Verhältnissen gerecht wurde, sondern diese sogar noch übertraf. Aisla war fest überzeugt davon, dass die beiden Hofnarren, die die Gäste in der Eingangshalle empfangen hatten und von denen einer mit Äpfeln und Orangen jonglierte, während der andere auf Stelzen herumstolzierte, ein Hinweis darauf waren, wie erpicht Lady Montpierre darauf war, etwas Neues darzubieten.

Es waren jedoch nicht die Hofnarren, durch die sich der Ball von allen anderen unterschied.

Nein, dafür war Lord Julien Leclerc verantwortlich.

Aisla blieb mitten in der Quadrille stehen und sah ihren Freund fassungslos an.

»*Dich heiraten?*«, keuchte sie.

Julien ließ ihre Hand los und gab ihr einen kleinen Schubs in Richtung Mademoiselle Cotille, die bereits den Arm ausstreckte, um nach Aislas Hand zu greifen.

»Kling doch nicht so empört«, sagte er mit leiser, amüsierter Stimme, als Aisla nach vorn stolperte. Sie griff nach der Hand der jungen Dame und vollführte die vorgeschriebene halbe Drehung direkt in die Arme von Mademoiselle Cotilles dickbäuchigem Tanzpartner, einem General der französischen Armee.

Himmel, wie sehr sie das Tanzen in Gruppen verabscheute.

Der General wirbelte sie herum und gab sie Julien zurück. »Ich bin nicht empört, du Idiot«, zischte sie mit breitem schottischem Akzent.

»Deine Sprache verrät dich schon wieder.«

»Weil du mich überrascht hast«, erwiderte sie und achtete darauf, sich jetzt deutlich artikuliert auszudrücken.

Julien lachte leise, als er sie wieder an Mademoiselle Cotille weitergab. Doch nur wenige Augenblicke später stellten sie sich an den Rand und warteten darauf, dass die anderen beiden Paare die vorgeschriebenen Figuren tanzten.

»Warum bittest du mich überhaupt, dich zu heiraten?«, fragte sie und achtete darauf, nicht zu laut zu sprechen. Julien war einer der begehrtesten Junggesellen von Paris, so dass die Augen und Ohren zahlreicher Frauen – Debütantinnen, Witwen und Mütter, die nach einer passenden Partie für ihre Töchter Ausschau hielten – in diesem Moment auf ihn ausgerichtet waren.

»Warum sollte ich dich denn nicht bitten?«, fragte er zurück. Seine Hand lag hinter seinem geraden Rücken, und das Kinn war hoch erhoben, während er die Tänzer beobachtete.

Doch Aisla konnte den Blick nicht von seinem schmalen, aristokratischen Profil losreißen. Sie kannte Julien fast die ganzen sechs Jahre, die sie jetzt schon in Frankreich lebte, und obwohl sie enge Freunde geworden waren, hatten sie nie mit dem Gedanken gespielt, dass vielleicht mehr daraus werden könnte. So hübsch er auch aussehen mochte mit seinen glänzenden blonden Haaren, die sich in absurd schönen Locken an seinen Ohren wellten, und den atemberaubenden Augen, die an Edelsteine erinnerten, hatte Aisla doch nie diesen Funken gespürt. Diesen Moment, in dem in ihrer Brust und ihrem Bauch ein Feuer entzündet wurde. Das war ein Gefühl, das sie schon sehr lange nicht mehr gespürt hatte.

»Weil du mich nicht liebst«, sagte sie.

»Ach, meine arme provinzielle schottische Rose«, murmelte er.

Aisla musste sich sehr beherrschen, ihm keinen finsteren Blick zuzuwerfen. »Sei nicht so ein Mistkerl.«

»Ich nehme es zurück. Du bist eher wie eine stachelige Distel.«

Sie musste ein Lächeln unterdrücken. Das war Julien … nie konnte er ernst sein. Selbst wenn er es versuchte, wollte dieser verschmitzte Zug um seine Lippen nicht weichen. Das machte einen Teil seines Charmes aus, gehörte aber auch zu seiner Schutzmaske.

Nie sah einer den wahren Julien Leclerc hinter dem Lächeln und den schlagfertigen Bemerkungen. Nicht einmal sie.

»Sag die Wahrheit, Jules.«

Doch ehe er antworten konnte, mussten sie schon wieder auf die Tanzfläche treten. Während Aisla sich drehte und immer wieder die Tanzpartner wechselte, suchte sie jedes Mal Juliens Blick. Jedes Mal zog er dann eine Augenbraue hoch und verzog das Gesicht zu einer lustigen Grimasse. Als der Tanz endlich zu Ende war und die vier Paare sich voreinander verbeugten und knicksten, stand Aisla kurz davor, vor Neugier zu platzen – ohne auch nur im Geringsten aufgeregt zu sein.

»Gehen wir auf die Terrasse, *chérie*«, flüsterte Julien ihr ins Ohr, während er zwei schmale, mit Champagner gefüllte Gläser vom Tablett eines vorbeigehenden Lakaien nahm.

Während sie den stickigen Ballsaal verließen und sich auf die Terrasse begaben, nahm Aisla einen großen Schluck aus ihrem Glas – und verzog das Gesicht. Sie trank dieses Zeug jetzt schon seit Jahren, konnte die Süße und das Sprudeln des Champagners aber immer noch nicht ab. Sie sehnte sich nach dem Ale, das sie von zu Hause auf Montgomery kannte. Doch hier in Paris gab es nur Wein, Champagner oder Sherry für die Damen. Also hatte sie gelernt, das zu trinken, was die feinen Damen der Gesellschaft zu sich nahmen. Sie hatte auch gelernt, wie eine feine Dame zu sprechen, obwohl ihr schottischer Zungenschlag dazu neigte, zurückzukehren, wenn sie überrascht wurde, wie Julien gerade festgestellt hatte. Und sein lässiger Antrag hatte sie tatsächlich überrascht.

Julien führte sie zur Steinbalustrade, so dass sie nicht ganz so dicht neben den anderen Gästen standen, die draußen herumschlenderten, und Aisla spürte, wie sein Bedürfnis, zu scherzen und seinen Charme spielen zu lassen, schwand.

»Es ist an der Zeit, dass ich heirate«, fing er an. »Ich bin fast dreißig, und *Maman* möchte es erledigt haben. Du weißt, dass ich ihr nichts abschlagen kann.«

Aisla spürte, wie sich ihre Schultern entspannten. Das war es also – darum ging es ihm in Wahrheit. Juliens Mutter, Lady Haverille, war der Warterei, dass ihr einziges Kind heiratete, überdrüssig geworden. Und ja, Aisla wusste, dass er Schwierigkeiten hatte, seiner reizenden Mutter irgendetwas abzuschlagen. Lady Haverille war eine besondere Frau, die Aisla über die Maßen bewunderte. Es erklärte aber immer noch nicht, warum er sich ausgerechnet für sie entschieden hatte. Sie hatte ihm und auch keinem anderen Mann jemals zu verstehen gegeben, dass sie auch nur ansatzweise Interesse an einer Ehe hätte.

Aus einem sehr guten Grund.

»Gott sei Dank«, sagte sie, geriet aber doch leicht in Panik. »Vielleicht können wir jemand anders für dich finden. Eine von den Debütantinnen vielleicht.«

Er verschluckte sich fast, nachdem er gerade einen Schluck Champagner genommen hatte. Julien hustete kurz und stellte sein Glas auf die breite Brüstung der Balustrade. »Du weißt, dass ich nicht für eine Debütantin geschaffen bin. Wir passen viel besser zusammen, und ich muss gestehen, dass ich mich dir mittlerweile sehr verbunden fühle. Außerdem ist mir nicht entgangen, dass du die letzten Jahre völlig ungebunden geblieben bist.«

Julien hatte recht. Am Anfang, als sie nach Paris zu ihrer Tante gezogen war, hatte man ihr viele Angebote gemacht. Und als sie jedem Freier immer sofort den Rücken gekehrt hatte, war sie zu einer skandalumwitterten Gestalt geworden, über die sofort getuschelt wurde, wo sie auch auftauchte. Doch im Verlauf der Jahre hatte sich Aislas Ruf geändert. Sie wurde nicht mehr als skandalös betrachtet, aber die Anträge blieben auch aus. Mittlerweile schien es keinen mehr zu interessieren, dass sie eine alte Jungfer war.

Ach, wenn die Leute wüssten …

»Julien«, sagte sie und merkte, dass sich ihr Magen unangenehm zusammenzog. »Ich kann dich nicht heiraten.«

Sie wusste, dass seine Gefühle durch ihre Abfuhr nicht verletzt wurden – nur seine Pläne erfuhren einen Rückschlag. Trotzdem wünschte sie sich, es nicht tun zu müssen.

»Wir könnten einfach nur Freunde sein«, sagte er schnell. »Verheiratete Freunde. Um ganz ehrlich zu sein, Aisla, ich habe hier oder sonst wo keine Frau gesehen, mit der ich mir vorstellen könnte, den Rest meines Lebens zu verbringen. Außer mit dir.«

Aisla spürte, wie ihre Wangen warm wurden, und sie zuckte zusammen, als sie merkte, dass sie errötete. Sie war seit Ewigkeiten nicht mehr errötet. »Du verstehst es nicht«, sagte sie und legte die Hände nervös ineinander.

»Was gibt es da zu verstehen?« Er stützte sich mit einem Ellbogen auf der Balustrade ab und neigte sich in ihre Richtung. »Ich brauche eine Ehefrau, und ich würde es vorziehen, wenn sie eine Freundin wäre. Wir kommen doch gut miteinander aus, oder nicht?«

»Natürlich tun wir das. Sogar sehr gut, aber …«

»Findest du mich attraktiv?«, fragte er.

Aisla riss die Augen auf und vergaß, was sie hatte sagen wollen.

»Denn ich finde dich sehr hübsch, und es würde … zumindest mir überhaupt nicht schwerfallen, einen … Erben zu zeugen.«

»Jules!«

Er lachte über ihre entsetzte Miene. »Na gut, wenn es dir schwerfallen sollte, habe ich ja noch haufenweise Cousins in England, von denen einer schon geeignet sein wird, mein Vermögen zu erben. Wir können es aber auch deiner Familie geben oder einem Kloster spenden. Das ist mir ganz egal.«

In seinen letzten Worten schwang leichte Verbitterung mit. Er nahm ihre Hände, die immer noch fest ineinander lagen, und löste ihre Finger, um seine dazwischenzuschieben. »Ich habe sehr gründlich über alles nachgedacht und möchte, dass du meine Frau wirst. Glaub mir – es wäre gesellschaftlich gesehen die perfekte Vernunftehe, die aber noch ein großer Spaß wäre, so dass wir mit unserem Los und miteinander zufrieden sein werden.«

Aisla sah ihn an und spürte die Wärme seiner Hände durch die Handschuhe hindurch. Sie atmete tief ein. Zum ersten Mal seit sechs Jahren hielt sie die ablehnenden Worte zurück, die sonst immer reflexartig bei einem Antrag über ihre Lippen gekommen waren. Erstaunt stellte sie fest, dass sie sich die Zukunft, die Julien ihr bot, vorstellen konnte: eine zufriedene Ehe zwischen Freunden. Lust und Liebe und all die turbulenten und katastrophalen Folgen, die mit diesen Empfindungen einhergingen, würden bei ihrer Verbindung nie eine Rolle spielen. Nicht mit Julien. Sie könnte eine Zukunft haben – die für sie mit einem Mindestmaß an echter Freiheit einherginge und sich wohltuend von dem unterschiede, was sie die letzten sechs Jahre nur gespielt hatte.

Denn es war eine Tatsache, dass ihre *Freiheit* jede Minute enden konnte.

Julien war tatsächlich ihr bester Freund. Aisla konnte sich gar nicht mehr recht daran erinnern, wie sie zu so guten Freunden geworden waren. Ihre Tante, Lady Griselda Sinclair, die jüngere Schwester ihrer Mutter, die einen Franzosen geheiratet hatte, war mit ihr zu einem ebensolchen Ball wie heute gegangen und hatte ihr dort Julien vorgestellt. Sie hatten sich auf Anhieb verstanden. Er hatte ihren schottischen Akzent gemocht und sie seinen selbstironischen Humor. Außerdem hatte ihr gefallen, dass er nie wie ihre anderen glücklosen Verehrer um sie gebuhlt hatte. Es war eher so gewesen, dass er sich über all die Grafen, Herzöge und Viscounts amüsiert hatte, die ihr ständig den Hof machten, nur um abgewiesen zu werden. Nie wäre sie auf die Idee gekommen, dass er einmal vor ihr stehen und um ihre Hand anhalten könnte.

Er sah sie mit gerunzelter Stirn an. »Du denkst zu viel darüber nach.«

»Es ist nur …«, fing sie an, obwohl sie immer noch durcheinander war von den seltsamen Gedanken, die ihr durch den Kopf gingen; denn plötzlich hatte sie das Gefühl, dass es sich letzten Endes doch als Segen erweisen würde.

Sie hatte sich so sehr an die Vorstellung gewöhnt, einsam und allein alt zu werden. Es war so lange dem vorzuziehen gewesen, was sie als die einzige Alternative gesehen hatte: eine Rückkehr nach Schottland, zurück in ein Leben, das sie hinter sich gelassen hatte. Aber selbst nach all den Jahren, die sie nun schon in Paris lebte, konnte Aisla das Bewusstsein, dass sie weglief, nicht verdrängen. Sie versteckte sich. Plötzlich fühlte sie sich davon erschöpft. Vielleicht könnte das, was Julien vorschlug, das beheben.

»Es ist nur was?«, hakte er nach und drückte ihre Finger.

Sie schob den ernüchternden Gedanken, dass sie den einzigen Mann, den sie je geliebt hatte, damit aus ihrem Herzen vertreiben – für immer vertreiben – würde, von sich.

Aisla rief sich zur Raison. Sie brauchte keine Liebe – die hatte ihr nur Kummer und Elend eingebracht. Sie brauchte inneren Frieden. »Na gut. Ich werde es mir überlegen.«

Juliens Grinsen verschwand. An seine Stelle trat ein breites und strahlendes Siegerlächeln. »Hast du gerade Ja gesagt?«

Aisla biss sich auf die Unterlippe und schüttelte den Kopf. »Nicht richtig. Zuerst gibt es noch etwas, das ich dir sagen muss. Es ist wichtig und ein bisschen kompliziert. Außerdem könnte es die gute Meinung, die du von mir hast, ins Gegenteil verkehren. Vielleicht wirst du deinen Antrag sogar wieder zurückziehen wollen.«

»Jetzt bin ich aber gespannt, du kleine Hexe.« Julien lächelte verrucht und zog ihre Hände an seine Lippen, um jeweils einen Kuss auf den Handrücken zu drücken. »Hast du etwa einen heimlichen Liebhaber, von dem ich nichts weiß? Eine finstere, erotische Vergangenheit voll skandalöser Geheimnisse?«

»Mach keine Scherze darüber, Jules.« Sie entzog ihm ihre Hände. »Es ist viel schlimmer.«

Er zog eine goldene Augenbraue hoch. »Was kann denn schlimmer sein als eine skandalöse erotische Vergangenheit?«

Aisla holte tief Luft, um ihm zu sagen, was sie seit ihrer Flucht aus Schottland verheimlicht hatte. »Die Sache ist die … ich habe bereits einen Ehemann.«

Kapitel 2

Aisla schlenderte mit Julien durch die reizende Gartenanlage des Parc Monceau in Paris und versuchte die unverhüllt neugieren Blicke, die er in ihre Richtung warf, zu ignorieren. Sie hatte ihn seit ihrer schockierenden Enthüllung, dass sie eine verheiratete Frau war, nicht mehr gesehen. Er hatte sie zwar gedrängt, mehr Informationen preiszugeben, doch ein Geheimnis zu offenbaren, das sie mehr als sechs Jahre für sich behalten hatte, ließ sie scheuer werden als ein Pferd, das von Schlangen umgeben war. Den Ball hatte sie bald darauf verlassen, indem sie einen Migräneanfall vorgeschützt hatte.

Aber Julien war keiner, der sich so leicht beirren ließ, und hatte drei Tage lang immer wieder bei ihr vorgesprochen, bis sie schließlich eingewilligt hatte, ihn auf einem Spaziergang zu begleiten. Allerdings hatte er sie mit unlauteren Mitteln dazu gebracht. Sie hatte gehört, wie Julien ihrer armen Tante in der Eingangshalle lauthals erklärt hatte, er wolle sich selbst davon überzeugen, ob es Aisla schlecht ginge. Daraufhin hatte sie beschlossen, es nicht zu einer skandalösen Szene kommen zu lassen, bei der ein unverheirateter Gentleman in ihr Schlafzimmer gestürmt kam. Es gab schlimmere Skandale, über die sie sich Gedanken machen musste, wie zum Beispiel, dass sie verheiratet war und es einen Ehemann gab, den sie in Schottland zurückgelassen hatte.

»*Chérie*, du kannst nicht so ein Geständnis machen und dann erwarten, dass man dir keine Fragen stellt«, sagte Julien, nachdem sie eine Weile die Wege entlanggeschlendert waren und schließlich bei einer Bank anhielten, von der aus man einen schönen Blick auf einen sehr hübschen Springbrunnen hatte.

»Ich weiß«, erwiderte sie. »Ich habe aber wohl gehofft, dass du sie nicht stellen würdest.«

Er warf ihr einen fröhlichen Blick zu. »Vergiss es. Aber du hattest recht. Das ist viel gewagter als eine finstere erotische Vergangenheit – aber du hast mein abgestumpftes Interesse geweckt. Wer ist dieser Ehemann, und wo hast du ihn versteckt?«

»Schottland.«

Er stieß einen Pfiff aus. »Ein Schotte also – ausgerechnet.«

»Ich bin auch Schottin, du Tropf.«

»Daher der charmante Zungenschlag. Dann hat also das kleine schottische Mädchen den strammen schottischen Burschen geheiratet. Und was ist dann passiert?«

Aisla schob die Lippen vor. »Müssen wir das wirklich alles besprechen?«

»Es ist wie eine ausgekugelte Schulter, *chérie*. Am besten man renkt sie schnell wieder ein.«

»Niall hatte kein bisschen von einer ausgekugelten Schulter«, brummte sie. »Er war eher wie eine schwärende Wunde.«

»Das hört sich schlimm an.«

»Das war es.«

Aisla schluckte. Es führte kein Weg daran vorbei, erklären zu müssen, was passiert war. Sie hatte getan, was notwendig gewesen war, um zu überleben. Sie hatte alles getan, um den Mann zu vergessen, der ihr das Herz gebrochen hatte. Den Mann, den sie aus reinem Selbsterhaltungstrieb verlassen hatte. Und jetzt war sie dabei, Erinnerungen hervorzuholen, die aus gutem Grund begraben worden waren. Aber vielleicht war es an der Zeit für einen Neubeginn.

Aisla legte die Hände im Schoß zusammen und sah zu den Enten, die im Becken des Springbrunnens planschten. »Ich lernte ihn kennen, als wir fünfzehn waren«, fing sie an. »Du erinnerst dich daran, dass ich erzählt hatte, mein Halbbruder wäre zurückgekehrt, um den ihm zustehenden Platz als Herzog von Glenross einzunehmen?«

Julien kniff die Augen zusammen, und seine Stirn legte sich in Falten. »Brandt Pierce, der Stallmeister von Essex, wurde zum Herzog, wenn ich mich recht erinnere.«

»Ja, genau, meine Schwägerin, Sorcha, lud ihre Familie nach Montgomery ein, nachdem mein Bruder wieder zu seinem Recht gekommen war. Das war die Zeit, als ich Niall kennenlernte. Ich war die meiste Zeit sehr behütet aufgewachsen, musst du wissen. Mein Vater hatte geplant, die Familie durch meine Heirat mit dem Buchanan-Clan zu verbinden, und deshalb waren keine anderen Verehrer außer Dougal Buchanan vorgesehen. Niall war der erste Junge, den ich neben meinen Brüdern und Männern aus dem Clan kennenlernte, der Interesse an mir zeigte.«

»Und du? Gefiel er dir?«

Aisla hielt inne und durchforstete die Erinnerungen, die jetzt alle wieder zurückkamen. Nialls strahlend blaue Augen. Sein Lächeln. Die geraunten Worte der Zuneigung. Sie hatte sich fast sofort in ihn verliebt.

»Ich bewunderte ihn«, sagte sie leise. »Wir sind durchgebrannt. Wir waren beide achtzehn, als wir nach Inverness gingen und geheiratet haben.«

»Ihr seid durchgebrannt?«

Sie errötete. »Ich wurde schwanger.«

»Ungezogene Aisla«, sagte er mit einem Lächeln, und Aisla wusste, dass er nur versuchte, die Situation mit seiner fröhlichen Art zu entschärfen. »Dann hattet ihr das Ehegelübde also nicht abwarten können?«

»Ich war verliebt und Niall sehr überzeugend«, sagte sie, während hitzige Erinnerungen wie ein Schwarm Bienen über sie herfielen.

Ihr erstes Mal hatte sich in ihr Gehirn eingebrannt. Sie hatte sich Niall bereitwillig hingegeben und es kein einziges Mal bereut. Es war ein Moment voller Magie gewesen. Vollkommen. Sie hatte ihn so sehr begehrt und er sie. Bei seinem letzten Besuch auf Montgomery waren sie zu einer leer stehenden Bauernkate geeilt, und dort hatte er ihr seine Absichten unterbreitet.

»Ich will mit dir zusammen sein, Aisla«, hatte er geflüstert und ihre Schläfen und ihren Nacken geküsst, sodass sie vor Verlangen halb wahnsinnig wurde. »Ich will dich zu meiner Frau machen. Ich liebe dich.«

»Ich liebe dich auch, Niall.«

Nach zwei Jahren gestohlener Küsse und hektischer Berührungen hatte sie ihn unbedingt gewollt. Es war unbeschreiblich gewesen, wie er sie angesehen, sie mit seinen strahlenden Augen förmlich verschlungen hatte, während sie gegenseitig an ihrer Kleidung zerrten. Sie war errötet und hatte ein Keuchen nicht zurückhalten können, als er sein Hemd und gleich darauf auch die Hose abgestreift hatte. Die Liebe ihres Lebens war nicht schüchtern und brauchte es auch nicht zu sein. Mit gierig forschendem Blick hatte sie ihn angesehen, hatte die muskulöse Brust und die kräftigen, schlanken Beine verschlungen. Aisla war dagegen schüchtern gewesen, aber seine Geduld unendlich, während er sie dazu brachte, jedes Kleidungsstück abzulegen – ihr Kleid, das Mieder, die Schuhe, Strümpfe und Strumpfbänder und schließlich ihr Hemdchen.

»Du bist das Schönste, was ich je gesehen habe«, hatte er ihr mit rauer Stimme erklärt, als sie schließlich nackt vor ihm stand. Er hatte seine Unterwäsche abgestreift, und die Temperatur in der kleinen Kate war plötzlich in die Höhe geschossen. Allmächtiger, sie hatte noch nie etwas Prächtigeres gesehen.

»Genau wie du.«

Und das stimmte. Es hatte kurz geschmerzt, als er ihr Jungfernhäutchen durchstieß, doch das unangenehme Gefühl war gleich darauf von einer brennenden Leidenschaft abgelöst worden, die ihre Knochen zum Schmelzen und ihren Verstand ausgeschaltet hatte. Niall hatte sie zu den Sternen mitgenommen und wieder zurückgebracht.

Kurz danach hatte ihr Monatsblut ausgesetzt.

Aisla warf Julien, der geduldig wartete, dass sie fortfuhr, einen Seitenblick zu. »Wir dachten, unsere Eltern würden uns für zu jung halten, und meine Brüder hätten den Mann, der mich entjungfert und entehrt hatte, liebend gern umgebracht. Keiner von uns wollte, dass unser Baby außerehelich geboren wurde. Deshalb begaben wir uns heimlich nach Inverness und kehrten als Mann und Frau nach Montgomery zurück. Meine Mutter war alles andere als erfreut darüber, und Nialls Schwester, Sorcha, ebenso wenig. Aber ich war verliebt und wollte bis ans Ende meines Lebens mit Niall zusammenbleiben.«

»Das hört sich an wie im Märchen.«

»Zuerst mag es das auch gewesen sein, oder vielleicht war ich auch nur ein naives, dummes Mädchen, das einen rosa Schleier vor den Augen hatte und blind für die Wirklichkeit war«, meinte sie mit einem traurigen Lächeln, während sie nach unten auf ihre Hand schaute und die Finger zur Faust ballte. »Weißt du … Niall hatte seine linke Hand bei einem grausamen Gewaltakt verloren, aber er war trotzdem so tapfer und schön und ließ sich vom Leben nicht einschüchtern. Ich konnte sehen, dass der Schmerz über das, was er durchgemacht hatte, immer noch tief in ihm war. Und vielleicht war es töricht, aber ich dachte, meine Liebe könnte ihn diesen Schmerz vergessen lassen. Aber als wir nach Maclaren zurückkehrten, änderte sich alles.«

»Er ist ein Krüppel?«, fragte Julien.

Sie zuckte zusammen. »Keiner, der Niall kennt, würde ihn je so nennen«, erklärte sie mit einem spröden Lachen. »Der Marquis von Malvern hatte ihm, als er noch ein Kind war, die Hand abgehackt, um etwas zu beweisen. Auge um Auge hatte er gefordert – als Bestrafung für ein Feuer, das Nialls zwei ältere Brüder gelegt hatten und wodurch Malverns Verwalter verletzt worden war. Damals waren die Maclarens praktisch seine Leibeigenen, ehe sie ihre Ländereien von König George zurückbekamen.«

»Ich habe von Malvern gehört«, sagte Julien. »Ein erbärmlicher Mann, der es in jeder Hinsicht verdient hatte, in Newgate zu enden. Allein die Vorstellung, einem Kind so etwas anzutun.«

»Es war weit mehr als nur grausam, aber alles, was Niall später tat, geschah trotz dieser verlorenen Hand. Er kämpfte härter, arbeitete länger und gab alles, um zu beweisen, dass er ebenbürtig war.« Sie fuhr sich mit der Zunge über die Lippen und schob die Finger ineinander, während ihre Stimme noch leiser wurde. »Aber es war nicht genug. Es war nie genug. *Ich* war nicht genug.«

Julien streckte seine große Hand aus, legte sie auf ihre und drückte sie tröstend. »Wie das?«

»Trotz meiner Freude, seine Ehefrau zu sein, vermisste ich meine Mutter ganz furchtbar. Ach, der Herzog und die Herzogin von Dunrannoch hatten mich schon herzlich aufgenommen, aber auch sie zeigten sich enttäuscht von unserer überstürzten Heirat. Aber es war mein Ehemann, den ich am meisten vermisste. Niall ... veränderte sich. Das tat ich wohl auch. Ich hatte nicht damit gerechnet, dass ich die ganze Zeit so weinerlich sein würde, aber meine Zofe erklärte mir, dass das bei einer Schwangerschaft immer so wäre.«

Sie zuckte die Achseln und versuchte, die Tränen zu unterdrücken, die bei dem Gedanken an das Kind, das einmal in ihrem Bauch gewesen und durch Leere ersetzt worden war, plötzlich in ihren Augen brannten. Dieser Schmerz kam für sie überraschend, und sie keuchte, wobei sie sich beinahe krümmte.

»*Chérie*«, sagte Julien besorgt. »Geht es dir gut?«

Aisla nahm all ihre Kraft zusammen und nickte. »Ja, ich habe Jahre nicht mehr so viel daran – oder an ihn – gedacht.« Sie hatte es einfach nicht zugelassen. Es war die einzige Möglichkeit gewesen, dem dumpfen Schmerz der Erinnerung zu entkommen.

»Jetzt brauchst du auch nicht darüber zu sprechen. Wir können ein anderes Mal reden. Oder auch nie wieder. Es liegt ganz bei dir.«

Sie blinzelte und spürte, dass sie ganz erpicht darauf war, das Angebot anzunehmen, aber andererseits wusste sie auch, dass Julien ein Anrecht darauf hatte, ihre Vergangenheit zu kennen, ehe sie versuchten, eine gemeinsame Zukunft zu beginnen. »Nein, du solltest alles hören, bevor du entscheidest, ob ich das bin, was du willst.«

Er ließ ihre Hände los, griff in seine Tasche und reichte ihr ein Taschentuch, mit dem sie sich die Tränen aus den Augenwinkeln tupfte. »Fahr fort«, forderte er sie mit sanfter Stimme auf.

»Auf Maclaren war Niall ein anderer Mensch als der Junge, den ich kennengelernt hatte. Ich sah ihn nur selten, und wenn doch, dann stank er nach Whisky.«

»Er war ein Säufer?«

Sie nickte. »Offensichtlich. Er war nicht mehr der Junge, der mich auf Montgomery umworben hatte. Die Leute auf Maclaren behandelten Niall mit einer seltsamen Ehrerbietung und verhätschelten ihn. Er wirkte zerstreut und verbrachte seine Zeit mit unnützem Zeug wie Schlägereien und Trinkgelagen. Er trank viel mehr, als ich es ihn je auf Montgomery hatte tun sehen. Er wurde ein Fremder – ein verwöhnter Junge, der nur an sich dachte. Ich versuchte, meine Tage damit zu füllen, dass ich die Kinder auf Maclaren im Lesen unterrichtete, während Niall alles andere tat, als sich mit mir zu beschäftigen.«

Aisla biss sich auf die Unterlippe. Dabei hatte er sich speziell mit einer Frau – Fenella – beschäftigt. Das Mädchen war schon jahrelang mit Niall befreundet gewesen und hatte wohl gedacht, dass sie ihn eines Tages heiraten würde. Vom ersten Tag an, als Aisla auf Maclaren eintraf, war sie grausam zu ihr gewesen, und Aisla hegte keinerlei Zweifel, dass es Fenella gewesen war, die einen Keil zwischen sie und ihren Ehemann getrieben hatte.

Sie faltete das Taschentuch zu immer kleineren Quadraten zusammen, während in ihr die alte Bitterkeit und Scham wieder hochkamen. »Sie haben mich alle gehasst. Man gab mir das Gefühl, irgendein schambehaftetes Geheimnis zu sein. Aber vielleicht lag es auch daran, dass ich von Montgomery kam und keine Maclaren war. Ich war ein Eindringling, der das goldene Kind des Clans gestohlen hatte. Das nahmen sie mir übel.«

»Das war doch aber nicht deine Schuld«, sagte Julien.

»Trotzdem dachte ich, dass ich zumindest durch das Baby einen Platz einnehmen würde«, fuhr sie fort. »Doch ich hatte mich geirrt.«

Julien wartete schweigend, dass sie weiterredete, doch Aisla war plötzlich verstummt und traute sich nicht mehr. Ihre Geschichte war längst nicht zu Ende, aber sie konnte sich nicht überwinden, zu erzählen, was dann passiert war. Es machte sie immer noch wütend, wenn sie daran dachte.

»Erinnerst du dich an die Buchanan-Verlobung, die ich erwähnt hatte?«

»Der Clan, mit dem dein Vater ein Bündnis hatte schmieden wollen?«

»Ja, genau. Dougal Buchanan besuchte mich eines Tages aus heiterem Himmel auf Maclaren. Sein Vater hatte ihn geschickt, sich mit einem Nachbar-Clan der Maclarens, den Campbells, zu treffen, und er beschloss, vorbeizuschauen. Er trug mir die gelöste Verlobung nicht nach, und es war schön, ein freundliches Gesicht zu sehen. Ich war doch so einsam. Aber selbst das wurde missdeutet. Eine der Frauen setzte Niall die Grille in den Kopf, dass ich etwas mit Dougal haben würde.«

»Und er glaubte ihr?«, fragte Julien fassungslos.

»Warum sollte er nicht?«

»Weil du seine Frau warst und von ihm schwanger.«

»Trotzdem glaubte er ihre Lügen. Dass er durch den vielen Alkohol nicht mehr klar denken konnte, leistete dem wohl Vorschub.« Sie zuckte die Achseln und bekam kaum noch Luft, aber sie zwang sich, auch den Rest zu erzählen. »Das tragische Ende der Geschichte war, dass daraufhin alles in die Brüche ging und ich das Baby verlor. Wir versanken beide in tiefer Trauer, doch statt einander zu trösten, wurde die Kluft zwischen uns noch größer. Am Ende sagte Niall zu mir, dass ich nach Montgomery zurückkehren solle.« Sie bemühte sich um einen gelassenen Ton, doch trotzdem zitterte ihre Stimme. Sechs Jahre lang hatte sie immer das Gefühl gehabt, ein riesiger Stein steckte in ihrer Kehle, wenn sie an den Moment dachte, als ihr Ehemann sie rausgeworfen hatte.

»*Mon Dieu*, Aisla, das tut mir so leid.«

Sie holte tief Luft, um sich wieder zu beruhigen. »Dieser Teil meines Lebens ist vorbei und abgeschlossen. Jetzt verstehst du wohl, warum ich meine Vergangenheit geheim gehalten habe, und jetzt, da du alles gehört hast, kannst du entscheiden, ob du immer noch ein Leben mit mir willst oder nicht.«

Julien drehte sich vollständig zu ihr um und sah sie an. Der Blick seiner hellen Augen war voller Wärme und Mitgefühl. »Das tue ich, aber ich bin dir gegenüber auch nicht ganz ehrlich gewesen.« Er hielt inne und verzog die Lippen zu einem schiefen Lächeln. »Es ist eigentlich nicht meine Art, so ehrlich zu sein, aber fairerweise verdienst du es, zu erfahren, warum ich dich gebeten habe, mich zu heiraten, nachdem du mir dein Geheimnis enthüllt hast.«

Aisla sah ihn beunruhigt und neugierig an, als dann auch noch sein normalerweise amüsierter Ausdruck einer ernsten Miene wich. »Meine Mutter wird sterben.«

Erschrocken atmete sie ruckartig ein. »Oh, Julien. Das tut mir so leid.«

»Sie bedeutet mir alles, und ihr einziger Wunsch ist es, mich verheiratet zu sehen.« Er nahm ihre Hände und zog sie an seine Lippen. »Ich kann mir keine bessere Schwiegertochter für sie – oder eine bessere Ehefrau für mich – vorstellen als dich. Wenn du mich denn nimmst.« Er lächelte. »Und dann werde ich natürlich deinen dir entfremdeten schwachköpfigen Schotten windelweich prügeln.«

Sie starrte ihn fassungslos an. »Du willst nach Schottland reisen?«

»Das würde ich mir um keinen Preis der Welt entgehen lassen.«

Tarbendale, Schottland, Juli 1828
Zwei Monate später.

Niall beriet sich mit William, dem Vorarbeiter einer seiner größten Topas-Minen, die im Westen von Tarbendale lag. Es hatte panische Berichte gegeben, dass ein Abschnitt eines Stollens eingebrochen wäre, aber glücklicherweise war keiner der Minenarbeiter verletzt worden. Er nahm die Sicherheit seiner Leute sehr ernst, und das nicht nur, weil er sie in einem Stück zu ihren Familien nach Hause schicken wollte. Sie arbeiteten alle für ein gemeinsames Ziel – Tarbendale sollte so ertragreich wie möglich sein. Das war Nialls einziger Fixpunkt in den letzten fünf Jahren gewesen, und es gab noch eine Menge zu tun.

Er rieb sich mit seiner dreckigen Hand die Stirn und nahm gleich darauf einen Becher von einer der Frauen entgegen, die

die Minenarbeiter mit frischem Wasser versorgten. Er drehte sich wieder zum Vorarbeiter um, der die mit Staub bedeckten Männer musterte, die aus dem Steinbruch herauskamen. Es würde sie ein ganz schönes Sümmchen kosten, den eingestürzten Bereich wieder frei zu räumen, aber sie hatten eine neue Ader entdeckt, die vielversprechend aussah. Er war keiner, der einem geschenkten Gaul ins Maul guckte. Sie würden einfach vorsichtiger zu Werke gehen müssen.

»Sag Duncan, er soll vorsichtig sein, wenn er morgen wieder in diesen Stollen reingeht. Ich will nicht, dass Menschenleben aufs Spiel gesetzt werden, sollte wieder etwas nachgeben.«

»Aye, Mylord.« William wirkte unruhig, als wollte er noch etwas sagen, und Niall zog fragend eine Augenbraue hoch. »Ich wollte noch sagen, dass die Stützbalken erst vor ein oder zwei Tagen überprüft worden waren. Keiner hatte irgendwie wackelig gewirkt.«

Niall runzelte die Stirn. Die Balken, die eingesetzt wurden, um zu verhindern, dass Wände und Decken einstürzten, wurden regelmäßig überprüft. Manchmal bewegte sich der Untergrund, so dass die Balken keinen stabilen Stand mehr hatten. Wenn William ihm jetzt aber sagte, dass sie gerade erst kontrolliert worden waren, dann glaubte er ihm das. Es gab keinen Grund, warum sich also einer gelöst haben sollte, es sei denn, es hatte sich jemand mit Absicht daran zu schaffen gemacht oder gar einige entfernt. »Du meinst, dass jemand nachgeholfen hat?«

»Vielleicht. Diese Balken haben sich nicht von allein gelockert.«

Nialls Miene wurde noch ernster. Die Fehde mit den Campbells hatte in letzter Zeit wieder an Schärfe zugenommen, aber außer ein paar Schafen und Rindern, die gelegentlich verschwanden, und ein paar kleineren Vorfällen an der Grenze, bei denen auch Blut geflossen war, hatte es keine wirklich schlimmen Vorkommnisse gegeben. Diese Art von aufrührerischen Handlungen war jedoch neu – und gefährlich. Unschuldige Arbeiter könnten dabei zu Tode kommen.

Seit Ronan sich geweigert hatte, eine der unverheirateten Töchter der Campbells zu heiraten, herrschten Spannungen zwischen den Maclarens und den Campbells, obwohl es Ronans gutes Recht gewesen war, abzulehnen. Als der Vater letztes Jahr bei einer Clan-Feier Ronan den Vorschlag eines Bündnisses unterbreitet hatte, war Ronan nicht darauf eingegangen. Auf die nächsten beiden Versuche von Laird Campbell, die in die gleiche Richtung gingen, hatte Ronan ebenfalls ablehnend reagiert. Ronans fortgesetzte Weigerung, wegen eines Bündnisses zu heiraten, hatte die Beziehungen zwischen den beiden Clans noch mehr belastet.

»Stell ein paar Wachposten auf«, sagte Niall mit finsterer Miene. »Zumindest so lange, bis wir das aufgeklärt haben. Wenn die verdammten Campbells dafür verantwortlich sind, werden sie mir Rechenschaft ablegen müssen.«

»Aye, Mylaird.«

»Was ist mit den Campbells?«, fragte eine tiefe Stimme.

Niall drehte sich um und sah Ronan den Hügel herunterkommen. Ein Mundwinkel verzog sich zu einem Grinsen. »Es geht um deine Heirat, *bràthair,* oder eher die, auf die du dich nicht einlassen willst.« Dann berichtete er, was in der Mine passiert war, und von Williams Vermutung, dass es nicht zufällig zu dem Einsturz gekommen war. »Die werden immer dreister. Sie versuchen, uns zu provozieren, damit wir entweder einen Krieg beginnen oder auf die Heirat und das Bündnis, das sie wollen, eingehen.«

»Sie haben nichts von Wert zu bieten«, sagte Ronan und verschränkte die kräftigen Arme vor der Brust. »Und ich will nicht heiraten.« Seine blauen Augen richteten sich auf Niall, und er zog eine Augenbraue hoch. »Wo wir gerade vom Heiraten sprechen – es wird langsam Zeit, dass du dir auch Gedanken darüber machst.«

Nialls gute Laune schwand. Erst Hamish und jetzt auch noch Ronan. Die beiden hatten sich bestimmt miteinander verbündet. Obwohl die Erinnerung an seine frühere Frau immer da war, hatte doch nie jemand den Mut, mit ihm über sie zu sprechen. Bis auf Hamish oder Ronan – offensichtlich. Seine Hand ballte sich zur Faust, während er dem überwältigenden Drang widerstand, seinem Bruder einen Kinnhaken zu verpassen, der ihn flach hinstrecken würde.

»Vorsicht, *bràthair.*«

»Es sind jetzt sechs Jahre vergangen, Niall«, ließ Ronan nicht locker, und in ihm sträubte sich bei der scheußlichen Erinnerung alles. »Sie wird nicht mehr zurückkommen. Vielleicht solltest du eine von Campbells Töchtern heiraten und mir damit weiteren Ärger ersparen.«

»Soweit ich weiß, ist Bigamie immer noch ein Verbrechen«, brummte Niall.

Nach dem Gesetz und vor Gott war Lady Aisla Maclaren immer noch seine Ehefrau.

Und die Liebe seines Lebens, wenn er ehrlich war. Doch dann hatte er sie mit nach Hause zu den Maclarens genommen, und sie war so eisig geworden wie ein schottischer Loch im tiefsten Winter. Seine Familie und der Clan waren aufgebracht, weil sie durchgebrannt waren und geheiratet hatten, aber damit hatten er und Aisla gerechnet. Himmel, er hätte ein ganzes Goldstück und ein Fass Whisky darauf gewettet, dass er mehr gelitten hatte als sie, nachdem sie zu Hause angekommen waren. Ronan hatte ihm eine Tracht Prügel verpasst, nach der ihm der Kopf einen ganzen Tag lang gedröhnt und seine Zähne eine Woche lang gewackelt hatten. Trotzdem hatte sie Tag für Tag dagesessen und gegrübelt, während sie kaum zwei Worte sprach, wenn sie zusammen waren.

Erst hatte er gedacht, sie hätte Heimweh, doch ihr Wandel war nicht darauf zurückzuführen. Sie hatte sich völlig verändert. Das

Begehren war immer gleich geblieben, aber irgendetwas war anders geworden. Ihr Blick, der eh immer in die Ferne ging, war jeden Tag abweisender geworden. Niall hatte den Verdacht, dass sie alles bedauerte – dass sie es bedauerte, schwanger zu sein, ihn geheiratet zu haben.

Die alten Gefühle kamen wieder in ihm hoch und drohten ihn völlig zu vereinnahmen, so dass Niall sie mit Gewalt zurückdrängen musste. Es war aus und vorbei – Vergangenheit, und doch machten ihm die Erinnerungen immer noch zu schaffen. Kein Wunder, dass er damals sofort zur Flasche gegriffen hatte.

Er sah seinen Bruder wütend an. »Ich habe ein Mal geheiratet. Ich habe nicht vor, diesen Fehler ein zweites Mal zu begehen.«

»Es wird kein Fehler sein – du musst dir nur die Richtige nehmen. Du solltest dich nach einer Frau aus dem Clan umsehen – eine von unseren Leuten. Ich bin mir sicher, dass Fenella dieser Idee sehr aufgeschlossen gegenüberstehen würde.«

Aye, das würde Fenella. Das Mädchen war schon lange bevor er Aisla kennengelernt hatte, auf eine Heirat aus gewesen. Leichtes Unbehagen erfasste Niall. Es war kein Geheimnis, dass Aisla Fenella misstraut hatte, und das Gefühl hatte auf Gegenseitigkeit beruht. Aber Fenella war schon länger seine Freundin, als er Aisla kannte. Sie war für ihn da gewesen, nachdem der Marquis von Malvern befohlen hatte, ihm die Hand abzunehmen. Sie hatte ihrer Mutter, einer Heilerin, bei der Verarztung des Stumpfs geholfen und aufgepasst, dass sich die Wunde nicht entzündete. Fenella war bei seinem Anblick kein einziges Mal zurückgezuckt, während sie die Verbände wechselte, und sie hatte ihn immer noch einen Extraschluck aus der Whiskyflasche nehmen lassen, die sie in ihrer Rocktasche versteckte. Sie hatte ihn nicht bemitleidet, wie es einige der anderen Frauen und Männer gelegentlich taten, und Jahre später, als er nicht mehr gewusst hatte, wie er seine Frau glücklich machen könnte, war Fenella wieder für ihn da gewesen, als er jemanden brauchte, um sich den Kummer von der Seele zu reden.

Aisla hatte ihm doch tatsächlich vorgeworfen, er würde Fenella ermutigen, was natürlich Unsinn war. Fenella sah zwar gut aus, aber er begehrte sie nicht und auch keine andere, seitdem er Aisla kennengelernt hatte. Er wollte seine verdammte Frau. Und er hatte gewollt, dass sie ihn auch wieder wollte, wie sie es früher getan hatte. Aber nur weil man etwas wollte, ging es nicht auch in Erfüllung.

Nach dem Verlust des Kindes hatte Aisla das Schlafzimmer verlassen und angefangen, im Vorraum zu schlafen. Anfangs hatte Niall gedacht, dass sie – genau wie er – Raum für sich brauchte. Der Verlust des Kindes hatte ihn sehr mitgenommen, und er war nur damit zurechtgekommen, indem er seine Gefühle ertränkte, ehe er daran erstickte. Er hatte sich dem Alkohol zugewandt, um nicht zu denken – oder zu fühlen.

Am Ende hatte er sie vertrieben. Bittere Galle stieg in seiner Kehle hoch. Niall erinnerte sich an den Tag, als wäre es gestern gewesen, obwohl er völlig betrunken gewesen war. Dougal Buchanan war mit seiner Ehefrau vor sich auf dem Pferd von einem Markt in der Gegend zurückgekehrt und hatte behauptet, dass ihre Stute plötzlich gelahmt hätte. Von Eifersucht zerfressen und bis oben hin voll Alkohol hatte Niall seine Frau voller Verachtung angesehen, nachdem Dougal sich verabschiedet hatte.

»Du misst mit zweierlei Maß, Frau«, hatte er ihr mit harter Stimme vorgeworfen. »Mir wirfst du vor, ich wolle Fenella, während es eindeutig ist, dass du immer noch Gefühle für deine erste Liebe hegst.«

»Bist du betrunken?«, fragte sie.

Niall hatte die Zähne zu einem Lächeln gebleckt und nicht nachgeben wollen. »Nicht genug, um nicht mitzubekommen, wie er dich angeschaut hat.«

»Nun, zumindest schaut einer mich an!«, hatte sie hitzig zurückgegeben.

»Willst du ihn?«, hatte er gefragt, während er immer wütender wurde. Warum sollte sie den Buchanan auch nicht wollen? Er war stark. Er war der älteste Sohn eines reichen Clanführers. Und vor allem – er war unversehrt und noch im Besitz all seiner Glieder.

Seine nächsten Worte waren unbedacht gewesen und dazu bestimmt, sie zu verletzen. »Hast du die Beine für ihn gespreizt, Aisla?«

Ihre Augen hatten vor Tränen und Trotz gefunkelt. »Du bist ein nutzloser Säufer.«

»Lieber ein Säufer als eine Schlampe. Hast du?«

Selbst jetzt, Jahre später, wusste Niall, dass er niemals die Miene seiner Frau in diesem Moment vergessen würde – die Härte, die den Ausdruck unendlicher Qual ersetzt hatte. Ihr Kinn hatte gezuckt, doch ihre Stimme war glasklar gewesen.

»Und wenn? Würde es einen Unterschied für dich machen?«

Weder den Schmerz, der sich durch seinen vom Alkohol getrübten Verstand bohrte, noch seine Antwort darauf würde er je vergessen können. »Dann solltest du nach Montgomery zurückkehren.«

»Du willst, dass ich gehe?«

»Aye.«

Und stolz, wie sie war, hatte sie es getan. Sie hatte ihn verlassen.

Im Rückblick erkannte Niall, dass seine Trinkerei außer Kontrolle geraten war. Vielleicht wäre alles anders gekommen, wäre er damals der Mann gewesen, der er jetzt war. Er atmete tief durch. Es hatte keinen Sinn, über das nachzudenken, was hätte sein können. Vielleicht hatte Ronan recht. Vielleicht war es an der Zeit, einen Neuanfang zu machen und jemanden zu heiraten, dem wirklich etwas an Schottland oder dem Clan Maclaren – oder ihm – lag.

Denn der Himmel wusste, dass Aisla Maclaren es nicht tat.

Ronan stieß ihn mit der Schulter an, um seine Aufmerksamkeit auf sich zu ziehen. »Was ist mit einer von Hamishs Schwestern? Die MacLeods gehören eh schon fast zur Familie. Du brauchst ein paar Kinder.«

Niall warf seinem Bruder einen mürrischen Blick zu. »Ich bin nicht derjenige, der der nächste Herzog von Dunrannoch wird, und brauche mir deshalb auch keine Gedanken wegen kleiner zukünftiger Herzöge zu machen.«

»Aber du bist der Laird von Tarbendale«, gab Ronan zurück. »Und deine Leute wollen, dass du glücklich bist. Ist es nicht an der Zeit für einen Neuanfang?«

»Meine gegenwärtige Frau hätte vielleicht auch etwas dazu zu sagen«, meinte er und fuhr sich mit der rechten Hand durchs zerzauste Haar. »Wo immer sie sein mag.«

»Du weißt, wo sie ist«, erwiderte Ronan trocken. »Und selbst wenn nicht, ist ein Brief für dich auf Maclaren angekommen.«

Sein Blick ging mit einem Ruck zu seinem Bruder, der ein gefaltetes Stück Pergament aus der Tasche gezogen hatte. »Ein Brief?«

»Aye, aus Paris. Er wurde vor sieben Wochen aufgegeben.«

»Was steht drin?«, fragte er unbewegt und ignorierte das plötzliche Ziehen in seinem verräterischen, törichten Herz. Er unterdrückte auch das Verlangen, seinem Bruder das Papier zu entreißen. Was interessierte es ihn schon, was in diesem verdammten Brief stand?

»Willst du ihn denn nicht lesen?«

Niall knurrte vor Unmut. »Ronan.«

»Na schön.« Ronan lachte und entfaltete den Brief. »Hier steht, dass deine Frau mit dir persönlich reden will.«

Er war auf der Stelle verblüfft. »Über was denn?«

»Das schreibt sie nicht. Sie bittet nur um ein kleines bisschen deiner Zeit, wann und wo es dir passt – auf Maclaren oder in Paris.«

Niall runzelte die Stirn. Über was, um Himmels willen, wollte seine Frau jetzt mit ihm sprechen? Das Einzige, was ihm einfiel, war, dass sie eine Versöhnung im Sinn haben könnte, aber er würde sie niemals zurücknehmen – nicht einmal, wenn sie auf den Knien angerutscht käme und bettelte. Ihm stockte der Atem.

Der Anblick seiner Frau, die vor ihm kniete – wobei die goldblonden Haare in schimmernden Locken über ihre nackten Schultern fielen, während sie mit ihren kupferfarbenen Augen voller Verlangen zu ihm aufsah –, traf ihn mit der Wucht eines Baumstamms. Seine Knie hätten beinahe unter ihm nachgegeben, während eine heiße Woge der Lust durch seinen Körper schoss.

Er stieß einen wilden Fluch aus und sah dann seinen Bruder an. »Willst du 'ne Runde kämpfen?«

»Mit dir?« Sein Bruder bedachte ihn mit einem wissenden Grinsen.

Niall bleckte die Zähne. »Aye.«

»Ich hoffe, du weißt, was dich erwartet, kleiner *bràthair*.«

Ronan würde ihm die erfrischende Abreibung verpassen, die er brauchte, um die nutzlosen Erinnerungen loszuwerden, die in seinem Kopf herumspukten. »Das tue ich.«

Sobald sie sich bewaffnet mit Claymores einander gegenüber aufgestellt hatten, verdrängte Niall die unerwünschten Bilder von Aisla und konzentrierte sich auf den Kampf mit seinem Bruder. In einem Kampf Mann gegen Mann hatte er Ronan bisher nur zweimal schlagen können. Seines Bruders Fähigkeiten waren legendär. Anfangs hatte er nur mit der linken Hand gegen Niall gekämpft, aber als Nialls Können irgendwann offenbar wurde, hatte Ronan anfangen müssen, auf seine ganze beachtliche Erfahrung zurückzugreifen, ohne sich weiter zurückzuhalten.

Niall wehrte ein paar markerschütternde Schläge ab und parierte die wuchtigen Hiebe seines Bruders mit mehreren geschmeidigen Bewegungen seines Schwerts. Jedes Mal, wenn die

Klingen aufeinandertrafen, sprühten Funken. Nach mehreren Kontern wich Niall ein Stück zurück, um nicht mehr der ganzen Wucht der Schläge ausgesetzt zu sein. Er keuchte vor Anstrengung. Ronan hielt sich jetzt nicht mehr zurück. Er führte sein Schwert mit präzisen Bewegungen, während Niall abgelenkt war – zu abgelenkt durch die Gedanken an den verdammten Brief.

Sollte er darauf antworten? Es waren fast zwei Monate vergangen, seit sie ihn geschrieben hatte. Rechnete sie überhaupt mit einer Antwort? Er hatte kein Verlangen, sie zu sehen – weder hier noch in Paris. Und er war auch nicht zugänglich für das, was sie von ihm wollte. Eine größere finanzielle Unterstützung? Mehr Nadelgeld? Er hatte dafür gesorgt, dass sie mehr als genug hatte, um, auch während sie getrennt waren, ein Leben in Luxus zu führen.

Was zum Teufel will sie?

Ronans Claymore traf mit der Wucht eines durchgehenden Elchs seinen Brustpanzer, und Niall spürte, wie ihm der Boden unter den Füßen weggezogen wurde. Er krachte mit dem Rücken auf den Boden, sodass ihm alle Luft aus der Lunge gepresst wurde. Er lag eine Sekunde lang wie betäubt auf der Erde, ehe er sich zur Seite rollte und wieder aufsprang. Er hörte raues Gelächter. Hamish, der zu der kleinen Schar getreten war, die dem Kampf zusah, stand neben Fenella und krümmte sich fast vor Lachen.

»Warum zum Teufel hast du den Schlag nicht kommen sehen?« Hamish johlte, und die Männer und Frauen, die dem Kampf ebenfalls zusahen, ließen sich von seiner Erheiterung anstecken.

Nialls Gesicht lief vor Wut rot an, und der Wunsch, Hamish den kantigen Kiefer zu brechen, war stärker als das Verlangen, von Ronan verprügelt zu werden.

»Kannst mir den Buckel runterrutschen, Hamish«, sagte Niall, der wusste, dass der Kampf vorbei war. Er konnte von Glück sagen, dass er – so unkonzentriert, wie er gewesen war – nicht auch noch die andere Hand durch Ronans Klinge verloren hatte. Niall riss sich den Brustpanzer und das durchgeschwitzte Hemd vom Leib und wischte sich das Gesicht mit dem weichen Stoff trocken. Vielleicht würde ein Bad im eiskalten See nicht ganz so gefährlich sein wie ein Kampf mit seinem Bruder.

»Ich weiß überhaupt nicht, warum du lachst, Hamish«, erklärte Fenella loyal und trat zu Niall. »Ist ja schließlich nicht so, als könntest du gegen Ronan bestehen.«

Ronan grinste bei ihrem Lob. Dieses Mal hatte er den Sieg errungen. Niall krümmte die Finger und griff wieder nach dem Heft seines Schwerts, während der mit Leder bedeckte Stumpf an seiner Seite hing. Er kribbelte, und er konnte fast die fehlenden Finger spüren. Es war nicht das erste Mal, dass er das Gefühl hatte, seine Hand wäre noch da … aber unsichtbar. Er reichte Fenella das Schwert und rieb sich den Unterarm.

»Das nächste Mal werde ich Nachsicht walten lassen, *bràthair*«, sagte Ronan.

Niall warf ihm einen wütenden Blick zu. »Das nächste Mal bist du nicht im Vorteil durch einen Brief.«

»Einen Brief?«, fragte Hamish, und in seiner Stimme schwang Neugier mit.

Niall seufzte und drehte sich zu seinem Freund, um ihm zu sagen, was passiert war. Schließlich würde es Hamish früher oder später doch erfahren. Aber der Mann sah ihn gar nicht an. Er hatte den Mund überrascht aufgerissen und dachte gar nicht mehr an seine Frage, während sein Blick auf etwas gerichtet war, das sich aus der Ferne näherte.

»Wer zum Teufel ist das denn?«

Niall folgte seinem Blick, drehte sich um und erstarrte. Nichts hätte ihn auf den Anblick vorbereiten können, der ihn auf dem kleinen Hügel, über den es nach Tarben Castle ging, erwartete. Zwei Personen näherten sich hoch zu Ross – ein Mann und eine Frau. Doch es war die kleinere Gestalt, die seinen Blick auf sich zog. Eine atemberaubende Frau, bei deren Anblick sein Herz einen Schlag aussetzte.

Jeder Muskel in seinem Körper spannte sich schmerzhaft an.

Sie saß kerzengerade wie eine Königin auf ihrem Pferd. Die kostbare Seide ihrer Röcke war sorgfältig arrangiert und fiel auf einer Seite des Pferds herunter. Das blonde Haar war perfekt frisiert und umrahmte mit glänzenden Locken ihr Gesicht – ein Gesicht, das zwar älter, aber wunderschön war und einen stolzen Ausdruck trug.

Sie sagte etwas zu dem Fremden an ihrer Seite, ehe ihr Kinn hoheitsvoll in seine Richtung ging, während sie die Pferde auf das Lager zu lenkten. Ein eisiger Blick fiel auf Niall und die Frau, die neben ihm stand. Ihr Mund wurde schmal, und das stolze Kinn ging noch ein Stückchen höher. Trotz seines wilden Herzschlags setzte Niall ein spöttisches Lächeln auf.

»Himmel, Hamish, nach deinem ganzen Gequatsche gestern«, meinte er mit gedehnter Stimme, die die wild tobenden Emotionen in seinem Innern Lügen strafte, »erkennst du da etwa meine teure Gattin nicht?«

Kapitel 3

Aisla warf einen Blick auf den grüblerischen Mann, der ihr am Esstisch auf Maclaren am anderen Ende gegenübersaß, und versuchte, ihr plötzlich wild schlagendes Herz zur Ruhe zu bringen. Gütiger Himmel! Wie viele Muskeln ihr Ehemann angesetzt hatte, seit sie ihn das letzte Mal gesehen hatte. Und die schottische Sonne hatte seiner Haut einen schimmernden Bronzeton verliehen. Er strahlte Gesundheit und Männlichkeit aus. Ihr verräterisches Herz schlug noch schneller.

Das aufwendige Dinner näherte sich seinem Ende und war unerwartet angenehm verlaufen, obwohl sich doch ein paarmal Anspannung bemerkbar gemacht hatte. Das war meistens der Fall gewesen, wenn der forschende Blick ihres Ehemanns ihrem begegnet war. Sie hatte ihn kaum wiedererkannt, während sie sich Tarben Castle näherten, wo sie nach ihrer Ankunft auf Maclaren hingeschickt worden waren. Aisla hatte das Ende seines Kampfs gegen seinen älteren Bruder Ronan mitbekommen. Für einen Mann seiner Größe hatte sich Niall mit unwahrscheinlicher Anmut und gefährlicher Wucht bewegt.

Als sie der beiden Kämpfer ansichtig geworden waren, hatte sie Julien noch lachend erzählt, dass eine Reise in die Highlands selten ohne irgendeine Rauferei einherginge. Erst als ihr Blick wieder zum Kampfplatz gegangen war, hatte sie das Äußere von Ronans Gegner zur Kenntnis genommen – und die fehlende linke Hand.

Sie war auf den Moment nicht vorbereitet gewesen.

Aisla hatte zwar gewusst, dass es ein Schock sein würde, Niall wiederzusehen, doch sie hatte nicht damit gerechnet, dass sein bis zur Taille entblößter Körper, die schweißglänzende, muskulöse Brust, die sich vor Anstrengung keuchend hob und senkte, und die geballte Energie, die er ausstrahlte, Begehren durch ihren Körper schießen lassen würden. Ihr Herz mochte sich ihrem Willen zur Abkehr gebeugt haben, aber ihr Körper nicht. Seine jugendliche Schönheit hatte sich in etwas Urwüchsiges, ganz und gar Männliches verwandelt. Sie reagierte darauf mit Empfindungen, die sie längst für tot gehalten hatte.

Aisla konnte den beeindruckenden Mann, der jetzt den Saal mit seiner Präsenz beherrschte, nicht mit dem Jungen in Einklang bringen, den sie geheiratet hatte. Ähnlichkeit war natürlich noch vorhanden und spiegelte sich in seinen blauen Maclaren-Augen und den kantigen Gesichtszügen wider. Doch abgesehen von seinen körperlichen Veränderungen umspielte seinen sinnlichen Mund nicht mehr die ihm damals eigene Verschmitztheit, und seine rotbraunen Haare, die von goldenen und kupferfarbenen Strähnen durchzogen wurden, waren jetzt länger als früher. Es umgab ihn jetzt eine Aura von Gefahr, und in seinen Augen stand ein kaltes, zynisches Glitzern. Sie spürte, dass er jemand war, dem man nur ungern in die Quere kam, außer man wollte sich mit dem Teufel anlegen.

Ein leiser Laut entfleuchte ihren Lippen, als sich ihr Herz schmerzhaft zusammenzog, und Juliens Hand griff unter dem Tisch nach ihren Fingern, um sie beruhigend zu drücken. »Geht's dir gut, *chérie?*«, fragte er leise.

»Ja, natürlich.« Seine vertraute Gegenwart schenkte ihr Trost und holte sie in die Gegenwart zurück – in die Situation, in der sie sich befand. Es gab einen Grund, warum sie hier war. Sie wollte sich ihre Freiheit … und eine Zukunft sichern.

Julien grinste, und er sprach leise, obwohl seine Worte vom Stimmengewirr im großen Saal bestimmt übertönt worden wären. »Du hast vergessen zu erwähnen, dass mein Rivale ein gewalttätiger Koloss ist, der so aussieht, als wolle er mich in Stücke reißen.« Er lachte leise. »Ich hätte ihm natürlich nichts entgegenzusetzen, aber trotzdem habe ich immer noch vor, den Boden mit ihm zu wischen.«

Aisla schüttelte bei diesen Worten den Kopf. Zwar war Julien kein kleiner Mann, aber er war kein Raufbold. Im Laufe der Jahre hatte er sich verschiedenen Duellen gestellt, zu denen er herausgefordert worden war, weil er durch sein freches Mundwerk Unmut auf sich gezogen hatte. Sie wusste, dass er boxte und auch mit dem Degen nicht ungeübt war, doch er betrachtete es nur als körperliche Ertüchtigung, die sich nicht mit dem rohen Schlagabtausch messen konnte, den sie vorhin beobachtet hatten.

»Dazu wird es nicht kommen«, sagte sie. »Niall hat mich sechs Jahre lang nicht gewollt. Ich bezweifle, dass er sich groß auf die Hinterbeine stellen wird.«

»Dann ist er ein Narr«, erwiderte er und zog ihre Hand an seine Lippen.

Aisla hörte das Knurren nicht, sie spürte es. Und dann wurde sie vom Blick ihres zukünftigen Ex-Manns mit der Wucht einer Ramme durchbohrt, dem sich einige weitere Blicke anschlossen. Sie musste sehr an sich halten, nicht zusammenzuzucken, und richtete sich stattdessen kerzengerade auf, denn bis auf eine Eintragung für eine übereilt geschlossene Ehe hatte Niall Maclaren keine Ansprüche mehr an sie zu stellen. Genauso wenig, wie sie dem Erben von Dunrannoch, Ronan, der sie genauso finster wie sein Bruder anstarrte, etwas schuldete. Er hatte heute Abend den Platz seines Vaters eingenommen, da der Herzog ans Bett gefesselt war, doch er hatte seit der Begrüßung kaum mehr als zwei Worte mit ihr gewechselt.

Aber vor dem verletzten Ausdruck auf dem Gesicht der Herzogin war Aisla zurückgeschreckt. Während der paar Monate, die Aisla auf Maclaren verbracht hatte, war Lady Dunrannoch immer freundlich zu ihr gewesen, wenn sie sich nicht gerade wohltätigen Verpflichtungen im nahe gelegenen Kloster verschrieben hatte. Dann hatte Aisla immer allein mit allem zurechtkommen müssen. Die Herzogin hatte keine Schuld getragen, sondern ihr Sohn. Er hatte sie den Wölfen überlassen, um sich dem Trank hinzugeben und anderem Blödsinn, wenn sie ihn doch eigentlich am dringendsten gebraucht hätte.

Sie begegnete Nialls finsterem Blick mit kühlem Hochmut. Diese abweisende Haltung hatte sie sich in Paris zu eigen gemacht und als Waffe genutzt, um auch die hartnäckigsten Verehrer in die Flucht zu schlagen. Doch Niall erwiderte ihren Blick einfach nur, während sich sein harter Mund zu einem Lächeln verzog, mit dem er sie hätte erdolchen können.

»Also, Mylady, was verschafft uns die Ehre deines Besuchs? In deinem Brief hast du das nicht erwähnt«, fragte er endlich und hob seinen Kelch. Aislas Blick richtete sich auf den mit Edelsteinen besetzten Becher. Ihrer enthielt Wein, doch seiner würde mit Whisky oder Ale gefüllt sein. Einige Dinge hatten sich also doch nicht geändert. Seine Stimme war jedoch immer noch die gleiche – der raue Klang stellte unliebsame Dinge mit ihren Sinnen an. »Du bist Paris doch bestimmt nicht überdrüssig geworden oder des dicken Geldbeutels, den ich deiner Tante jedes Jahr schicke.«

Aisla errötete und biss die Zähne zusammen. Alles Geld, das er schickte, war Teil der großzügigen Mitgift ihres Bruders, des Herzogs von Glenross. Doch das wollte sie nicht jetzt vor allen anderen mit ihm diskutieren. »Nein, es geht um eine persönliche Angelegenheit. Ich wollte es nicht schriftlich mitteilen und hatte auf eine Antwort von dir gehofft, ehe ich die Reise hierher antrat, weil ich sicher sein wollte, dass du auch hier bist.«

»Wo sollte ich denn sonst sein? Das ist mein Zuhause.«

Ihr war klar, dass das eine gegen sie gerichtete Spitze war – die Erinnerung daran, dass sie Maclaren und ihn verlassen hatte. Aisla straffte die Schultern und ließ sich von der Vergangenheit und den Erinnerungen nicht beirren. Sie war nicht hergekommen, um sich in vergangenen Schmerzen zu ergehen. »Da lag ich dann wohl falsch.«

Die Augen ihres Ehemanns glitzerten, während er den Becher an die Lippen hob. Zweifellos wollte er sich mit einem Schluck stärken. Er ahnte doch bestimmt, warum sie hier war. Schließlich war das der einzige Grund, der sie dazu veranlassen würde, nach Schottland zurückzukehren. Sie hatte nie hierhergehört – nur ein paar Stunden hatte sie wieder auf Maclaren verbringen müssen, um sich das in Erinnerung zu rufen.

»Nun, dann nenne diese Angelegenheit, *bhean*, denn einige von uns haben Aufgaben, um die sie sich kümmern müssen.«

Das gälische Wort für Ehefrau kam wie ein Schimpfwort über seine Lippen. Julien erstarrte, aber es war dann doch die Herzogin, die die Situation entschärfte. »Niall ist jetzt der Laird von Tarben Castle«, sagte sie schnell, aber doch auch mit einem gewissen Stolz.

»Tarben Castle?«, fragte Aisla überrascht. »Gehört es nicht Sorcha?«

Ihre Schwägerin hatte erwähnt, dass die Ländereien, die an Maclaren grenzten, Teil ihrer Mitgift gewesen waren.

»Es gehört jetzt mir.«

Niall war ein Laird. Aisla unterdrückte den aufflammenden Stolz. Andererseits war sie nicht wirklich überrascht. Wenn er nicht gerade betrunken oder unvernünftig gewesen war, hatte er einen klugen Kopf besessen und alles, was er sich vornahm, in die Tat umsetzen können – so auch die Heirat mit ihr. Er hatte alles geplant – angefangen bei der Kutsche, mit der sie nach Inverness gefahren waren, über die kleine Kapelle, die mit blühender Heide und weißen Lilien geschmückt gewesen war, bis hin zum Gasthaus, wo sie die Ehe bei Kerzenschein vollzogen hatten. Er war so sanft, so liebevoll gewesen, und als sie zusammen höchste Lust erlebt hatten, waren ihr Tränen des Glücks in die Augen getreten.

Aisla atmete tief durch, als plötzlicher Kummer sie erfasste. Er war nicht mehr dieser Mann und sie nicht mehr das naive Mädchen.

»Ich beglückwünsche dich dazu«, sagte sie leise.

»Also, Lord Leclerc«, meinte Ronan, als Niall nichts mehr sagte und sich das unangenehme Schweigen bis an die Grenze des Unhöflichen dehnte. »Wie gefällt Ihnen Schottland?«

»In mancherlei Hinsicht faszinierend, aber dann auch wieder ziemlich derb und wild.«

Nialls Blick richtete sich mit einem Ruck auf Julien, und die Anspannung war jetzt fast mit Händen zu greifen, obwohl weiter ein leichtes Lächeln um Juliens Lippen spielte. Er forderte ihn bewusst heraus, und Niall schien nur einen Hauch davon entfernt, sich über die Tische hinweg auf ihn zu stürzen.

In der Hoffnung, Blutvergießen zu vermeiden, wandte Aisla sich an ihren Ehemann. »Könnten wir unter vier Augen miteinander sprechen?«

»Was immer du zu sagen hast, kann hier ausgesprochen werden, Mädchen.« Er machte eine ausholende Bewegung mit dem Arm, die zeigen sollte, dass er allen Anwesenden vertraute, aber so wirkte, als hätte er am liebsten den Mann an ihrer Seite erwürgt. »Wir sind schließlich eine Familie. Na ja, bis auf deinen … Begleiter.«

Sie wurde bis an die Ohrenspitzen rot. Er hätte auch gleich Liebhaber sagen können. Trotzdem würde sie der Herzogin kein Messer ins Herz stoßen, indem sie vor allen den wahren Grund ihres Besuchs nannte. Es war offensichtlich, dass ihre eigene Gesundheit gelitten hatte, durch die Krankheit, die an den Kräften ihres

Ehemannes zehrte. »Ich bitte um Diskretion, Laird. Es geht um eine heikle Sache.«

Niall verschränkte die Arme vor der Brust, und ein amüsiertes Glitzern trat in seine Augen, weil sie ihn um etwas bat. Ihm war nicht klar, wie weit sie gehen würde, um seine Zustimmung zu erlangen. Bitten, betteln, kriechen – alles, nur um sich von ihm zu befreien.

»Wir haben hier keine Geheimnisse voreinander«, sagte er.

Aisla errötete. Nein, das hatten sie nicht. Alle Anwesenden – sogar die, die nicht zum Abendessen erschienen waren – wussten, dass sie ihren Ehemann verlassen hatte. Sie mochte sich gar nicht vorstellen, was ihnen nach ihrer Abreise gesagt worden war oder was sie sich gedacht hatten. Vielleicht, dass sie das Ehegelübde gebrochen hatte, dass sie Niall verlassen hatte, um ihr Glück woanders zu suchen, dass sie ein ganzes Heer von Liebhabern hinter sich gelassen hätte. Brennender Schmerz, den sie fünf Jahre begraben hatte, brach mit einem Mal in ihrer Brust auf, sodass sie kaum noch Luft bekam.

Es bestand kein Zweifel daran – sie war hier der Feind.

Aisla mahnte sich zur Ruhe. Sie hatte Schlimmeres ertragen. Weit Schlimmeres. Wenn sie die Böse sein sollte, dann würde sie die Rolle eben übernehmen. Keiner der hier Anwesenden konnte sich die Schwere ihres Verlusts oder wie sehr sie gelitten hatte, vorstellen. Keiner würde auch nur ansatzweise verstehen, wie viel Willenskraft es sie gekostet hatte, weiterzuatmen, weiterzuleben. Sie war von Maclaren weggelaufen, sie war vor ihm weggelaufen, und nur dadurch hatte sie es geschafft, zu überleben. Sie hatte Kraft aus diesem Verzicht gezogen und den Willen gefunden, weiterzuleben, nachdem ihr alles genommen worden war, was ihr etwas bedeutete.

Sie würde den Kopf nicht einziehen. Jetzt nicht mehr. Nie wieder.

»Na gut«, erklärte sie mit klarer, fester Stimme. »Ich will die Scheidung.«

Niall kämpfte gegen den Drang an, den schön ziselierten Kelch zwischen seinen Fingern zu zerquetschen. Die Stille an der erhöhten Tafel war ohrenbetäubend, als sich der Schock gelegt hatte.

Damit hatte er nicht gerechnet.

An der Haupttafel, an dem seine Familie saß, schienen alle den Atem angehalten zu haben. Evan und Finlay, zwei seiner älteren Brüder, waren die einzige Ausnahme. Sie schaufelten das Essen in sich hinein und tranken Ale, als gäbe es die Anspannung nicht, die sich über den Tisch gelegt hatte. Ihre Ehefrauen, die nebeneinandersaßen, wechselten unsichere Blicke. Sie waren noch nicht so lange Mitglieder des Maclaren-Clans, um sich an Aisla zu erinnern, aber wahrscheinlich hatten sie alle Einzelheiten der Geschichte erzählt bekommen – vom Durchbrennen der beiden, das in eine unglückliche Ehe gemündet war, die nicht länger als sechs Monate gehalten hatte, ehe die Tragödie ihren Lauf genommen hatte.

Und warum seine Ehefrau ihn verlassen hatte.

Sein Blick glitt zu seinem ältesten Bruder, der ihn von der Schwelle der selbst verursachen Hölle zurückgezogen hatte. Ronan, der wie erstarrt in der Mitte der Tafel saß, hielt sich zurück, aber seine Blicke waren wie Pfeile, die erst Aisla durchbohrten und dann Niall. Seine Mutter, die neben ihm saß, wirkte einfach nur tieftraurig. Die Herzogin war immer freundlich zu Aisla gewesen. Sie hatte sie akzeptiert, als er sie nach Maclaren gebracht hatte. Und als Aisla gegangen war, hatte seine Mutter geweint. Wieder stieg Wut wie eine Woge in Niall auf – doch diesmal wegen des Schmerzes, den seine Frau denen zufügte, die sie gemocht hatten.

Eine *Scheidung?*

Dann hatte sie also nur der Wunsch nach einer legalen Trennung von ihm nach sechs Jahren wieder nach Schottland geführt? Und offensichtlich hatte es etwas mit dem arroganten Franzosen zu tun, der neben ihr saß und um dessen Lippen seit ihrer Ankunft ein Grinsen spielte. Es juckte Niall in den Fingern, ihm dieses Grinsen aus dem Gesicht zu schlagen. Er holte so tief Luft, wie er konnte, und hielt sie dann mehrere Sekunden an. Er zwang sich, den Griff um seinen Kelch zu lockern. Zwar spürte er die Gefühle in sich toben, aber er hatte schon vor langer Zeit gelernt, sie zu kontrollieren.

Andere Gefühle waren da schon schwieriger zu beherrschen. Mit achtzehn war Aisla schlank und wohlgestaltet gewesen. Mit vierundzwanzig hatte ihre Schönheit ein exquisites Ebenmaß angenommen, das sich schon in ihrer Jugend angedeutet hatte. Sie war immer noch schlank, aber ihr Körper war zur Frau gereift. Es fiel Niall schwer, den Blick von den jetzt volleren Brüsten abzuwenden, die in smaragdgrünen, mit Gold bestickten Samt gehüllt waren und sich in üppiger Vollkommenheit zeigten.

Ihre kupferfarbenen Augen waren von langen, dichten dunkelbraunen Wimpern umrahmt. Und ihr Mund … Himmel, dieser *Mund.* Sinnlich und gleichzeitig sündhaft lud er zum Küssen ein und weckte zügellose Gedanken, dass diese Lippen weiter nach unten wandern könnten. Ein heißer Blitz purer Lust zuckte in seine Lenden.

Allmächtiger.

Er hatte damit gerechnet, etwas zu fühlen, aber er hatte nicht erwartet, dass seine Reaktion auf sie derart intensiv sein würde. Sie spürte es auch. Das wusste er. Er erkannte es am kaum wahrnehmbaren Flackern in ihren Augen und daran, wie sie die Lippen zusammenpresste. Was immer noch zwischen ihnen war, hatte sich durch jahrelangen Abstand nicht verringert.

Und doch bat sie um die Scheidung.

Niall lehnte sich auf seinem Platz zurück und behielt eine regungslose Miene bei. »Warum?«

»Weil Julien … Lord Leclerc mich darum gebeten hat, ihn zu heiraten.« Sie hob das Kinn. »Ich habe die Absicht, seinen Antrag anzunehmen.«

Heiße Eifersucht flammte in ihm auf, doch äußerlich zeigte sich nichts davon. Niall weigerte sich, zum Franzosen zu sehen, und das war in ihrer beider Interesse. Wenn er sich jetzt das hämische Grinsen des Mannes anschauen müsste, würde er die Kontrolle verlieren, die ihn an seinem Platz hielt. Er sah sie weiter starr an. »Ach ja? Ein bisschen verfrüht, findest du nicht auch?«

Aislas blasse Wangen hatten sich gerötet, aber sie reckte weiter ihr vorwitziges Kinn. »Wir haben aus den falschen Gründen geheiratet. Da wirst du mir ja wohl zustimmen. Und es gibt auch keinen Grund, warum wir nicht unser Glück bei jemand anders finden sollten.«

»Ist es das, was du dir die letzten Jahre eingeredet hast, während du fort warst? Dass du Glück verdienst?«

Allein das Wort klang so erbärmlich luftig leicht. Es besaß keine Substanz, kein Gewicht, war so bar jeder Aussagekraft. Was bedeutete Glück für die Frau, die ihm gegenübersaß? Bedeutete es Gesellschaft, Feste und Trost in den Armen von kultivierten Männern in gut geschnittenen Anzügen wie diesem Geck, den sie mit nach Maclaren gebracht hatte? Niall spürte, wie ihm langsam die Kontrolle entglitt.

»Ich glaube, dass wir es beide verdienen«, erwiderte sie.

Der Franzose räusperte sich. »Wenn Sie einsichtig wären, Mylord, würden Sie erkennen, dass Lady Montgomery persönlich gekommen ist, statt schmerzhafte Einzelheiten in einem Brief zu nennen, in dem sie darum bittet …«

»Maclaren«, unterbrach Niall ihn. »Sie heißt immer noch Maclaren, und es stünde Ihnen besser an, sie auch so zu nennen. Und ich bin ein Laird und nicht so ein verweichlichter englischer oder französischer Lord.«

»Natürlich«, sagte Leclerc und neigte den Kopf. »Aber Sie sind der Sohn eines Herzogs.«

Doch Nialls Blick ruhte weiter auf Aisla, und ehe Leclerc, den er gar nicht zur Kenntnis nehmen wollte, weiterredete, sagte er: »So ein Brief würde nur das Feuer im Kamin genährt haben. Meine Ehefrau ist persönlich erschienen, weil ich sie nicht ignorieren kann, wenn sie direkt vor mir sitzt.«

Aislas Augen wurden schmal, und sie presste kurz die Lippen aufeinander. »Meine Gegenwart hatte nie diese Wirkung auf dich«, entgegnete sie in breitem Schottisch.

Dass sie plötzlich ihre kultivierte Sprache verlor, brachte ihn zum Lächeln. Vielleicht war sie innerlich gar nicht so ruhig, wie ihre Miene und Haltung ihn glauben machen sollten.

»Das ist Jahre her, werte Gattin. Du wärst überrascht zu sehen, was sich alles geändert hat.«

Er eingeschlossen. Sie konnte nicht ahnen, welcher Mensch er jetzt war. Er hatte die letzten Jahre damit verbracht, sich in die Ländereien zu knien – manchmal sogar buchstäblich –, die Sorcha ihm übertragen hatte, nachdem seine Ehe gescheitert war. Seine Schwester hatte es gut mit ihm gemeint und ihm nur eine Aufgabe geben wollen, die seine volle Konzentration erforderte und ihn von Schmerz und Verlust ablenkte. Und das hatte es getan. Die zerklüfteten Ländereien westlich von Tarben Castle hatten ihm alles abverlangt, was er noch besaß, und als Gegengabe hatte er wieder zu sich gefunden. Als die Leute dann angefangen hatten, ihn als ihren Laird zu bezeichnen, hatte sich das wie ein Neuanfang angefühlt.

Er hatte es nicht allein geschafft. Ronan hatte sich am Anfang mit viel Geld an den Minen beteiligt, denn die Kosten für so ein großes und teures Unterfangen waren höher gewesen, als Niall allein hätte aufbringen können. Der Tag, als er so viel eingenommen hatte, dass er Sorcha die Ländereien abkaufen konnte, war einer der stolzesten Tage seines Lebens gewesen, aber das Geld, das Ronan in das Unternehmen gesteckt hatte, musste er noch zurückzahlen. Der Gedanke bedrückte ihn, obwohl sein ältester Bruder es nicht ein einziges Mal erwähnt hatte.

Es lag immer noch ein langer Weg vor Niall, aber das schuldete er ihnen. Er schuldete es seinem Bruder. Er schuldete es seinem Clan. Wollte er sich seinen Leuten gegenüber fair verhalten, sollte er eine Ehefrau haben, die ihre Herrin sein wollte, die in Schottland leben wollte, die ihn wollte, und keine exzentrische Dame der Gesellschaft, die es vorzog, ihre Nächte in Pariser Luxus zu verbringen.

Nialls Blick ging zu der Frau, deren Augen die ganze Zeit auf ihn gerichtet waren. Dieser Sirenenblick von ihr war viel zu wissend. Nein, seine junge und keinesfalls naive Ehefrau würde Paris im Sturm genommen haben. Sein Mund verzog sich vor Verbitterung. Er hatte es selbst gesehen.

»Dass du jetzt ein Laird bist?«, erwiderte Aisla kühl. »Das ist wohl eine der Veränderungen, die du meinst, oder?«

»Aye, eine davon.«

»Dir hat es nie an Stärke gemangelt, Niall.« Sie hielt keuchend inne, weil ihr sein Vorname herausgerutscht war, doch dann riss sie sich mit der Disziplin eines erfahrenen Soldaten zusammen. »Verzeihung, Laird.«

Der Klang seines Namens aus ihrem Munde brachte etwas in ihm zum Schwingen, und sein ausgedörrtes Herz geriet ins Straucheln. Er hatte das, was davon übrig geblieben war, so gründlich vergraben, dass er nicht gedacht hätte, es je wieder zu spüren.

»Ich ziehe Niall vor.« Das Geständnis war heraus, ehe er es zurückhalten konnte.

Verblüfft sah sie ihn an, als hätte sie auch nicht damit gerechnet.

Ihre Hand regte sich flatternd neben ihrem Teller, als suchte sie etwas – vielleicht war es Mut. Doch dann verkrampfte sich Nialls Kiefer, als Leclerc nach ihrer Hand griff und ihr etwas Unhörbares zuraunte. Offensichtlich beruhigte sie beides, denn sie nickte und drückte seine Hand, ehe sie ihre wieder in den Schoß legte.

Nialls Brust zog sich zusammen. Die plötzliche Verletzlichkeit machte ihn nervös. Seit Jahren – seit sechs Jahren, um genau zu sein – hatte er keine solche Unruhe mehr verspürt.

»Wie dem auch sei, Laird«, erklärte sie mit ruhiger Stimme, und ein unergründlicher Ausdruck legte sich über ihr Gesicht. »Jetzt bin ich hier und habe gesagt, was ich will.«

»Aye, das hast du sehr deutlich gemacht.«

»Dann sind wir uns also einig?«

Alle Gespräche im Saal waren verstummt. Es war ein unangenehmer Moment, und Niall wünschte sich jetzt, er wäre auf den Wunsch seiner Frau nach einem Gespräch unter vier Augen eingegangen.

Vor Jahren hatte er alle Empfindungen von ihrem ausdrucksvollen Gesicht ablesen können und hatte gewusst, was sie dachte, ehe sie es aussprach. Jetzt konnte er gar nichts mehr erkennen. Die neue Aisla benahm sich wie eine Königin, die daran gewöhnt war, dass sie alles bekam, was ihr Herz begehrte, und ihr jeder Wunsch erfüllt wurde – in diesem Falle eine Scheidung.

Er würde sie ihr natürlich gewähren. Hier hatte sie keine Zukunft, und er würde seinem Clan keine Herrin auferlegen, die diese Rolle nicht einnehmen wollte. Seine Leute verdienten etwas Besseres. Aber zuerst wollte er ihr diesen eisigen Gleichmut nehmen. Das mochte zwar widersinnig sein, aber er wollte wissen, wie weit sie gehen würde, um zu bekommen, was sie wollte. Er wusste, dass es sein Stolz war, der aus ihm sprach, aber dieses Mal würde er es ihr nicht so leicht machen, zu gehen.

Nicht, wenn er ein Wörtchen mitzureden hatte.

Er hob den Kelch an die Lippen, leerte ihn und beobachtete, wie ihr Blick seinen Bewegungen folgte. Niall verschränkte die Arme vor der Brust, und ein Mundwinkel verzog sich zu einem trägen Halblächeln.

»Selbst wenn ich darauf eingehen sollte, *leannan*, mit welcher Begründung willst du die Scheidung durchsetzen?«

Kapitel 4

Wie er gedehnt *leannan* sagte, als wäre es etwas zu Köstliches, um es zu verzehren, jagte ihr ein Kribbeln über den Rücken. Nur ein verdammtes Wort, und schon schmolz Aisla innerlich wie Butter auf einem heißen Stein dahin.

Sie saß steif aufgerichtet auf ihrem Stuhl. Im großen Saal war es ungewöhnlich warm und stickig. Aber vielleicht kam ihr das auch nur so vor, weil ihr Körper in Flammen stand. Dafür verantwortlich waren natürlich ihr Ärger und die Demütigung, die sie ertragen musste, aber da war auch noch etwas anderes – eine andere tosende Hitze, die sie nun wirklich nicht spüren wollte.

Es lag auch nicht an dem gälischen Kosewort. Warum musste ihr verflixter Ehemann aber auch so … verdammt männlich sein? Selbst während er sie mit seiner sturen Arroganz in den Wahnsinn trieb, nahm sie in dunklen, verborgenen Winkeln ihres Körpers und ihres Geistes unwillkürlich war, mit welcher Glut er sie ansah – als würde er sich daran erinnern, wie lustvoll er sich an ihrem Körper erfreut und ihr gleichzeitig dieselben überwältigen Empfindungen beschert hatte.

Während der letzten paar Jahre hatte sie so getan, als hätte sie vergessen, was für ein Gefühl es gewesen war, mit Niall im zerwühlten Bett zu liegen und die pure Lust zu spüren, die er mit Mund und Hand in ihr wecken konnte, noch ehe er in ihren Körper eindrang. Doch nur Sekunden nachdem ihr Blick auf ihn gefallen war, hatten diese Erinnerungen sie wieder fest im Griff gehabt. Sechs Jahre hatten nicht gereicht, das Feuer einzudämmen, das Niall immer in ihr hatte entfachen können.

Schwach. So fühlte sie sich immer in seiner Gegenwart. Schwach vor Sehnsucht nach ihm, nach seinem Körper und seiner Aufmerksamkeit oder zumindest dem bisschen, das er ihr davon gewährt hatte, nachdem sie verheiratet gewesen waren. Was hatte Maclaren an sich, das den jungen Mann, in den sie sich auf Montgomery verliebt hatte, so verändert hatte?

Das Bild einer hübschen, dunkelhaarigen Frau mit verächtlichem Blick kam ihr in den Sinn. Aisla hatte ihren Geist in den letzten Jahren darauf geschult, Gedanken an Fenella stets zu verdrängen. Die Frau war bestimmt Nialls Mätresse geworden. Vorhin hatte sie bei Hamish und Ronan gestanden, als wäre das ihr angestammter Platz.

Die ersten paar Monate in Paris war Aisla in tiefer Depression versunken, wenn sie nur an die beiden dachte. An manchen Tagen war sie kaum in der Lage gewesen, das Haus ihrer Tante zu verlassen. Doch Lady Sinclair hatte Aisla schließlich mit freundlicher Überredung dazu gebracht, auszugehen und Leute kennenzulernen, die sie von trüben Gedanken ablenkten. Bei anderen, die nichts über ihre Vergangenheit wussten, war es leicht, sich zu verstellen. Es war sogar so leicht, dass sie sich auch verstellte, wenn sie allein war.

Doch jetzt, da ihr Ehemann sie über den Tisch hinweg ansah, ihr Essen allmählich kalt wurde und alle anderen sich nur noch im Flüsterton unterhielten, war die Situation, die er ihr vor Augen führte, wie ein Schlag ins Gesicht. Gründe für eine Scheidung? Dafür gab es unzählige.

»Ich meine, das ist doch wohl klar, Laird.«

Spöttisch verzog er die Lippen und meinte: »Wir haben geheiratet und die Ehe vollzogen. Was ist also so klar?«

Aisla sah ihn unverwandt an, denn sie war zu verlegen, als dass sie gewagt hätte, jemand anders in die Augen zu sehen. Genoss er es, sie zu demütigen? Es sah ganz danach aus.

»Ich bitte nicht um eine Annullierung«, erwiderte sie gefasst.

»Nein, du willst etwas, das noch viel unmöglicher ist.« Die Erheiterung wich aus seiner Miene.

Es war nicht unmöglich. Aisla hatte auf dem Weg von Paris nach Schottland gründlich darüber nachgedacht, und es gab in der Tat Gründe für eine Scheidung. Mehrere. Sie wünschte sich nur, sie müsste sie nicht vor seiner ganzen Familie nennen.

»Bitte«, sagte sie wieder. Es war ihr so zuwider, dass sie betteln musste. »Das ist eine Unterhaltung, die lieber unter vier Augen geführt werden sollte.«

Er schwieg einen Moment lang, und sie fragte sich, ob er wohl doch einlenken würde. Doch sie hätte es wissen müssen.

»Ich fühle mich sehr wohl, wo ich gerade bin.«

Aisla knirschte mit den Zähnen. »Na gut.«

Doch dann schob Ronan seinen Stuhl bedächtig zurück und stand auf, sodass seine mächtige Gestalt einen Schatten über die Tafel warf. »Ich habe leider den Appetit verloren. Ich wünsche allen noch einen schönen Abend.«

Er verließ den Tisch, und ohne, dass er ein Wort hätte sagen müssen, erhoben sich auch mehrere seiner Krieger an den anderen Tischen. Evans und Finlays Ehefrauen standen ebenfalls sofort auf, und als ihre Ehemänner trotzdem weiteraßen, stießen sie sie an.

»Hör auf, mich zu piksen«, knurrte Finlay, während er hochkam und den gebratenen Hühnerschenkel mitnahm, den er gerade gegessen hatte.

Sie wünschten ihrer Mutter eine gute Nacht und folgten ihren Ehefrauen von der erhöhten Tafel aus dem Saal. Langsam zogen sich auch andere Angehörige des Clans zurück, und von der hohen Balkendecke hallten das laute Rascheln der Röcke, Schritte und das Rücken von Bänken und Stühlen wider.

»Es scheint so, als hättest du bekommen, was du wolltest«, meinte Niall, als sich der Lärm schließlich legte und sich der Saal zu mehr als drei Viertel geleert hatte. Julien und Lady Dunrannoch waren jedoch noch da. Nialls Mutter würde natürlich bleiben wollen, um ihrem jüngsten Sohn zur Seite zu stehen. Trotzdem zog sich Aislas Magen zusammen, denn ihr war bewusst, wie sehr die Frau sie verabscheuen musste, aber das durfte sie jetzt nicht davon abhalten, zu reden.

»Nun?«, fragte Niall nach. »Mit welcher Begründung meinst du, wird die Krone einer Scheidung stattgeben?«

Juliens Finger schlossen sich wieder um Aislas Hand, die zur Faust geballt in ihrem Schoß lag, und drückten sie. Dem Himmel sei Dank, dass er da war. Sie war sich nicht sicher, ob sie das ohne ihn hätte durchstehen können. Allerdings hätte sie es nie auch nur in Erwägung gezogen, um die Scheidung zu bitten, wäre Julien nicht gewesen.

»Böswilliges Verlassen«, stieß sie hervor, und laut ausgesprochen klang es noch schlimmer als in ihrem Kopf. »Ich habe die Ehe beendet und dich im Stich gelassen.«

Niall war nicht schnell genug, um seine Überraschung angesichts ihres Eingeständnisses zu verbergen, doch einen Moment später trug er wieder die übliche gleichgültige Miene zur Schau.

Lady Dunrannoch rutschte auf ihrem Stuhl nach vorn. »Es ist landläufig bekannt, wie schwer es ist, eine Scheidung durchzusetzen«, meinte sie mit ihrer äußerst kultiviert klingenden Stimme. Sie war Engländerin durch und durch, obwohl sie immer nur in Schottland gelebt hatte, seit sie erwachsen war. »Selbst böswilliges Verlassen wird nicht unbedingt als Begründung anerkannt.«

Sie hatte recht. Scheidungen waren selten, doch Aisla wusste von vielen verheirateten Paaren, die ihre Ehe einfach dadurch aufgelöst hatten, indem sie sich darauf geeinigt hatten, nicht mehr zusammenzuleben. Sie würden zwar nicht wieder heiraten können, aber zumindest mussten sie dann die Gegenwart des jeweils anderen nicht mehr ertragen. Manche fanden, dass es das wert war. Aisla hatte das auch so gesehen.

Doch der Anwalt, den sie mit der Sache betraut hatte, war der Meinung, dass es durchaus möglich wäre, aber teuer und mühsam werden würde, da jetzt schon seit Jahrhunderten in Schottland Scheidungen aufgrund böswilligen Verlassens stattgegeben wurde.

»Aye«, sagte Niall nach einer Minute des Schweigens. »Allerdings«, fuhr er fort, und sein Blick ging kurz zu Julien, »könnte Ehebruch als Begründung überzeugender sein.«

»Ehebruch?«

Er zog eine Augenbraue hoch. »Ich spreche von deiner gegenwärtigen Verbindung. Wir sind schließlich noch verheiratet, nicht wahr?«

Ihre Wangen brannten vor Verlegenheit, und die Luft, die sie einatmete, schien plötzlich dünner zu sein. Warum sollte er es nicht denken? Schließlich war sie auf Maclaren mit dem Mann aufgetaucht, der Niall ersetzen sollte. Aber sie würde eher sterben, ehe sie zugab, dass Niall ihr erster Liebhaber gewesen war *und* auch ihr letzter. Sie würde verkümmern und vergehen, ehe sie ihn wissen ließe, dass sie all die Jahre allein gewesen war, während er bestimmt jede weibliche Gesellschaft genossen hatte, die er finden konnte – einschließlich Fenella.

Aisla atmete langsam aus und machte es wie auch in Paris schon immer: Sie tat so als ob. »Wenn es für die Gerichte dadurch einfacher wird, einer Scheidung zuzustimmen, dann führen wir auf jeden Fall auch Ehebruch als Grund an und sagen, dass du mir schon viele Male vorgeworfen hättest, dass ich mein Ehegelübde gebrochen habe.«

Niall sah sie eine Ewigkeit mit finsterem Blick an, wobei sich sein Kiefer immer wieder anspannte, als würde er einen inneren Kampf ausfechten. Einen Moment lang meinte sie auch Bedauern zu erkennen, aber das war nur ein flüchtiger Eindruck. Sein stechender Blick drohte ihre standfeste Haltung zu durchbrechen, und Aisla richtete sich noch gerader auf, um sich gegen das zu wappnen, was gleich aus seinem Mund kommen würde.

Niall schien aus einer Trance zu erwachen, als er abrupt von seinem Stuhl hochkam. »Für mich ist die heutige Unterhaltung beendet. Ich werde einen Kurier nach Edinburgh zu meinem Anwalt schicken, um herauszufinden, was getan werden kann. Ich sage dir meine Antwort, sobald er wieder da ist.«

Der anstrengende morgendliche Ausritt hatte die Gefühle, die in Niall tobten, nicht beruhigen können – genauso wenig wie die Ausritte, die er in den beiden letzten Nächten seit Aislas Ankunft unternommen hatte. Er hatte damit nur erreicht, dass er sich in der Dunkelheit fast das Genick gebrochen hätte. Sein Körper war erschöpft, aber die Gedanken, die er sich ihretwegen machte, wirbelten unablässig durch seinen Kopf.

Himmel, sie hatte ihm mit nur einem Blick das Gefühl gegeben, ein Schwachkopf zu sein. Die Zeit war wohlgefällig mit ihr umgegangen und hatte ihre Schönheit mit meisterhafter Kunst reifen lassen. Ihr Gesicht war voller geworden, genau wie ihre verführerisch weibliche Gestalt. Wissen und Erfahrung hatten ihrem Blick Tiefe verliehen. Er war jetzt genauso wenig gegen sie gefeit wie mit fünfzehn, als er sie kennengelernt hatte, oder mit achtzehn, als sie zusammen durchgebrannt waren. Oder jetzt … als erwachsener Mann, der durch das Leben und die Umstände hart geworden war.

In der letzten Nacht war er Ronan bei den Stallungen von Maclaren in die Arme gelaufen, nachdem er den preisgekrönten

Hengst seines Bruders bis zur Erschöpfung getrieben hatte. Er war gerade vom schäumenden Tier geglitten, als Ronan den Stall betrat.

»Er rennt wie ein Sturm in den Highlands«, hatte Niall gesagt.

»Und er hat auch so ein Temperament.« Ronan lächelte und strich dem Pferd über die Nüstern. Und da er keiner war, der Zeit verschwendete, räusperte er sich und kam gleich zur Sache. »Was wirst du tun, *bràthair?*«

»Womit?«

»Spiel nicht den Dummen. Mit dem Mädchen natürlich.«

Er zuckte die Achseln. »Ich werde ihr geben, was sie haben will, aber ich werde es ihr nicht leicht machen.«

»Du willst dich scheiden lassen?«

Niall hatte mit seiner Antwort gezögert. »Ich will, was für den Clan am besten ist«, hatte er schließlich gleichmütig erwidert. »Du hattest mir doch gesagt, dass ich darüber nachdenken sollte, oder hast du das vergessen?«

Sein Bruder bedachte ihn mit einem scharfsinnigen Blick. »Ich glaube, dass du sie immer noch liebst. Und die Frau, die du liebst, liebt dich nicht.«

»Machst du Witze?«, hatte er spöttisch erwidert. »Wenn ich sie wollte, würde sie nicht gehen wollen. Das Mädchen kennt den neuen Niall Maclaren nicht.«

Ronan grinste. »Dann beweis es. Bring sie dazu, ihre Meinung zu ändern und zu bleiben. Dann werde ich dir die Schulden, die du bei mir hast, erlassen.«

Niall hatte gelacht. Das unerwartete Angebot hatte ihn nicht wenig schockiert. Seiner Einschätzung nach würde er bei der derzeitigen Höhe der Einnahmen aus den Minen vier Jahre brauchen, um Ronan seine Anfangsbeteiligung zurückzuzahlen. Fünfzigtausend Pfund waren nicht wenig. »Was hast du davon?«

»Ich würde sehen, wie du auf die Nase fällst.« Ronans Augen

waren schmal geworden. »Und vielleicht Teilhaber deiner Minen werden. Du hast einen guten Riecher fürs Geschäft.«

Es war leicht gewesen, die Wette anzunehmen. Ronan würde verlieren und Niall seine Schulden los sein. Ach, sein Bruder wollte also sehen, wie er auf die Nase fiel? Zu sehen, wie Ronan eine große Summe Geld verlor, die eigentlich ihm gehörte, würde genauso amüsant sein. Wettbewerben zwischen den Maclaren-Brüdern mangelte es nie an Spaß.

Niall hatte nicht die Absicht, Ronan oder jemand anders als Teilhaber mit ins Minengeschäft zu nehmen. Und Aisla – nun, er würde dafür sorgen, dass sie einen Geschmack davon bekam, was sie aufgegeben hatte. Niall hatte nicht vor, ernsthaft wieder etwas zwischen ihnen aufleben zu lassen, aber er würde alles tun, um sie dazu zu bringen, ihre Meinung zu ändern, und es dann auskosten, in die Scheidung einzuwilligen. Er musste sie nur irgendwie dazu bringen, lange genug zu bleiben, um die Wette zu gewinnen.

Er und Ronan hatten die Wette mit Handschlag besiegelt, dann hatte er dem Hengst Hafer gegeben und war gegangen. Um die Wahrheit zu sagen, war es zwar eine einfache Wette, aber keine leichte Aufgabe, die er da auf sich genommen hatte. Er wusste nicht, was er angesichts der Rückkehr seiner Ehefrau fühlte. Da war nur so ein verwirrender Druck auf seiner Brust und eine so starke Erregung, dass es schon schmerzte. Auf beides konnte er verzichten – vor allem auf Letzteres.

Daher der halsbrecherische Ausritt vor Sonnenaufgang.

Liebte er Aisla immer noch? Ronans Frage hatte ihm die paar Stunden, die er im Bett verbracht und ins Dunkel gestarrt hatte, keine Ruhe gelassen. Er konnte sich immer noch erinnern, wie es sich anfühlte, sie in den Armen zu halten bei jenem ersten Mal auf Montgomery, als sie sich schließlich im alten Stall hinter dem Steinbruch getroffen hatten. Sie hatten darüber gelacht, wie schwierig es für beide gewesen war, sich davonzustehlen. Doch als Niall ihre Taille umschlungen und sie an sich gezogen hatte, war das nervöse Gelächter verstummt. In dem Moment hatte er gewusst, dass er einen Schatz gefunden hatte.

Aber das war gewesen, ehe er alles vermasselt hatte.

Jetzt wusste er, dass er keine andere Wahl hatte, als sie für immer gehen zu lassen. Sie wollte es, und es war auch nicht zu leugnen, dass es vernünftig war. Sein Clan brauchte eine Herrin, auf die sich alle verlassen konnten. Eine Herrin, der sie vertrauten, die sie bewunderten und der sie ihre Loyalität zeigen konnten. Aisla war nicht diese Frau.

Niall zügelte sein Pferd und lenkte es in Richtung des in der Ferne liegenden Bergfrieds der Maclarens. Sein Blick ging zu den oberen Fenstern der Zimmer, die sie vor Ewigkeiten – wie ihm schien – geteilt hatten. Die letzten paar Jahre hatten sie auch in anderer Hinsicht verändert. Ihr Benehmen war jetzt vornehmer und ihre Sprache kultivierter. Sie war nicht mehr das Mädchen von damals, und er täte gut daran, das nicht zu vergessen. Jetzt musste er eine Wette gewinnen.

Niall trieb sein Pferd zum Trab an und kam nur Minuten später beim Bergfried an. Es war immer noch früh, und während die Dienstboten bereits auf waren und geschäftig herumeilten, würden seine Eltern, seine Brüder und ihre Ehefrauen noch in ihren Betten liegen.

»Das Zimmer meiner Ehefrau«, fragte er eine vorbeieilende Magd, die sofort einen kleinen Knicks machte. »Wo ist sie?«

Die Frau blinzelte verwirrt angesichts der schroffen Frage. »Lady Montgomery, Mylaird?«

»Lady *Maclaren*«, fuhr er sie an. Es schien, als könnte seine liebe Gattin es gar nicht erwarten, den Mühlstein, als den sie den Namen Maclaren offensichtlich empfand, loszuwerden. Sie ging sogar so weit, dass sie darauf beharrte, mit ihrem Mädchennamen angesprochen zu werden. »Herrgott noch mal, wie würde sie wohl darauf reagieren, wenn sie Lady Tarbendale genannt wird.«

»Ich glaube, dass die Dame … Lady Maclaren … in den Räumlichkeiten im Nordturm untergebracht ist.«

Das waren ihre früheren Zimmer gewesen, von denen aus man über die Felder blicken konnte. Er dankte der stammelnden Magd und stieg den Nordturm hinauf, wobei er inständig hoffte, dass es Aisla einen Stich versetzt hatte, dass sie in ihren alten Räumlichkeiten untergebracht worden war.

Trotz der Dunkelheit fand er die Tür mit Leichtigkeit, obwohl er seit Jahren nicht mehr in diesem Teil der Burg gewesen war, und donnerte dann, ohne einen Moment zu zögern, mit der Faust gegen das Holz. Die Tür war zu dick, um zu hören, ob drinnen etwas vor sich ging, und so schlug er erneut dagegen. Und noch einmal. Bis schließlich die Tür aufgerissen wurde und eine aufgebrachte und gleichzeitig erschrocken aussehende Aisla vor ihm stand.

Sie hier an diesem Ort nach so langer Zeit zu sehen, traf ihn mit der Wucht einer Streitaxt. Mit den rosigen Wangen, gerade erst erwacht, und dem zerzausten Zopf, den sie sich geflochten hatte, ehe sie gestern Abend zu Bett gegangen war, hätte sie fast anbetungswürdig ausgesehen, wäre da nicht das Nachthemd gewesen, das sie trug. Das cremeweiße Leinen umschloss ihren Busen eng. Der dünne Stoff wäre vielleicht für eine schwülwarme Sommernacht perfekt gewesen, aber er war auch perfekt, um Niall die rosigen Spitzen zu zeigen, die er einst jedes Recht gehabt hatte, zu berühren und zu küssen.

Dieses Recht hatte er immer noch.

Er musste sie wohl einen Moment zu lang angeschaut haben, denn Aisla verschränkte die Arme vor der Brust, trat zurück und zog die Tür mit einem Fuß halb zu.

»Niall? Die Sonne ist noch nicht einmal aufgegangen. Was ist los?«, fragte sie, und wahrscheinlich, weil sie so unsanft aus dem Schlaf gerissen worden und noch nicht ganz wach war, korrigierte sie sich nicht und sprach ihn mit Laird an.

»Man kann deutlich erkennen, dass die Sonne aufgegangen ist, Aisla. Oder hast du vergessen, wie es in den Highlands ist? Jetzt lass mich rein. Wir müssen uns unterhalten.«

Er drängte sich an ihr vorbei, ehe sie ihm die Tür vor der Nase zuschlagen konnte. Als er das Himmelbett neben dem Kamin sah, die Garderobe in der Ecke, den Tisch und den Stuhl neben den Fenstern, durch die man den Hof und die Felder dahinter sehen konnte, blieb er stehen. Nichts hatte sich verändert. Na ja – die unbelebten Dinge hatten sich nicht verändert. Was ihn und Aisla anging, war das eine ganz andere Sache.

Eine kleine Magd mit verkniffenem Gesicht kam in einem zerknitterten Kleid aus dem angrenzenden Raum gestürzt. Die weiße Haube saß schief auf ihrem Kopf. »Stimmt etwas nicht, Mylady?«

»Nein, alles gut, Pauline. Geh wieder zu Bett. Laird Tarbendale wird nicht lange bleiben.«

»Ich bleibe, wenn es Ihnen recht ist, Mylady«, sagte sie mit einem skeptischen Blick in seine Richtung.

»Pauline hat recht«, meinte Aisla. »Du solltest nicht hier sein.«

Er sah sie an. »Warum? Hast du Angst, der Frosch könnte sich aufregen?«

»Leclerc«, verbesserte sie ihn mit finsterer Miene. Aisla sah ihn betont böse an, als sie zu ihrer Zofe trat und die Stimme senkte. »Pauline, alles ist gut. Bitte geh.«

»Und du brauchst dir keine Sorgen zu machen«, sagte Aisla zu ihm, nachdem die Zofe den Raum verlassen hatte. »Julien ist kein eifersüchtiger Mann. Es ist wirklich erfrischend, wenn jemand einem vertraut.«

Niall hatte das Gefühl, als würden die Wände des Schlafzimmers immer näher rücken und die Gedanken und Erinnerungen aufleben lassen, die er sich so sehr bemüht hatte, zu begraben. »Schön zu wissen, dass meine ursprüngliche Einschätzung von ihm richtig war. Der Mann ist ein Idiot.«

»Wohl weil er mir vertraut«, sagte sie und nahm einen Morgenmantel aus dickerem Leinen vom Bettende. Sie zog ihn über und verbarg so ihren Busen, der ein verruchtes Lied für seine Lenden gesungen hatte.

»Ich sollte es wissen.«

»Warum bist du hier, Niall?«

Er löste den Blick von den Wandbehängen und bezwang seine schmerzhafte Erregung, während er sie mit einem harten Blick bedachte. Diesen Blick hatte er sich im Laufe der Jahre in den Minen angeeignet, wenn er es mit Arbeitern zu tun hatte, die nicht bereit waren, ihr Bestes zu geben, oder mit Leuten, die faul und träge waren, was zur Folge hatte, dass andere tief in den Stollen in Gefahr gerieten.

»Ich habe noch nichts von dem Kurier gehört, der von mir nach Edinburgh geschickt worden ist, aber du hast recht – böswilliges Verlassen und Ehebruch sind gute Gründe für eine Scheidung, und wenn du bereit bist, dies vor dem Gericht in Inverness vorzubringen, werde ich das nicht anfechten.«

»Ich … danke dir, Niall. Laird. Ich weiß, dass ich mit meinem Kommen …«

»Ich bin noch nicht fertig.«

Aisla verstummte abrupt. »Nicht?«

»Hast du wirklich gedacht, es wäre so einfach?«, fragte er. »Dass ich freudig in eine Scheidung einwillige, damit du dich mit einem anderen Mann davonmachen kannst?«

Aisla sah ihn mit ihren kupferfarbenen Augen unverwandt an. Er hatte sich ihr mittlerweile vollständig zugewandt. »Ich hatte gehofft, du würdest einsehen, dass wir unsere Zeit und Möglichkeiten verschwenden.«

»Schon amüsant, wie du es formulierst – Zeit und Möglichkeiten. Denn Zeit ist genau das, was ich zurückhaben will.«

Ein argwöhnischer Zug legte sich um ihren Mund, und sie sah ihn durchdringend an. »Was für eine seltsame Bemerkung ist das denn? Niemand bekommt Zeit zurück.«

»Ich will eine Woche«, sagte er, und der misstrauische Ausdruck in ihren Augen verstärkte sich.

»Eine Woche für was?«

Er bewegte sich auf sie zu und verkürzte langsam den Abstand zwischen ihnen. Er nahm den Duft von Honigblüten und Moschus wahr – ein natürliches Parfüm, das ihn immer berauscht hatte, als sie jünger gewesen waren.

»Eine Woche für jedes Jahr, das du fort warst. Das sind sechs Wochen, die du mir schuldest, liebste Gattin. Sechs Wochen hier in Schottland an meiner Seite als meine Ehefrau.« Befriedigung machte sich in ihm breit, als er ihre erschrockene Miene sah und alle Farbe aus ihrem Gesicht wich. »Erst dann werde ich in eine Scheidung einwilligen.«

Kapitel 5

Aisla zwang ihre Beine dazu, nicht unter ihr nachzugeben. Sie musste an sich halten, ihrem Ehemann nicht ins höhnisch grinsende Gesicht zu schlagen. War der Mann verrückt? Oder war er so betrunken, dass er allen Sinn und Verstand verloren hatte? Sie schnupperte vorsichtig, aber es lag kein Geruch von Whisky oder anderem Alkohol in der Luft.

Doch dann erinnerte sie sich wieder, und Aisla biss sich von innen auf die Wange. Sie wusste, worum es ging. Es hatte nichts mit Alkohol zu tun, sondern mit einem Gespräch, das sie zufällig mitbekommen hatte, als ihr Ehemann und ihr Schwager sich im Stall unterhalten hatten. Nach der Anspannung beim Abendessen hatte sie frische Luft gebraucht, und als sie an den Stallungen vorbeigekommen war, hatte sie gehört, wie Ronan Niall angestachelt und zu einer Wette herausgefordert hatte, sie dazu zu bringen, ihre Meinung über ihn zu ändern.

Als wäre das überhaupt möglich!

Aisla hatte Niall lachen hören, und im Weitergehen hatte Aisla ebenfalls in sich hineingelacht. Sie wusste, was sie wollte, und Niall Maclaren würde ihre Meinung nie ins Wanken bringen. Sie erinnerte sich, dass auch Geld erwähnt worden war – es war um Schulden gegangen, die Ronan bereit war zu erlassen, wenn Niall Erfolg hatte. Sie hatte das Gehörte abgetan, da sie fest davon ausging, dass ihr Ehemann nicht so verzweifelt war. Doch offensichtlich war ihr hohlköpfiger Ehemann darauf eingegangen. Denn warum sollte er sonst etwas so Idiotisches von ihr verlangen?

»Sechs Wochen?«, wiederholte sie. Sie hatte geplant, Maclaren innerhalb der nächsten sechs *Stunden* zu verlassen! Sie war nur wegen Julien nach Schottland gekommen, ohne Nialls Antwort auf ihren Brief abzuwarten. Der Gesundheitszustand von Juliens Mutter hatte sich verschlechtert, und er wollte heiraten, ehe sie starb. Sechs Wochen waren also viel zu lang.

Aisla öffnete schon den Mund, um ihm zu sagen, dass sie das Gespräch in den Stallungen mitgehört hatte, aber sie wurde daran gehindert, als hinter Niall leise Schritte erklangen. Beide drehten sich zur Tür. Seine Mutter, die Herzogin von Dunrannoch, stand auf der Schwelle zu Aislas Schlafzimmer.

Sie blinzelte verwirrt, ihren Sohn hier zu sehen, setzte dann aber trotz der Spannungen in der Luft ein strahlendes Lächeln auf. »Ach, wie schön. Ich bin froh, dass ihr beide hier seid. Das erspart mir den Weg nach Tarbendale.« Sie streichelte die Wange ihres Sohns. »Nicht, dass ich einen Vorwand brauche, dich zu besuchen.« Sie räusperte sich leise. »Der Kurier aus Edinburgh ist in der Frühe eingetroffen.«

Niall runzelte die Stirn. »Er sollte doch zu mir nach Tarbendale kommen.«

Die Herzogin öffnete und schloss den Mund, während sich ihre Wangen röteten, ehe sie antwortete. »Sei nicht verärgert, mein Lieber. Ich war draußen, um einen Morgenspaziergang zu machen, und als ich ihn sah, bot ich an, dir Mr Stevensons Antwort zu übermitteln.«

»Was sagt er?«

»Eine Scheidung sei zu erwirken, doch es gäbe eine kleine Komplikation. Die Eintragung der Heirat wurde offensichtlich in Inverness vorgenommen, denn er selbst kann keine Aufzeichnungen finden. Er schätzt, dass sich dadurch alles um ein paar Wochen, vielleicht auch mehr, verzögert.«

»Ein paar Wochen?«, fuhr Aisla ärgerlich auf.

»Mindestens. Vielleicht sogar ein oder zwei Monate«, erwiderte die Herzogin. »Mr Stevenson verspricht, sich darum zu kümmern, aber er empfiehlt dir, in Schottland zu bleiben, bis sich alles geklärt hat.«

»Warum?«, fragte Aisla plötzlich wieder misstrauisch. Sie konnte das Problem nicht nachvollziehen. Die Herzogin beteiligte sich doch nicht etwa an der Wette ihres Sohns, oder?

»Es ist einfacher, wenn er sich unter Umständen schnell mit dir in Verbindung setzen kann«, erklärte Lady Dunrannoch mit seltsam angespannter Stimme, während sie den Blick abwandte. »Und wenn ihr euch beide an einem Ort aufhaltet.«

Niall, dieser Schuft, grinste doch tatsächlich, und Aisla verspürte erneut den Drang, ihn zu treten. »Sie kann hier auf Maclaren bleiben«, meinte er.

Die Herzogin schüttelte den Kopf. »Nicht angesichts der bevorstehenden Festtage. Die Räume sind bereits alle gesäubert und gelüftet, und ich habe nur noch ein freies Zimmer, sodass Lord Leclerc weiter hierbleiben kann.« Sie warf ihm einen Seitenblick zu. »Außer natürlich, du möchtest, dass der Mann bei dir auf Tarben Castle wohnt?«

Der ärgerliche Blick, den Niall seiner Mutter zuwarf, ließ Aisla vermuten, dass er die Herzogin doch nicht in irgendwelche Intrigen einbezogen hatte, die er und Ronan ausgeheckt hatten.

»Er ist nicht *mein* Gast«, brummte er.

»Oder vielleicht könnten sie sich ja auch hier ein Zimmer teilen«, dachte Lady Dunrannoch laut nach. »Obwohl einige davon wohl recht pikiert sein würden.«

Nialls Miene wurde noch finsterer. »Es schert mich einen feuchten Dreck, wo sie schläft.«

»Achte auf deinen Ton, Niall«, tadelte Lady Dunrannoch ihren Sohn mit genauso versteinerter Miene. »Also gut. Dann bleibt sie hier.«

»Ich habe keine sechs Wochen«, sagte Aisla, während sie noch nach einer Ausrede suchte, sich dann aber für die Wahrheit entschied. »Juliens Mutter ist krank. Er möchte heiraten, solange sie noch am Leben ist.«

Die Herzogin sah sie mit einem mitfühlenden Lächeln an, aber sie meinte, aus Nialls Richtung wieder ein Knurren zu hören. »Wenn du eine Scheidung willst, meine Liebe, dann musst du bleiben, wie Mr Stevenson es empfiehlt.«

»Lässt sich nicht alles auf schriftlichem Wege klären?«

»Nein, ich glaube nicht.« Die Herzogin hob hilflos die Schultern und sagte nichts mehr. Aisla ließ sich auf einen Stuhl fallen, während Lady Dunrannoch den Raum wieder verließ und im Gehen meinte: »Ihr beiden könnt euch jetzt weiter unterhalten.«

Aisla wollte sich aber nicht unterhalten. Sie wollte fluchen und schreien. Sie wollte mit etwas werfen – am liebsten nach dem Mann, der die Tür verstellte. Sie hatte die erste Nacht auf Maclaren hellwach in dem verdammten Bett gelegen und inständig gehofft, dass Niall zur Vernunft käme und auf die Scheidung eingehen würde. In dieser Nacht war sie tief in die Matratze eingesunken und hatte sich an die ersten paar Tage ihrer Ehe hier auf der Burg erinnert, als Niall sie nicht aus genau diesem Bett gelassen und sie bis zur Erschöpfung geliebt hatte, um dann Pläne für sie beide und das Baby zu schmieden, das in ihrem Bauch heranwuchs.

Es war die reinste Folter gewesen, sodass Aisla in der nächsten Nacht schließlich die Decken genommen und zu dem kleinen Sofa neben dem Kamin getragen hatte, wo sie dann die meiste Zeit über den Mann nachgedacht hatte, zu dem ihr Ehemann geworden war. Wie gleichgültig und abgestumpft er beim Dinner am ersten Abend gewirkt hatte – wie unbeeindruckt von ihrer Ankunft. Wie beunruhigend zynisch, als würde ihn gar nichts tangieren.

Er hatte so eine Nonchalance zur Schau getragen, als sie ihn um die Scheidung gebeten hatte, aber an Kleinigkeiten hatte sie dann doch erkannt, dass er nicht ganz so ungerührt war, wie er sich gab – an einem leichten Stirnrunzeln, an seinen plötzlich schmal werdenden Augen. Trotzdem hatte er nicht die Beherrschung verloren. Das hatte sie Hoffnung schöpfen lassen, dass sich das Ganze zivilisiert regeln lassen würde. Aber nein, er war nicht zivilisiert. Aber sie hatte nicht damit gerechnet, dass seine unvernünftige Forderung tatsächlich von praktischen Erwägungen unterstützt werden könnte. Eine derartige Verzögerung hatte sie nicht vorausgesehen.

»Das ist unmöglich«, sagte sie und hob den Blick zu Niall. »Es ist zu lange. Ich kann auf keinen Fall bleiben.«

»Aye, ich hatte vergessen, wie sehr du das Land hasst, in dem du geboren worden bist. Aber wenn dir so sehr an einer Scheidung liegt, sind ein paar Wochen kein zu hoher Preis.« Nialls kalter Blick traf sie und strahlte Verärgerung aus. »Es ist erforderlich, dass du bleibst, *bhean*.«

»Ich bin nicht sechs Jahre lang deine Frau gewesen! Du hast schon vor langer Zeit das Recht verloren, mich so zu nennen – ob nun auf Gälisch oder in irgendeiner anderen Sprache. Ist dir das klar?«

Ein Winkel seines sinnlichen Munds zuckte nach oben, und Aisla wand sich innerlich, weil sie wusste, dass er so spöttisch lächelte, weil sie wieder in den gedehnten, schottischen Dialekt verfallen war. Sie bemühte sich, Haltung zu bewahren, und presste die zu Fäusten geballten Hände an die Seiten, damit sie nicht dem Drang nachgäbe, ihm die Haare auszureißen. Er hatte ja wohl völlig den Verstand verloren. Sie würde auf keinen Fall in seiner Nähe bleiben.

»Ich hasse Schottland nicht«, sagte sie schließlich mit ruhigerer Stimme.

»Warum willst du dann weg?«

Sie blinzelte verwirrt. »Du hast mich weggestoßen, Niall. Du sagtest, dass ich gehen soll, wenn du dich bitte erinnerst.«

Er sah sie ärgerlich an. »Ich erinnere mich, vorgeschlagen zu haben, dass du nach Montgomery zurückkehrst. Es sollte eine vorübergehende Rückkehr sein. Aber stattdessen hast du beschlossen, auf den Kontinent zu reisen und dein Leben hier hinter dir zu lassen. Du hast mich verlassen, sodass der ganze Maclaren-Clan es mitbekam und ich wieder Zielscheibe des Mitleids wurde.«

Sie sah ihn mit offenem Mund an. »Mitleid?«

»Der arme Niall Maclaren«, ahmte er die spöttischen Stimmen der anderen nach. »Er kann seine Frau nicht mit einer Hand befriedigen, deshalb ist das Mädchen weggelaufen, um sich einen anderen mit zwei Händen zu suchen. So war es. Es überrascht mich, dass die Barden aus der Gegend noch kein Liedchen daraus gemacht haben.« Er stieß ein freudloses Lachen aus.

Ihr Blick ging zu dem in Leder gehüllten Stumpf, der Nialls linke Hand war. Für sie war er dadurch nie ein geringerer Mann gewesen, aber Nialls streitsüchtige, unterlegene Haltung hinsichtlich seiner Verletzung war etwas, womit er nur selbst ins Reine kommen konnte. »Du weißt, dass mir das nie wichtig war. Ich habe dich trotzdem geliebt, alles an dir, mit Makel oder ohne.«

»Ach ja?«, murmelte er. »Warum hast du dich dann einem anderen zugewandt?«

Er meinte natürlich Dougal Buchanan. Aisla verkrampfte sich. So stark war der Drang, die Arme hochzureißen und zu schreien, dass sie so etwas nie getan hatte. Dass sie ihn nie angelogen und auch nicht das Gelübde gebrochen hatte. Weder mit Dougal Buchanan noch mit sonst jemandem. Doch er hatte ihr nie geglaubt, wenn sie es sagte. Sie konnte nur annehmen, dass jemand anders ihm gesagt hatte, sie wäre untreu – jemand, dem er tatsächlich vertraute.

»Ich habe keine Lust mehr, zu versuchen, dich von irgendetwas zu überzeugen«, erklärte sie ruhig. »Es ist allzu offensichtlich, dass du nur die Lügen glauben willst, mit denen du gefüttert worden bist.«

Aisla musterte ihn … diesen stolzen Mann, mit dem sie vor einer Ewigkeit die Ehe geschlossen hatte, und erkannte, was sie damals in seiner unzufriedenen Miene und den strengen Worten gesehen hatte – auch ihm hatte der Schmerz Narben zugefügt. Sie war nicht das einzige Opfer ihrer stürmischen Liebe gewesen. Sie waren zu jung gewesen und beherrscht von der Leidenschaft der Jugend und der Torheit. Es war ein Wunder, dass sie sich nicht gegenseitig vernichtet hatten. Obwohl – in gewisser Weise hatten sie das. Sie würde nie wieder lieben können, und er war zu einem harten, jähzornigen Mann geworden.

Er atmete tief ein und aus, schüttelte dann kurz den Kopf und wandte den Blick ab. »Es spielt keine Rolle.«

Aisla streckte den Arm nach ihm aus. »Es spielt sehr wohl eine Rolle. Es spielt eine Rolle, weil du erkennen musst, wie lächerlich es ist, wenn ich bleibe – egal, wie lange. Sicher kann dein Anwalt es doch auch hinbekommen, ohne dass ich da bin. Für dich ist es doch bestimmt auch nicht einfach.«

Er sah sie mit durchdringendem Blick an. »Was meinst du damit?«

»Mich nach all der Zeit hierzuhaben.«

Er ging zum Kamin, um die Glut zu schüren. »Nein, es kommt nicht gelegen, aber es ist ja auch nur eine Sache von Wochen, Aisla. Ein paar Wochen für die Freiheit, nach der du dich sehnst. Und wenn du dich erinnerst, hatte ich dich, ehe meine Mutter dazukam, um ein paar Wochen gebeten, damit ich in die Scheidung einwillige. Siehst du es auch, *werte Gattin?* Es ist Schicksal.«

»Ich glaube nicht an Schicksal, *werter Gatte.*«

Sein Blick wich jetzt nicht mehr von ihr. »Worüber machst du dir Sorgen? Hast du Angst, du könntest mir in so kurzer Zeit erliegen?«

Ihm erliegen?

»Davor habe ich keine Angst.«

»Ich glaube doch.«

Sie dachte an die Wette, die sie mitbekommen hatte, und wusste, was seine Beweggründe waren. Sie spürte, wie Wut und Verzweiflung größer wurden. »Und ich glaube, du überschätzt deinen Charme.«

Er warf ihr einen Blick über die Schulter zu, und sein plötzliches Lächeln ließ sie an der Wahrhaftigkeit ihrer eigenen Worte zweifeln – und ihrer Willenskraft. Himmel, keinem Mann sollte so ein verruchtes Lächeln voll sinnlicher Verheißung zu eigen sein. Sie drehte sich um und stolzierte zum Bett, was sie auf der Stelle bereute. Die Erinnerung an das, was sie in diesem Bett getan hatten – zerwühlte Laken, verschlungene Glieder und befriedigte Leiber –, schoss durch ihren Kopf.

Sie warf ihm einen schnellen Blick zu, nur um festzustellen, dass er ebenfalls das Bett ansah. Ihre Beine wurden plötzlich weich, und das Herz schlug ihr bis zum Hals.

»Ich weiß um meine Fähigkeiten«, meinte er gedehnt. »Vor allem, wenn es um dich geht.«

»Ach ja?«, erwiderte sie. Sie nahm ihm den wissenden Ton und das Kribbeln übel, das ihr über den Rücken lief. Ihr Hals war plötzlich trocken, sodass sie sich räuspern musste, ehe sie zu dem Raum sah, in dem Pauline schlief. »Hier gibt's nichts, was ich nicht schon gesehen hätte. Glaub mir, Niall, ich habe gelernt, dass das Leben mit dir nur Herzschmerz und Verzweiflung für mich bereithält.«

»Ich merke, deine Zunge hat nichts von ihrer Schärfe verloren.«

Niall kam wieder hoch, nachdem er dem Kamin eine kleine Flamme entlockt hatte, und setzte sich auf einen Stuhl. Er trug Reitkleidung, was hieß, dass er schon eine Weile auf war. Seine Stiefel waren staubig, und das Hemd stand am Hals offen. Aisla erinnerte sich nicht, dass die Haut an seinem Hals so gebräunt gewesen war, als hätte er regelmäßig draußen gearbeitet. Und schon begann sie zu überlegen, ob sich die gesunde Hautfarbe nur auf seinen Hals beschränkte.

Niall zog eine Augenbraue hoch, und Aisla riss den Blick von ihm los. Heiße Röte stieg in ihre Wangen, weil sie dabei erwischt worden war, dass sie ihn anstarrte.

»Ich habe ein Leben in Paris«, fuhr sie ihn an, und eine Sekunde lang war ihr Gehirn ganz leer. »Ich kann mich dem nicht mehrere Wochen entziehen.«

»Ich glaube, du belügst dich selbst.«

»Womit?«

Er fuhr sich mit einem Knöchel träge über die Unterlippe. Wärme breitete sich in ihrer Brust aus und schoss direkt zwischen ihre Schenkel. Aber zumindest wurde ihr Gesicht nicht rot, so dass er hätte erkennen können, welche Wirkung seine Worte auf sie hatten. Seine Stimme nahm einen so leisen, verführerischen Klang an, dass sich ihre nackten Zehen in den dicken Aubusson-Teppich bohrten. »Dass du angeblich keine Angst hast.«

»Du irrst dich. Ich bin nicht eine von deinen lockeren Frauen, Niall«, erwiderte sie und war stolz darauf, wie ruhig sie klang. »Noch sehne ich mich in irgendeiner Form nach deinen Aufmerksamkeiten.«

»Dir gefielen meine … Aufmerksamkeiten.«

Nialls Augen verengten sich zu strahlend blauen Schlitzen, deren Blick sie mit gefährlicher Präzision durchbohrte. Himmel, mit diesen Augen könnte er morden. Wie konnte eine normale Frau immun dagegen sein? Obwohl er sich nicht einen Zentimeter von seinem Sitzplatz entfernt hatte, spürte Aisla, wie sich das Bett hinten gegen ihre Beine drückte, als würde er sich mit seinem ganzen Körper an sie pressen. Sie keuchte, ihr Busen zog sich zusammen, und ihre Beine fingen an zu zittern. Ihr Blick fiel auf die nicht zu übersehende Wölbung zwischen seinen Beinen, die in unzüchtiger Weise vom weichen Leder seiner Hose betont wurde. Sie schluckte krampfhaft, bevor sie den Blick von ihm losriss.

Er tut es für eine Wette, du Närrin.

»Vieles hat sich geändert«, sagte sie. »Lass uns keine Spielchen treiben. Ich habe nicht den Wunsch, mit dir ins Bett zu gehen, auch wenn du mich auf Knien anflehen würdest.«

»Glaub mir, *leannan,* wenn wir miteinander ins Bett gehen, wirst du diejenige sein, die darum fleht.«

Das gälische Wort klang so lasziv, und sein Grinsen war so voller Selbstsicherheit, dass ihre Knie zu Verrätern wurden. Sie wollte mit einem Schuh nach seinem Kopf werfen. Sein heißer Blick glitt über ihren Körper, und sie hätte genauso gut nackt sein können.

Grundgütiger! In seiner Gegenwart war sie keines klaren Gedankens mehr fähig.

Aisla sackte gegen das Bett und hoffte, er würde es nicht bemerken, aber ihr entging nicht das triumphierende Aufblitzen in seinen Augen. »An dem Tag wird es in der Hölle schneien, Niall Maclaren, egal, für wie unwiderstehlich du dich halten magst.«

Auf seinen Wangen erschienen Grübchen, und auf einmal sah er wieder aus wie der Junge von damals. »Du hältst mich für unwiderstehlich?«

»Ich halte dich für lästig.«

»Red dir das nur weiter ein. Ich weiß, dass du immer noch die Leidenschaft zwischen uns spürst.«

Aye, er hatte recht. Aber sie war keine naive Achtzehnjährige mehr mit einem rosaroten Schleier vor den Augen und den Träumereien eines jungen Mädchens. Ihrem arroganten Ehemann stand ein raues Erwachen bevor. Diese ärgerliche Verzögerung war nur Mittel zum Zweck – so musste sie das sehen. Außerdem war Aisla Verführung nicht fremd, und sie wusste, ihre weiblichen Reize einzusetzen, um zu bekommen, was sie wollte. Man konnte nicht in Paris – der Stadt der Liebe – leben, ohne zu lernen, wie man mit seiner Anziehungskraft auf das andere Geschlecht umzugehen hatte. Sie musste den Spieß umdrehen, um den Vorteil wieder auf ihrer Seite zu haben.

Die Wette!

Sie wusste davon, aber das wusste er nicht. Wenn sie die nächsten paar Wochen hierbleiben musste, würde sie sich nicht als Schachfigur im Spiel zwischen ihm und Ronan hergeben.

Aisla stützte sich mit den Ellbogen auf dem Bett ab und schaute, ob sie auch seine ganze Aufmerksamkeit hatte, ehe sie sich mit der Zunge über die Lippen fuhr, als hätte sie gerade ein besonders köstliches Stück Kuchen gegessen. Ein leicht verkrampfter Zug legte sich um seine Lippen, und sie verspürte ein verruchtes Zucken der Befriedigung. »Wollen wir eine Wette abschließen?«

»Was für Bedingungen hast du anzubieten?«, fragte er mit heiserer Stimme, während er sich nach vorn beugte.

Verdammt! Sie hatte nicht damit gerechnet, dass er so schnell aufgeben würde. Andererseits war er ein Mensch, der es offensichtlich liebte, zu wetten.

Aisla zermarterte sich das Gehirn. Sie hatte nicht die Absicht, den Schuft zu verführen – zuallererst, weil sie gerade dabei war, sich mit einem anderen zu verloben. Das fühlte sich zu schäbig an. Aber wenn sie die Wette gewann und sie ihm dadurch eine Lektion erteilen konnte, würde sie es machen.

»Wenn es mir gelingt, dich zu verführen, gibst du zu, dass es deine Schuld war, was in unserer Ehe passiert ist. Öffentlich – vor all deinen Clans-Leuten. Und du wirst die Herzogin und Mr Stevenson davon überzeugen, dass es besser ist, wenn ich nach Paris zurückkehre, bis die Scheidung durchgeführt werden kann.«

Nachdenklich verzog er das Gesicht. »Und wenn ich dich verführe?«, fragte er, und seine Stimme strich wie warmer Honig über ihre Sinne.

Darauf gab es nur eine Antwort, mit der er sich zufriedengeben würde. »Dann werde ich mit den vollen sechs Wochen einverstanden sein, die du vorgeschlagen hast.« Sie schluckte. »Und diese als deine Ehefrau an deiner Seite verbringen.«

Allein bei der Vorstellung wurde ihr übel. Sie durfte einfach nicht verlieren.

»Und Leclerc?«, fragte er mit gedehnter Stimme. »Ich hasse den Gedanken, was dein Liebhaber von so einer Vereinbarung halten könnte.«

»Wir führen nicht diese Art von Beziehung. Aber wenn wir erst verheiratet sind, werde ich mich natürlich an mein Ehegelübde halten.«

»Wie du dich jetzt daran hältst?«, fragte er lauernd.

»Zehnmal mehr, als du es getan hast.«

Wieder hier zu sein – mit ihm – und die Wut, das Verlangen und die Enttäuschung zu spüren, war nur zu vertraut. Nach nur einer Unterhaltung mit Niall war sie jetzt wieder genau da, wo sie vor sechs Jahren gewesen war. Sie fühlte sich so hilflos und war kurz davor, vor Wut zu explodieren. Alles, was sie je gewollt hatte, war eine Entschuldigung von ihm gewesen – dass er zugab, ihr unrecht getan zu haben. Es wäre besser gewesen, wenn diese Entschuldigung bereits gekommen wäre, als sie noch auf Maclaren gelebt hatte, denn dann hätte die Chance bestanden, ihre Ehe zu retten.

Aber zumindest würde sie jetzt, wenn sie es schaffte zu gewinnen, ihre Entschuldigung bekommen. Da sie um die Wette zwischen ihm und Ronan wusste, plante sie, auch in den nächsten sechs Wochen die kälteste und kratzbürstigste Frau, die man sich vorstellen konnte, zu sein, so dass Niall am Morgen des letzten Tages ihre Koffer höchstpersönlich packen und in die Kutsche laden würde. Wenn es ihr gelang, ihn zu verführen, und sie ihre skandalöse Wette gewann, könnten sie und Julien sich schon innerhalb der nächsten Tage auf die Heimreise begeben. Vielleicht waren es auch nur Stunden, die sie ausharren musste.

Mit neu entfachter Entschlossenheit musterte sie ihren Gegner, der immer noch vorgebeugt dasaß und die muskulösen Unterarme auf den Oberschenkeln abstützte, während er ihr in die Augen sah. Doch dann glitt sein Blick an ihrem leichten Morgenmantel nach unten, und Aisla sah, wie er die Hüften bewegte, um sich anders hinzusetzen. Er hatte sie beschuldigt, immer noch Leidenschaft für ihn zu empfinden, und er hatte nicht unrecht. Aber er spürte es auch. Und diese Schwäche könnte sie zu ihrem Vorteil nutzen.

Die Vorstellung, ihn zu verführen, sollte nicht so quälende Schuldgefühle in ihr wecken. Aber da waren Julien und die kränkelnde Lady Haverille, an die sie denken musste. Während der Gedanke, dass Julien sich eine Mätresse nahm, sie nicht störte, hatte sie selbst kein Interesse an irgendetwas Körperlichem. Diese Sehnsucht war vor sechs Jahren gestorben – zusammen mit ihrem Herzen.

Bis sie jetzt auf einmal von der wieder aufflammenden Glut überrascht und schockiert worden war.

Das sind nur Erinnerungen. Mehr nicht.

Julien war die bessere Wahl. Eine sicherere Wahl. Sie würden ihr eigenes, erfüllendes und glückliches Leben führen. Ihnen mochte es vielleicht an Leidenschaft fehlen, aber Julien war kein trinkender Lügner. Je länger sie darüber nachdachte, wie gedankenlos Niall sich im Hinblick auf ihr Ehegelübde verhalten hatte, desto entschlossener wurde Aisla. Sie war kein sanftes, weltfremdes Mädchen mehr, das man manipulieren und steuern konnte. Sie würde Niall in jedem Spiel schlagen und ihn mit hoch erhobenem Kopf zurücklassen.

»Was geht dir da gerade durch den Kopf?«, fragte Niall und kam von seinem Stuhl hoch. Aisla sah ihm zwar weiter in die Augen, aber ihr war trotzdem seine körperliche Erregung bewusst. Vielleicht sollte sie schnell zuschlagen und es hier und jetzt beenden.

»Ich überlege nur gerade, wie wir die Vereinbarung besiegeln sollen«, erwiderte sie in mildem Ton.

»Du meinst also nicht, dass es ein einfacher Handschlag tun würde?« Er kam langsam näher, wobei sein Blick über ihren Körper glitt. Sie lag immer noch mit hinten aufgestützten Ellenbogen auf dem weichen Bett.

Ehe sie ihre Meinung ändern konnte, griff sie nach dem Gürtel des leichten Hausmantels. Sie zog daran, und die seidene Schleife löste sich, sodass sich das Kleidungsstück öffnete. Nialls hungriger Blick ging sofort zu ihren Brüsten, deren Spitzen durch das enge Mieder des Nachthemds deutlich zu erkennen waren. Kaum war ihr Werk vollbracht, spürte Aisla eine Mischung aus Erregung und Schuldgefühl. Sie machte sich Vorwürfe, dass sie überhaupt etwas spürte, und dann wurden ihre Schuldgefühle noch größer, als sie merkte, dass ihre Erregung diese bei Weitem überstieg.

Du kannst das.

Früher war es immer so einfach gewesen, als sie noch jünger waren. Sie hatte ihn nur ansehen müssen, und er hatte sie in eine Nische gedrängt und ihre Röcke hochgeschoben. Sie hatte sich überhaupt keine Gedanken gemacht, sondern ihn genauso sehr gewollt wie er sie – egal wo, egal wie.

Aisla grub die tief liegenden Erinnerungen aus. Sie setzte sich ein bisschen aufrechter hin, ließ die Hand bis zur Hüfte gleiten und zog das weiche Leinen des Nachthemds langsam hoch. Der Saum rutschte immer höher, sodass erst ein Knöchel und dann ihr

Unterschenkel sichtbar wurde. Aisla ließ den Stoff los und streckte die Hand nach ihm aus. Er starrte sie an. Seine Finger streckten sich erst, ballten sich dann aber zur Faust.

»Ich weiß, was du da tust«, erklärte Niall mit belegter Stimme, während sein Blick dem höher rutschenden Saum folgte.

»Hast du Angst, mich zu berühren?«, fragte sie mit leicht rauer Stimme. Sie tat nicht nur so, ihr Hals war vor Nervosität tatsächlich leicht zugeschwollen.

Seine Hand strich über den Spitzenbesatz ihres Nachthemds, und Aisla musste ein Keuchen unterdrücken, als er sich mit vor Leidenschaft dunklem Blick über sie beugte und seine Lippen sich ihrem Mieder näherten. Sein Mund verzog sich zu einem umwerfenden Lächeln, als er den Seidengürtel mit seiner Hand wieder schloss und mithilfe der Zähne den Knoten fest zusammenzog.

»Du wirst dich viel mehr anstrengen müssen, *leannan*. Und wir werden unsere Vereinbarung mit einem Kuss besiegeln.«

Ohne Vorwarnung beugte er sich vor und berührte ihre Lippen. Der kurze Kuss fraß sich durch ihr Mark, ehe er sich abrupt wieder von ihr löste, auf dem Absatz kehrtmachte und, ohne sie noch einmal anzusehen, das Zimmer verließ. Aisla sank mit laut pochendem Herzen aufs Bett zurück. Sie bekam kaum noch Luft. Ein keuscher Kuss, und ihr ganzer Körper fühlte sich an, als würde er in Flammen stehen.

Allmächtiger! In was für eine Situation hatte sie sich gebracht?

Kapitel 6

Niall verbrachte den Rest des Tages in den Minen, wo er dabei half, Seile und Flaschenzüge zu verstärken, die man brauchte, um eine neu entdeckte Ader abzubauen. Doch egal, wie anstrengend die Arbeit war, er konnte den süßen Geschmack der Lippen seiner Ehefrau nicht vergessen. Er hatte das Gefühl, als wäre eine Zündschnur angesteckt worden, und jetzt konnte sein gequälter Verstand kaum noch an etwas anderes denken.

Was hatte er denn erwartet? Dass die Zeit den Funken zwischen ihnen zum Erlöschen gebracht hätte? Dass seine Haut sich nicht mehr an die seidige Glätte ihrer Haut erinnern würde – und sei es nur durch das leichte Berühren ihrer Lippen? Jetzt hungerte er mit dem Verlangen eines Mannes nach ihr, der den Himmel gekostet hatte und es wieder wollte.

Und dann ihre Wette. Allein die Verwegenheit so eines Vorschlags hatte ihn fast seiner Manneskraft beraubt.

Erneut spürte er den Sog ihrer Worte in seinen Lenden, als er kräftig am Seil zog. Das Gerüst für den Stollen war stabil, und so konnte er hoffen, viele mit Topas versetzte Ladungen an die Oberfläche zu holen. Er versuchte, sich auf die neue, ergiebige Ader zu konzentrieren, doch stattdessen konnte er nur an das überraschte Keuchen seiner Frau denken, als er sie geküsst hatte, und den enttäuschten Ausdruck auf ihrem Gesicht, als er ihren Morgenmantel wieder geschlossen hatte und gegangen war.

Herkules hätte nicht mehr Selbstbeherrschung an den Tag legen können.

Als er seinen Eine-Woche-für-jedes-Jahr-Plan ausgebrütet hatte, hatte er sehen wollen, wie sie darauf reagierte – ob sie das Kinn arrogant heben oder ihm allein für den Vorschlag ins Gesicht schlagen würde. Aber nein, sie hatte ihn verblüfft. Mit dieser Antwort hätte er nie gerechnet – vor allem nicht, nachdem er gesehen hatte, wie verärgert sie über die Nachricht von Stevenson war und darüber, dass sie tatsächlich bleiben *musste*. Für ein paar Wochen, hatte seine Mutter gesagt. Erheiterung stieg in ihm auf – fast eine Woche für jedes Jahr, das sie fort gewesen war. Genau wie er vorgeschlagen hatte. Das war nicht nur viel Zeit, um seine Frau zu verführen und sie dazu zu bringen, ihre Meinung zu ändern, sondern auch mit allem zu prunken, was er in ihrer Abwesenheit erreicht hatte. Er würde ihr zeigen, dass ihr Weggehen ihm überhaupt nichts bedeutet hatte.

Doch jetzt, nach Aislas dreister Herausforderung, hatte sich sein Plan, Ronans Wette zu gewinnen, in ein gefährliches Spiel verwandelt. Ein Duell mit den Waffen der Verführung statt mit Schwertern … ein Duell, das er nicht verlieren wollte. Nicht einmal gegen einen Gegner, den er gar nicht mehr kannte. Niall machte sich zwar keine Gedanken wegen seiner Chancen, doch während er Tarbendale in einen Besitz verwandelt hatte, der Geld abwarf, hatte er nicht viel Zeit für Frauen gehabt. Aber er nahm an, das Verführen wie Reiten war. Man stieg auf und galoppierte los.

Aisla war ihm gegenüber nicht immun gewesen – er hatte gespürt, wie sie auf ihn reagierte, hatte gesehen, wie der zarte Puls an ihrer Kehle geflattert hatte, als er sich über sie beugte. Allmächtiger, er hatte seine ganze Selbstdisziplin zusammennehmen müssen, um seine Zunge nicht auf diese pochende Stelle zu legen und ihre seidige Haut zu lecken und dann mit den Lippen zu den zwei verführerischen Knospen zu gleiten, die sich unter dem weichen, durchsichtigen Stoff verbargen. Das Wasser war ihm im Munde zusammengelaufen, und er hatte ihr den Stoff vom Leib reißen wollen, um sich zu nehmen, was ihm gehörte.

Was ihm gehört hatte.

Selbstekel stieg in ihm auf. Nach allem, was sie getan hatte, und trotz ihres Verrats, war sein Verlangen nach ihr immer noch so heftig, dass es ihn aus der Fassung brachte. Himmel, allein bei dem Gedanken an sie stieg schon Erregung in ihm auf, obwohl er von oben bis unten mit Dreck bedeckt und von seinen Clans-Leuten umgeben war, die mit ihm in der Mine arbeiteten.

»Gut gemacht, Männer«, sagte er, als seine Leute ihre Arbeit beendeten und sich nach oben begaben. »Das Ale in der Taverne geht heute auf mich.«

Jubel brandete bei seiner Ankündigung auf.

Niall legte Wert darauf, genauso schwer wie seine Männer zu arbeiten, wenn er die Minen aufsuchte. Es war wichtig, dass sie sahen, wie ihr Laird mit ihnen schuftete, damit die Ländereien Gewinn abwarfen. Obwohl er sich meist mit dem Führen der Bücher beschäftigte und mit Überlegungen, wie er das erwirtschaftete Geld am besten anlegte, suchte Niall die Minen gern auf, wann immer es ihm möglich war. Schließlich stellten sie seine wichtigste Einkommensquelle dar. Und obwohl er alle Arbeiten nur mit einer Hand ausführen konnte, war er genauso schnell und fleißig wie die anderen – und es ging ihm schneller von der Hand als die Arbeit am Schreibtisch.

Er beschloss, runter zum See zu gehen und einmal kurz reinzuspringen, ehe er mit seinen Leuten in die Taverne ging. Sein Plaid war dreckig, genau wie jeder andere verschwitzte Zentimeter von ihm. Am See zog er die Stiefel aus und legte das Plaid ab, ehe er voll bekleidet ins Wasser sprang. Er schwamm durch den kalten See und spürte, wie Schmutz und Dreck sich aus seinem Haar und von der Haut lösten und auch seine Laune und sein Verlangen gedämpft wurden. Ein paar Minuten später kam er aus dem Wasser, stieg auf sein Pferd und ritt nach Tarben Castle, um sich einen sauberen Kilt und ein frisches Hemd zu holen.

»Warum hast du nichts gesagt?« Fenella sah ihn finster an, als er tropfend an der Küche vorbeikam.

Fenella hatte während der letzten paar Jahre die Rolle der Burgherrin übernommen, und Niall war ihr für ihre Hilfe dankbar gewesen – vor allem, wenn er viel in den Minen zu tun hatte. Ihr Vater war gestorben, als sie noch ein Kind gewesen war, und ihre Mutter ein paar Jahre später. Ohne Brüder oder Schwestern und ohne Aussicht auf eine Heirat, die sie für akzeptabel hielt, wäre sie auf sich allein gestellt gewesen. Da es für ihn nicht infrage gekommen war, dass eine Freundin darbte oder ohne Schutz dastand, hatte er ihr die Stelle als Haushälterin angeboten. Das war ein bequemes und angenehmes Arrangement, das für beide Vorteile hatte. Obwohl sie ihm in der Vergangenheit immer wieder Avancen gemacht und hatte durchblicken lassen, dass sie auch offen für mehr wäre, war ihre Beziehung nie über eine Freundschaft hinausgegangen.

Er blinzelte überrascht von ihrem bissigen Ton, während sie ihn mit in die Hüfte gestemmten Händen wütend ansah. »Wovon nichts gesagt?«

»Dass deine Frau hier wohnen wird.«

»Meine Frau wohnt hier?«, fragte er und blieb stehen.

Eine Vision in Saphirblau kam die Steintreppe herunter. Gleichzeitig erklang eine Stimme, bei der sich seine Lenden und seine Faust zusammenzogen. »Aber natürlich, Liebling. Du dachtest doch nicht etwa, dass ich auf Maclaren bleibe, oder? So ist es doch viel praktischer.«

Aisla zeigte ein unschuldiges Gesicht, obwohl er hätte schwören können, ein provozierendes Glitzern zu sehen, als würde sie ihn herausfordern, ihr zu widersprechen. Doch diese Miene verschwand, als sie unten ankam und ihr beherrschter Blick Fenella streifte.

Er wusste, dass es keine Liebe zwischen den beiden Frauen gab.

Aber er konzentrierte sich eher auf die missliche Lage, in der er sich befand. Tarben Castle war zwar bewohnbar, aber nicht darauf eingestellt, Gäste zu beherbergen. Seine Frau würde es auf Maclaren viel bequemer haben, wo die Gästezimmer komfortabel ausgestattet waren. Seiner Mutter würde es nicht schwerfallen, ein Zimmer für ihre Schwiegertochter zu finden, und trotz ihrer Bemerkung, dass Aisla und der Franzose vielleicht ein Zimmer teilen könnten, wusste Niall, dass seine korrekte englische Mutter nie die Grenzen des Anstands überschreiten würde. Die Herzogin hatte es nur gesagt, um ihn aufzubringen.

Das hier war sein Landgut. Sein Reich. Tarben Castle war sein sicherer Hafen, ohne die Erinnerungen, die mit Maclaren einhergingen. Hier gab es nichts, was an die Ehe erinnerte, die ihn beinahe vernichtet hätte. Verflixt und zugenäht! Er wollte, dass seine Frau auf Maclaren wohnte, wo sie weit genug entfernt war, damit er seine Strategie mit kalter Präzision verfolgen konnte. Wenn sie in seiner Nähe war, konnte er nicht denken.

»Und was ist mit dem Herrn in deiner Begleitung?«, warf Fenella ein. »Wird er auch ein Zimmer brauchen?«

Aisla stellte weiter eine gelassene Miene zur Schau und richtete ihre Antwort an Niall. »Lord Leclerc wird auf Maclaren bleiben.«

»Du weißt – Stevenson hat nichts davon gesagt, dass der eitle Geck bleiben muss. Er könnte nach Paris zurückkehren.«

»Und mich hier zurücklassen? Nein, Lord Leclerc ist mir sehr zugetan und wünscht, so lange zu bleiben, wie ich hierbleiben muss.« Sie lächelte und winkte mit einer eleganten Bewegung ihrer Hand ab. »Davon abgesehen, passt das Zimmer auf Maclaren viel besser zu ihm. Er ist schließlich ein französischer Aristokrat, wie du weißt.«

Seine Ehefrau hatte nicht das Recht, hier einfach hereinzumarschieren und es sich bequem zu machen. Außer … es war Teil ihres Plans.

Nialls Augen wurden schmal. »In welchem Zimmer bist du untergebracht?«

»In deinem natürlich.« Sie machte eine lässige Handbewegung. »Es war der einzige saubere Raum mit Möbeln, den ich finden konnte, und deshalb habe ich deiner … Haushälterin gesagt, dass nur der infrage käme. Meine restlichen Sachen werden später am Nachmittag von Maclaren rübergebracht. Außer natürlich, du hast etwas dagegen, Laird.« Ihr Lächeln hatte etwas Teuflisches. Das Miststück dachte zweifellos an ihre Wette.

Ihn erfasste eine Vorahnung, während er an Aisla vorbei die Treppe hochrannte. Kaum hatte er sein Zimmer betreten, sank er gegen die nächste Wand.

Was zur Hölle …

Ihre Sachen waren überall in seinem spartanischen, schlichten Zimmer verteilt. Es war eine Invasion von Farben. Eine Invasion von Weiblichkeit. Himmel, es duftete sogar nach ihr. Wildblumen standen in einer Vase auf dem Kaminsims, während ein hell gemusterter Montgomery-Plaid am Fußende des Betts lag. In einer Ecke stand jetzt eine dekorative Truhe, aus der ein paar Kleider herausschauten. Auf seiner Kommode lagen eine vergoldete Bürste und ein Spiegel. Und das war noch nicht einmal die Hälfte von dem, was er auf den ersten Blick erfasste. Er atmete zischend aus.

Aisla räusperte sich hinter ihm. »Wie ich schon sagte – der Rest kommt später.«

»Du hast noch mehr Sachen?«

Sie gab ein missbilligendes Schnalzen von sich und senkte die Wimpern. »Ich glaube, du sagtest, eine Ehefrau für sechs Wochen.«

Der Teufel sollte ihn und seine blöden Ideen holen. Er hätte in die Scheidung einwilligen und sie ihrer Wege gehen lassen sollen – so, wie sie es gewollt hatte. Aber nein, er hatte ja unbedingt die verdammte Wette seines Bruders annehmen und die Frau mit in einen Krieg hineinziehen müssen. Aber er hatte es tun wollen, während sie auf Maclaren wohnte. Sie sollte doch nicht auf engem Raum mit ihm in einer staubigen Burg wohnen, die für einen Mann hergerichtet war, der im Grunde ein Junggesellenleben führte. Das war kein Ort für sie.

»Gibst du nach? Wir können das Ganze jetzt auf der Stelle beenden.«

Nialls Augen wurden schmal. Sie glaubte doch nicht etwa im Ernst, dass er so schnell einknickte. Er musste eine Wette gewinnen, um einen Riesenberg Schulden loszuwerden. Für ihn stand zu viel auf dem Spiel, um aufzugeben, nur weil sie einen ersten Treffer gelandet hatte.

»Im Gegenteil, werte Gattin, ich will es auf keinen Fall beenden«, sagte er, während er nach dem Saum seines Hemds griff, das nach seinem Bad im See immer noch nass war. Er streifte es ab, warf es zur Seite und drehte sich zu ihr um.

Ihr verblüffter Blick glitt über seine breite Brust, und ihr Mund öffnete sich leicht, als sie leise Luft holte. Aber genauso schnell, wie er seinen Schock überwunden hatte, Aislas Sachen in seinem ganzen Zimmer verteilt zu sehen, besaß sie die Geistesgegenwart, das Gleiche zu tun. Herausfordernd zog sie eine Augenbraue hoch. »Das ist zwar ein hübscher Anblick, aber du dachtest doch bestimmt nicht, dass es so einfach wäre?«

Er errötete. Doch, eigentlich schon. Er holte sich ein trockenes Plaid und ein sauberes Hemd aus seiner Truhe, machte dann auf dem Absatz kehrt und hätte seine breit grinsende Ehefrau beinahe umgerannt, da sie immer noch in der Tür stand. »Wo willst du hin?«

Es war lange her, seit er sich vor irgendjemand hatte rechtfertigen müssen. »In die Taverne mit den anderen Männern.«

Er bemerkte ein leichtes Flackern in ihren Augen, in ihrer ansonsten ruhigen Miene. Der Ausdruck war so düster, dass sich ihm der Magen zusammenzog. Er kannte diesen Ausdruck, und das ließ ihn kurz innehalten. Er hatte ihn ganz häufig in ihren Augen gesehen, war damals aber immer viel zu betrunken gewesen, um ihn wirklich wahrzunehmen. Er atmete leise zischend tief ein. Es sah nach Schmerz aus. Ein tiefer, unerträglicher Schmerz. Doch dann blinzelte er kurz, und der Ausdruck war fort, ersetzt von einem leicht amüsierten Grinsen.

»Wirst du zum Abendessen wieder da sein?«

»Aye«, erwiderte er. »Aber auf Maclaren. Ich habe noch keinen Koch. Oder Butler.« Er strich sich über das leicht stoppelige Kinn. »Oder einen Kammerdiener, obwohl Dunkirk das eigentlich ganz gut hinbekommen hat.«

»Es überrascht mich, dass Fenella in dieser Hinsicht versagt hat. Es sah immer so aus, als würde sie erwarten, eines Tages die Herrin zu sein.« Aislas Lächeln erreichte nicht ihre Augen. »Ich nehme an, sie hat bekommen, was sie wollte.«

Niall wusste nicht recht, was er sagen sollte. »Fenella war da …«

Als du es nicht warst.

Niall verstummte, ohne seinen Satz zu Ende zu führen, aber es war klar, was er meinte. Zumindest schien Aisla zu wissen, was er hatte sagen wollen, wenn er ihren Gesichtsausdruck richtig deutete. Doch wie zuvor stellte sie gleich darauf wieder eine gelassene Miene zur Schau, nur die Steifheit in ihren Schultern blieb. Sie standen in erstarrtem Schweigen da, und die Anspannung, die in der Luft hing, war fast greifbar. Sie hob das Kinn ein winziges Stück an, während sie ganz gleichmäßig Luft holte. Noch ein paar Zentimeter mehr, und ihr in Satin gehüllter Busen hätte seine Brust berührt. Noch einen Schritt weiter, und seine Lippen könnten auf ihrem Mund liegen. Doch sie standen einfach nur da – gefangen in einem Moment, dem sie beide hilflos ausgeliefert waren – im Würgegriff der Vergangenheit.

Es war Aisla, die sich als Erste wieder regte und den angehaltenen Atem durch ihre rosigen Lippen entweichen ließ.

Niall tat das einzig Richtige.

Er trat zurück, verließ den Raum und rannte förmlich an einer missmutigen Fenella vorbei, während er aus der Burg stürmte. Er zog sich im Stall um, ehe er sein Pferd zur Taverne lenkte. Niall wollte nicht an die Frau denken, die jetzt in seinem Schlafzimmer saß und mit der Sanftheit eines Taifuns auf Tarben Castle aufgetaucht war. Die Frechheit, die aus dieser Tat sprach, brachte ihn unwillkürlich zum Lachen. Dieses dreiste Selbstvertrauen, das sie ausstrahlte, war neu. Er nahm an, dass sie das in Paris gelernt hatte. Es stand ihr.

Er musste die Situation noch einmal überdenken.

Aber jetzt würde er sich zuerst seinen Männern in der Taverne anschließen, um sich ablenken zu lassen. Genau das brauchte er jetzt, um nicht die ganze Zeit über das geheimnisvolle Wesen der Frauen nachzudenken. Doch sein Glück hatte einen Wermutstropfen.

Seine Männer waren zwar anwesend, aber Leclerc auch.

Der eingebildete Mistkerl hatte einen ganzen Tisch in der Ecke der Taverne für sich eingenommen. Zumindest sah es so aus, aber vielleicht hatte sich auch keiner der Männer zu ihm setzen mögen. Leclercs durchdringender Blick richtete sich auf Niall, als er zur Tür hereinkam und ihm Rauch, Schweiß und der Geruch von Erde in die Nase stiegen. Es war eindeutig, dass die anderen Minenarbeiter nicht nach Hause gegangen waren, um ihre Kleidung zu wechseln. Dadurch gab der französische Geck mit seinen perfekt geschnittenen Hosen, dem blütenweißen Hemd, der bordeauxroten Weste und dem goldfarbenen Rock einen noch lächerlicheren Anblick ab.

Niall würde den Mann nicht ignorieren. Schließlich beobachteten ihn jetzt alle und warteten nur darauf, zu sehen, wie ihr Laird den unwillkommenen Gast behandelte. Dem Mann den Rücken zu kehren, würde so aussehen, als wollte er eine Begegnung vermeiden, und Niall war keiner, der Dingen aus dem Weg ging. Er ging direkt auf den Mann zu.

»Was tun Sie hier?«, fragte Niall, während er sich einen Stuhl an Leclercs einsamen Tisch heranzog und sich setzte.

Ein listiges Grinsen verzog die Lippen des Mannes, und Niall sah, dass er versuchte, die Situation schnell einzuschätzen. Ehe Leclerc überhaupt zu einer Erwiderung ansetzte, wusste Niall bereits, dass dieser einen scharfen Verstand besaß.

»Ich dachte, ich mache mich ein bisschen mit meiner Umgebung vertraut«, sagte der Franzose und nahm einen Schluck von seinem Ale. »Es sieht so aus, als würde ich auf absehbare Zeit in Schottland bleiben.«

Er sprach mit einer weichen, kultivierten Stimme, sein französischer Akzent war überraschend schwach ausgeprägt, und er sah gut aus. Viel besser als Dougal Buchanan – und er selbst, dachte Niall. Er war ein Mann, dem es wohl nie an weiblicher Aufmerksamkeit gefehlt hatte oder am Interesse ehrgeiziger Mütter, die auf der Suche nach einer guten Partie für ihre Töchter waren. Und trotzdem fiel ihm nichts Besseres ein, als einer Frau, die bereits verheiratet war, einen Antrag zu machen. Was hatte das zu bedeuten? Dass ihm vielleicht tatsächlich etwas an Aisla lag? Himmel, dass er sie unter Umständen sogar liebte?

»Haben Sie nicht irgendwo hier ein Anwesen?« Diese interessante Information hatte er von Ronan erhalten.

»Zu Pferd ein paar Tage entfernt, aber ja, richtig.« Leclercs leichtes Lächeln klebte weiter an seinen Lippen. »Aber ich würde nicht im Traum daran denken, ausgerechnet jetzt abzureisen, wo meine zukünftige Frau auf unbestimmte Zeit hier ausharren muss.«

Seine zukünftige Frau. Nialls Miene verfinsterte sich. Der Mann war noch nicht einmal in der Lage, Reue oder Bedauern zu spielen, weil er zusammen mit Aisla hier aufgetaucht war. Leclercs Lippen verzogen sich zu diesem ewigen irritierenden Lächeln.

»Das amüsiert Sie wohl, hm?«

»Sehr.« Leclerc hob seinen Krug. »Darf ich Ihnen ein Ale ausgeben?«

Niall biss die Zähne zusammen, und seine Glieder spannten sich schmerzhaft an – zum einen von der körperlichen Arbeit, der er heute nachgegangen war, zum anderen durch die aufgestaute Wut. »Nein.«

»Ich verstehe. Etwas vom nächsten Ehemann Ihrer Frau anzunehmen, sorgt wohl für etwas … widersprüchliche Gefühle.«

Da lag noch nicht einmal ein Anflug von Ernsthaftigkeit oder Reue in der heiteren Stimme, und Niall hatte plötzlich eine Vision, in der er über den Tisch hinweg Leclerc bei seinen Aufschlägen packte und mit dem Unterarm voll ins hübsche Gesicht schlug. Aber er behielt seinen Körper unter Kontrolle, während sein Arm weiter auf der Lehne lag und er das Grinsen des anderen erwiderte. »Damit habe ich kein Problem. Wenn Sie mir ein Essen ausgeben wollten, würde ich Sie nicht daran hindern. Aber ich bin nicht hier, um zu trinken.«

Leclercs Miene veränderte sich nur ganz leicht und wandelte sich von spöttisch über amüsiert zu leicht neugierig. Und jeder neue Gesichtsausdruck verstärkte Nialls Wunsch, den Mann durch die Tür – oder durchs Fenster – nach draußen zu befördern.

»Was tut einer denn anderes in einer Taverne als trinken?«

»Anderen eine Runde ausgeben«, erwiderte Niall, und er gab Tandry, dem Wirt, mit einer Geste zu verstehen, dass die nächste Runde auf ihn ging.

»Oh, danke«, meinte Leclerc amüsiert.

»Sie stehen nicht auf meiner Liste.«

Leclerc lachte ungerührt. »Die Gastfreundschaft in den Highlands ist schon ziemlich seltsam.«

Die sarkastischen Worte machten Niall wütend. »Sie erwarten Gastfreundschaft, wenn Sie mit meiner Frau am Arm hier auftauchen?«

»Sie hat meinen Arm sehr bereitwillig genommen«, erwiderte er, sah in seinen Krug und ließ die Neige kreisen. »Und falls es Sie interessiert – ich hatte keine Ahnung von Ihrer Existenz, als ich den Antrag gemacht habe.«

Niall richtete sich auf und beugte sich nach vorn. »Ich dachte, Sie und Aisla würden sich schon länger kennen.«

»Das tun wir auch.«

»Und trotzdem wussten Sie nicht, dass sie einen Ehemann hat?«

»Keiner wusste es«, sagte Leclerc und ahmte den gedehnten schottischen Dialekt nach, ehe er den Krug leerte und dann absetzte. Er sah Niall durchdringend an. Erneut veränderte sich seine Miene, und jetzt war es ein berechnender Ausdruck, der auf seinem Gesicht lag. Aber sein Mund blieb fest geschlossen, während er geduldig darauf wartete, dass Niall etwas sagte – und nach dem Köder schnappte, den er ausgelegt hatte.

Hatte Aisla in Paris etwa vorgegeben, ledig zu sein? Ihre Tante hatte es natürlich gewusst, aber … sonst keiner? Dieses Wissen begann, in ihm zu rumoren, so dass er sich plötzlich wie ein in die Enge getriebenes Tier vorkam, das gleich zuschlagen würde. Niall wusste sehr wohl, wen er gleich angehen würde – seine schöne, hinterhältige Ehefrau.

»Und als Sie erfuhren, dass sie verheiratet ist, hat Sie das überhaupt nicht abgeschreckt?«, fragte er, statt darauf zu reagieren, dass Aisla so getan hatte, als gäbe es ihn nicht.

»Das passiert nicht häufig«, antwortete Leclerc. »Was ich haben will, will ich haben.«

Unerwünschte Bilder stiegen in ihm auf – wie der Mann und Aisla sich küssten … im Bett … Intimitäten teilten, die auch Niall kannte –, und seine Arme begannen plötzlich, zu zittern. Er zog sie vom Tisch, damit Leclerc es nicht bemerkte. Aber dem Mann entging nichts. Eine blonde Augenbraue wurde nach oben gezogen.

»Sie hat mir von Ihrer Hand erzählt.«

»Ach ja?«, meinte Niall gedehnt, während seine fehlenden Finger sich schmerzhaft danach sehnten, sich zur Faust zu ballen. Manchmal spürte er sie noch wie unsichtbare Geister, die ihn verfolgten.

»Ich gestehe, dass ich es gar nicht bemerkt hätte, wenn sie es mir nicht gesagt hätte«, meinte Leclerc. »Sie sind ein Mann, bei dem man sich in Gefahr bringt, wenn man ihn unterschätzt. Sie sagte, Sie hätten sich nie von Ihrem … Gebrechen aufhalten lassen, und ich bewundere solch einen Mut.«

Er wollte keine Schmeicheleien von diesem Mann hören – ob sie nun ernst gemeint waren oder nicht.

»Warum ausgerechnet sie?«, fragte Niall. »Sie könnten jede Frau haben. Warum jagen Sie einer verheirateten hinterher?«

Er nahm sich keine Zeit, um über seine Antwort nachzudenken. »Ich jage überhaupt nicht hinterher. Und ich habe Lady Montgomery ausgewählt …«

»*Maclaren*«, knurrte Niall.

Leclerc nickte entschuldigend. »Verzeihung. Aber ich war einfach die letzten Jahre daran gewöhnt, sie mit diesem Namen anzusprechen. Ich habe Lady Maclaren wohl aus den gleichen Gründen ausgewählt wie Sie. Sie ist schlagfertig, intelligent, lustig, freundlich. Wir kommen gut miteinander aus.«

Ach ja? Sie kamen gut miteinander aus? Was zum Teufel sollte das denn bedeuten? Niall war nicht sicher, ob er es wissen wollte, obwohl es eigentlich nicht nach Liebe klang. Er spürte bereits, wie die schlafende Wut, die er verdrängt hatte, anfing, sich zu regen. Dieser Franzose … er war eine bessere Wahl. Genau wie es bei Dougal Buchanan gewesen war. Aisla hatte nie zugegeben, ihr Gelübde gebrochen zu haben, aber das bedeutete nicht, dass sie nicht mit Dougal zusammen gewesen war, ehe sie mit Niall durchgebrannt war. Es bedeutete nicht, dass sie nicht mit ihm hatte zusammen sein wollen.

Niall erhob sich mit steifen – angespannten – Muskeln vom Stuhl. »Die nächsten paar Wochen werden Sie nicht so gut mit ihr auskommen. Das wissen Sie ja wohl. Solange sie hier auf meinem Land ist, ist sie immer noch meine Frau. Und ich werde nicht teilen.«

Er sprach nicht laut, aber die Gespräche in der Taverne wurden mittlerweile so leise geführt, dass die anderen wohl hören konnten, was er sagte. Das war Niall egal. Es waren seine Clans-Männer, und sie würden sich zweifellos auf seine Seite stellen, wenn sie meinten, Leclerc würde eine Grenze überschreiten.

Leclerc verbiss sich ein ironisches Grinsen, aber sein Lächeln wirkte jetzt auch nicht mehr amüsiert, sondern eher besorgt. »Ich bin mir nicht ganz sicher, was Sie sich von Aislas erzwungenem Aufenthalt erhoffen – aber ihr Herz werden Sie nicht gewinnen. Da bin ich mir sicher.«

Niall stützte sich mit der rechten Hand, die zur Faust geballt war, auf dem Tisch ab, sodass sich seine Knöchel ins abgewetzte Holz bohrten. Leclerc wollte Niall nur dazu bringen, zu fragen, wem ihr Herz gehörte … doch Niall würde nicht darauf eingehen. Er starrte den redegewandten Liebhaber seiner Frau nur mit finsterem Blick an und behielt seinen Herzschlag unter Kontrolle.

»Sie mögen vielleicht auf Maclaren willkommen sein, aber wenn Sie auch nur einen Fuß auf Tarbendale-Land setzen, lasse ich Sie erschießen.«

Die Gespräche in der Taverne kamen ganz zum Erliegen. Leclerc hielt seinem finsteren Blick stand, und endlich verschwand das fürchterliche Grinsen, das er immer zur Schau trug. »Das klingt wie etwas, das ich dann wohl lieber vermeide.« Er sah Niall nachdenklich an. »Sie sind überhaupt nicht so, wie ich erwartet hatte,

Laird Tarbendale. Aber sehen Sie sich vor. Ich mag vielleicht nicht willkommen sein, aber wenn die Lady sich in irgendeiner Weise bedroht fühlt, wird sie unter meinem Schutz abreisen.«

Niall musste den Mut des Mannes unwillkürlich bewundern – er war bei der gegen ihn gerichteten Drohung noch nicht einmal zusammengezuckt und besaß jetzt die Dreistigkeit, ihm gegenüber eine Warnung auszusprechen. In jeder anderen Situation hätte er dem Mann ein Ale spendiert. Leclerc stand auf und ging zum Haken neben der Tür, wo sein Hut hing. Nach einer angedeuteten Verbeugung verließ er die Taverne.

Die Stille im Raum dauerte noch ein paar Sekunden, und alle Blicke waren auf Niall gerichtet.

»Ich glaube, es ist an der Zeit für eine weitere Runde, Tandry«, sagte er und erzielte damit den gewünschten Effekt. Die Männer jubelten und wandten sich wieder ihren Gesprächen zu.

Niall gesellte sich zu ihnen und schüttelte immer mal wieder den Kopf, wenn ihm ein Krug mit Ale angeboten wurde. Es war wohl höflich gemeint, nahm er an und lehnte genauso höflich ab, während er den Gesprächen lauschte und den Zusammenstoß mit Leclerc abschüttelte.

Niall würde ihn natürlich nicht erschießen, aber er musste dafür sorgen, dass der Franzose sich fernhielt. Er würde seine kluge, berechnende kleine Frau überlisten; und zwar so geschickt, dass sie ihn anflehen würde, bleiben zu dürfen. Und sobald er Ronans Wette gewonnen hatte, würde er sie nach Paris zurückschicken, wo sie hingehörte.

Kapitel 7

Aisla stand am schmalen Fenster und sah auf den Loch Rannoch. Die glitzernde Oberfläche des Sees war eine der wenigen schönen Erinnerungen, die sie aus Maclaren mitgenommen hatte. Er sah von hier eigentlich genauso aus wie vom Schlafzimmerfenster auf Maclaren, als die Sonne unterging und ihre Strahlen wie Flammen über das Wasser tanzten. Tarbendale befand sich zwar am Westufer des Sees, aber der Ausblick war vergleichbar – vielleicht war er hier sogar noch schöner.

Niall hatte Glück gehabt, dass seine Schwester beschlossen hatte, das Land an ihn zu verkaufen. Aisla hatte während der kurzen Zeit, die sie auf Maclaren gelebt hatte, Tarbendale nie besucht, und es war seltsam, sich vorzustellen, dass Niall jetzt der Laird des kleinen, aber rentablen Anwesens war. Der Niall, den sie geheiratet hatte, war jung und sorglos gewesen und auch achtlos. Ein verwöhnter, träger Lord, der zu seinem eigenen Schaden verhätschelt worden war. Seine einzigen Interessen waren Trinken, Raufereien und Frauen gewesen.

Also genau das, was er jetzt wohl auch gerade tat.

Nicht, dass es ihr etwas ausgemacht hätte. Nialls Verhalten hatte nicht mehr die Macht, sie zu verletzen.

Aisla atmete tief ein und trat vom Fenster zurück. Ein zufriedenes Lächeln spielte um ihre Lippen, als sie sich wieder an sein Gesicht erinnerte, als er sie auf Tarben Castle gesehen und dann begriffen hatte, dass sie bleiben würde. Angriff war die beste Verteidigung – ihre Schwägerin Sorcha hatte sie das gelehrt. Rückblickend wusste Aisla nicht, ob ihre spontane Entscheidung, ihre Truhen zu ihm bringen zu lassen, sie wohl mehr kosten würde, als sie bereit war, zu zahlen.

Tarben Castle war neutraler Boden. Hier gab es keine Erinnerungen wie auf Maclaren. Zwar war Aisla klar, dass das Ganze nur ein Spiel war, aber trotzdem wollte sie nicht von der Vergangenheit eingeholt werden. Doch das hier war sein Reich. Gefüllt mit seinen Verbündeten.

Insbesondere einer.

Sie hatte Fenella aus ihren Gedanken verdrängt, doch es war ein Schock gewesen, festzustellen, dass sie Nialls Haushälterin war. Der giftige Blick, mit dem sie von ihr begrüßt worden war, hatte sich nicht geändert – genauso wenig wie ihr Verhalten.

»Du bist es«, hatte sie voller Hohn gesagt, als sie Aisla vor der Tür stehen sah.

Aisla hatte liebenswürdig gelächelt. »Aye, ich bin's. Du siehst gut aus, Fenella«, hatte sie gesagt. »Aber ich bin überrascht, dich hier zu sehen.«

»Warum?«

»Ich hätte gedacht, dass du mittlerweile eigentlich verheiratet sein und eine eigene Familie haben müsstest. Du weißt doch … auch ein Kuckuck verlässt irgendwann das Nest.«

Fenellas Blick war noch finsterer geworden. »Du bist immer noch ein Miststück.«

»Und du immer noch ein unflätiger Schmarotzer«, erwiderte Aisla mit einem zuckersüßen Lächeln.

Der Mund der Frau hatte sich wie bei einem Fisch geöffnet und geschlossen. Aisla hatte in Frankreich ein paar Sachen gelernt … vor allem, wenn es um den Umgang mit besonders bösartigen jungen Debütantinnen ging. Leute, die andere gern drangsalierten, mochten es nicht, wenn Gegner ihnen gewachsen waren und es mit gleicher Münze heimzahlten.

»Niall wird es nicht gefallen, dass du hier bist«, sagte Fenella und wechselte die Taktik, nachdem sie Aislas Reisetasche und die Truhe gesehen hatte. »Es ist kein Zimmer hergerichtet.«

»Ich bin sicher, mein Mann wird nichts dagegen haben, wenn ich das Zimmer mit ihm teile.« Sie winkte ab. »Schließlich war es seine Idee.«

Eigentlich war es natürlich nicht seine Idee, dass Aisla auf Tarben Castle wohnte, doch das würde Fenella nicht wissen. Es hatte Aisla großes Vergnügen bereitet, mit dem Stallburschen, der ihre Sachen trug, an der empörten Frau vorbeizurauschen. Das Zimmer ihres Ehemanns zu finden, war glücklicherweise nicht schwer gewesen, denn Fenella hatte sie natürlich nicht fragen wollen, aber letztendlich war es der einzige Raum, der eingerichtet war.

Den Rest des Vormittags hatte sie damit verbracht, das männlich spartanische Zimmer umzudekorieren und sicherzugehen, dass ihre weibliche Gegenwart wirklich augenfällig war. Ihre langjährige Pariser Zofe Pauline war über den Umzug nicht froh gewesen, hatte die Änderung aber mit der ihr üblichen Geduld ertragen und dann sogar beim Einrichten geholfen. Als Niall schließlich eingetroffen war, hätte seine Reaktion nicht befriedigender ausfallen können.

Doch wenn sie das mal beiseiteschob, konnte sie jetzt, da sie allein war und die Nacht bevorstand, nicht umhin, festzustellen, dass es nur ein Bett gab. Zwei Armlehnstühle standen vor dem Kamin. Vielleicht könnte Niall dort schlafen. Oder auf einem Feldbett. Pauline war in das winzige Vorzimmer nebenan gezogen. Wenn es hart auf hart käme, könnte Aisla vielleicht auch dort unterkommen.

Wo schlief eigentlich Fenella? Sie war seine Haushälterin, aber im Grunde kein richtiger Dienstbote. Und wenn sie mehr war …

Aisla sah zum riesigen Bett hin und bedauerte sofort die Richtung, die ihre Gedanken nahmen, denen viele unerfreuliche Bilder folgten. Es war ihr egal, wer in diesem Bett geschlafen hatte oder ob er einen ganzen Harem von Frauen darin beglückte. Andererseits war Niall zu einem wirklich großen Mann gereift – was bestimmt auf stundenlange schwere Arbeit im Freien zurückzuführen war und was sie erkannt hatte, als er sein feuchtes Hemd abstreifte. Seine Brust war muskulös, die Haut wies einen Bronzeton auf.

Als er vorhin da gewesen war, sodass der Raum plötzlich viel kleiner gewirkt hatte, war es Aisla schwergefallen, zu übersehen, wie gut gebaut er war. Nur mit dem feuchten Kilt bekleidet, hatte nur noch ein Claymore gefehlt, und er hätte wie ein Highlander aus alten Zeiten ausgesehen. Er war schon immer hochgewachsen gewesen, aber die Schlankheit seiner Jugend war erstaunlich breiten Schultern und muskelbepackten Armen gewichen, die ein Breitschwert schwingen konnten, als handelte es sich um einen Zahnstocher.

Der Klang von Schritten riss sie aus ihren Gedanken. »Verzeihung, Mylady«, sagte ein junges Mädchen mit großen Augen und knickste. »Ihre restlichen Sachen sind da. Und Sie haben Besuch.«

Aislas Neugier war geweckt, während sie die Treppe hinunterging. Keiner außer Lady Dunrannoch wusste, dass sie nach Tarben Castle umgezogen war. Am Fuße der Treppe wurden ihre Augen schmal, als sie sah, wie Fenella Julien wie ein Bauer auf der Suche nach einem neuen Zuchtstier musterte und dabei gekünstelt lächelte. Die Frau war schamlos. Andererseits ging es hier um Julien. Er hatte immer diese Wirkung auf Frauen. Jede Saison fielen mindestens drei Debütantinnen in seiner Gegenwart in Ohnmacht. Es war schon seltsam, dass sie sich nicht zu ihm hingezogen fühlte, aber anscheinend ging ihr Geschmack eher in Richtung hartherzige, rücksichtslose Schotten mit hartem Blick.

»Lord Leclerc, was für eine reizende Überraschung«, sagte sie und blieb auf der letzten Stufe stehen. »Wie ich sehe, haben Sie Fenella, die Haushälterin des Lairds, bereits kennengelernt. Sie ist offensichtlich das neuste Opfer Ihres Charmes.«

Fenella erdolchte sie förmlich mit ihrem Blick, ehe sie in die Küche zurückeilte, wo sie sich hoffentlich um ein Abendessen kümmerte, dem kein Gift beigemischt wurde.

»*Chérie*«, begrüßte Julien sie und trat vor, um sie auf beide Wangen zu küssen. »Ich musste sehen, wie es dir geht.« Seine hellen Augen musterten die Wände aus Stein und die fast leere Halle, die nur zum Teil mit langen Esstischen und Bänken möbliert war. Neben der riesigen Feuerstelle standen ein paar Sessel in der Ecke. Abgesehen von ein paar Mägden, die rein- und rausliefen, war die Halle leer. »Es wirkt ziemlich provinziell, nicht wahr? Aber wohl auf seine eigene Weise ganz charmant. Geht es dir gut?«

Sie lächelte und zog ihn zu den Stühlen. »So gut, wie man erwarten kann. Soll ich schauen, ob man uns Tee bringt?« Aisla sah mit gerunzelter Stirn in Richtung Küche. »Obwohl es dann Tee wäre, für den das Wasser aus dem Pferdetrog genommen wird.«

»Das war wohl deine Erzfeindin, hm?«, fragte er mit einem Grinsen.

Aisla verzog das Gesicht. »Fenella ist Niall zugetan. Wenn er nur auf die Scheidung eingehen würde, könnten sie ihre Beziehung öffentlich machen. Ich würde die beiden höchstpersönlich zum Altar führen.« Sie setzte sich und sank in sich zusammen. »O Gott, Julien, dem Himmel sei Dank, dass du nicht weit weg bist. Ich weiß nicht, ob ich es schaffe. Ich weiß nicht, ob ich sechs Wochen hier mit ihm überlebe. Es ist so …«

»Unzivilisiert?«

»Ich wollte sagen idiotisch.« Sie begegnete dem scharfsinnigen Blick ihres Freunds. Es war ihr schwergefallen, Julien von ihrer Vergangenheit zu erzählen, und er hatte sich zwar verständnisvoll gezeigt, aber sie war sich nicht sicher, ob er die Wette, die sie mit Niall geschlossen hatte, gutheißen würde. Julien wusste nur, dass sie auf Anordnung des Anwalts der Familie bleiben mussten. Aisla sah keinen Grund, das zu ändern. »Ich hoffe, Mr Stevenson kann die Sache möglichst schnell erledigen.«

Er sah sie an, und sein Blick wurde durchdringender. »Ehe Gefahr besteht, dass alte Gefühle wieder hochkommen?«

Aisla sah ihn mit großen Augen an. »Wohl kaum. Es ist vorbei.«

»Er scheint das nicht so zu sehen.«

Sie beugte sich nach vorn. »Was meinst du damit?«

»Mit meinem Kommen setze ich mich höchster Gefahr aus, musst du wissen«, erklärte Julien und senkte die Stimme zu einem verschwörerischen Raunen. »Ich habe gerade deinen sehr bedrohlichen, finsteren Ehemann in der Taverne gesehen. Ich denke mal, er war nicht sonderlich angetan von deiner neuen Unterkunft. Und ehrlich, Aisla, du hättest mich auch warnen können, dass sein Ego es mit seiner Größe aufnehmen kann.«

»Das wusste ich nicht«, erwiderte sie pikiert. »Ich hatte ihn doch sechs Jahre lang nicht gesehen! Natürlich war er nicht erfreut, und er ist schon immer arrogant gewesen.« Sie zog eine Augenbraue hoch und sah ihn ostentativ an. »Aber welcher Mann ist das nicht?«

Er bedachte sie mit einem übertrieben beleidigten Julien-Blick, der sie normalerweise zum Lachen gebracht hätte, aber jetzt löste es in ihr nur den Wunsch aus, ihn zu schlagen. Sie schüttelte den Kopf und stöhnte. Schottland brachte ihr ganzes Highlander-Blut zum Vorschein. »Was hat er zu dir gesagt?«

»Da es hier keine Oper und auch kein Theater gibt, musst du mit meinem Verlangen nach Dramatik Nachsicht üben, *chérie,* vor allem, wenn mein Leben mit jeder Sekunde, die vergeht, mehr auf dem Spiel steht«, fuhr er fort. »Wie ich schon sagte, saß ich in der Taverne und kümmerte mich nur um meine eigenen Angelegenheiten, als dein Ehemann sich zu mir setzte, um sich zu unterhalten. Leider gefiel ihm nicht, was ich zu sagen hatte. Fast alle waren betrunken, und ich bin nur knapp ungeschoren davongekommen.«

Aisla musste sehr an sich halten, um nicht die Augen zu verdrehen. Sie wusste sehr genau, was für provozierende Dinge Julien gern von sich gab. »Was ist dann passiert?«

»Nichts ist passiert«, erklärte er mit einem ärgerlich blasierten Lachen. »Es gab zwar ein paar Muskelspielereien und etwas Gehabe, aber außer der leeren Drohung, mich zu erschießen, sollte ich mich auf Tarbendale-Land sehen lassen, gab es nichts, womit ich nicht fertiggeworden wäre.«

»Er hat gedroht, dich zu erschießen?«, keuchte sie.

»Wenn ich meinen Fuß hierhersetze«, sagte er ruhig. *»Oui.«*

Dieses Mal verdrehte sie doch die Augen und lachte. »Du brauchst nichts zu befürchten. Wenn sie in der Taverne sind, wird es spätabends, ehe einer zurückkommt.« Aisla hielt eine Magd an, die vorbeieilte. »Bitte, sag Fenella, sie möchte eine Erfrischung für Seine Lordschaft bringen lassen. Wein, Ale, Whisky oder was immer da ist.«

Julien sah die Magd mit einem strahlenden Lächeln an, was das arme Mädchen fast umwarf. »Whisky, bitte, wenn es welchen gibt. Danke, *mignon.*«

»Du bist unverbesserlich«, sagte sie und fühlte sich das erste Mal seit Stunden locker und entspannt. »Da flirtest du doch tatsächlich vor deiner zukünftigen Frau.«

Er grinste. »Während ich in dem Steinhaufen sitze, der dem Mann gehört, mit dem meine zukünftige Ehefrau verheiratet ist.«

»Du bist derjenige, der heiraten will.«

»Die Belohnung ist nichts wert, wenn sie es nicht wert ist, darum zu kämpfen.«

Sie wechselten ein mitfühlendes Lächeln, als Fenella mit einem

Tablett erschien – auf dem nur ein Glas Whisky stand. Aisla hätte einen Seufzer ausgestoßen, wäre es nicht so vorhersehbar gewesen. Sie nickte Julien zu, sich den Drink zu nehmen. Nachdem Fenella wieder mit finsterer Miene abgezogen war, hob er das Glas und sprach einen Toast aus. »Auf dass wir bekommen, was wir uns beide wünschen.«

Aisla sah ihn nachdenklich an. Er wirkte mit seiner modischen Kleidung so fehl am Platz. »Warum willst du eigentlich bleiben, wenn du doch nach Paris zurückkehren könntest? Du musst nicht hierbleiben.«

»Und mir den ganzen Spaß entgehen lassen?« Er grinste und trank den Whisky aus. »Für alles Gold Schottlands würde ich nicht gehen wollen. Es ist, als würde ich in meinem eigenen, für ein Bordell geschriebenen Theaterstück sitzen. Der Laird verführt die Jungfer. Die Ehefrau verführt den Herrn. Wer wird gewinnen? Ich halte es vor Spannung kaum mehr aus.«

»Sei bitte ernst.«

In gespieltem Entsetzen drückte er eine Hand an die Brust. »Ich bin immer ernst.«

»Warum bleibst du? Die Wahrheit, bitte.«

»Wenn du es unbedingt wissen willst – *maman* befindet sich wegen meiner zukünftigen Braut auf dem Kriegspfad, und ich würde es vorziehen, nicht inmitten von ohnmächtig werdenden Jungfrauen zu ertrinken, die auf dem Altar, der Julien heißt, geopfert werden.«

»Du hast ihr nichts von uns erzählt?«

Er warf ihr einen überraschten Blick zu. »Nachdem du gesagt hattest, dass du bereits verheiratet wärst? Nein, natürlich nicht. Es würde ihr das Herz brechen, solltest du dich aus irgendeinem Grund entscheiden, verheiratet und in diesem trostlosen Land zu bleiben.«

»Das wird niemals passieren.«

»Lüg dich nur so viel an, wie du willst, *chérie,* aber ich habe gesehen, wie du den Mann ansiehst, und es bringt *mich* zum Erröten.«

»Jules.« Beschämt biss Aisla sich auf die Unterlippe und lenkte das Thema vom unseligen Reiz ab, den ihr Mann auf sie ausübte. »Ich weiß, dass sie krank ist und du sie glücklich machen willst, aber warum beharrt sie ausgerechnet jetzt so sehr auf einer Heirat?«

Julien setzte sich anders hin und sah mit einem Stirnrunzeln in sein leeres Glas.

»Sie hat einen Brief von ihrem Vater, dem Marquis von Riverly, erhalten. Das alte Ekel liegt im Sterben. Die Nachricht hat sie mitgenommen, obwohl sie seit Jahrzehnten nicht mehr mit dem alten Knacker geredet hat. Weil es ihm so schlecht geht, macht sie sich jetzt aber ständig Gedanken über ihren eigenen Tod. Dass sie kränkelt, hat diese Gedanken realer gemacht, sodass sie sich jetzt wohl in die Enge gedrängt fühlt, für den Fortbestand der Familie zu sorgen.«

»Und du nicht?«

»Nein. Ich bin viel lieber hier und lasse mich von wilden Schotten bedrohen.«

Seine Worte brachten sie unwillkürlich zum Lachen. »Nun, dann müssen wir wohl alles tun, um die Unschuldigen zu beschützen.«

»Ich gehe jetzt lieber, ehe dein geliebter Gatte heimkehrt und sein Versprechen wahrmacht, mich zu durchlöchern.« Er warf ihr einen betrübten Blick zu. »Sind alle Schotten solche Barbaren?«

Mit einem liebevollen Lächeln dachte sie an ihre Brüder. »Nein. Manche sind noch schlimmer.«

Aisla stand auf, und ihre Erheiterung schwand, als sie neben Julien zur Tür ging. »Er ist nicht mein geliebter Gatte«, fügte sie hinzu. »Ich werde alles in meiner Macht Stehende tun, um die sechs Wochen zu verkürzen, damit wir das alles hinter uns lassen und ein neues Leben beginnen können. Ich bin froh, dass du hier bist, Jules.«

Julien blieb stehen, um sie auf beide Wangen zu küssen. »Genau wie ich.« Mit einer für ihn ungewöhnlich ernsten Miene fragte er: »Bist du dir sicher, dass das wirklich das ist, was du willst, Aisla?«

»Natürlich. Warum fragst du das?«

»Weil offensichtlich ist, dass da zwischen euch beiden etwas ist. Sogar ich mit meinen abgestumpften Gefühlen merke das.«

Aisla wurde nachdenklich. Die Spannungen zwischen ihnen waren doch bestimmt nicht so deutlich zu erkennen, oder? Beinahe wäre ihr herausgerutscht, dass das Einzige zwischen ihnen Lust war, aber sie biss sich noch rechtzeitig auf die Zunge. Lust hatte gar nichts zu bedeuten. Und wenn sie ihr nachgab, wenn sie auch nur ein bisschen die Kontrolle über sich verlor, würde Niall den Sieg davontragen.

»Nein, was immer war, ist längst vorbei. Und meine Meinung werde ich auch nicht ändern.«

Er sah sie lange seltsam undurchdringlich an, ehe er antwortete. »Na gut. Schick einen schottischen Falken, wenn du mich brauchst.« Er grinste und zwinkerte ihr zu, sodass die kurze Verlegenheit schwand. »Und versuch, dein Temperament im Zaum zu halten, *chérie*. Ich würde ungern zurückkommen müssen, um dich zu retten. Dieser Körper ist viel zu kostbar, um mit Kugeln dekoriert zu werden.«

»Du bist mir vielleicht ein Ritter.«

»Ich habe so ein Gefühl, dass du durchaus in der Lage bist, auf dich selbst aufzupassen, mein Schatz. Adieu!«

Nachdem Julien sich auf sein Pferd geschwungen hatte, um nach Maclaren zurückzureiten, fing Aislas Magen an zu knurren. Sie hatte seit dem frühen Morgen nichts mehr gegessen. Die Essenszeit auf Maclaren war längst vorbei, und Niall war trotzdem noch nicht zurück. Im Grunde hatte sie auch gar nicht mit ihm gerechnet. Sie selbst war zu müde, um sich noch nach Maclaren zu begeben, um dort etwas zu sich zu nehmen. Sie musste doch wohl in der Lage sein, auch hier etwas Essbares zu finden. Sie brauchte ja nicht viel; nur ein bisschen Brot und Käse oder einen Fladen.

Sie erspähte das junge Küchenmädchen, das schon vorhin durch die Halle gelaufen war, und winkte es zu sich. »Wie heißt du?«

»Caitlin, Ihre Ladyschaft«, sagte das Mädchen und machte einen Knicks.

»Zeigst du mir wohl den Weg in die Küche?«, bat sie. »Ich brauche etwas zu essen.«

»Natürlich, Mylady. Hier entlang.« Sie lächelte schüchtern. »Ihr Besucher war sehr hübsch.«

Aisla schüttelte den Kopf und lachte. »Und das weiß er auch.«

Überrascht stellte sie fest, dass die Küche im Gegensatz zum Rest der Burg groß und gut ausgestattet war. Glänzende Töpfe und Pfannen hingen an verschiedenen Haken neben einem großen Herd aus Stein. Außerdem war Fenella glücklicherweise nirgends zu sehen, wofür Aisla dankbar war. Sie könnte es nicht ertragen, sich mit leerem Magen mit jemandem abzugeben, der so unangenehm war.

»Bitte, setzen Sie sich, Mylady«, sagte Caitlin und zeigte auf einen Stuhl an einem runden Tisch.

Aisla sah sich in der Küche um, der man ansah, dass sie erst vor Kurzem gründlich auf Vordermann gebracht worden war. »Wie lange wohnt der Laird schon hier?«

»Bald ein Jahr«, erwiderte Caitlin. »Es dauerte Monate, die Burg wieder so herzurichten, dass man darin leben konnte, nachdem sie durch das Feuer bis auf die Grundmauern niedergebrannt war. Aber der Laird hatte ja auch so viel im Steinbruch zu tun.«

»Wo bitte?« Aisla runzelte die Stirn, bekam aber keine Antwort. Vielleicht hatte sie sich ja verhört.

Die junge Magd war in der Speisekammer verschwunden und kam jetzt mit einer Hähnchenpastete wieder heraus. Sofort vergaß Aisla ihre Frage und alle anderen Gedanken, die ihr im Kopf herumschwirrten. Das Wasser lief ihr im Mund, zusammen, und sie nahm das Essen dankbar an. »Vielen Dank, Caitlin.«

Das Mädchen lächelte. »Meine Mutter hat die Pastete für den Laird zubereitet, aber er ist mit den anderen Jungs von den Minen in der Taverne.«

»Minen?«

»Aye, das ist die Arbeit, der die Männer auf Tarbendale nachgehen«, erklärte Caitlin. »Essen Sie ruhig, den Laird wird's bestimmt nicht stören.«

Aisla war sich nicht so sicher, ob Niall es gutheißen würde, wenn sie sein Abendessen verspeiste. Aber keine zehn Pferde hätten sie jetzt mehr davon abhalten können, die Pastete zu essen. Sie saß gemütlich auf ihrem Stuhl und biss in die kalte, aber immer noch blättrige Pastete. Sie seufzte verzückt. Es ging nichts über eine gute, hausgemachte schottische Pastete.

»Mmm. Göttlich.«

»So gut ist sie?« Der Klang der tiefen, amüsiert klingenden Stimme ließ sie fast vom Stuhl fallen.

Sie drehte sich um, wischte sich unauffällig die Krümmel von den Lippen und bemerkte, dass Caitlin sich bei der Ankunft des Laird rar gemacht hatte. Aisla kaute und schluckte, was sie noch im Mund hatte. Niall stand in der Tür. Mit dem Rücken lehnte er am Türpfosten, die Arme hatte er vor der Brust verschränkt, und mit einem Fuß stützte er sich am anderen Pfosten ab. Seine blauen Augen funkelten vor Erheiterung, und er wirkte so entspannt, so entwaffnend jungenhaft, dass sie fast von gefühlsduseliger Sehnsucht erfasst wurde.

Doch dann drückte er sich vom Pfosten ab, kam näher, und sie konnte das Ale riechen, dessen Geruch in seiner Kleidung hing.

Sie rümpfte die Nase, und die nostalgischen Gefühle wurden von anderen, nicht so angenehmen Erinnerungen abgelöst – Nächte wie diese, als er sie ignoriert hatte oder gar nicht erst nach Hause gekommen war; Nächte, in denen erbitterte Streits wegen seiner Trinkerei in Beleidigungen und Tränen geendet hatten.

»Mein Abendessen?«, fragte er. Ehe sie auch nur zwinkern konnte, griff er nach der Pastete, hob sie an den Mund und biss hinein. Die Vertrautheit, mit der das geschah, ließ etwas in ihrem Bauch erwachen.

»Das ist meine.«

»Was dir gehört, gehört auch mir, *leannan*«, sagte er. »Ist das nicht der Grund, warum du hier in meiner Burg bist?«

»Nenn mich nicht so.«

Er lächelte und strich ihr mit dem Daumen über die Unterlippe. »Du hast da einen Krümel.« Aisla musste ein Keuchen unterdrücken, als er das verirrte Stück Teig an den Mund hob und den Krümel von seinem Finger leckte. Dabei ließ er sie nicht eine Sekunde lang aus den Augen.

»Du hast recht«, erklärte er mit leicht rauer Stimme. »Das schmeckt wirklich göttlich.«

Aisla musste sich zusammenreißen, damit ihr nicht die Sinne schwanden – mit Gewalt. Das war alles Teil des Spiels und seine Art, zurückzuschlagen. Der hungrige Blick in seinen Augen, der sagte, dass er nichts lieber wollte, als sie zu verschlingen, war nur eine Farce. Eine sehr überzeugend vorgetragene Täuschung, aber nichtsdestotrotz geheuchelt.

Sie holte tief Luft und zwang sich, den Geruch von saurem Ale, der von ihm ausging, einzuatmen. Sie rümpfte die Nase. »Du stinkst. Du ertränkst deinen Kummer immer noch in Alkohol, wie ich sehe.«

Niall richtete sich verwirrt auf, wich zurück und sah auf den feuchten, dunklen Fleck auf seinem Hemd hinunter. Als er wieder aufschaute, war sein Blick ernst. »Einer der Männer in der Taverne hat etwas zu stürmisch angestoßen.«

Sie hatte vergessen, wie klug er war, wir überzeugend. Sie war so viele Male auf seine Ausreden hereingefallen. Doch jetzt sah sie alles mit offenen Augen, und sie war nicht mehr das Mädchen, das sie vor, wie es ihr schien, Ewigkeiten hinter sich gelassen hatte. Aisla stand auf und schob den Teller zur Seite. Sie hatte keinen Appetit mehr.

»Verzeih, wenn ich dir nicht glaube. Ich habe den Vorteil, viele Erfahrungen gesammelt zu haben. Wenn etwas wie ein Wolf riecht und sich wie ein Wolf verhält, dann ist es auch einer. Ich wäre eine Närrin, etwas anderes zu glauben.«

»Aisla, ich …«

Sie brachte ihn mit einer Handbewegung zum Schweigen. »Spar dir deine Erklärungen und Schwüre, Niall. Wenn wir dieses absurde Spielchen die nächsten sechs Wochen treiben, dann tu mir zumindest den Gefallen, mir nicht dreist ins Gesicht zu lügen. Ich kenne dich, schon vergessen?«

»Du kennst mich nicht«, sagte er leise. »Nicht mehr.«

Sie sahen einander streitlustig an. Alle vorgespielte Freundlichkeit hatte sich in Luft aufgelöst. Aisla konnte seinen Gesichtsausdruck nicht recht deuten. Wenn sie ihm oder auch sich selbst in Bezug auf ihn nicht so sehr misstraut hätte, wäre sie fast der Meinung gewesen, dass er ziemlich ehrlich wirkte. Aber sie hatte seinen Lügen früher geglaubt und war bereitwillig darauf reingefallen, weil sie ihm hatte glauben *wollen*. Sie hatte sich von seinen Versprechungen und seinen glühenden Liebeserklärungen überzeugen lassen. Früher einmal war sie leichtgläubig gewesen, und dafür war ihr das Herz gebrochen worden.

Einmal ein Trinker, immer ein Trinker. Wie viele Männer wie ihn hatte sie auf Montgomery gekannt? Und auch in Paris. Diese Männer waren nur dem Alkohol in ihren Gläsern ergeben. Sie betrachtete Nialls nasse Brust oder eher sein Hemd. Sie mochte sich vielleicht von ein paar ausgeprägten Muskeln blenden lassen, aber sie war nicht dumm.

»Such dir jemand anders, den du belügen kannst«, erklärte sie schließlich und ging.

Kapitel 8

Der anstrengende Ritt nach Edinburgh, um Mr Stevenson zu treffen, hatte Nialls Erregung noch nicht einmal ansatzweise dämpfen können. Seine emsige Ehefrau hatte ihre Gegenwart auf Tarbendale in der letzten Woche mehr als nur spürbar gemacht. Sie war sogar so weit gegangen, sein Zimmer zu übernehmen, sodass er gezwungen gewesen war, woanders zu schlafen. Er hatte doch tatsächlich mit einem unbequemen Sessel in der Bibliothek vorliebgenommen, nachdem Hamish, der undankbare Mistkerl, Wind davon bekommen hatte, warum er die ersten paar Nächte nicht nach Tarben Castle hatte zurückkehren wollen.

»Das Mädchen schläft in deinem Zimmer?«, hatte er losgewiehert und so schallend gelacht, bis ihm Tränen über die Wangen gelaufen waren. »In deinem Bett auf Tarbendale?«

»Aye.«

Hamish hatte nicht aufgehört zu grinsen. »Eine wunderschöne Frau liegt in deinem Bett, und du willst bei mir schlafen?«

»Na und?«

»Um Himmels willen! Hat sie dich etwa entmannt?«

Hamish hatte Nialls rechten Haken nicht kommen sehen, doch es hatte das blöde Großmaul zumindest für eine Viertelstunde zum Schweigen gebracht. Die Hänselei hatte Niall trotzdem schwer zu schaffen gemacht. Ja, warum lag er eigentlich nicht in seinem eigenen Bett? Warum hatte er zugelassen, dass sich eine hinterhältige Frau in seinem Haus einnistete, und hatte sich, schlimmer noch, von ihr ausquartieren lassen? Er war doch der verdammte Laird!

Niall würde es niemandem gegenüber zugeben, aber es lag nicht daran, dass er vor Aisla Angst hatte. Er hatte Angst vor sich selbst. Seine Lust war immer größer geworden und tobte jetzt jedes Mal wie ein eingesperrtes Monster, wenn er ihr nahe kam. Beim Klang ihrer melodischen Stimme zog sich seine Brust zusammen, und seine Beine versagten ihm fast den Dienst, wenn er sie nur sah.

Aber er würde eher sterben, als Ronan oder Aisla gewinnen zu lassen, obwohl er nun zwischen diesen beiden Wetten hing. Aislas Meinung über ihn zu ändern und sie für sich zu gewinnen, hätte Hand in Hand mit Aislas Kampfansage gehen sollen, herauszufinden, wer wen zuerst verführte. Sie zu verführen und ihre Zuneigung zurückzugewinnen, hätte beide Wetten auf einen Schlag für ihn entschieden.

Allerdings war Niall nicht darauf vorbereitet gewesen, wie bar aller Selbstbeherrschung er sich fühlte, wenn Aisla einen Raum betrat. Er musste die Oberhand behalten, doch bis jetzt hatte er in ihrer Gegenwart nur unendliche Sehnsucht, Wut und zähneknirschende Verwirrung verspürt.

Der Ritt nach Edinburgh hatte zwei Gründe. Er würde in Erfahrung bringen, wie weit der Anwalt mit der Scheidung war, und sich Erleichterung bei einer Kurtisane suchen. Er musste unbedingt das Verlangen loswerden, das sich wie ein Unwetter in ihm zusammenbraute, denn sonst würde er sich irgendwann auf seine verführerische Ehefrau stürzen und ihre Röcke hochziehen. Und *diese* Wette dabei verlieren.

Der Gedanke, seine Schulden bei Ronan loszuwerden, war im Vergleich zu den körperlichen Qualen, denen er sich ausgesetzt sah, verblasst. Und das nach nur einer Woche. Die wirkliche Gefahr ging jedoch davon aus, dass es ihm, abgesehen von der sexuellen Frustration, allmählich gefiel, sie um sich zu haben. In der für Aisla typischen Art hatte sie ihre Tage nicht untätig verbracht, sondern sich an die Aufgabe gemacht, die große Halle instand zu setzen und zu verschönern.

Der große Raum, der vorher kahl und nichtssagend gewesen war, hatte jetzt etwas Wohnliches bekommen durch die Wandbehänge und die Möbel, die sie, wie er vermutete, mithilfe seiner Mutter aus Maclaren hatte mitgehen lassen, und die süß duftenden Binsen, mit denen der Kamin gefüllt war. Sie hatte auch eine Köchin besorgt – die Mutter des Küchenmädchens, die die köstliche Hühnerpastete zubereitet hatte. Die Pastete, in die Aisla genüsslich hineingebissen hatte, als er in die Küche gekommen war, und von der ein paar buttrige Krümel an ihrer vollen Unterlippe geklebt hatten.

Nialls Lenden pochten. Verdammt! Er konnte noch nicht einmal an eine blöde Pastete denken, ohne erregt zu werden. Die Wette war nicht das Einzige, was er zu verlieren drohte. Er war auch dabei, den Verstand zu verlieren.

Er überließ sein Pferd einem Stallburschen und betrat die Kanzlei seines Anwalts, der schon seinem Vater lange zu Diensten gewesen war.

»Sie sehen wohl aus, Laird Maclaren«, sagte der Mann mit Brille und beginnender Glatze. »Bitte, nehmen Sie Platz.«

»Sie auch, Stevenson.« Er verschwendete keine Zeit und kam sofort zum Punkt. »Hatten Sie Erfolg beim Aufspüren der Dokumente? Ich kann nicht glauben, dass das sechs Wochen dauert. Meine Frau hat es eilig, nach Paris zurückzukehren.«

»Sechs Wochen?«, erwiderte der Anwalt mit fragend hochgezogenen Augenbrauen.

»Ihr Bote empfahl vor einer Woche, dass sie ein paar Wochen, vielleicht sogar anderthalb Monate in Schottland bleiben sollte.«

Der Mann schüttelte den Kopf. »Nein, Mylaird, meine Nachricht lautete, es obliege Mylady, ob sie nach Hause zurückkehren wollte, bis die Dokumente gefunden worden sind.«

Niall blinzelte verwirrt und atmete tief durch. *Die Herzogin.* Welchen Grund könnte sie haben, Aisla in Schottland behalten zu wollen? Sie wusste doch bestimmt nichts von der Wette, die er mit Ronan geschlossen hatte. Und sie hoffte doch bestimmt nicht auf eine Versöhnung? Er und Aisla waren zu verschieden und lebten in unterschiedlichen Welten. Die Anziehungskraft mochte vielleicht noch da sein, aber trotz seiner Absicht, sich das zunutze zu machen, um die Wette zu gewinnen und seine Schulden bei Ronan zu tilgen, war das keine Basis für eine Ehe – zumindest keine, die lange währte.

»Haben Sie sie gefunden?«

Der Mann schüttelte den Kopf. »Noch nicht. Das Register in Inverness ist ein einziges Durcheinander, und laut der Kanzleikraft, die sich vor Ort darum kümmert, wird es Wochen dauern, um alles zu durchforsten.« Er hielt inne und runzelte die Stirn. »Man scheint keine Eintragung Ihrer Ehe finden zu können.« Bei Nialls skeptischem Blick fuhr er schnell fort. »Aber man hat mir versichert, dass immer noch gesucht wird.«

»Wir haben in einem Buch unterzeichnet … mit Zeugen.« Der Zeuge war der Sohn des Vikars gewesen, wenn Niall sich recht entsann; vielleicht war es aber auch sein Diener gewesen. Mehr als nur einer war an diesem Abend betrunken gewesen – er eingeschlossen.

»Mehrere Bücher fehlen, Laird.« Er fing an, die Papiere auf seinem Schreibtisch hin- und herzuschieben. »Der bewusste Vikar hatte ein Alkoholproblem.«

Nialls Augen wurden schmal. »Was wollen Sie damit sagen?«

»Ich werde der Sache auf den Grund gehen, aber das braucht seine Zeit. Sobald wir die Eintragung gefunden haben, werden wir die Scheidung vor Gericht bringen können.« Er räusperte sich dezent. »Angesichts des Einflusses des Herzogs und wegen bösartigen Verlassens und Ehebruchs, was beides unstrittig ist, sollte es innerhalb einiger Monate erledigt sein, wenn das immer noch Ihr Wunsch ist.«

»Das ist es.« Er strich sich mit der Hand übers Gesicht. »Verfolgen Sie die Sache weiter.«

»Laird Maclaren«, hob Stevenson an. »Wenn ich mir die Kühnheit erlauben darf, da ich Ihre Familie schon so lange kenne. Ich betrachte den Herzog als einen lieben Freund; und Sie sind wie ein Sohn für mich. Gibt es vielleicht doch eine Möglichkeit, wie Ihre Ehe gerettet werden kann?« Nialls Augenbrauen zogen sich warnend zusammen, aber Stevenson sprach beherzt weiter. »Ich fürchte, es könnte Ihren Vater zugrunde richten, wissen Sie.«

Der Herzog von Dunrannoch mochte zwar schon seit Monaten bettlägerig sein, doch er genoss es immer noch, seinen Wünschen Gehör zu verschaffen.

»Hat er Ihnen einen Brief geschrieben?«, fragte Niall. Einerseits bedauerte er es, sich seinem Vater nicht anvertraut zu haben, doch er hatte ihn nicht unnötig belasten wollen. Wichtiger aber war, dass er sich schämte, sein Versagen als Ehemann einzugestehen. Er schüttelte den Kopf und verdrängte den leisen Anflug von Schuldgefühlen.

»Nein, aber ich weiß, dass er Sie glücklich sehen will – all seine Kinder.« Der Anwalt legte eine taktvolle Pause ein. »Die vorliegende Entfremdung ist natürlich eine besondere Situation, aber es gibt keinen Grund, warum Sie Ihre Frau jetzt nicht an die Kandare nehmen könnten, wo sie doch zurückgekehrt ist.«

Niall stieß ein trockenes Lachen aus. »Würden Sie meine Frau kennen, wüssten Sie, wie lächerlich so eine Bemerkung ist. Stevenson, sie will die Scheidung, um einen anderen zu heiraten.« Der Mann bekam große Augen, doch Niall hob die Hand, ehe er etwas sagen konnte. »Und ich schulde es meinen Clans-Leuten, eine Schottin zu finden, die ihre Herrin sein will. Mein Vater wird verstehen, dass dies das Beste für den ganzen Clan ist.«

»Aber Lady Maclaren ist doch Schottin.«

Niall lachte rau. »Jetzt nicht mehr.«

Stevenson nickte. »Ich verstehe.« Er stand auf und schüttelte Niall die Hand. »Dann wäre es vielleicht notwendig, sie daran zu erinnern.«

Niall konnte erkennen, warum das ausgefuchste alte Schlitzohr und sein Vater Freunde waren. »Ich werde darüber nachdenken. Danke für Ihre Hilfe.«

Nachdem er den Besuch hinter sich gebracht hatte, beschloss er, sich zu Ronans Klub zu begeben, wo er hoffte, seinem Bruder und vielleicht auch einem entgegenkommenden, hübschen Rock zu begegnen.

Ronan war bei Aislas Ankunft auf Maclaren gewesen, aber schon am nächsten Tag nach Edinburgh aufgebrochen, um sich mit dem Laird eines benachbarten Clans, den Campbells, zu treffen, nachdem er sich immer wieder geweigert hatte, eine der Töchter des Lairds zu heiraten, um ein Bündnis zu schließen. Angespannte Beziehungen zu einem Nachbar-Clan konnten sich immer noch als gefährlich erweisen; und so würde dieses Treffen in Edinburgh auf neutralem Boden, auf den sich beide geeinigt hatten, hoffentlich die Kluft verkleinern.

Als Niall, der die Treppe zum Klub hochstieg, seinen Bruder sah, der gerade herauskam, merkte er, dass dessen Gesicht zu einer bedrohlichen Miene verzogen war. Dann war das Treffen also nicht gut gelaufen. Beide blieben stehen. »Campbell?«

Die Miene seines Bruders entspannte sich etwas beim Anblick von Niall. »Aye, und dieser Wicht, Dougal Buchanan.«

Niall hatte nicht damit gerechnet, ausgerechnet diesen Namen zu hören, und allein bei seinem Klang zog sich alles in ihm zusammen. »Buchanan? Er war auch dabei?«

»Aye, die Buchanans und die Campbells werden bald Verbündete sein, nun, da Dougal mit Rose Campbell verlobt ist, und jetzt drängen sie auch auf ein Bündnis mit den Maclarens.« Ronans Augen wurden schmal. »Was hast du ihm getan … diesem Dougal?«

»Nichts«, sagte Niall. »Warum?«

»Ich habe den Eindruck bekommen, dass er dich hasst.«

Nialls Kiefer verkrampfte sich. Das Gefühl beruhte auf Gegenseitigkeit. »Was hat er gesagt?«

»Direkt eigentlich nichts. Er hat immer wieder deinen Namen erwähnt, und jedes Mal sah er aus, als würde er daran ersticken.«

Niall stieß ein finsteres Lachen aus. »Er sollte eigentlich Aisla heiraten. Ihr Vater, der alte Montgomery, hatte die Verbindung befürwortet.«

»Ein Bündnis mit den Montgomerys wäre sehr mächtig gewesen.« Ronan nickte und strich sich nachdenklich übers Kinn. »Und außerdem sehr lohnend angesichts der Ländereien und Schafherden, die dabei zusammengekommen wären. Viel besser als die Verbindung, die er jetzt mit den Campbells eingeht. Dann hegt er also einen Groll?«

»Ich nehme es an«, erwiderte Niall und dachte an das letzte Mal, als er den Mann gesehen hatte. »Ich ließ ihn von unserem Land vertreiben, als er während des Sommerfests anfing, um Aisla herumzuscharwenzeln.«

»Hast du ihn so wütend gemacht, dass er uns jetzt vielleicht Ärger machen will?«, fragte Ronan.

Niall zuckte die Achseln und runzelte nachdenklich die Stirn, als er sich an die gelockerten Balken in der Mine und die vielen Unfälle in letzter Zeit erinnerte. Aber es war Jahre her, dass er Dougal beim Fest dabei erwischt hatte, zu dicht neben Aisla zu stehen und ihr etwas ins Ohr zu flüstern, das sie erröten ließ. Aye, er hatte ihn vertrieben, und überraschenderweise hatte der Mistkerl keinen Kampf angezettelt, obwohl er den ganzen Weg bis zur Grenze gegrinst hatte.

Ehe er ging, hatte Dougal etwas Merkwürdiges über temperamentvolle Frauen mit Feuermalen gesagt und gemeint, dass er sich Aislas Rücken genau ansehen sollte. Damals war Niall viel zu wütend gewesen, um sich groß Gedanken über die Bemerkung zu machen, und hatte das Ganze als Unsinn abgetan. Doch später war ihm plötzlich klar geworden, was die Worte bedeuteten. Mit Feuermal hatte er vielleicht Leberfleck gemeint, und Aisla hatte so ein zartes, erdbeerrotes Mal direkt über dem Po.

Wäre ihm die Bedeutung von Dougals Worten gleich klar geworden, hätte er ihn wahrscheinlich erwürgt. Im Laufe der Jahre hatte sich Nialls Wut darüber, dass Dougal Buchanan seine Frau nackt gesehen hatte, langsam gelegt, aber nicht vollständig. Trotzdem war das jetzt alles Vergangenheit.

»Und wenn … was erhofft er sich davon? Wenn es ihm um Aisla geht, kann er sie gern haben. Aber er ist bereits verlobt, und sie will einen anderen heiraten. So wie der Stand der Dinge ist, könnten wir sie nur im Austausch gegen etwas anbieten.«

Ronan zog angesichts des Sarkasmus, der bei der Bemerkung mitschwang, eine seiner dunklen Brauen hoch. Er grinste breit und winkte den Männern zu, die ihn wegen des Treffens begleitet hatten. »Bist du dabei, die Wette zu verlieren, *bràthair?* Ich nehme an, deine Frau hat für ganz schön viel Aufruhr auf Maclaren gesorgt. Ich freue mich schon darauf, wenn du mir meine Schulden zurückbezahlst.«

»Dafür ist es noch zu früh. Außerdem hat sie sich auf Tarbendale einquartiert, also mach dir nicht zu viel Hoffnung.«

Ronan ging mit Niall in den Klub zurück, wo sie sich neben einen Faro-Tisch setzten und einen Whisky und einen Kaffee bestellten. Ronan nippte an seinem Drink, während Niall das Gesicht verzog, als er einen Schluck von seinem starken Gebräu nahm. Der Kaffee hinterließ einen bitteren Geschmack auf der Zunge. Natürlich konnte es aber auch daran liegen, dass er in Gedanken bei dem Schlamassel war, in den er sich wegen Aisla reinmanövriert hatte.

»Sie wohnt bei dir?«, fragte Ronan endlich. Er beugte sich vor, und echte Überraschung zeigte sich in seiner sonst immer beherrschten Miene. »Wie hast du das denn geschafft? Ich dachte, sie würde auf Maclaren wohnen ... mit diesem ...« Ein Nerv an Ronans Wange zuckte, und Niall konnte nur ahnen, was sein Bruder sich gerade vorstellte, dem Franzosen anzutun.

»Fant?«

»Mir fallen deutlich schlimmere Bezeichnungen für diesen Mistkerl ein«, brummte Ronan.

»Vergiss nicht, dass sie vorhat, seinen Antrag anzunehmen«, sagte Niall, während der bittere Kaffee seinen Magen erreichte und ihn sofort übersäuerte. »Selbst wenn ich unsere Wette gewinne, habe ich vor, sie gehen zu lassen.« Er nahm einen großen Schluck von seinem Kaffee. »Und da ist noch etwas.«

Ronan lehnte sich zurück, und sein Gesicht zeigte wieder seine übliche ausdruckslose Miene. Niall holte tief Luft und erzählte, was alles passiert war, seit Aisla ihm so unerwartet ebenfalls eine Wette vorgeschlagen hatte – bei der es darum ging, wem es zuerst gelänge, den anderen zu verführen, und dass der Gewinner daraufhin ein förmliches Geständnis der Niederlage erhielte.

»Lass mich sehen, ob ich das richtig verstanden habe«, sagte Ronan mit ungläubiger Miene, als Niall fertig war. »Du hast dich bereit erklärt, dich öffentlich zu entschuldigen und deine Verfehlungen als Ehemann zuzugeben, um sie dann mit einer Scheidung nach Paris zurückzuschicken, wenn es ihr gelingt, dich vor Ablauf der sechs Wochen in ihr Bett zu locken?«

»Aye.«

Da tat Ronan etwas, das bei ihm nur sehr selten vorkam. Sein Mund öffnete sich zu einem breiten Grinsen, und er lachte einmal kurz und rau auf. »Du hast bereits verloren, Bruder, und das weiß sie auch.«

»Was meinst du damit?«

»Sag mal, was bist du eigentlich? Ein Milchbubi? Glaubst du wirklich, du könntest dem Mädchen widerstehen, wenn es sich dir anbietet? Ich habe Gerüchte aus Frankreich gehört, dass sie schlau wie ein Fuchs sei.« Ronan schüttelte den Kopf, während er sich wieder zurücklehnte und einen Schluck von seinem Whisky nahm. »Du konntest es doch noch nicht einmal abwarten, sie zu nehmen, *ehe* ihr geheiratet habt.«

Niall stellte seinen Kaffee weg und beugte sich nach vorn. »Warte mal, was hast du über meine Frau in Frankreich gehört?«, fragte er Ronan und runzelte die Stirn.

Ronans Erheiterung schwand, und er wirkte etwas verlegen. »Du bist mein Verwandter. Mein Bruder. Du glaubst doch wohl nicht, dass ich sie nicht im Auge behalten würde, während sie in Paris herumscharwenzelte?«

»Das war nicht deine Pflicht.«

Es wäre seine gewesen. Doch er hatte es nicht getan. Er hatte gewusst, wo sie war, und er hätte ihr schreiben können. Er hätte alle möglichen Freunde und Bekannten, die nach Paris reisten, fragen können, was sie von Aisla gehört hatten. Aber nach ihr zu fragen, hätte nur Mitleid geweckt. Und es war für ihn völlig ausgeschlossen gewesen, den Fehler zu machen, selbst in Paris aufzutauchen – nicht noch einmal. Er war dumm genug gewesen, einmal zu versuchen, sie wieder nach Hause zu holen. Er spürte immer noch die brennende Demütigung, wenn er an die vergebliche Reise dachte, und verdrängte auch diese Erinnerung.

»Pflicht oder nicht – ich musste sichergehen, dass sie nicht in Schwierigkeiten gerät«, erklärte Ronan.

Wieder bekam Niall Gewissensbisse. Er hätte das tun sollen. »Was hast du in Erfahrung gebracht?«, zwang er sich zu fragen.

»Dass sie einen festen Platz in der Gesellschaft eingenommen hätte. Bälle, Feste, Freundinnen. Sie wäre nie allein, und es mangelte ihr auch nicht an männlicher Gesellschaft.«

Es überraschte ihn nicht weiter, dass Aisla bei den Männern in Paris beliebt war. Niall hatte eine Reife bei ihr bemerkt, ein gewisses sinnliches Bewusstsein, das man nur durch Erfahrung erlangte. Dieser französische Geck war offensichtlich nicht ihr einziger Galan gewesen. Die Gewissensbisse, die ihn eben noch gequält hatten, veränderten sich in etwas anderes Abscheuliches: heiße, alles verzehrende Eifersucht.

Ronan trank seinen Whisky aus und senkte die Stimme, da am Tisch neben ihnen nicht mehr Faro gespielt wurde und das Stimmengewirr im Raum verebbt war. »Warum vergessen wir nicht die Wette? Du hast hart gearbeitet, Niall – um dein Leben zu verändern, sie zu vergessen. Und jetzt sehe ich wieder dieses Brennen in deinen Augen. Den alten Zorn und Schmerz. Ich weiß noch, wie es dich mitgenommen hat, als sie dich das erste Mal verließ …«

»Ich bin nicht mehr der Mann von damals. Und ich will diese Wette unbedingt gewinnen. Deine und ihre.«

»Das ist mir klar. Aber du spielst mit dem Feuer, *bràthair*. Egal, wer bei diesem Spiel gewinnt, das du am Laufen hast, wirst du derjenige sein, der dabei verletzt werden wird.«

Ronan nahm kein Blatt vor den Mund. Das hatte er nie getan. Aber er verstand die Situation nicht wirklich, wenn er dachte, Niall hätte nur so hart gearbeitet, um sein Leben in den Griff zu bekommen und zu vergessen. Er hatte an sich gearbeitet, um mehr aus sich zu machen. Und bei jedem Erfolg, den er errungen hatte, hatte er davon geträumt, vielleicht eines Tages Aisla ins Gesicht schleudern zu können, wie weit er es gebracht hatte … wie sehr er sich verändert hatte.

Er hatte auch Fehler gemacht – das wollte er gar nicht leugnen. Aber er trug nicht allein die Schuld. Und jetzt war sie nur zurückgekommen, um das zu beenden, was sie vor Jahren in Gang gesetzt hatte – ihm zu zeigen, dass er nie der Richtige für sie gewesen war. Nein. Sie war nicht hergekommen, um zu bleiben.

»Wenn es um meine Frau geht, spiele ich nicht mit dem Feuer«, sagte Niall. »Ich beherrsche es.«

Ronan setzte sich auf seinem Stuhl zurück, sodass das Leder unter seinem Gewicht knirschte. Er sah seinem Bruder fest in die Augen. »Das hoffe ich.«

Perlendes Gelächter schallte durch das Spielzimmer, und Niall war dankbar für die Ablenkung. Er schaute auf und sah drei spärlich bekleidete Frauen, die in den Raum geschlendert kamen. Eine von ihnen sah in seine Richtung. Sie hatte lockiges braunes Haar und strahlend grüne Augen, die ihm früher einmal den Atem genommen hätten. Es waren Augen, die wussten, wie man mit einem Mann umging. Aber jetzt hatte dieser Blick keine Wirkung auf Niall.

Er war in den Klub gekommen, um mit Ronan zu sprechen und seinen aufgestauten Ärger bei einer Frau, irgendeiner Frau, abzulassen. Die Absicht dahinter war gewesen, seine Lust in den Griff und wieder einen klaren Kopf zu bekommen. Doch die Unterhaltung mit Ronan war äußerst erhellend gewesen. Nicht ein einziges Mal in sechs langen Jahren hatte Niall dem Wunsch nachgegeben, mit einer Frau ins Bett zu gehen. Natürlich verspürte er Bedürfnisse, aber sein Verlangen nach der Gesellschaft von Frauen war ihm vergangen.

»Das Mädchen sieht zu uns rüber«, sagte Ronan und begann sich zu erheben. »Ich gehe jetzt, damit du dein Glück bei ihr versuchen kannst.«

»Keine Sorge«, meinte er zu Ronan. »Ich gehe auch.«

Niall stützte sich mit dem in Leder gehüllten Stumpf auf dem

Tisch ab, um aufzustehen. Der Blick der Braunhaarigen ging sofort zur Lederabdeckung und dem Haken. Sie war nicht in der Lage, ihre Reaktion oder ihren Schreck zu verbergen. Sie wandte sich ab. Niall stieß nur ein grimmiges Lachen aus. Ihre Zurückweisung berührte ihn nicht, denn er hatte es sich mittlerweile zu eigen gemacht, sich nicht um anderer Leute Meinung zu kümmern. Ronan hatte recht: Niall hatte einen langen Weg hinter sich, und er würde auf keinen Fall wieder in das Loch fallen, in dem er einst gelebt hatte.

Er hatte jetzt zwei Ziele vor Augen: Zum einen seiner Ehefrau eine Lektion zu erteilen, die sie nicht so schnell vergaß, und zum anderen seine Schulden bei Ronan zu begleichen.

Beides würde dafür sorgen, dass er einen gewaltigen Schritt nach vorn machte.

Gütiger Himmel, endlich konnte Aisla wieder atmen. Nachdem Niall fort war, hatte der Druck, der auf ihrer Brust lag, nachgelassen, als wäre ein Korsett gelockert worden. Sie wollte nicht zugeben, dass es etwas mit ihren verbliebenen Gefühlen für ihn zu tun hatte – oder schlimmer noch, ihren gegenwärtigen Gefühlen für ihn. Stattdessen schob sie es auf die Tatsache, dass er ein mächtiger Laird war, dessen Präsenz man überall spürte. Wäre es nach ihr gegangen, würde sie gehen, ohne je einen Blick zurückzuwerfen. Sie hatte es schon einmal getan, und sie könnte es wieder tun. Doch laut Mr Stevenson, der hoffentlich mit seiner Suche nach der Eintragung der Ehe vorankam, waren ihr in dieser Hinsicht zurzeit die Hände gebunden.

Das ist alles für Juliens sterbende Mutter, rief sie sich in Erinnerung. Und es ist deine einzige Chance auf eine echte Familie und eine glückliche Zukunft.

Was waren da schon ein paar armselige Wochen im Tausch gegen lebenslange Freiheit.

Außer es gelang ihr, ihren verflixten Ehemann zu verführen. Eine Aussicht, die mit jedem Tag einschüchternder wurde.

Aisla schüttelte den Kopf und setzte die Erkundung fort. Sie machte sich die Gelegenheit zunutze, Tarben Castle während Nialls Abwesenheit zu erforschen. Fenella war auch nicht da. Die Haushälterin machte sich rar, als würde sie nicht schlau werden aus der neuen Aisla, die sich weder duckte noch weinte oder bei der kleinsten Provokation davonlief. Es würde Aisla nicht überraschen, wenn Fenella mit ihrem Herrn und Meister nach Edinburgh gereist war. Der Stich der Eifersucht kam aus heiterem Himmel.

Verflucht, sie war nicht eifersüchtig, aber die Vorstellung, dass ausgerechnet diese Frau in Nialls Bett lag, weckte in ihr den Wunsch, irgendetwas zu zerfetzen. Das zwischen ihnen war etwas rein Körperliches. Schließlich war er der einzige Mann, mit dem sie je zusammen gewesen war. Er war schon immer gut aussehend und charismatisch gewesen, doch jetzt strahlte er auch eine Männlichkeit aus, die früher nicht da gewesen war. Aisla musste gestehen, dass so viel sinnliches Selbstvertrauen etwas außerordentlich Anziehendes hatte.

Obwohl er ein Säufer war, hatte Niall es nie an Talent im Schlafzimmer gemangelt. Später war er allerdings etwas einfallslos in seiner trunkenen Hast gewesen. Aber selbst dann war sie meist voll und ganz befriedigt worden. Am Anfang hatten sie kaum die Finger voneinander lassen können, aber schon bald nach ihrer Rückkehr nach Maclaren war Leidenschaft in Feindseligkeit umgeschlagen.

Aisla strich mit der Hand über ihren flachen Bauch, und wie immer war da dieser dumpfe Schmerz des Verlusts. Es verging nicht ein Tag, an dem sie nicht an das Kind dachte, das sie gehabt hätten, wäre es nicht zur Fehlgeburt gekommen. Hätte das Kind gelebt, wäre es mittlerweile fünf Jahre alt – ein Bub oder ein Mädchen mit rosigen Wangen und strahlendem Lächeln. Wäre alles anders gelaufen? Oder vielleicht sogar schlimmer? Wäre sie gegangen? Hätte Niall sich durch die Vaterschaft verändert?

Es reicht, Aisla.

Es war nicht der Moment, nach dem Was-wäre-wenn zu fragen. Niall hatte sich für sie nicht geändert, und ein Kind hätte da auch keinen großen Unterschied bewirkt. Aisla schüttelte die rührseligen Gedanken ab und öffnete eine schwere, vergoldete Doppeltür, die auf eine Galerie führte. Sie war noch nie in diesem Teil der Burg gewesen. Wie im ganzen Gemäuer hing auch hier alles voller Spinnweben und müsste gründlich gereinigt werden. Doch die Wände waren mit schön ausgeführten Wandmalereien bedeckt. Rissige Gemälde von früheren Lords hingen am einen Ende der Galerie, während am anderen mehrere bodentiefe, mit Fenstern versehene Türen auf einen Balkon führten.

Der Raum war früher vielleicht einmal als Ballsaal genutzt worden, überlegte Aisla, während sie eine Melodie summte und sich drehend bis in die Mitte des staubigen Bodens bewegte. Sie vermisste die aufregenden Bälle und Feste in Paris. Sie hatte ihren Mann zwar nie zum Hahnrei gemacht, sich aber gern den Freuden des Gesellschaftslebens hingegeben. Es war das Einzige gewesen, das die Leere in ihrem Innern füllen konnte, und so hatte sie viel Zeit mit Bällen, Soireen und Singspielen verbracht. Das war es wohl, was ihr den Ruf eingetragen hatte, ein geselliger Mensch zu sein.

Anfangs hatte sie nicht vorgehabt, alle im Unklaren darüber zu lassen, dass sie verheiratet war, aber irgendjemand hatte dann verlauten lassen, sie sei unverheiratet, und dann ein anderer, dass sie Witwe sei. Aisla hatte sich einfach nicht die Mühe gemacht, diese Annahmen richtigzustellen. Während die Jahre vergingen, war sie zu der Überzeugung gelangt, wohl als alte Jungfer zu enden, und sie hatte das Leben ohne die Belastung durch einen Ehemann genießen wollen, der kein Interesse an ihr hatte.

Sie hob die Arme zur bemalten Decke und drehte sich wieder, während sie sich vorstellte, eine Kapelle würde zum Tanz aufspielen. Sie fing an zu lachen.

»Ich bin der gleichen Meinung«, erklärte eine amüsierte Stimme. »Mit Musik wäre es wundervoll.«

Aisla wäre fast über ihre eigenen Füße gestolpert, als sie abrupt stehen blieb. Eine große Frau mit feuerroten Haaren, die sie noch nie gesehen hatte, stand in der Doppeltür zur Galerie. Ihre stolze Haltung ließ vermuten, dass sie keine Dienerin war, obwohl sie nur ein schlichtes braunes Kleid mit einem rot-schwarz karierten Plaid über der Schulter trug. Ihre Wangen waren gerötet, als hätte sie gerade eine Wanderung oder einen Ausritt gemacht.

»Oh, ich wusste gar nicht, dass jemand gekommen ist«, sagte Aisla. »Ich bin …« Sie verstummte, als sie plötzlich zu verlegen war, sich als die Hausherrin vorzustellen, was sie ja eindeutig nicht war.

»Ich weiß, wer Sie sind«, sagte die Frau und kam langsam näher. »Ich habe immer gedacht, dass man diesen Raum besser nutzen könnte.«

Aisla runzelte verwirrt die Stirn, denn sie war sich sicher, der Frau, die auf Armeslänge entfernt von ihr stehen blieb, noch nie begegnet zu sein. »Verzeihung, aber ich glaube, wir sind uns nicht vorgestellt worden, und wenn doch, bitte ich um Entschuldigung. Ich bin einige Zeit nicht in Schottland gewesen.«

Die Frau lächelte. Das war der Moment, in dem Aisla die strahlend blauen Augen bemerkte. Maclaren-Augen. Nialls Augen. »Wir haben uns noch nicht kennengelernt. Ich bin Makenna, Nialls ältere Schwester.«

»Sie sind mit dem Brodie-Laird verheiratet«, sagte Aisla, als sie etwas verspätet am Plaid die Farben des Brodie-Clans erkannte.

Ein Schatten huschte über das Gesicht der Frau, der aber sofort wieder verschwand, als sie nickte. »Aye.« Sie sah Aisla mit unverhohlener Neugier an. Aisla wand sich innerlich, ließ die Musterung aber über sich ergehen und betrachtete die andere auch genau. Lady Makenna war ein paar Jahre älter als sie, aber auf keinen Fall eine alte Frau. Sie war höchstens achtundzwanzig und eine atemberaubende Erscheinung mit ihrem flammenden Haar und der ungewöhnlichen Körpergröße.

»Die Berichte über Ihre Schönheit sind wahr, Lady Maclaren.« Sie hielt inne und sah sie nachdenklich an. »Aber eigentlich bin ich überrascht, dass Sie hier sind und nicht in Paris.«

Aisla atmete tief durch. »Ich auch, Lady Brodie.«

»Bitte, nenn mich Makenna«, sagte sie sofort, und wieder huschte ein schmerzerfüllter Ausdruck über ihr Gesicht.

»Dann bist du gerade auf Tarbendale eingetroffen? Um Niall zu sehen?«, fragte Aisla, während sie überlegte, wie weit im Norden das Land der Brodies lag. Es erforderte eine Reise von mehreren Tagen, um hierherzukommen.

Makenna nickte, und nach einem Moment des Zögerns erwiderte sie: »Aye, aber ich wohne auf Maclaren.«

»Und dein Ehemann? Er ist nicht dabei?«

»Nein.«

Sie gab keine weiteren Erklärungen ab und verstummte plötzlich. Doch das Schweigen währte nicht lange. Makenna schüttelte den Kopf, als würde sie wieder zu sich kommen, und hakte sich auf einmal mit einem breiten Grinsen bei ihr ein.

»Und du musst mir erzählen, warum du jetzt doch wieder hier bist, ehe mein schurkischer Bruder zurückkehrt. Wo ist er überhaupt?«

Aisla lächelte, löste sich jedoch gleich wieder, um an die Balkontüren zu treten. »Ich bin nur für ein paar Wochen hier, und er ist in Edinburgh«, erklärte sie, blind für die üppig blühenden schottischen Rosen, die den Boden, so weit das Auge reichte, bedeckten. »Er will sehen, wie es mit der Scheidung vorangeht.«

Makenna stieß ein lautes Keuchen aus. »Eine Scheidung?«

Die Lady war offensichtlich noch nicht auf Maclaren gewesen, denn sonst hätte sie längst davon gewusst.

»Sobald alles geregelt ist, hoffe ich, Lord Leclerc zu heiraten – den Franzosen, der zurzeit auf Maclaren wohnt. Es ist einfach so, dass dein Bruder und ich uns entfremdet haben«, erwiderte Aisla sanft. »Deshalb war ich schließlich all die Jahre in Paris.«

»Aye.«

Die Antwort der Frau war so ruhig und voller Verständnis, dass Aisla sich umdrehte. Der schmerzerfüllte Ausdruck in ihrem Gesicht war zwar nicht zu deuten, aber Aisla fühlte sich sofort mit ihr verbunden. Aisla runzelte die Stirn, als sie erst jetzt einen verblassenden blauen Fleck an ihrer Schläfe bemerkte. Sie fragte sich, welche Geheimnisse diese Augen verbargen … und was sie ganz allein nach Maclaren geführt hatte. Makenna bemerkte ihren Blick und zog den Kopf ein, während ein entschlossenes Lächeln auf ihre Lippen trat.

»Dann gibt es dazu nur eins zu sagen«, verkündete Makenna fröhlich. »Wir müssen einkaufen gehen.«

Jetzt war es an Aisla, überrascht zu sein. »Einkaufen?«

»Wenn du nur ein paar Wochen hier bist, müssen wir die verlorene Zeit gutmachen. Und mir ist gerade eine Idee gekommen, wie man das machen kann. Lass uns das Geld meines Bruders ausgeben und diesem alten Ballsaal zu neuem Glanz verhelfen, ja? Das wird er Gott weiß nicht selbst tun, wenn du wieder weg bist. Lass uns ein Fest nur mit uns beiden feiern! Oder besser noch – alle im weiten Umkreis einladen.«

Aisla konnte nichts gegen das erfreute Lächeln tun, das sich auf ihrem Gesicht ausbreitete, noch wollte sie das Angebot von Nialls Schwester, durch das sie aus ihrer Einsamkeit ausbrechen könnte, ausschlagen. Außerdem wäre es eine schön gemeine Möglichkeit, ihm die Wette heimzuzahlen, die er mit seinem Bruder eingegangen war, und die Oberhand zu gewinnen.

»Irgendwie habe ich das Gefühl, dass Niall das nicht gutheißen wird«, meinte Aisla, während sie bereits an die Läden im Dorf dachte, in denen er bestimmt ein gern gesehener Kunde war, der alles anschreiben ließ. Sie erinnerte sich noch gut an seinen Gesichtsausdruck, als er sein Schlafzimmer betreten und gesehen hatte, dass sie ihre Sachen überall verstreut hatte. Bestimmt war ihm da klar geworden, dass er sich seine Vorgehensweise genauer hätte überlegen sollen – da war Aisla sich sicher.

»Oh, er wird tagelang sauer sein«, erwiderte Makenna, und obwohl sie versuchte, ernst zu klingen, konnte Aisla deutlich die Erheiterung wahrnehmen, die in ihrer Stimme mitschwang. Zum ersten Mal seit Tagen verspürte sie so etwas wie Freude. »Aber es ist ja nicht so, dass er es sich nicht leisten könnte, wenn seine Frau ein bisschen mehr Geld ausgibt.«

Aisla würde auf Kosten ihres Ehemanns einkaufen, bis sie vor Erschöpfung umfiele. Und wenn sie dabei Spaß mit ihrer Schwägerin hatte, umso besser. Sie verdrängte die plötzlich aufsteigenden Schuldgefühle. Eigentlich hatte sie nicht das Recht, Nialls hart verdientes Geld auszugeben. Andererseits hatte Makenna gesagt, dass es ihm nicht an Geld mangelte, sodass es ein harmloser Spaß wäre mit einem kleinen Schuss Rache. Schließlich war er so tief gesunken, mit seinem Bruder zu wetten, er könnte ihre Meinung hinsichtlich der Scheidung ändern.

Sie bemerkte eine Bewegung an der Tür zum Ballsaal und sah Fenella daran vorbeihuschen. Das bösartige Frauenzimmer hatte bestimmt gelauscht und würde das Gehörte sofort an ihren Herrn weitergeben. Alle Schuldgefühle, die Aisla eben noch gehabt haben mochte, lösten sich in Luft auf.

Aisla drehte sich um und ging zu Nialls Schwester zurück. »Das würde mir sehr gut gefallen.«

Ihr Blick fiel auf die Brosche, die an Makennas Plaid steckte. Es handelte sich um einen atemberaubend reinen Topas in Form einer Rose, der von einer filigranen, rautenförmigen Goldfassung gehalten wurde. Es war das schönste, handwerklich außergewöhnlichste Schmuckstück, das Aisla je gesehen hatte.

»Deine Brosche ist wunderschön.«

Makenna sah nach unten und runzelte die Stirn. Verwirrung trat in ihren Blick, als müsste Aisla eigentlich etwas wissen, was sie offensichtlich nicht tat. »Äh, danke. Es war ein Geschenk.« Sie zögerte. »Du kennst diesen Stein nicht? Es ist ein Topas.«

Aisla schüttelte den Kopf. »Ich habe mehrere ähnlich schöne schottische Edelsteine in der Umgebung des Schlosses gesehen, zum Beispiel als Verzierung eines Dolchs. Aber so etwas wie deine Brosche habe ich noch nie gesehen. Es ist eine ganz besonders schöne Arbeit.«

Makennas verwirrter Blick wich einem verschmitzten Ausdruck, den Aisla jedoch nicht verstand. »Aye, die Brosche ist der Entwurf eines Künstlers aus der Gegend.«

Aislas Augen wurden vor Bewunderung ganz groß. »Wie wundervoll.«

»Der diese Stücke herstellt, wird hier in der Gegend sehr geschätzt«, fügte Makenna hinzu. »Vielleicht finden wir ja etwas Ähnliches in seinem Laden im Dorf.«

»Das wäre wunderbar.«

Etwas, das sie mitnehmen könnte, dachte Aisla. Ein Erinnerungsstück. Denn sie würde schon bald abreisen. Wenn Niall nach Tarbendale zurückkehrte, hatte sie fest vor, ihn entweder dadurch in den Wahnsinn zu treiben, dass sie seiner Wette mit Ronan einen Strich durch die Rechnung machte, oder ihn in ihr Bett zu locken, um ihre eigene Wette zu gewinnen.

Kapitel 9

Niall öffnete die Kiste, die auf seinem Schreitisch abgestellt worden war, und sofort schlug ihm der Duft von Rosen ins Gesicht. Seife. Es waren mindestens zwanzig Seifenblöcke, die auf goldfarbenem Stroh lagen. Er hob den Blick zu Angus, einem der jungen Männer, die auf Tarben Castle für ihn arbeiteten. »Was zum Teufel ist das?«, fragte er. Aber eigentlich wusste er es. Die letzten paar Tage, seit er aus Edinburgh zurückgekehrt war, kamen ständig Kisten und Pakete an. Samtvorhänge, Bettwäsche aus Seide, Zierdeckchen aus Spitze, ein Teeservice aus Porzellan, Elfenbeinkämme und Bürsten, aus Jade geschnitzte Figürchen – ein Dutzend Affen, Pfauen, Drachen und sogar ein gut bestückter Stier – waren unter einer Flut neu erworbener Gegenstände.

Angus, der die Hände hinter dem Rücken verschränkt hatte, warf einen nervösen Blick auf die Kiste. »Ich glaube, das sind Seifenstücke, Laird.«

»Aye, ich weiß, was das ist«, erwiderte Niall, dessen Geduld mittlerweile an einem seidenen Faden hing. Er wollte seine Wut nicht an dem armen Angus auslassen, aber zum Teufel noch mal, der Junge war das einzige andere Wesen im Raum. »Warum ist die Kiste hierher zu mir gebracht worden?«

Angus blinzelte verwirrt. »Weil auf der Kiste Ihr Name steht, Laird.«

Er schloss die Augen und nahm seine ganze Selbstbeherrschung zusammen, um nicht loszubrüllen. »Aye, Angus, mein Name steht auf allen Sachen drauf, die geliefert wurden.«

Auf jeder verdammten Kiste.

Die erste hatte zartes Leinenpapier aus Italien enthalten, und er war verwirrt gewesen. Er hatte sich gefragt, ob er das Papier vielleicht bestellt, dann aber vergessen hatte. Aber als dann eine Stunde später die Samtvorhänge eingetroffen waren, hatte Niall gewusst, dass es ihm nicht einfach entfallen war. Als dann wieder eine Stunde später die Jadefiguren geliefert worden waren, hatte er den anatomisch korrekten Stier angeschaut, und ihm war klar geworden, was genau da vor sich ging.

Seine Frau.

Er musste über ihren Einfallsreichtum lachen. So ein kleines Luder. Offensichtlich war sie während seiner Abwesenheit ein bisschen einkaufen gewesen und hatte angesichts all der Kisten wohl aufgetragen, sie alle an den Laird von Tarbendale liefern zu lassen. Sie wollte, dass er die Sachen sah. Niall war nicht knapp bei Kasse, aber er wusste, dass die Käufe doch ein kleines Loch in seine Rücklagen reißen würden.

»Laird, soll ich diese Kiste auch zu Lady Maclaren hochbringen?«

Seit zwei Tagen tat Angus nichts anderes – zuerst brachte er die Sachen zu Niall, um die Kisten dann zu seiner Frau hochzuschleppen, wo immer die sich gerade aufhielt. Normalerweise befand sie sich in einem der vielen ungenutzten Räume auf Tarben Castle, beaufsichtigte das Saubermachen und Aufräumen. Währenddessen machte sie sich Notizen, wie sie die Räume gestalten wollte, als hätte sie vor, länger als sechs Wochen zu bleiben. Er wäre jedoch ein Narr, würde er das glauben.

Niall griff nach einem der eleganten Seifenstücke, hob es an die Nase und schnupperte daran. Es duftete wie eine Frau, die frisch aus der Wanne gestiegen war und deren Haut noch warm und feucht war. Aisla hatte damals eine andere Seife benutzt, die nach Geißblatt geduftet hatte. Hitze schoss durch seine Brust, was er aber sofort unterdrückte.

»Laird?«, fragte Angus und riss ihn damit aus seinen Erinnerungen.

Niall warf die Seife in die Kiste zurück. »Nein. Ich werde mich darum kümmern.«

Er hatte es jetzt lang genug gemieden, sie auf die Einkäufe anzusprechen. Sie wollte eine Reaktion aus ihm herauslocken – vielleicht einen Streit anzetteln. Sie wollte, dass er wütend angerannt kam und Zeter und Mordio schrie. Sie wollte ihn aufstacheln; denn beide wussten, dass das seine Lust steigerte.

Deshalb hatte Niall sich zurückgehalten und war nicht zu ihr gegangen. Er hatte kein Wort gesagt, weder eine Augenbraue hochgezogen noch irgendein Gesicht gemacht – nicht einmal als Fenella ihn darüber in Kenntnis gesetzt hatte, dass Lady Maclaren drei mit Spitzen verzierte, weiße Hauben speziell für die Haushälterin angeschafft hatte. »Sie sagt, dass Dienstboten das tragen müssen«, hatte sie förmlich gekreischt. Fenella trug nie eine Kopfbedeckung wie manche der Mägde, und ganz gewiss wollte sie keine so unvorteilhafte Haube aufsetzen.

»Mach, was sie sagt, Fenella. Es ist nur für eine begrenzte Zeit«, hatte Niall erwidert und versucht, nicht zu grinsen, als seine Haushälterin puterrot anlief.

»Wo ist Lady Maclaren?«, fragte er Angus, während er den Deckel wieder auf die Kiste legte und sie hochnahm.

»Das letzte Mal, als ich sie gesehen habe, war sie im Speisesaal, Mylaird.«

»Danke, Angus«, sagte er und ging Richtung Tür. Doch dann blieb er stehen, als ihm leicht verspätet etwas einfiel. Er grinste. »Und wenn noch mehr Kisten geliefert werden, lass sie zu Lord Leclerc auf Maclaren bringen. Der jeweilige Lieferant wird daraufhin benachrichtigt, dass die Rechnung auf Lord Leclerc umgeschrieben werden soll.«

Zufrieden lachend verließ er das Arbeitszimmer und begab sich zum Speisesaal. Der war nicht so groß wie die Eingangshalle, aber voller Tische, Stühle, Bänke und Wandbehänge, die Staub sammelten. Niall hatte keinen Bedarf an einem so großen Raum, wenn er seine Mahlzeiten in einem kleineren Zimmer oder gleich im Arbeitszimmer oder Schlafzimmer einnehmen konnte. Er lud nur ein- oder zweimal im Jahr Gäste ein, und er hatte nicht so viele Leute zu ernähren wie Ronan auf Maclaren.

Die letzten beiden Abende, seit er aus Edinburgh zurück war, hatten er und Aisla das Essen jedoch zusammen im Speisesaal zu sich genommen. Es war aber eine schnelle Angelegenheit gewesen – und ruhig. Seine Frau wartete auf einen Wutanfall, auf eine Flut von Fragen über all die Lieferungen. Und jeden Abend hatte sie etwas getragen, das … nun ja, etwas weniger war.

Gestern Abend waren ihre Brüste beinahe aus dem Ausschnitt gequollen. Niall hatte seinen Blick streng nur auf den Eintopf und das Brot vor sich gerichtet, obwohl er keinen Appetit mehr hatte und es ihm nach etwas ganz anderem gelüstete. Dieser spezielle Hunger ging mit dem Wunsch einher, kurz an ihrem Mieder zu zupfen, ihren Busen zu befreien und seinen Mund darauf zu legen. Er hatte den Versuch, zu essen, schließlich aufgegeben und den Raum verlassen. Allmächtiger, die Frau würde ihn entweder in den Wahnsinn treiben, in einen Lustmolch verwandeln oder ihn langsam verhungern lassen.

Er warf einen Blick auf die Standuhr, als er durch die Halle zum Speisesaal ging. Es war zu spät fürs Frühstück und zu früh, als dass die Mägde das Mittagsmahl servierten. Was machte Aisla also da drin?

Niall umklammerte die Kiste fester und atmete langsam aus, als er schließlich durch die offen stehende Doppeltür trat. In jeder Ecke und entlang jeder Wand standen Töpfe mit Farnen, Palmen und Sträuchern. In der Mitte des Tisches stand ein Vogelkäfig mit zwei Tauben. Und neben zwei von Nialls Männern, die gelegentlich Arbeiten im Haus übernahmen, stand Aisla. Sie kehrte ihm den Rücken zu – genau wie die beiden Männer, die gerade versuchten, ein riesiges Gemälde an die Wand zu hängen, wo bis heute Morgen noch ein altes, schreckliches Portrait des ersten Lairds der Maclaren geprangt hatte.

»Ein bisschen nach links«, sagte Aisla, und die Diener folgten ihrer Anweisung und richteten das gerahmte Gemälde eines … nun … Niall wusste nicht recht, was er da genau vor Augen hatte. Bei näherer Betrachtung spürte er, wie Blut in sein Gesicht – und andere Teile seiner Anatomie – schoss. Er war nicht prüde, aber das Bild brachte ihn wie einen Schuljungen zum Erröten. Die Gesichter der Lakaien waren ebenfalls rot. Ob nun vor Anstrengung oder Verlegenheit konnte er nicht erkennen. Niall schluckte, als sie das Gemälde auf die Anweisung seiner Frau hin zurechtrückten.

Die Darstellung der leidenschaftlichen Umarmung von Venus und Mars des Malers Tizian war unvergleichlich – und unentschuldbar skandalös. Einen Moment lang verwandelte sich das Antlitz der Venus in Aislas Gesicht und das von Mars in seins. Niall konnte das Knurren nicht unterdrücken, das in ihm hochstieg. Er riss den Blick vom Gemälde los, und seine Finger umklammerten die Kiste, die er unter dem linken Arm trug.

»Oh, ja, das ist perfekt«, sagte seine Frau und klatschte erfreut in die Hände. Die Diener traten zurück und vermieden es, das Bild anzusehen.

»Was hast du mit meinem Vorfahren angestellt?«, machte sich Niall mit seiner Frage bemerkbar. Er sah, wie sich Schultern und Rücken von Aisla vor Überraschung strafften, um sich dann gleich wieder zu entspannen. Langsam und selbstbewusst drehte sie sich zu ihm um.

»Nichts, was nicht schon vor Jahren mit ihm hätte getan werden sollen«, erwiderte sie und nahm eine kleine Kanne aus Kupfer vom Tisch. Sie ging damit zu einer der größeren Palmen, die fast das ganze Fenster verstellte. »Er war ein mürrisch aussehender alter Mann mit einem Schmollmund und einem Auge, das schielte.«

»Er hat nicht geschielt.«

»Er starrte immer auf den Esstisch, als wäre er von allem entsetzt, was aufgetragen wurde.«

»Was für ein Blödsinn ist das denn? Es ist doch nur ein Gemälde.«

»Genau wie das hier«, erwiderte sie und deutete auf das neue Bild, während sie der Palme Wasser gab. Ihre Wangen waren gerötet, obwohl sie ihre Neuerwerbung gar nicht ansah. Offensichtlich war sie auch nicht unempfänglich für die grelle Zurschaustellung von Haut.

Niall beäugte das Gemälde noch einmal, und mit einem Nicken entließ er die beiden äußerst verlegenen Diener. Sie eilten davon – schnell.

Er ging zum Tisch und stellte die Kiste mit einem Knall darauf ab. »Deine Seife ist angekommen. Alle fünfzig Stück.«

»Es sind nur fünfundzwanzig«, sagte Aisla und trat an den Tisch. Nialls Hand blieb auf dem Rand der Kiste liegen, und als Aisla begriff, dass sie sich ihm auf wenige Zentimeter nähern müsste, wollte sie die Kiste inspizieren, blieb sie stehen. Ihre Sorge überraschte nicht weiter – schließlich war das alles nur ein Spiel. Allerdings machte sie ihre Sache ziemlich gut.

»Wie viele Bäder willst du eigentlich die nächsten paar Wochen nehmen?«, fragte er.

»Lehnst du es etwa ab, Seife auf der Burg zu haben?«

Ihn beschlich allmählich das immer stärkere Gefühl, dass seine Frau gelernt hatte, ständig geistige Haken zu schlagen. Paris hatte wohl dafür gesorgt, sich solche Ränkespiele zu eigen zu machen.

Das war eine Seite, die Aisla damals noch nicht gehabt hatte – eine aufgeweckte, temperamentvolle Veranlagung. Er hasste sich deshalb zwar, aber es erhöhte sein Verlangen nach ihr sogar noch. Diese verbalen Schlagabtäusche waren seltsam belebend, und er war immer wieder gespannt, was ihr als Nächstes einfallen würde.

»Ich lehne Seife nicht ab«, erwiderte er und trat einen Schritt näher. »Ich hoffe sogar, dass du so viele Bäder nimmst, wie es dir gefällt. Aber was meinst du eigentlich, was ich mit dem ganzen anderen Kram tun soll?« Er hob den Blick. »Und der Seife?«

Er sagte nicht »nachdem du wieder weg bist«. So häufig er es in den letzten achtundvierzig Stunden auch gedacht haben mochte, seit die ganzen Sachen angefangen hatten, geliefert zu werden, würde er die Worte jetzt bestimmt nicht über die Lippen bringen.

»Du hast gesagt, dass du mich hier haben willst, und deshalb mache ich es mir bequem«, erwiderte sie überfreundlich, während sie sich vorbeugte, um einer der anderen Pflanzen Wasser zu geben, die nun einen Urwald in seinem Speisezimmer bildeten. Sein Blick ging zu ihrem Rücken und der schmalen Taille. Während er dadurch sofort an die nackte Venus auf dem Gemälde erinnert wurde, vergaß er fast die Antwort, die er hatte geben wollen. Er lächelte leicht verkrampft.

»Gute Idee«, sagte er und wandte den Blick ab. Er hatte die feste Absicht, Aisla zu verführen, doch es würde nicht hier und jetzt passieren – nicht, wenn sie damit rechnete, und er hegte keinen Zweifel daran, dass sie das tat. Er begriff, dass sie das mit dem Gemälde hatte erreichen wollen, doch Verlangen war ein zweischneidiges Schwert. Auch sie würde nicht immun dagegen sein, wenn er ein Wörtchen mitzureden hatte.

»Ach ja?«, fragte sie, und in ihrer Stimme schwang echte Überraschung mit. »Ich bin froh, dass du es genauso siehst wie ich.«

»Ja, all deine Veränderungen und Ergänzungen in der Burg –

deine Seifen, Zierdeckchen und Stiere aus Jade – sind genau das, was Tarben Castle braucht. Vor allem in dieser Woche.«

Aisla richtete sich auf und kehrte den Pflanzen den Rücken. »In dieser Woche?«

»Aye, in der mein jährliches Sommerfest stattfindet.«

Niall beobachtete, wie sie die Sache mit dem Fest aufnahm und sich ihre Schultern leicht verkrampften.

»Es wird der Tag gefeiert, als ich vor drei Jahren der Laird wurde«, fuhr er fort. »Und diesmal wird es das erste Fest sein, wo meine Burg wirklich nach einem Zuhause aussieht – und zwar deinetwegen.«

Er hätte gern leise gelacht, als sie verwirrt blinzelte und dann angesichts seines Lobs und der Komplimente die Lippen fest aufeinanderpresste. Sie war tatsächlich auf eine laute Auseinandersetzung eingestellt gewesen.

»Ah ja, ich verstehe. Ein Fest also. Hier auf Tarbendale?«

Anfangs hatte es Niall nicht gefallen, dieses Fest auszurichten. Er hatte sich daran gewöhnt, allein zu sein und sich nicht daran zu stören, ja, er hatte die Ruhe in seiner zugigen Burg richtiggehend genossen. Er hatte es genossen, sein Bett für sich allein zu haben. Die seltenen Gelegenheiten, wenn auf Tarbendale ausgelassen gefeiert wurde, hatten ihn jedes Mal zum Nachdenken gebracht.

Er hatte sich gefragt, ob er allein wirklich glücklich war. Vermisste er die wilden Zeiten, die er mit seinen Freunden verbracht hatte? Warum war er nicht einfach weiter der Mann, den Aisla verabscheut und verlassen hatte? Warum hatte er so viel Zeit und Mühe darauf verwendet, sich zu verändern?

Doch er hatte sich verändert, hatte seine Burg den Männern und Frauen geöffnet, die für die Minen arbeiteten, und deren Familien sowie allen, die auf den Tarbendale-Ländereien lebten und arbeiteten, um mehrere Stunden Feiern, Trinken, Spielen, Tanzen und Musik zu ertragen. Das war einfach das, was ein guter Laird tat.

»Aye«, sagte er, und mit fester Stimme fügte er hinzu: »Und du wirst als die Herrin von Tarbendale daran teilnehmen.«

Aisla reagierte gereizt, und ihr keckes Kinn hob sich, wie es das immer tat, wenn das Temperament mit ihr durchging. »Dachtest du etwa, ich würde mich verstecken?«

»Ich will nur sichergehen, dass du dabei bist. Es gibt Gerede in Bezug auf deine Rückkehr.«

Ihm waren natürlich keine derartigen Reden zu Ohren gekommen, war sich aber sicher, dass einige aus seinem Clan darauf brannten, die Frau zu sehen, die ihren Laird vor Jahren sitzen gelassen hatte. Aller Wahrscheinlichkeit nach würden sie sie auch nicht sonderlich herzlich willkommen heißen.

Als wäre ihr das auch klar, wirkte Aisla plötzlich sehr blass. »Ich glaube kaum, dass sie mich sehen wollen. Und ich bin nicht die Herrin von Tarbendale.«

»Oh, aber gewiss doch; zumindest die nächsten paar Wochen meiner Berechnung nach. Und sie wollen dich sehr wohl sehen.«

Niall würde schon dafür sorgen. In seinem Kopf wirbelten bereits Ideen, wie er noch einmal nachlegen könnte, nachdem sie bereits ein kleines Vermögen für nutzlosen Kram und unnötige Käufe ausgegeben hatte.

Der Rosenduft der Seife stieg ihm wieder in die Nase, während er nur eine Armeslänge von seiner Frau entfernt stand. Sie schien innerlich mit irgendetwas zu ringen, oder vielleicht versuchte sie sich auch nur darüber klar zu werden, was er vorhatte. Sie kaute auf ihrer Unterlippe, und das wirkte so natürlich und unverstellt, dass Niall von einer Woge der Wehmut erfasst wurde. Unwillkürlich erinnerte es ihn an das Mädchen, das er auf Montgomery kennengelernt hatte, als er seine Schwester in ihrem neuen Zuhause besuchte und ihre junge Schwägerin das erste Mal sah.

Sie war so unschuldig gewesen, hatte ihn erst schüchtern und dann unverhohlen neugierig angesehen. Und nachdem er ihrem

Blick ein paarmal begegnet war, sodass ihr klar wurde, dass er nichts dagegen einzuwenden hatte, war sie vorsichtig dazu übergegangen, mit ihm zu flirten. Er erinnerte sich, wie ehrlich überrascht er gewesen war, die Blicke eines so liebreizenden Wesens auf sich zu ziehen, obwohl er statt einer linken Hand nur einen nutzlosen Stumpf hatte. Aber sie hatte ihn nie danach gefragt, hatte ihn nie angestarrt oder war gar zusammengezuckt.

Als sie jetzt so tief in Gedanken versunken an ihrer Lippe kaute, wurde Niall nicht nur von einem Anflug von Melancholie erfasst, sondern von noch etwas Schändlicherem. Sein Blick huschte zu dem Gemälde, auf dem Mars von Venus' Lippen kostete, um dann schnell wieder wegzusehen. Es war so verdammt lange her, seit er Aisla das letzte Mal auf den Mund geküsst hatte – oder andere Stellen ihres Körpers. Der schnelle, feste Kuss, mit dem sie ihre Vereinbarung besiegelt hatten, war keusch gewesen. Nichtssagend. Mehr hatte er nicht zugelassen, denn ihm war bewusst gewesen, wie gefährlich sie nur mit Nachthemd und Morgenmantel bekleidet war – abgesehen von ihren Versuchen, ihn in ihr Bett zu locken, um die Wette zu gewinnen, ehe sie noch richtig begonnen hatte.

»Na gut«, sagte sie schließlich. »Wie viele Tage sind es noch bis zum Fest?«

»Drei«, antwortete er. Fenella und seine neue Köchin, Mrs Wingate, und alle Küchenmädchen würden in der Küche bereits mit den Vorbereitungen beschäftigt sein. Wäre Aisla nicht so emsig darauf bedacht gewesen, die oberen Räumlichkeiten zu renovieren, hätte sie es wahrscheinlich bemerkt.

Aisla nickte. »Hervorragend. Das lässt mir genug Zeit, alles schön zu machen.«

Niall fragte nicht, was sie vorhatte, noch wollte er es wissen. Er drehte sich zur Tür um, wobei sein Blick wieder das obszöne Bild streifte. Seine innere Ruhe focht einen erbitterten Kampf gegen die Bestie in anderen Teilen seiner Anatomie. »Ich bewundere deinen Geschmack, aber mir gefällt Rubens besser als Tizian.«

Drei Tage später, als die Frauen und Männer seines Clans auf Tarbendale eintrafen, musste er sich wieder auf die Zunge beißen. Rosafarbene Girlanden schmückten die Bögen des Eingangsportals, überall standen Töpfe mit exotischen Blumen, die seine Frau von Gott weiß woher besorgt hatte, und mehrere noch lächerlichere Gemälde hingen überall herum … Gemälde von schlanken Jagdhunden. Obwohl er froh war, dass nicht weitere Bilder mit erotischen Motiven aufgetaucht waren, hatte er bald die Nase voll von Hunden.

»Was im Namen aller Heiligen ist hier denn passiert?«

Niall wusste um Hamish Verlässlichkeit, Dinge beim Namen zu nennen, und war entsprechend vorbereitet. Sein Freund stapfte in die Eingangshalle und verzog das Gesicht angesichts all der schmückenden Details.

»Hier ist ein Sturm in Form einer Frau durchgefegt«, erwiderte Niall, und das Verlangen, etwas zu trinken – etwas Stärkeres als Tee, Kaffee oder Wasser –, war unerwartet stark. Er musste nicht nur die Festlichkeiten ertragen, sondern auch die schier unerschöpfliche Fantasie seiner Frau. Allerdings hatte er sie den ganzen Vormittag noch nicht einmal gesehen.

Nach einer weiteren unbequem verbrachten Nacht auf dem Sofa in seinem Arbeitszimmer war Niall über Wiesen und Felder zur Mine geritten. Es war gespenstisch still gewesen, da alle Arbeiter sich auf ein Fest voller Speis, Trank und Spiele freuten. Als er zur Burg zurückgekommen war, hatte es dort vor Menschen nur so gewimmelt, die letzte Hand anlegten, und deshalb hatte er sich wieder in sein Arbeitszimmer zurückgezogen. Der Ausritt hatte nichts gebracht. Sein Magen zog sich immer noch vor Sorge zusammen.

Er wollte wissen, was seine Frau heute Morgen wohl dachte, während sie sich darauf vorbereitete, den Frauen und Männern seines Clans das erste Mal gegenüberzutreten. Einige hatten sie natürlich schon gesehen, aber nicht alle und nicht in einem so förmlichen Rahmen wie heute. Wieder versetzte ihm sein Magen einen schmerzhaften Stich. *Verflucht*. Er war nervös, merkte er. Ihretwegen.

Die Eingangshalle war nicht leer. Männer und Frauen trugen Platten, Schüsseln und Teller in die große Halle. Harfenmusik erfüllte den Raum.

»Deine Frau, nehme ich an?«, fragte Hamish.

Niall strich sich mit der Hand durchs Haar und ließ ein wenig von seiner Zurückhaltung ab. »Sie ist nicht so, wie ich sie in Erinnerung oder erwartet habe.« Er wollte eine eingeschüchterte, entmutigte Frau, die leicht zu verführen und für seine Zwecke einspannen ließe. Doch stattdessen war sie wie ein Waldbrand, der alles, was ihm in die Quere kam, vernichtete. Sie war unberechenbar und dadurch gefährlich. Das war einer der Hauptgründe, warum er die Nächte in seinem Arbeitszimmer verbracht hatte, statt darauf zu beharren, in seinem eigenen Bett zu schlafen und währenddessen zu versuchen, sie dabei zu verführen.

»Die Leute sind neugierig auf sie. Man sagt, dass sie dir Kummer bereiten würde.«

Das Gerede bezog sich wahrscheinlich auf die Unruhe im Verlaufe der letzten Woche, als sie sich »eingerichtet« hatte. Er bezweifelte, dass irgendwer dabei an die andere, ungehörige Seite der Unruhe dachte. Die Unruhe, die ihn von morgens bis abends plagte und vor allem in der Nacht, wenn er auf dem Sofa im Arbeitszimmer lag und an seine Frau dachte, die in seinem Bett schlief. Sie dort aufzusuchen, würde nicht nur zulasten seines Stolzes gehen – es würde ihn auch eine stattliche Summe im Rahmen der Wette mit Ronan kosten, und das war eine langfristige

Sache. Die Wette mit seiner Frau hätte ihm eigentlich helfen sollen, doch stattdessen wurde sein Zustand dadurch verschlimmert. Deshalb hatte er sich im Dunkel seines Arbeitszimmers mehr als einmal erleichtert und damit das Verlangen, das in seinem Körper tobte, gelöscht, doch die Glut schwelte weiter.

»Das ist nichts, womit ich nicht fertigwerden würde«, sagte er zu Hamish, der sich einen Becher vom Tablett einer vorbeieilenden Magd nahm und gleichzeitig deren Hinterteil musterte. Das Mädchen schlug die Augen nieder, kicherte und lief weiter.

Er folgte Hamish in die große Halle und wäre ihm fast in den Rücken gelaufen, als dieser abrupt stehen blieb und – wie mehrere andere von Nialls Männern – mit großen Augen das Gemälde ansah.

»Puh«, sagte er, und sein großes Gesicht wurde rot. »Das ist scharf.« Niall seufzte und ging an ihm vorbei. »Weit besser als dein widerlicher Großvater, würde ich mal sagen.«

Niall ignorierte das zustimmende Gelächter und ging zwischen den Tischen hindurch, die voller Essen und Getränke standen. Dort prangte auch das neue Teeservice, das Aisla gekauft hatte. Er schüttelte den Kopf, ließ sich von einer Magd einen Tee einschenken und musste unwillkürlich leise lachen, als er die kleine, zarte Tasse aus Porzellan, die mit goldenen Blumen bemalt war, in seine riesige Hand nahm. Er hatte gerade einen Schluck genommen, als das Stimmengewirr in der Halle verstummte. Niall schaute auf und erkannte den Grund dafür.

Aisla stand mit hoch erhobenem Kopf und ernster Miene im Eingang zur großen Eingangshalle. Doch es war ihre Kleidung, die Niall dazu brachte, den Griff der Tasse fester zu packen, sodass Gefahr bestand, das zarte Porzellan könnte brechen. Sie trug ein tiefblaues Kleid und darüber einen Montgomery-Plaid. Nicht Maclaren. *Montgomery.* Das war ein Schlag ins Gesicht – selbst für Niall. Sie hielt das Kinn hoch erhoben, und ihr schönes, arrogantes

Gesicht zeigte ihren ganzen Stolz. Aber selbst während Wut in ihm aufstieg, weil sie seine Farben zurückwies, bewunderte er sie für ihren Mut. Diese Aisla war eine geborene Kriegerin, und sie war hier, um zu kämpfen. Er wappnete sich, während er auf sie zuging.

»Eine kühne Entscheidung, Mylady«, sagte er leise, nahm ihre Hand und führte sie zu dem Stuhl neben seinem an der erhöhten Tafel.

»Ich bin eine Montgomery.«

»Du bist sechs Wochen lang eine Maclaren.«

»Weniger als fünf.« Ein kühles Lächeln spielte um ihre rosigen Lippen. »Wenn du durchhältst.«

»Ich nehme es mit allem auf, womit du mich zu Fall bringen willst.«

Ihr funkelnder Blick traf seinen. »Dann ein Tanz – zu Ehren deines Festes.«

Ein Tanz? Niall wunderte sich, was sie jetzt schon wieder im Sinn hatte. Ihm kam der seltsame Gedanke, sich nicht erinnern zu können, auf Maclaren oder sonst irgendwo mit ihr getanzt zu haben. War er so ein betrunkener Flegel gewesen, dass er nie mit seiner eigenen Frau getanzt hatte? Es hatte noch nicht einmal einen richtigen Hochzeitsempfang gegeben. Eigentlich hatte er das damals ausrichten wollen, aber dann waren die Tage auf Maclaren einfach ineinander übergegangen, ohne dass er es je in die Tat umgesetzt hätte. Kurz kamen Schuldgefühle in Niall hoch, aber er unterdrückte sie schnell wieder.

Er erhob sich, beugte sich über sie und sagte mit leiser Stimme: »Wenn du tanzen willst, dann leg den Plaid ab. Du bist immer noch meine Frau, und das heißt, dass du dich wie eine Maclaren zu kleiden hast.«

»Es ist doch nur ein Tartan«, zierte sie sich, »und ich kann mich nicht erinnern, dass Kleidung etwas mit unserer Wette zu tun hat.«

»Genauso wenig wie Seifenstücke, Ziergegenstände und unzüchtige Gemälde.«

Etwas passierte zwischen ihnen – es war der Moment, in dem zwei Kämpfer das Können des anderen erkannten und zu würdigen wussten –, und dann nickte sie hoheitsvoll. Ihre Hand ging erst zur einen, dann zur anderen Schulter, um die Nadeln zu lösen, die das Plaid hielten. Nialls Mund wurde trocken angesichts des üppigen Dekolletés, das unter dem Tuch zum Vorschein kam. Allmächtiger! Beinahe hätte er sie gebeten, das verdammte Tuch wieder umzulegen. Ihr Blick war ruhig, aber es funkelte auch Befriedigung in ihren Augen.

Sie wusste um ihre Wirkung, die Verführerin. Sie hatte gewusst, dass er sie auffordern würde, das Plaid abzulegen – und dass er dann seine Reaktion vor den Augen seiner Clans-Leute unter Kontrolle behalten musste.

Aisla erhob sich voll königlicher Anmut und nahm seine Hand. »Sollen wir?«

»Das Kleid ist unschicklich«, zischte er, und das Wasser lief ihm angesichts ihres zur Schau gestellten vollen Busens im Munde zusammen. Aisla hatte schon vor sechs Jahren einen schön geformten Körper besessen, doch sie war gereift, und es hatten sich wunderschöne weibliche Rundungen gebildet. Weibliche Rundungen, die drohten, über den bestickten Rand ihres Ausschnitts zu quellen. Niall bildete sich sogar ein, die rosigen Spitzen sehen zu können.

»Ich habe es nur für dich ausgewählt«, sagte sie in aller Unschuld. »Gefällt es dir nicht?«

Niall befiel der wilde Drang, ihre Hand auf die Wölbung zwischen seinen Beinen zu drücken, um ihr zu zeigen, wie sehr es ihm gefiel. Doch stattdessen gab er den Musikern ein Zeichen, dass sie einen Walzer spielen sollten. Dann zog er sie – viel enger, als gesellschaftlich akzeptabel war – an sich. So eng, dass sie ihn durch ihre Röcke und sein Kilt hindurch spüren konnte. Aisla keuchte, und ihre Augen wurden groß, während alle anderen um sie herum jubelten.

Niall lächelte. »Aye, es gefällt mir.«

»Du hältst mich viel zu eng«, fuhr sie ihn im Flüsterton an. Eine herrliche Röte stieg an ihrem schlanken Hals nach oben. Er wollte die Lippen auf die sich rötende Haut legen, um festzustellen, ob sie so warm war, wie sie aussah. Er wollte ihr dieses unanständige Kleid vom Leib streifen, damit sie am ganzen Körper errötete … um dann ihre Haut mit seiner Zunge zu erforschen.

»Wir tanzen«, erwiderte er und wirbelte sie herum, nur um sie wieder genauso eng wie vorher an sich zu ziehen. Seine Männlichkeit pochte ob dieser köstlichen Qual, aber das war es wert, sie jedes Mal keuchen zu hören.

»Das ist kein Tanzen, du … du … Flegel. Das ist höchst unanständig. Alle gucken.«

»So unanständig wie das Kleid.« Er wirbelte sie wieder herum, während sich andere Paare zu ihnen auf die Tanzfläche gesellten. »Und darf ich dich daran erinnern, dass wir verheiratet sind.«

»Nicht mehr lange!«

Er ignorierte ihre Worte. »Ja, alle gucken. Ich bin ihr Laird, und ich tanze mit der schönsten Frau im Saal.«

Seine so selbstsichere Ehefrau verlor das Gleichgewicht, ihr Blick ging mit einem Ruck zu ihm hoch, und ihre Augen wurden groß, während Niall sie auffing und dabei vom Boden hob. Die Zeit schien stehen zu bleiben, und die Welt bestand nur noch aus den beiden. Niall ließ sie wieder herab, und wie durch ein Wunder geriet er kein einziges Mal aus dem Takt. Sie bewegten sich im Gleichklang, während Musik und Tänzer um sie herum schwebten.

Endlich fand sie ihre Stimme wieder, und er war froh darüber, denn er hatte seine verloren. »Das hast du noch nie zu mir gesagt.«

Er blinzelte verwirrt. »Was?«

»Dass ich schön bin.«

»Bestimmt habe ich das getan«, sagte er. Doch Aisla schüttelte den Kopf, und wieder spürte er diesen strafenden Druck im Magen. »Dann bin ich nachlässig gewesen«, flüsterte er, während seine Finger sie plötzlich fester umfassten. Aisla schwankte auf ihn zu, sie sahen einander tief in die Augen, und ihr Blick weitete sich vor Verlangen. Niall meinte das Mädchen von damals zu erkennen, in das er sich verliebt hatte, und spürte, wie tief in seiner Brust etwas anfing zu brennen. »Denn ich hätte es jeden Tag tun sollen.«

Für einen kurzen Moment brach ihre Schutzmauer ein, und Niall sah eine Sehnsucht in ihren Augen, die seine widerspiegelte. Ihr Mund öffnete sich, und er wollte sie auf der Stelle hier vor allen Leuten küssen – zum Teufel mit seinem Stolz und den Wetten. Sie spürte es auch. Das wusste er. Dann verklang die Musik, und seine Frau löste sich mit einem undefinierbaren Laut aus seinen Armen, als wäre ein Bann gebrochen.

»Danke für den Tanz, Laird.«

Sie sah ihn mit kühlem Blick an, und der kurze Moment, in dem die Vergangenheit wieder aufgelebt war, war vorbei. Niall spürte, wie der Funke in seinem Innern noch einmal zuckte und dann verglühte. Die Vergangenheit hatte sich verabschiedet – genau wie sie. Das Ganze hier war nur ein Spiel. Ein Mittel zum Zweck … und Wetten, die gewonnen werden wollten.

Er hatte gesehen, wie sie ihm gegenüber kurz weich geworden war, als er sie schön genannt hatte. Er hatte förmlich gehört, wie die Mauer, die sie um sich herum errichtet hatte, geknirscht hatte, als sich der erste Riss bildete. Er hatte sie mit seinem Kompliment überrascht und hatte sich dann nicht so verhalten, wie er es hätte tun sollen. Statt sich schuldig zu fühlen, hätte er weitermachen sollen. Es wäre zwar feige gewesen, hätte sich aber zu seinen

Gunsten entwickeln können. Das nächste Mal musste er es richtig machen, ob das nun skrupellos war oder nicht.

Die Gegenwart – und die Zukunft von Tarbendale – waren das Einzige, was zählte.

Kapitel 10

Aisla verwünschte die dritte schlaflose Nacht in Folge und beklagte wohl zum hundertsten Mal ihre Schwäche, wenn es um Niall ging. In ihren Träumen tat er verruchte Dinge, die sogar einen Wüstling zum Erröten gebracht hätten, sodass sie ständig unruhig und verärgert über sich selbst war.

Und diese Maclaren-Augen – damit hätte er sie beinahe umgebracht. Sie war nur einen Hauch davon entfernt gewesen, ihren Mund während des Tanzes auf seinen zu legen. Sein starker, muskulöser Körper hatte ihr Inneres in flüssige Glut verwandelt.

Sie hatte das Kleid angezogen, um ihn zu reizen, und das war ihr auch gelungen. Den Beweis hatte sie zu spüren bekommen. Doch Erfolg war ein zweischneidiges Schwert. Seine Erregung zu spüren, hätte sie beinahe dazu gebracht, sich auf ihn zu stürzen und sich zu nehmen, was er so offensichtlich anbot. Wäre die Musik nicht verstummt, so dass sie wieder zur Besinnung gekommen war, hätte sie ihn wahrscheinlich mit einer Keule niedergeschlagen, aus der Halle geschleift und sich an ihm vergangen.

Das war ein Gedanke, der immer noch ein Kribbeln an höchst unanständigen Stellen ihres Körpers auslöste.

Und das berücksichtigte noch nicht mal seine herzzerreißende Bemerkung, weil er sie als schön bezeichnet hatte: *Denn ich hätte es jeden Tag tun sollen.*

Genau das war der Moment gewesen, in dem sie beinahe alles verloren hätte.

Die Wette. Ihren Willen. Ihr Herz.

Was für eine Närrin sie doch war.

Glücklicherweise hatte sich ihr Ehemann die zwei dem Fest folgenden Tage rar gemacht. Aisla hätte es nicht ertragen, ihn zu sehen. Trotzdem fragte sie sich, wo er wohl war. Eine schmallippige Fenella mit Spitzenhäubchen hatte ihr gesagt, dass er in den Minen wäre. Es war nicht das erste Mal seit ihrer Ankunft, dass diese erwähnt wurden.

»Wo sind diese Minen?«, fragte sie.

Die Frau sah sie höhnisch grinsend an. »Hier natürlich.«

Da hatte Aisla begriffen, dass die Minen Niall gehörten. »Was wird dort gefördert?«

Fenella hatte sie mit säuerlichem Blick angesehen. »Edelsteine.«

»Topase?«, hatte Aisla plötzlich interessiert nachgefragt, während sie sich wieder an Makennas außergewöhnliche Brosche erinnerte.

»Genau die.«

»Wie ertragreich sind die Minen denn?«

Fenella hatte sie finster angesehen. »Das musst du den Laird fragen.«

Aisla beendete ihr Frühstück und wies einen Diener, der sofort zur Stelle war, an, ihr ein Pferd zu satteln. Sie würde nach Maclaren reiten und Julien aufsuchen, wie sie es bereits die letzten paar Tage getan hatte. Sie hatte Julien schamlos als Vorwand benutzt, um Niall auszuweichen, indem sie viele Stunden mit ihm verbrachte. Zwar leistete ihnen Makenna meistens Gesellschaft, aber Aisla wusste, dass ihr Verhalten fast schon feige war. Das widerte sie zwar an, aber sie wollte die Wette nicht verlieren, nur weil sie sich nicht unter Kontrolle hatte und sich unpassenderweise zu diesem verflixten Mann hingezogen fühlte.

Dadurch war sie damals schwanger geworden und hatte geheiratet.

Aisla hatte eigentlich gedacht, dass sie über solche Empfindungen hinweg wäre, da sie in Paris kein einziges Mal für irgendjemanden Gefühle entwickelt hatte – nicht einmal für Julien. Sie hatte sich an kleinen Dingen erfreut – interessanten Gesprächen, Leuten, Speisen –, aber es war nie um Herzensdinge gegangen oder körperliche Freuden. Das Interesse an Liebesdingen war einfach erloschen – bis jetzt.

Jetzt war es das Einzige, an was sie die ganze Zeit dachte.

Verlangen. Liebesspiele. Lust.

Am Abend zuvor waren ihre Finger im Bad von ihren Brüsten zu ihren schmerzenden Schenkeln geglitten, während sie sich vorstellte, dass Niall sie berührte. Schließlich war er derjenige gewesen, der sie in die Geheimnisse ihres Körpers eingeweiht hatte. Doch jetzt war er anders. Selbst durch mehrere Schichten Kleidung hatte sie die Veränderung seiner straffen Schultern gespürt, seiner muskulösen Arme und seines … seines … Ihr war ganz heiß geworden beim Gedanken an diesen unvergesslichen Teil von ihm. Selbst durch den Stoff hindurch hatte seine Hitze sie versengt.

»Hör auf, Aisla«, wies sie ihr Spiegelbild grimmig zurecht, nachdem ihre Zofe ihr in ein waldgrünes Reitkleid geholfen und ihr Haar hochgesteckt hatte.

»Verzeihung, Mylady«, sagte Pauline. »Stimmt etwas nicht?«

Aisla kniff sich in die Wangen, um ein bisschen Farbe zu bekommen, damit sie nicht wie eine Leiche aussah. Ihr Gesicht wirkte eingefallen, und dunkle Schatten lagen unter ihren Augen. »Nein, nein, du hast deine Sache sehr gut gemacht, Liebes. Aber ich sehe zum Fürchten aus, nicht wahr?«

»Sie haben anscheinend schlecht geschlafen, Mylady«, meinte

die Zofe mit kritischem Blick. »Ihre Augen sind ein bisschen geschwollen. Ich könnte Ihnen eine Packung machen, damit die Schwellung zurückgeht.«

»Danke, Pauline, das wäre ganz reizend.«

Durch die verquollenen Augen wirkte sie auch ein bisschen fiebrig. Aisla verzog das Gesicht. Sie kannte diesen Blick nur zu gut. Am Anfang ihrer Ehe hatte sie auch immer so ausgesehen, als Niall immer so betrunken gewesen war, dass er gleich nach dem Akt auf ihr zusammengebrochen war. Doch dieses Mal hatte sie es sich selbst zuzuschreiben.

Ein scharfer Ritt würde ihr jetzt guttun, entschied sie.

Dann würde sie Julien einen Besuch abstatten und sich hinterher vielleicht diese Minen von ihrem Ehemann ansehen. Irgendwie musste sie eine Möglichkeit finden, wieder die Kontrolle zu erlangen. Sie nahm mit ihrem Pferd den langen Weg um den See herum nach Maclaren und durchquerte dabei die wilde schottische Landschaft, während die frische Luft ihre aufgewühlten Sinne beruhigte und das lebhafte Pferd ihrem Körper zu einer angenehmen Erschöpfung verhalf. Als sie schließlich Maclaren erreichte, waren ihre Beine schwach, und sie atmete schwer vor Anstrengung. Sie warf einem wartenden Stallburschen die Zügel zu und begab sich ins Schloss.

»Wo ist Lady Dunrannoch?«, fragte sie einen Diener.

»Die ist im Dorf, Mylady.«

»Und Lord Leclerc?«

Der Diener verbeugte sich. »Ich glaube, Seine Lordschaft befindet sich im Wintergarten. Wenn Sie möchten, kann ich Sie hinführen.«

Doch Aisla lehnte seine Hilfe ab und begab sich durch die langen Gänge von Maclaren zum Gewächshaus, das Lady Dunrannochs ganzer Stolz war. Der Unterschied zwischen Maclaren und Tarben Castle war auffällig, was vor allem der liebevollen Einrichtung durch die Herzogin zuzuschreiben war. Als Aisla noch hier gelebt hatte, war sie förmlich verliebt gewesen in das stattliche Gebäude. Die Wärme, die einen hier empfing, hatte sie an ihr Zuhause auf Montgomery erinnert. Doch das hatte nicht gereicht, um die Einsamkeit zu vertreiben. Trotzdem hatte sie schöne Erinnerungen daran.

Als sie die Tür zum Gewächshaus aufstieß, meinte sie, laute Stimmen zu hören, und Aisla runzelte die Stirn. Doch ehe sie ausmachen konnte, woher sie kamen, eilte Makenna an einer Reihe eingetopfter Orchideen entlang. Ihr Gesicht war vor Zorn verzerrt, und wütende Tränen glitzerten in ihren Augen.

»Makenna?«, fragte Aisla. »Geht es dir gut?«

»Oh«, sagte sie überrascht. Es war deutlich erkennbar, dass sie versuchte, sich zusammenzureißen, ehe sie nickte. »Aye, natürlich.«

»Was ist los? Was ist passiert?«

»Nichts. Nur eine kleine Meinungsverschiedenheit.«

Aisla runzelte die Stirn noch stärker. »Mit wem?«

Doch da kam auch schon die Antwort auf ihre Frage denselben Gang mit den Orchideen auf sie zu. Aber auf Juliens Gesicht fehlte das übliche Grinsen. Seine Miene war zu einer gleichgültigen Maske erstarrt, aber als Julien ihrer ansichtig wurde, zuckte ein Muskel an seinem Kiefer. Einen Moment lang huschte ein schuldbewusster Ausdruck über sein Gesicht.

Aislas Blick richtete sich auf ihn, und ihre eigenen unterdrückten Emotionen fanden eine Möglichkeit, sich zu entladen. »Was hast du getan, Julien?«

Sofort trat wieder das übliche Grinsen auf sein Gesicht, so dass es fast wie eine Rüstung wirkte, die er angelegt hatte. »Ich habe nichts getan.«

»Du hast Lady Makenna verärgert.« Entschuldigend drehte sie sich zu ihrer neuen Freundin um. »Bitte ignorier ihn einfach oder das, was er gesagt hat. Meistens weiß sein Mund nicht, was sich gehört.«

»Er war ziemlich unhöflich«, schnaubte Makenna.

Aisla sah Julien mit schmalen Augen an. »Ist es wirklich so schwer, nett gegenüber meinen …« sie unterbrach sich und suchte nach dem richtigen Wort. Makenna war ihre Schwägerin. Sie gehörte zu ihrer Familie. Aisla verdrängte den Schmerz, der in ihr aufsteigen wollte. »… Freunden zu sein, während wir hier sind?«

»Ich war nicht unnett«, erwiderte Julien mit gedehnter Stimme. »Sie wollte einfach nicht vernünftig sein bezüglich ihres Ehemanns.«

»Was ist denn mit ihrem Ehemann?«

Makenna wurde knallrot und warf ihm einen erschreckten Blick zu, doch Julien zuckte nur die Achseln, wobei Aisla allerdings nicht entging, dass wieder ein Nerv an seiner Wange zuckte. Sie hatte noch nie erlebt, dass Julien sich über etwas aufregte.

»Ich habe Lord Leclerc ein paar Dinge anvertraut, die auf Brodie vorgefallen sind«, erklärte Makenna. »Es ist nichts, worüber man sich Gedanken machen müsste.«

»Bitte, nehmen Sie meine Entschuldigung an, Lady Makenna«, sagte Julien mit einem kurzen Lächeln und einer überaus eleganten Verbeugung – wobei er jedoch aussah, als hätte er etwas Ungenießbares verschluckt. »Ich wollte Ihnen nicht zu nahe treten.«

Makenna bedeutete mit einem Nicken, dass sie seine Entschuldigung annahm. Es steckte eindeutig mehr hinter dem Ganzen, doch trotz ihrer Neugierde wollte Aisla nicht weiterbohren; denn ihre Schwägerin wirkte immer noch so, als stünde sie kurz davor, in Tränen auszubrechen. Sie holte tief Luft und sah die beiden etwas unsicher an. »Nun, wo das geklärt ist … wie wäre es mit einem Ausritt?«

Es war zwar ein bisschen Überzeugungsarbeit nötig, aber schließlich saßen alle im Sattel. Es lag jedoch weiter eine leichte

Anspannung in der Luft, und Julien schloss auch nicht zu ihnen auf, sondern ritt ein paar Pferdelängen hinter ihnen. Aisla warf ihrer Begleiterin einen Blick zu und bemerkte deren verkrampfte Miene. Die junge Frau ritt zwar neben Aisla her, aber ebenso gut hätte sie auch ganz woanders sein können.

»Es tut mir so leid, dass Lord Leclerc dich verärgert hat«, sagte Aisla. Julien konnte manchmal so ein Scheusal sein, wenn er es darauf anlegte, und er hatte bei Nialls Schwester offensichtlich in Bezug auf ihre Ehe gestichelt.

Makennas leerer Blick verschwand, sie holte tief Luft und zwang sich zu einem unsicheren Lächeln. »Nein. Also ich meine, er hat schon, aber … es ist nicht wichtig.«

Aisla glaubte ihr nicht. »Er hat deinen Ehemann erwähnt – den Laird von Brodie.«

Wieder trat ein verschlossener Ausdruck auf Makennas Gesicht, und Aisla nahm an, dass in ihrer Ehe wohl einiges im Argen lag. Sie wusste aber auch, wie schwierig es sein konnte, über solche Dinge zu reden, und, im Gegensatz zu Julien, wann man ein Thema erst einmal auf sich beruhen ließ.

»Als ich auf Maclaren war – das erste Mal«, sagte sie und suchte Makennas Blick. Diese lächelte und bedeutete ihr damit, dass Aisla fortfahren sollte. »… gab es so viele Dinge an meiner Ehe, die sich … falsch anfühlten, und ich hatte keine Ahnung, wie ich das in Ordnung bringen sollte. Ich dachte damals, dass vielleicht durch das Kind …«

Dass das Kind ihr Niall zurückbringen würde – dass er wieder zu dem Menschen werden würde, der er während seiner Besuche auf Montgomery gewesen war, als sie sich ineinander verliebt hatten. Die Vorstellung, dass ein Baby so etwas Großes wie eine zerrüttete Ehe wieder in Ordnung bringen könnte, war auch damals schon absurd gewesen. Doch jetzt wand sich Aisla fast bei diesem törichten Gedanken.

»Was zum Beispiel fühlte sich denn falsch an?«, fragte Makenna, um dann hastig zu ergänzen: »Wenn es dir nichts ausmacht, davon zu erzählen.«

»Überhaupt nicht. Er war ganz häufig einfach nicht da, und ich war die Neue in seinem Clan. Ich kannte niemanden, und während ich davon ausgegangen war, dass er an meiner Seite bleiben würde, bis ich mich etwas eingelebt hatte, schienen ihn seine Freunde und alles hier von mir wegzuziehen.« Aisla ritt hinter Makenna her, als diese ihr Pferd auf einen ausgetretenen Pfad durch ein Eschenwäldchen lenkte.

»Du hattest das Gefühl, als hätte er dich verlassen«, sagte Makenna.

»Ja, so könnte man es ausdrücken. Aber in Wirklichkeit war der Alkohol das größte Problem. Ich weiß nicht, warum er das Bedürfnis hatte, so viel zu trinken. Fast hätte man den Eindruck bekommen können, als wollte … als wollte er seine Entscheidung, mich zu heiraten, nicht nüchtern betrachten.«

Aisla schnürte sich der Hals zu, als sie schließlich die Dinge aussprach, die sie die ganzen Jahre gedacht hatte – die verdrängte Scham und Verlegenheit, sich zu fragen, ob Niall es bedauert hatte, sie zu heiraten, oder ob er das Baby als einen Fehler betrachtet hatte. Ein so großer Fehler, der ihn an ein Mädchen gebunden hatte, das er zwar mochte, ein Mädchen, mit dem ihn heiße Leidenschaft verband, mit dem er aber im Grunde nicht den Rest seines Lebens verbringen wollte.

»Tja, ich kann nicht sagen, warum der Schwachkopf damals so viel getrunken hat«, erwiderte Makenna. »Aber es ist nichts, worüber du dich noch ärgern musst.«

Der kühle Wald, durch den sie ritten, erzeugte bei ihr Gänsehaut. »Was meinst du damit?«

»Niall hat seit Jahren keinen Tropfen Alkohol mehr getrunken.«

Aislas Pferd ging plötzlich langsamer, als hätte es ihre Verwirrung bemerkt. »Er ... bist du dir sicher?«

Sie dachte an den Tag vor gerade mal einer Woche zurück, als Niall nach Tarben Castle zurückgekehrt war und so stark nach Ale gerochen hatte. Er wäre in einer Taverne gewesen, und einer der Männer hätte ihn mit seinem Getränk bekleckert, doch sie hatte ihm nicht geglaubt. Er hatte tatsächlich nicht betrunken gewirkt, aber sie kannte viele Männer – sowohl in Montgomery als auch in Paris –, die sich ganz normal benahmen, obwohl sie viel zu viel getrunken hatten. Niall selbst hatte sie mehr als einmal davon überzeugt. Aber jetzt wurde ihr ein bisschen mulmig zumute, als Makenna bestätigend nickte.

»Aber ja, ich habe gehört, dass er deshalb anfangs natürlich erbarmungslos geneckt worden wäre. Doch schon bald haben es alle akzeptiert.«

Aisla war nicht darauf vorbereitet, auf einmal Gewissensbisse zu bekommen. Sie hatte ihm einfach nicht geglaubt, und doch hatte er die Wahrheit gesagt. Sie trieb ihr Pferd an, um wieder zu Makenna aufzuschließen. Sie ritten eine kleine Anhöhe hoch und verließen kurz darauf den Wald. Immer noch verblüfft starrte sie die haselnussbraune Mähne ihrer Stute an.

»Nicht einen Schluck?«, fragte sie.

Makenna lachte. »Ich habe gehört, dass er jetzt wie ein richtiger Engländer Tee trinkt und dass Mrs Wingate zu jeder Tages- und Nachtzeit Kaffeebohnen mahlen muss, aber nein ... keinen Tropfen Ale oder Whisky oder auch nur Apfelwein. Er möchte immer einen klaren Kopf haben, weißt du.«

Einen klaren Kopf. Ihr Ehemann.

Zusammenhanglose Gedanken stürmten auf Aisla ein, so groß war ihre Überraschung. Doch dann, als sie das Gehörte einen Moment sacken ließ, musste sie sich eingestehen, dass sie bis auf diesen einen Abend, wo er nach Ale gerochen hatte, nie Alkohol an ihm wahrgenommen hatte. Er war auch kein einziges Mal taumelnd nach Hause zurückgekehrt. Und tatsächlich hatten die Dienstboten Aisla jeden Morgen, wenn sie das Frühstück zu sich nahm, gesagt, dass der Laird bereits ein oder mehr Stunden vor ihr gegessen hätte.

Sie holte tief Luft und sah schließlich von der Mähne ihres Pferds auf. Nachdem sie den Wald verlassen hatten, befanden sie sich jetzt auf einer baumlosen Anhöhe, von der aus man in einiger Entfernung etwas erkennen konnte, das sie auf ihren Ausritten oder Spaziergängen im Verlauf der letzten Woche oder von einem der Fenster von Tarben Castle aus gesehen hatte: eine Ansammlung von Steintürmen, Schächten und Holzhütten. Sie erkannte, wo Makenna sie hingeführt hatte.

»Das ist der Steinbruch, nicht wahr?«, fragte Aisla.

»Man sieht, dass Niall hier viel Arbeit reingesteckt hat«, erklärte Makenna mit nicht wenig Stolz. »Die Minen waren völlig unbedeutend, als er sie übernahm. Aber jetzt werfen sie endlich Gewinn ab. Zumindest hat er mir das in seinem letzten Brief geschrieben.«

Aisla lenkte ihr Pferd in Richtung der Türme und der Männer, die ihrer Arbeit in den Minen mit Schubkarren nachgingen oder angejochte Maulesel, die Wagen zogen, vor sich her trieben. Alles wirkte sehr geschäftig, und aus der Ferne sah es auch so aus, als würde alles reibungslos ablaufen. Als sie und Makenna näher kamen, bemerkte sie, dass sich nicht nur Männer unter den Arbeitern befanden. Es gab auch Frauen, deren Arbeitskleidung voller Flecken war und die mit vielfältigen Aufgaben beschäftigt waren. Ein Mann, der gerade einen Karren zu einem langen Wassertrog schob, wo Frauen mit Sieben Schutt und Steine, die nur nach Geröll aussahen, einweichten und wuschen, humpelte erkennbar.

»Alle von Nialls Angestellten sind Männer und Frauen des

Clans, die zwar noch arbeiten können, aber er zieht diejenigen vor, die den Verdienst am dringendsten brauchen – zum Beispiel Männer, die verletzt aus dem Krieg heimgekehrt sind wie Gilroy«, sagte Makenna und deutete mit einem Kopfnicken auf den humpelnden Mann.

Als Aisla ihn genauer betrachtete, sah sie, dass seine Hose einen Holzfuß teilweise verbarg. »Und die Frauen?«, fragte sie und bemerkte, dass viele von ihnen nicht mehr jung und frisch wirkten.

»Die meisten sind Witwen«, erwiderte Makenna. »Oder Frauen, die nicht geheiratet haben.«

Das waren eindeutig keine typischen Minenarbeiter – das war schon mal klar. Aber Niall hatte darauf geachtet, gerade diese Menschen einzustellen.

»Warum?«, flüsterte sie, wobei die Frage eigentlich an sie selbst gestellt war, doch Makenna hörte sie auch.

»Ich habe ihn nie danach gefragt«, antwortete sie. »Vielleicht solltest du es tun.«

Aisla brachte ihr Pferd zum Stehen und nahm einen Moment später Julien direkt hinter sich wahr. »Auf Maclaren heißt es, man hätte erst vor Kurzem eine neue, sehr vielversprechende Ader entdeckt.«

Sie hatte beinahe vergessen, dass Julien sie auf seinem Pferd begleitete. Makenna ließ ihres ein Stück weitergehen und beachtete ihn nicht.

»Was immer du gesagt oder getan haben magst, erfordert wohl eine wirklich ernsthafte Entschuldigung«, raunte Aisla Julien zu.

»Vielleicht hast du recht, aber gewöhn dich nur nicht daran, dass ich so etwas sage.«

»Das würde mir im Traum nicht einfallen«, erwiderte sie.

Julien atmete tief durch. »Ich bin zurzeit wohl ein bisschen angespannt. Heute Morgen ist ein Brief eingetroffen, in dem steht, dass sich Mamans Gesundheitszustand nicht verbessert hat.« Er bewegte sich verlegen im Sattel und senkte die Stimme. »Ich hasse es zwar, diese Frage zu stellen, aber bist du immer noch mit dem Herzen dabei? Weshalb wir hergekommen sind?«

Aisla spürte eine seltsame Erlösung, aber es kamen auch sofort Schuldgefühle in ihr hoch. »Aber natürlich. Ich habe dir doch ein Versprechen gegeben.«

Juliens Wangenknochen röteten sich etwas. »Du weißt, wie viel Maman mir bedeutet. Sie ist alles, was ich habe, und eine Ehe ist alles, was sie sich wünscht. Aber in letzter Zeit scheinst du nicht mehr ganz so … engagiert.« Erneut atmete er tief durch. »Du bist meine beste Freundin, und ich brauche dich, Aisla. Aber ich will ehrlich zu dir sein. Es scheint, als wärst du enger gebunden, als du glaubst.«

Aislas Herz zog sich bei dem gequälten Ausdruck auf dem Gesicht ihres Freundes zusammen. Julien hatte von sich aus angeboten, sie nach Schottland zu begleiten, aber sie war auch davon ausgegangen, dass es eine leichte Sache sein würde, Niall dazu zu bekommen, in die Scheidung einzuwilligen, und hatte nicht damit gerechnet, dass sie hierbleiben musste, während nach dem Heiratsregister gesucht wurde.

»Nein, du hast recht. Das Ganze hat sich zu einem großen Durcheinander entwickelt. Ich erledige das, Jules. Ich verspreche es.«

Er setzte ein etwas gezwungenes Lächeln auf. »Gut, denn keine andere Frau würde es mit mir aushalten.«

Aisla schüttelte den Kopf. Sie war voll Kummer, als sie nach der Hand ihres Freunds griff. »Stand in dem Brief sonst noch etwas?«

»Nur, dass sie es sich mehr als alles andere wünscht, dass ich mich binde. Es tut mir leid, Aisla, dass ich uns beide in so eine Situation gebracht habe.«

»Das hast du nicht. Mir tut es leid, dass ich dir nicht schon früher von meiner Vergangenheit erzählt habe.« Sie drückte seine

Finger. »Du bist mir immer mein liebster Freund gewesen, der mit mir durch dick und dünn gegangen ist. Ich habe es dir zwar nie gesagt, aber deine Freundschaft hat mich gerettet. Ich schulde es dir, das hier in Ordnung zu bringen. Und das werde ich auch tun. Das verspreche ich«, sagte sie und setzte zu einem Lächeln an, als plötzlich ein vertrauter dunkelbrauner Schopf aus einem der Schächte auftauchte.

Nialls Ärmel waren bis zu den Ellbogen hochgekrempelt, so dass man seine muskulösen Unterarme sehen konnte, und das Hemd stand am Hals offen. Das weiße Hemd war wie bei den anderen Minenarbeitern, die in den Schacht hineingingen und wieder herauskamen, mit Staub und Schmutz bedeckt. Sein stahlblauer Blick fiel fast sofort auf sie – und die Hände von ihr und Julien, die ineinander lagen. Errötend ließ sie sie los.

»Ich sollte Lady Makenna bitten, mich nach Maclaren zurückzubegleiten«, murmelte Julien.

»Erzähl mir nicht, dass du Angst hast, erschossen zu werden«, sagte Aisla, die sich wieder an die Drohung ihres Ehemanns erinnerte.

»Vielleicht möchte ich dir nur die Gelegenheit geben, dich mit deinem gegenwärtigen Ehemann zu streiten«, erwiderte er mit einem unbekümmerten Grinsen.

Sie verzog das Gesicht, als sich ihr Pferd unter ihr bewegte, weil es ihr Unbehagen spürte. »Ich weiß eigentlich kaum, was ich zu ihm sagen soll.«

Der Gedanke, dass sie sich bei ihm entschuldigen sollte, weil sie ihm nicht geglaubt hatte, als er darauf bestand, an jenem Abend vor einer Woche in der Taverne nichts getrunken zu haben, schoss ihr durch den Kopf. Andererseits … das wäre irgendwie ein Eingeständnis ihrer Niederlage.

»Meine Aisla ist sprachlos? Ich fass es nicht.«

Sie verspürte ganz kurz den Drang, es zurückzuweisen – *meine*

Aisla. Wenn sie die Scheidung von Niall erwirkt hatte, würde sie Julien – zumindest dem Namen nach – gehören. Sie hatte nicht damit gerechnet, dass ihr bei dieser Vorstellung die Worte fehlten. Himmel, was stimmte mit ihr nicht? Fast schien es so, als würden sich ihr Verstand und ihr törichtes Herz in einem Ring gegenüberstehen.

Du schuldest Jules etwas.

Sie war hier, um eine Scheidung durchzusetzen, nicht, um einem Mann, der ihr das Herz gebrochen hatte und das ohne Bedenken noch einmal tun würde, mit Schafaugen hinterherzusehen. Niall war zu einem der Fachwerkhäuser in der Nähe des Stollens gegangen und unterhielt sich jetzt mit einigen anderen Arbeitern. Er warf ihr einen langen Blick zu, der so besitzergreifend war, dass die Luft fast knisterte. Aisla schnaubte verärgert. Schon seltsam, dass sie sich gar nicht so sehr dagegen auflehnte … als würde sie zu diesem Mann gehören. Es machte sie wütend, erregte sie aber auch gleichzeitig.

»Du hast nichts dagegen, wenn ich mit Lady Makenna vorausreite?«, fragte Julien.

Sie brach den Blickkontakt mit ihrem Ehemann ab und wandte sich ihrem Freund zu. »Überhaupt nicht. Ich komme gleich nach.«

Julien nickte, und nach einem zurückhaltenden Blick in Nialls Richtung folgte er Makenna. Aisla nahm ihre fünf Sinne zusammen, drückte den Rücken durch und stieg aus dem Sattel. Niall kam bereits auf sie zu. Der Wind auf der Anhöhe zerzauste sein dichtes Haar und drückte das Arbeitshemd fest an seine Brust. Von welcher Arbeit auch immer, der er im Stollen nachging, war er völlig verschwitzt, und der Schweiß, der ihm an den Schläfen herunterlief und sich an seinem Halsansatz sammelte, zog ihren Blick auf sich. Sie kannte einige der erfinderischen Vorrichtungen, die normalerweise an seinem linken Handgelenk befestigt waren, doch jetzt wirkte der dolchartige Spieß angesichts seines durchdringenden Blicks und wie er sich ihr mit raubtierhafter Anmut näherte, eindeutig gefährlich auf sie … und unglaublich verführerisch.

Sie presste ihre zitternden Schenkel zusammen und war plötzlich verunsichert. »Ist das neu?«

Er schaute nach unten. »Aye, ich hab's anfertigen lassen, um es bei der Förderung der Steine einsetzen zu können.«

»Oh, wie klug.«

»Was machst du hier?«, fragte Niall, und sein Blick folgte Julien und Makenna, die bereits davonritten.

»Bin ich nicht willkommen?«, entgegnete sie.

Er richtete den finsteren Blick auf sie, der jedoch ein bisschen weicher wurde. »Natürlich bist du das. Ich habe nur nicht mit dir gerechnet.«

Er strich mit der rechten Hand über seinen Schenkel, aber da würde wohl nur ein heißes Bad helfen, dachte sie. Und dann hatte sie plötzlich Niall vor Augen, der muskulös und unbekleidet in einer Wanne voll heißem, dampfendem Wasser saß. Sie musste schlucken.

»Ich habe mit dem hier nicht gerechnet«, sagte sie und zeigte auf die Bauten und die Arbeiter, von denen ihr die meisten kurze Blicke zuwarfen. »Was du hier geschaffen hast, ist beeindruckend.«

»Die Mine wird immer noch weiter ausgebaut«, tat er ihr Kompliment ab. »Es gibt noch viel zu tun, und in letzter Zeit gab es ein paar Rückschläge.«

»Rückschläge?«

Niall zögerte, als würde er überlegen, wie viel er ihr erzählen sollte. »Ein eingestürzter Stollen, verlegte Werkzeuge, geförderte Steine, die sich nicht mehr auffinden ließen. Unfälle, die vielleicht keine sind.«

»Du hast den Verdacht, dass es keine waren?«, fragte sie.

»In letzter Zeit läuft es mit den Campbells nicht so gut.«

Aisla blinzelte verwirrt. »Du vermutest, dass sie hinter den Unfällen stecken?«

»Aye. Entweder sie oder ihre Verbündeten.«

Sie durchforstete ihre Erinnerungen. »Die Sinclairs sind ihre wichtigsten Verbündeten.«

Nialls Miene wurde noch grimmiger. »Ich habe die Sinclairs in letzter Zeit nicht mit den Campbells gesehen, aber Rose Campbell ist mit dem ältesten Sohn von Buchanan verlobt.«

Dougal. Sie merkte, dass er den Namen nicht aussprechen wollte. Es überraschte Aisla nicht weiter, dass sie von Dougals bevorstehender Heirat nichts gehört hatte. Sie hatte nicht mehr von ihm gehört, seit er von ihrem Ehemann in einem Anfall von Eifersucht vor Jahren vom Land der Maclarens vertrieben worden war. Wenn sie jetzt darüber nachdachte, fragte sie sich, warum Dougal damals überhaupt nach Maclaren gekommen war. Er hatte sie in den zwei Jahren nach dem Ende ihrer inoffiziellen Verlobung, bis sie mit Niall durchgebrannt war, nie wieder auf Montgomery besucht. War er vielleicht mit der Absicht nach Maclaren gekommen, Nialls Eifersucht zu schüren? Hatte Dougal wegen der gelösten Verlobung das Gefühl gehabt, verschmäht worden zu sein? Das schien ihr lächerlich. Männer fühlten sich nicht *verschmäht.*

»Ich habe gehört, dass ihr auf eine neue Ader gestoßen seid«, sagte sie und wechselte das Thema.

Niall sah sie an. »Aye. Du hast davon gehört?«

Sie wollte Juliens Namen nicht nennen, und so nickte sie nur. Niall musterte sie, und sie spürte, dass ihm vieles durch den Kopf ging, doch sein Mund blieb fest geschlossen.

»Ich habe nicht gewusst, dass du so hart daran gearbeitet hast, die Minen zu einem Erfolg zu machen«, sagte sie. Noch während sie es aussprach, zuckte sie zusammen und hätte es am liebsten zurückgenommen. Sie hatte es nicht gewusst. Woher auch?

»Ich bezweifle doch stark, dass dich die Kunde in Paris erreicht hätte«, stieß er hervor.

Sie ließ sich davon aber nicht entmutigen, denn sie hatte schon mit so einer Antwort gerechnet.

»Ich bin froh für dich«, sagte sie und sah sich wieder um. Neben dem Mann namens Gilroy gab es noch einige andere mit Narben im Gesicht. Verbrennungen. Bei einem war der Ärmel hochgebunden. Ihm fehlte ein Arm. »Du hast so viel getan.«

Und sie hatte es nicht gewusst. Sie hatte nicht gewusst, was für ein Mensch er war, erkannte sie plötzlich mit einem Anflug von Traurigkeit. Er hatte nicht auf Maclaren gesessen und die letzten sechs Jahre mit Zechen und Trinken verschwendet. Er hatte eine Existenz aufgebaut – für sich und seinen Clan. Er war zum Mann geworden. Es hatte nur ein bisschen Zeit und Ungemach gebraucht. Und vielleicht … vielleicht hätte er es nicht geschafft, wäre sie geblieben. Hatte sie ihm im Weg gestanden? Ohne sie schien es ihm besser ergangen zu sein.

Eine Bö wehte über die Anhöhe und brachte Aisla ins Wanken. Sie fühlte sich plötzlich leer und schwach. Nialls linker Arm schoss nach vorn, um sie zu stützen. Dabei winkelte er den Arm vorsichtig ab, um sie nicht mit seiner »Ersatzhand« zu verletzen. Aisla stockte der Atem angesichts der gewaltigen Kraft, die sie im Rücken stützte, und jeder Zentimeter ihrer Haut, der von seinem Arm berührt wurde, begann zu brennen.

»Geht's dir gut?«, fragte er.

Sie nickte, aber es fühlte sich nicht überzeugend an – nicht einmal für sie selbst. Wo waren seine Entschlossenheit und Reife gewesen, als sie und Niall geheiratet hatten? Andererseits war er noch so jung gewesen, so sorglos und unvorbereitet. Ihre Ehe, das Baby waren zu viel, zu früh gewesen. Mit einem stechenden Schmerz in der Brust erkannte sie, wie glücklich seine nächste Frau sein würde, einen so hingebungsvollen Laird zu haben.

»Aisla?«, fragte Niall noch einmal und trat so nah an sie heran, dass sie den salzigen Schweiß seiner Haut riechen konnte.

»Mir geht's gut«, sagte sie, und während sie sich behutsam der angenehmen Schwere seines Arms an ihrer Taille entzog, griff Aisla nach den Zügeln ihres Pferds.

Schnell schwang sie sich in den Sattel, fest entschlossen, einen hellen und klaren Blick zu behalten, in dem man nichts von den brennenden Tränen sah, die in ihr aufsteigen wollten. Niall musterte sie mit einem leicht skeptischen, aber gleichwohl herzlichen Blick. Und plötzlich überwältigte sie das alles – die Minen, die er aufgebaut hatte, die Erkenntnis, dass er nicht mehr trank, und der Stolz, den seine ganze Haltung ausstrahlte.

»Ich überlasse dich jetzt wieder deiner Arbeit«, sagte sie noch, ehe sie ihr Pferd antraben ließ und davonritt.

Erst der Tanz beim Fest und jetzt dies. Zweimal hatte Niall sie jetzt schon in schockierender Weise überrascht. Wenn sie nicht aufpasste, würde sie ihn am Ende noch die Wette, die er mit Ronan geschlossen hatte, gewinnen lassen.

Kapitel 11

Nialls Arbeitszimmer auf Tarben Castle war bis in den letzten Winkel geputzt und poliert worden – wie alles andere in der Burg. Der mächtige Mahagoni-Schreibtisch war mit Bienenwachs auf Hochglanz gebracht worden, die Teppiche hatte man ausgeschüttelt, und die Möbel waren in gefälliger Weise verrückt worden. Eine Vase mit frisch geschnittenen Blumen stand auf dem Kaminsims neben den gewaschenen Gardinen, die – da war er sich ganz sicher – von Maclaren stibitzt worden waren, um die schweren Samtvorhänge zu ersetzen, die vorher da gewesen waren. Licht strömte in den Raum. Zwei Sessel, die mit hellbraun-goldenem Brokat bezogen waren, standen jetzt einladend vor dem Kamin.

Niall hätte ihnen am liebsten einen Tritt versetzt.

Er wollte kein gemütliches Arbeitszimmer, verdammt noch mal. Er wollte seine alten, staubigen Teppiche, die nicht aufeinander abgestimmten Möbel und die hässlichen Vorhänge. Er wollte, dass alles wieder so war wie vorher – dunkel und trostlos –, ehe sie gekommen war und alles verändert hatte. Seine Frau war ein Unwetter, das darauf aus war, eine Spur der Verwüstung zu hinterlassen. Er seufzte und lehnte sich auf seinem Stuhl zurück. Allerdings schien sie sein Arbeitszimmer nicht mit ihrem üblichen frivolen Fingerabdruck versehen zu haben. Es gab keine pastellfarbenen Schleifen, keine Gemälde von Hunden, keine unanständigen Bilder. Wäre er in einer aufgeschlossenen Stimmung gewesen, hätte er wohl sogar zugegeben, dass die geschmackvolle Einrichtung zu ihm passte.

Nialls Blick ging zu dem Rubens, der über dem Kamin hing. Das schaurige Gemälde des gefesselten Prometheus, der von einem Adler ausgeweidet wurde, war eine der brutaleren Arbeiten des Künstlers. Obwohl der Titan eindeutig unsägliche Qualen litt, war sein Blick fest auf den Adler gerichtet. Ein stolzes, leicht verzerrtes Grinsen verzog Nialls Lippen. Egal, was sie von ihm oder ihrer Ehe dachte, deutete dieses Bild doch an, wie sie ihn sah. Denn so sah er sich auch selbst – ein Mann, der seinen Dämonen ins Gesicht geschaut hatte und es immer noch tat.

Sein Blick fiel auf das abgetragene braune Leder, das den Stumpf seines linken Arms umschloss. Er hatte gelernt, mit dem Schmerz zu leben und der Schmach, nur eine Hand zu haben, hatte sich davon aber nie in die Knie zwingen lassen. Nein, er hatte so hart trainiert wie jeder andere Soldat, hatte so schwer gearbeitet wie jeder andere Mann. Er zog an dem Metallverschluss, löste das Leder und öffnete eine Schublade. Darin lag eine Sammlung unterschiedlicher Aufsetzer, die er zum Teil selbst entworfen hatte wie den Spieß, um ihm einige Aufgaben zu erleichtern. Der Haken und der Spieß waren am nützlichsten, aber es gab auch welche, die als Waffen eingesetzt werden konnten, sowie einen Hebel, eine Zange und einen Aufsatz, der aus Holz geschnitzt war und wie eine Hand aussah … der diente nur der Eitelkeit.

Niall fuhr mit einem Finger über den detailgetreu ausgearbeiteten Daumen aus Eichenholz, ehe er ein leises Knurren ausstieß, nach der Zange griff und die Schublade mit unnötiger Wucht schloss. Er legte den Aufsatz an, schloss die Haken und warf einen finsteren Blick auf seinen aufgeräumten Schreibtisch. Mit einem gereizten Handstreich ließ er den sauber aufgetürmten Stapel aus Akten und Büchern zusammenbrechen. So. Das war besser. Nicht wahr?

Jetzt fühlte er sich wie ein Kind, das einen Wutausbruch hatte.

Ein Hauch von Geißblatt hing plötzlich in der Luft, als die Papiere zu Boden flatterten. *Ihr* Duft. Er war überall – in seinem Zimmer, in den Fluren, in jedem verdammten Raum – und trieb ihn in den Wahnsinn. Er schloss die Augen und atmete tief ein. Vor Tagen, als sie ihn bei den Minen besucht hatte und fast gestürzt wäre, hatte er seinen Arm um ihre Taille geschlungen, ohne darüber nachzudenken. Selbst durch mehrere Schichten Stoff hatte er gemeint, ihre Haut zu spüren. Er hatte gemeint, ihren ganzen Körper zu spüren. Diese körperliche Erinnerung an sie war das Seltsamste daran. Plötzlich waren Bilder von früher auf ihn eingestürmt, und er hatte ihren schlanken, geschmeidigen Körper wieder vor Augen, wie er in seinem Bett lag, in der Badewanne, in seinen Armen. Er hatte seine ganze Kraft aufbieten müssen, um sie nicht auf der Stelle zu umarmen.

Sie schien überrascht gewesen zu sein, von den Minen und seinem Erfolg zu erfahren. Aber warum sollte sie auch nicht? Während der kurzen Zeit ihrer Ehe, die sie zusammen verbracht hatten, waren seine einzigen Beschäftigungen Raufereien mit Hamish gewesen und Zechgelage, bei denen er sich bis zur Besinnungslosigkeit betrunken hatte. Niall starrte seine Hand an … der Verlust hatte ihn derart vereinnahmt, dass ihm dabei die Wahrnehmung für sich selbst völlig abhandengekommen war. Erst als Aisla ihn verlassen hatte, war er mutig genug geworden, sich selbst zu finden. Im Hinblick auf diese eine Sache konnte er nicht bedauern, dass sie ihn verlassen hatte. Er bezweifelte, dass er zu dem Mann geworden wäre, der er jetzt war, hätte sie es nicht getan.

Es war eine verzwickte Sache; denn in Wahrheit schuldete er ihr viel mehr, als er ihr zugestehen wollte. Der Mann, der er gewesen war, und der, zu dem er geworden war, hatten nichts miteinander gemein – es waren zwei völlig unterschiedliche Menschen.

Alles, was er getan hatte, jeder Erfolg, den er für sich verbuchen konnte, sollte nur beweisen, dass Aisla sich geirrt hatte. Er hatte ihr und sich selbst beweisen wollen, dass er kein nutzloser Säufer war. Doch dabei hatte er im Verlauf der letzten sechs Jahre erkannt, dass sie vielleicht recht gehabt hatte damit, ihn erst einmal zu verlassen.

»Laird«, sagte jemand an der Tür und klopfte gleichzeitig.

Er atmete tief ein und war plötzlich dankbar für die Störung, die ihn aus seinen beunruhigenden Gedanken riss. Er wollte ihr nichts schuldig sein. »Herein.«

Der übellaunige Ausdruck in Fenellas Gesicht hätte ihn warnen sollen, aber trotzdem war er froh. Er hätte sich in diesem Moment über alles gefreut, was ihn von den Schuldgefühlen ablenkte, die auf einmal in ihm aufgestiegen waren.

»Könnten wir kurz reden?«, fragte sie.

Sie waren schon seit langer Zeit befreundet. Niall war bewusst, dass Fenella nichts dagegen gehabt hätte, die Freundschaft zu vertiefen, aber er hatte nie auf die Einladung reagiert. Sie war zwar eine gut aussehende Frau, aber er war viel zu sehr damit beschäftigt gewesen, Tarbendale – und sich selbst – von den Toten zurückzuholen, um Zeit für die Forderungen einer Frau zu haben. Im Laufe der Jahre war sie zu einem festen Bestandteil der Burg und eigentlich auch in seinem Leben geworden.

»Wie du möchtest«, sagte er und deutete auf den Stuhl auf der anderen Seite des Schreibtisches.

Sie setzte sich und legte die Hände in den Schoß, während sich ihre übellaunige Miene nicht ein bisschen aufhellte. »Sie geht oder ich.«

Niall erstarrte und sah sie mit schmalen Augen an. »Du weißt, dass ich es nicht mag, wenn man mich unter Druck setzt, Fenella.«

Sie presste die Lippen aufeinander, doch in ihren Augen flackerte kurz Furcht auf. Ihr war klar, dass sie zu weit ging. Die

Freundschaft zu ihm gewährte ihr zwar gewisse Freiheiten, aber er war der Laird … und Aisla immer noch – wenn auch nur für ein paar Wochen – seine Frau.

»Die Dienstboten reden«, zischte Fenella und ignorierte seine eindeutige Warnung. »Sie wetten, ob deine Frau« – sie spie das letzte Wort förmlich aus – »auf Tarbendale bleibt …«

»Und wenn ja?«

Sie fuhr fort, ohne innezuhalten, »… mit ihrem Liebhaber.«

Die drei Wörter hatten die beabsichtigte Wirkung. Er zuckte zusammen. Genugtuung war in ihrem Blick zu erkennen, und Niall merkte, wie ein Nerv an seinem Kinn zu zucken begann, während er jedoch eine ausdruckslose Miene beibehielt. Er hatte schon immer gewusst, dass Fenella eine eigensinnige, harte Frau voller Stolz, mit einem starken Beschützerinstinkt war. Nachdem er seine Hand verloren hatte, war sie fast auf jeden losgegangen, der seinen Stumpf auch nur einen Moment zu lange angesehen oder eine abfällige Bemerkung gemacht hatte, wobei meist in Zweifel gezogen wurde, dass er mal ein Krieger werden würde.

Er hatte gewusst, dass sie heftig werden konnte, aber nicht, dass sie so bösartig sein konnte. Das war eine Seite von ihr, die er nie gesehen hatte. Er atmete tief durch. Oder vielleicht doch? Vor Jahren war sie diejenige gewesen, die davon geredet hatte, dass Aislas erste Liebe um sie herumscharwenzeln würde. Hatte ihre Loyalität zu Niall sie dazu gebracht, oder hatte sie es aus Gehässigkeit gegenüber seiner Frau getan? Einen Moment lang fragte sich Niall, wie häufig Aisla Opfer dieser rachsüchtigen Version von Fenella geworden war.

Er blinzelte und erinnerte sich wieder an einen Streit, den sie in ihrem Schlafzimmer gehabt hatten.

»Fenella hasst mich«, hatte Aisla geweint. »Alle hassen mich. Alle aus deinem Clan.«

Wütend hatte er ihre Befürchtungen abgetan. »Sie kennen dich doch gar nicht, Aisla. Wie können sie dich da hassen? Und Fenella ist meine Freundin. Sie will nicht, dass ich verletzt werde.«

»Sie hat gesagt, dass du niemals eine Frau aus einem anderen Clan lieben würdest, und schon gar nicht eine habgierige Sch… Schlampe, die … ihre Beine für jeden breit macht, der vorbeikommt.«

Bestürzt hatte er sie ausgelacht und höhnisch erwidert: »Fenella würde niemals so etwas sagen.«

Doch als er jetzt die verbittert aussehende Frau betrachtete, die ihm gegenübersaß, war er sich nicht mehr so sicher. Hatte Fenella Aisla vor all den Jahren doch anders behandelt, wenn niemand es sah oder hörte? Andererseits hatte er damals selbst seine Frau mit allen möglichen schlimmen Wörtern bedacht, wenn er betrunken war. Er war verletzt und eifersüchtig gewesen, doch das war keine Entschuldigung.

»Was meinst du damit?«

Fenella kannte ihn lange genug, um vorsichtig zu sein, wenn er diesen Ton anschlug. Trotzdem richtete sie sich kerzengerade auf, und ihr Mund wurde zu einem schmalen, blutleeren Strich. Ein wütender, widerwärtiger Ausdruck trat in ihre dunklen Augen, und Niall wäre beinahe davor zurückgeschreckt. Er hatte Fenella noch nie in diesem Zustand erlebt, aber vielleicht war er auch einfach zu blind gewesen, um es zu bemerken.

»Willst du es zulassen, dass man dich so offensichtlich zum Hahnrei macht?«, fragte sie. Ihre unverblümten Worte schockierten ihn so sehr, dass er erstarrte. »Willst du dich von ihr vor deinen Clans-Leuten beschämen lassen, während du diese Frau auch noch in deinem Haus willkommen heißt? Eine Frau, die die Absicht hat, einen anderen zu heiraten, sobald sie sich von dir befreit hat?«

»Ich weiß, was sie vorhat, Fenella. Du brauchst mich nicht daran zu erinnern«, erwiderte er mit einer deutlichen Warnung in der Stimme.

Fenellas Ton wurde sanfter. »Niall, ich sage das nicht, um dir wehzutun, aber du musst sehen, was los ist. Du bist blind gewesen. Während du den ganzen Tag in den Minen bist, verbringt sie ihre Zeit mit diesem Franzosen. *Allein.*«

Niall sank auf seinem Stuhl zurück. Die Standpauke, die er ihr hatte halten wollen, war vergessen. »Das hast du gesehen?«

Fenella nickte. »Aye.«

Er hieß den stechenden Schmerz, der ihn durchbohrte, willkommen. Allmächtiger, er war so ein blöder Dummkopf. Er war tatsächlich blind gewesen. »Wo ist sie hin«, stieß er hervor, »mit ihm?«

Ihm entging Fenellas triumphierender Blick nicht, der über ihr Gesicht huschte, aber er war zu wütend, um das weiter zu beachten. »Sie sind zu den Ruinen der alten Burg geritten, waren am See, im Gasthof im Dorf ...«

Die Wut erstickte alle Vernunft, die er noch besaß. »Im Gasthof?«

»Stundenlang«, sagte sie und trieb das Messer damit noch tiefer. Sie stand auf und stützte sich mit beiden Händen auf dem Schreibtisch ab. »Sie sind ein Liebespaar, Niall. Sie verdient dich nicht. Sie hat nie hierhergehört, und jetzt auch nicht.«

»Geh. Lass mich allein.«

Nachdem sich die Tür hinter ihr geschlossen hatte, griff er blindlings in die unterste Schublade, wo er, nur, um alte Dämonen in der Nähe zu haben, eine Flasche Whisky aufbewahrte. Mit zitternder Hand schenkte er sich ein Glas ein und sah in die bernsteinfarbene Flüssigkeit. Der durchdringende Geruch stieg ihm in die Nase, und er atmete tief ein, ehe er einen Schluck nahm, ihn aber sofort wieder ins Glas spuckte. Dem Eingreifen Ronans sei Dank hatte er jahrelang keinen Tropfen Alkohol mehr angerührt. Sechs Jahre lang, um genau zu sein. Aber Himmel noch mal – Whisky hatte den Schmerz immer so wundervoll betäubt und einen vergessen lassen, was man fühlte.

Niall schaute zu dem Rubens auf und betrachtete, wie der Adler Prometheus die blutige Leber aus dem Leib riss.

Ihm war Schmerz nicht fremd.

Er schleuderte das Glas samt Inhalt in den Kamin und kam hoch. Er würde jetzt nicht an seine Frau denken, wie sie am See entlangritt und der Wind ihre hellen Locken zerzauste, während sie einen anderen anlächelte. Er würde sich nicht vorstellen, wie sie sich mit ihrem Liebhaber im Bett wälzte, während sie gleichzeitig die Herrin von Tarbendale spielte. Er würde sich nicht vorstellen, wie sie vor Leidenschaft entbrannt mit vor Lust trübem Blick und offenem Mund aussah oder mit einem anderen Mann zum Altar schritt. Mit einem erstickten Fluch schleuderte er die ganze Flasche in den glimmenden Kamin, sodass der ganze Raum anfing, nach Whisky zu stinken. Der Rubens sah hämisch auf ihn herab.

Er war Prometheus und sie der Adler, der seine Leber fraß.

Das war sein Leiden, seine Qual.

Niall verließ den Raum.

»Wo ist meine Frau?«, fragte er eine Magd, die mit dem Arm voller Wäsche, die unerträglich nach Geißblatt duftete, an ihm vorbeiging.

»Ich glaube, Ihre Ladyschaft ist auf ihrem Zimmer, Laird«, sagte sie und wurde angesichts seines finsteren Gesichtsausdrucks ganz blass.

Er nahm drei Stufen auf einmal, als er die Treppe hochstürmte, und machte sich nicht die Mühe, anzuklopfen, als er auch schon in Aislas Zimmer stürmte und plötzlich stocksteif stehen blieb. Seine Frau nahm gerade ein Bad. Zwei Gesichter drehten sich zu ihm um. Die eine Frau rang um Fassung, die andere sah ihn mit völlig ausdrucksloser Miene an.

»Raus«, sagte er zur Zofe.

»Ich nehme ein Bad, Laird Tarbendale«, erklärte Aisla mit ruhiger Stimme. In ihrem Ton spiegelte sich weder Unruhe noch ein Hinweis darauf wider, was sie von seinem Eindringen hielt. »Bleib, Pauline.«

»Das sehe ich, aber ich will unter vier Augen mit dir reden.«

»Kann das nicht warten?«

»Nein, kann es nicht.« Er warf der Zofe einen finsteren Blick zu. »Lass uns allein.«

Aislas Zofe sah ihn völlig ausdruckslos mit verkniffenem Gesicht an, ehe sie sich zu ihrer Herrin umdrehte, die nickte. Niall verspürte plötzlich einen absurden Anflug von Wut auf alles Französische, als sie anmutig knickste, bevor sie den Raum verließ. Er trat die Tür hinter ihr zu und näherte sich der großen Kupferwanne, in der seine Frau saß. Das goldene Haar war mit Nadeln hochgesteckt, Gesicht und Hals waren von der Wärme des Bads rosig überhaucht.

Niall ging an der Wanne vorbei, ehe sein Blick von ihren zarten Schultern weiter nach unten bis zur durchsichtigen Oberfläche des Wassers gleiten konnte. Er holte erstickt Luft, nahm dadurch aber nur umso mehr den ihr eigenen Duft von Geißblatt war. Er wollte ihn mit seiner Zunge von ihrer feucht schimmernden Haut lecken. Er wich noch zwei weitere Schritte zurück.

»Nicht die Rosenseife?«, fragte er mit einem süffisanten Zug um die Lippen.

Sie räusperte sich. »Du bist doch nicht hergekommen, um dich mit mir über Seife zu unterhalten, oder?«

»Nein.« Er zog sich einen der zierlichen Sessel näher heran und setzte sich.

Aislas Kiefer spannte sich an. Es war der einzige Hinweis darauf, dass ihr seine Gegenwart nicht ganz so egal war. »Dürfte ich vielleicht mein Bad ungestört beenden, und dann reden wir?«

»Ich bin dein Ehemann«, sagte er, »und Ehemänner haben das Recht, sich im Schlafzimmer ihrer Ehefrauen aufzuhalten. Außerdem habe ich das Recht, dir zu sagen, dass der Franzose auf Tarbendale nicht willkommen ist und seine Zeit auch nicht mit dir allein verbringen soll.«

»Solche Forderungen kannst du nicht stellen«, erklärte sie, setzte sich auf und brachte damit das Badewasser zum Schwappen. Sein Blick saugte sich an den feuchten Rundungen ihrer Brüste fest, die einen Moment lang sichtbar geworden waren, ehe sie errötete und sich wieder nach unten sinken ließ. Doch Niall wurde das verführerische Bild, das sich in seinem Gehirn eingebrannt hatte, nicht mehr los. Genauso wenig wie den Drang, auch die restlichen weiblichen Rundungen, die im Wasser verborgen waren, zu erforschen. Ihr Duft und ihre Nähe hatten eine ebenso starke Wirkung auf ihn wie die Whiskydämpfe in seinem Arbeitszimmer. Er wollte in ihrem Anblick ertrinken – sie verzehren.

»Ich kann und ich habe.«

Wütend zog sie die Augenbrauen zusammen. »Wie kannst du es wagen?«

»Ich lasse mich von dir nicht vor meinem Clan zum Hahnrei machen, das ist dir doch wohl klar, oder?«, fragte er, lehnte sich zurück und verschränkte die Arme vor der Brust, als könnte er sich dadurch zurückhalten, sie aus der Badewanne zu zerren.

Ihre Augen wurden ganz groß. »Dich zum Hahnrei machen? Julien ist mein Freund und hat mir keinerlei Avancen gemacht, seit wir hier sind. Er ist ein *Gentleman.*«

Aislas Loyalität zu dem Mann und die Andeutung, dass er selbst kein Gentleman war, ließ ihn eine drohende Haltung annehmen. »Fenella hat gesagt, dass du mit dem feinen Pinkel ausgeritten bist und man euch zusammen im Gasthof gesehen hat. Allein.«

»Fenella.« Aislas seltsamer Ton verwirrte ihn, doch dann fing sie an zu lachen, und einen Moment lang war er wie gebannt vom Anblick ihres langen, anmutigen Halses, während sie den Kopf vor Erheiterung nach hinten warf. Sie hob eine nasse Hand, um sich Tränen aus den Augen zu wischen, ehe sie wieder seinem Blick begegnete. »Natürlich. Das konnte ja nur von ihr kommen«, murmelte sie. »Ich habe das ganz seltsame Gefühl, dass sich die Vergangenheit wiederholt.«

»Was meinst du damit?«

»Zwei Wörter: Dougal Buchanan.«

Er kam halb aus dem Sessel hoch und zitterte fast vor Wut. »Erwähne diesen verdammten Namen mir gegenüber nicht.«

»Warum nicht?« Sie lächelte, doch genau wie in ihrem Lachen lag keine Erheiterung darin. »Weil Fenella dir erzählt hat, dass ich mit ihm geflirtet habe? Weil du so häufig ihre Lügen geglaubt hast, statt mir, deiner Ehefrau, zu vertrauen?«

Wut und Eifersucht brachen aus ihm heraus. Er hatte sie mit eigenen Augen flirten sehen, als er wie ein Hund nach Paris gekrochen war, weil er sie unbedingt zurückgewinnen wollte. Leclerc war nicht der Erste, und er würde nicht der Letzte sein. »Hast du denn etwa nicht mit ihm geflirtet?«

»Du hast immer geglaubt, was du glauben wolltest, Niall«, sagte sie. »Es hat nie eine Rolle gespielt, was ich sage, oder?«

»Nicht nur Fenella hat etwas gesagt«, stieß er hervor. »Buchanan selbst hat von dem Muttermal auf deinem Po gesprochen. Wie hätte er das je sehen können?«

Sie sah ihn mit großen Augen an. »Vielleicht, als er mich heimlich beim Baden im See von Montgomery beobachtet hat. Meine Brüder, Callan und Patrick, haben ihn fast totgeprügelt, als sie ihn dabei erwischt haben.«

»Und dann hat er sich wohl praktischerweise Jahre später an so ein intimes Detail erinnert.«

Sie schüttelte den Kopf. »Warum sollte er es dir gegenüber überhaupt erwähnen?«

»Warum denn nicht?« Niall lachte. Wut und Schmerz ließen

ihn skrupellos werden. »Wirst du ihm denn treu sein? Deinem Franzosen, wenn alles vorüber ist?«

Ihr Mund öffnete und schloss sich. Das schöne Gesicht glühte vor Wut. »Ob ich … wie kannst du es wagen? Du warst derjenige, den ich sternhagelvoll in Fenellas Cottage vorfand«, ereiferte sie sich und verfiel dabei in den sonst sorgsam vermiedenen schottischen Dialekt.

»Ah, die Schottin ist zurück«, meinte er daraufhin spöttisch mit nicht geringer Genugtuung.

»Ach, geh doch zur Hölle«, sagte sie jetzt wieder mit der gestelzten Aussprache vornehmer Engländer. Sie sah ihn weiter finster an, während sie die Arme auf den Kupferrand der Wanne legte. »Dreh dich um, damit ich rauskommen kann.«

»Nein.«

Er lehnte sich zurück und genoss ihr Unbehagen. Den ganzen Tag würde er hier sitzen bleiben, wenn es sein musste. So eigensinnig, wie sie war, würde sie das bestimmt auch tun, aber er wollte verdammt sein, wenn er als Erster nachgäbe. Doch wie es schien, hatte Niall sie wieder einmal unterschätzt. Sie verzog den Mund, und ihre Augen blitzten vor Trotz, als sie ihn fest ansah – und aufstand. Ihm stockte der Atem, und er verlor fast den Verstand, als sie sich wie eine Nixe aus kühlem Nass erhob und das Wasser an ihrem nackten Körper nach unten strömte.

Allmächtiger.

Sie war eine leibhaftige Venus.

Als Niall sie mit Blicken verschlang, war sein Zorn vergessen. Ihre Brüste waren rund und fest, die Taille schmal. Die Beine so lang und schlank, wie er sie in Erinnerung gehabt hatte, wobei die vollen Rundungen von Po und Hüften ihr eine neue Weiblichkeit verliehen.

Der feuchte goldige Flaum zwischen ihren Schenkeln ließ Hitze und Verlangen durch seinen Körper schießen. Aisla war schon immer ein schönes Mädchen gewesen, doch die Frau, zu der sie geworden war, machte ihn sprach- und kopflos vor Verlangen.

Sie sah ihm weiter kühn ins Gesicht, obwohl der rosige Ton ihrer Wangen dunkler wurde, und griff nach einem Badetuch, ehe sie ein elegantes Bein über den Wannenrand schwang. Das zweite hob sie genauso gertenschlank ebenfalls aus dem Bad, so dass er einen kurzen Blick auf den dazwischenliegenden Schatz erhaschte. Niall schluckte. Er war hart wie Stein, und außer seiner Lust waren alle anderen Gefühle vergessen. Sie strömte mit der Wucht einer entfesselten Woge durch seinen Körper und löschte mit ihrem glühenden Verlangen alles andere aus. Seine Finger umklammerten die Armlehne so fest, dass sein Griff das Holz beinahe zum Splittern brachte. Ein wortloser Laut brach aus ihm heraus – das Knurren eines wilden Raubtiers, das sich gleich auf seine Beute stürzen will –, und Aisla erstarrte, ohne ihn auch nur einen Moment aus den Augen zu lassen.

Und dann sprang er auch schon auf, riss sie in seine Arme und nahm ihre Lippen mit einem leidenschaftlich wilden Kuss in Besitz. Aisla kam ihm mit der gleichen Inbrunst entgegen. Sie hielt nichts zurück, und das Tier in ihm frohlockte. In diesem Moment war sie sein. Im Gegensatz zum letzten Kuss wohnte der Begegnung ihrer Lippen jetzt nichts Keusches mehr inne. Der Kuss war geboren aus unterdrücktem Verlangen, Wut, Eifersucht, Schmerz und vergangenen Verletzungen. Er schloss die Kluft zwischen Vergangenheit und Gegenwart und stachelte Altes auf, um gleich darauf wieder zu trösten.

Er öffnete den Mund und schob seine Zunge tief in sie hinein. Sie kam ihm genauso leidenschaftlich entgegen und focht ihren eigenen Kampf mit ihm aus. Sie biss in seine Lippen und gab kehlige Laute von sich, die sein Verlangen explodieren ließen. Er zog sie noch fester an sich, und das Einzige, was sie noch voneinander trennte, war ein dünnes Badetuch. Er ließ sie seine Erregung spüren und riss die Lippen von ihrem Mund los, um sich über ihre Brüste zu beugen. Stöhnend nahm er eine der Spitzen in den Mund und fing an, durch den Stoff daran zu saugen. Seufzend ließ Aisla den Kopf nach hinten fallen.

Niall löste sich von ihrem Busen und begann, ihren zarten Hals mit Küssen und Bissen zu übersäen, bis er wieder zu ihren geschwollenen Lippen fand. Fast schon sanft nahm er sie in Besitz und fuhr mit der Zunge zart über ihre Lippen, als wollte er für seine frühere Grobheit Abbitte leisten. Er wollte von ihrem Körper nippen, um sich wieder an die zärtlichen Gefühle zu erinnern, die ihn immer erfüllt hatten, wenn er sie in den Armen hielt, als es nur sie beide gegeben hatte und alles andere unwichtig gewesen war.

»Aisla … Aisla …«, raunte er an ihrer süß duftenden Haut, während seine Hand nach unten glitt, wo das Tuch endete, um dann an der warmen Innenseite ihrer Schenkel nach oben zu streichen. Seine Knöchel streiften die feuchte Stelle zwischen ihren Beinen, und sie keuchte. »Bist du bereit für mich, Süße?«

Sie erstarrte, und auch er hielt inne, um dann von ihr abzulassen. »Niall.«

Sein Verstand wurde immer noch von Leidenschaft beherrscht, und so dauerte es einen Moment, bis er merkte, dass sie zwar seine Küsse erwidert, aber das Handtuch nie losgelassen hatte, um ihn ihrerseits zu berühren. Sie keuchte genauso wie er, aber ihr Körper war nicht anschmiegsam und weich, sondern angespannt. Ihre Blicke begegneten sich, und er wäre beinahe nach hinten getaumelt; denn ihre Augen waren vor Verlangen zwar geweitet, aber er sah noch etwas anderes darin – eine eigenartige Distanz, die ihn wanken ließ und wieder zur Vernunft brachte.

»Gibst du auf?«, flüsterte sie, während ihr halb nackter Körper immer noch unanständig fest an seinen gedrückt war.

»Aufgeben?«

»Bei der Wette«, erwiderte sie in einem spröden Ton, der ihre feuchten, geschwollenen Lippen und den trägen Blick Lügen strafte.

Er musste sich sehr zusammenreißen, um sie nicht mit einem Ruck von sich zu stoßen. Niall ließ sie einfach nur los, wich zurück und fuhr sich mit der Hand durchs Haar. Allmächtiger! Sie war so kalt wie Stein. Niemand konnte so leidenschaftlich reagieren wie sie, nur um eine Wette zu gewinnen. Und doch hatte sie es getan. Wie konnte sie nur? Er marschierte zur Tür und verfluchte seinen unwilligen Körper, ehe er noch einmal einen Blick über die Schulter warf.

Sie stand immer noch da wie die stolze, unerreichbare Göttin, die sie war.

Es war töricht von ihm gewesen, zu glauben, aus ihr könnte je ein irdisches Wesen werden.

»Lässt du mich jetzt gehen, nachdem ich die Wette gewonnen habe?«, fragte sie mit hoch erhobenem Kinn und geröteten Wangen.

»Nein«, erwiderte er mit rauer Stimme. »Die Vereinbarung besteht immer noch. Beleidige meine Intelligenz nicht … oder deine, indem du behauptest, du hättest gewonnen. Du bist auf das, was eben passiert ist, genauso eingegangen wie ich.«

Nach einem endlos langen Moment nickte seine Ehefrau schließlich. Das war zwar nur ein kleiner Sieg, aber zumindest hatte sie ihre Beteiligung an dem Kuss nicht geleugnet. Trotz des Panzers, der sie umgab, war sie für so etwas zu ehrlich. Sie wussten beide, dass ihre leidenschaftliche Erregung seiner in nichts nachgestanden hatte.

»Du schmeckst nach Whisky«, sagte sie leise. »Hast du wieder mit dem Trinken angefangen?«

Er schluckte und hatte jetzt auch wieder den Geschmack auf der Zunge. »Ich habe ihn nicht heruntergeschluckt, obwohl ich das, Gott weiß, hätte tun sollen.«

Ihre Lippen wurden ganz weiß. »Du magst vielleicht alle anderen davon überzeugt haben, dass du dich geändert hast, aber mich nicht. Du vergisst, dass ich dich kenne, Niall. Ich habe mit dir zusammengelebt. Gewähre mir die Scheidung und lass mich gehen.«

»Nein.«

»Warum nicht?«

Darauf konnte er ihr keine Antwort geben; denn sie sollte nicht wissen, wie viel auf dem Spiel stand. Seine Schulden bei Ronan beliefen sich auf fünfzigtausend Pfund. Das war ein Vermögen, das er nicht verlieren wollte. Als Niall ging, war sein Kopf wieder ganz klar, aber andere Körperteile waren weiter verwirrt. Es dauerte noch lange, bis seine Erregung wieder nachließ, aber als das geschehen war, standen für ihn zwei Dinge fest.

Zum einen, dass seine Ehefrau eine Respekt einflößende Gegnerin war.

Und zum anderen, dass es sein Untergang wäre, würde er sie unterschätzen.

Kapitel 12

»Aisla, geht es dir gut?«

Die geflüsterte Frage kam von rechts. Aisla sah von ihrem Teller auf und bemerkte den besorgten Blick ihrer Schwägerin. Es war nun schon das dritte Mal, dass sie dabei ertappt wurde, völlig in Gedanken versunken zu sein … und es waren auch keine gewöhnlichen Gedanken. Es waren unanständige, lustvolle und völlig verruchte Gedanken. Aisla trug zwar eine gelassene, ausdruckslose Miene zur Schau, doch ihre Finger lagen fest verschränkt im Schoß.

Sie nickte lächelnd und merkte, dass auch alle anderen am Tisch sie plötzlich ansahen.

Himmel, sie war doch etwa nicht so tief in Gedanken versunken gewesen, oder?

»Ja, verzeih«, sagte sie leise zu der neben ihr sitzenden Frau.

Sorge war in Makennas blauen Augen zu erkennen. »Du wirkst abwesend. Bist du dir sicher, dass du nicht krank bist? Hast du dich heute überanstrengt?«

Aislas Blick glitt über den vollen Saal, in dem Männer und Frauen mehrerer Nachbar-Clans saßen. Sie hatte das Sommerfest auf Maclaren völlig vergessen, bis Makenna sie gestern daran erinnert hatte. Verstrickt in ihre Intrigen auf Tarbendale und sorgsam darauf bedacht, sich vor ihrem Ehemann zu verstecken, hatte sie weder etwas von den Vorbereitungen auf Maclaren mitbekommen, noch war sie daran beteiligt gewesen, sodass das Fest fast ein Schock für sie war.

»Ja, *chérie,* bist du dir wirklich sicher?« Julien saß ihr schräg gegenüber und hatte die Lippen zu seinem üblichen halben Lächeln verzogen, doch dabei zog er eine Augenbraue eine Winzigkeit hoch, sodass heiße Röte in ihre Wangen stieg. Der Schuft schien in den unpassendsten Momenten in der Lage zu sein, ihre Gedanken zu lesen. Sie presste die Lippen aufeinander und sah ihn finster an. Er wusste es – er war einer der berüchtigtsten Schwerenöter auf dem Kontinent und hatte sie dabei ertappt, wie sie den größten Teil des Tages damit verbracht hatte, einem gewissen Laird hinterherzustarren, obwohl Niall sie ständig hinterging und sich weigerte, zu kooperieren.

Sie widerstand dem Drang, Julien unter dem Tisch einen Tritt zu verpassen, und erinnerte sich an das unangenehme Gespräch am Morgen, bei dem es um Grenzen gegangen war. Zuerst hatte Aisla auf keinen Fall auf Nialls Forderung eingehen wollen, Julien nicht mehr zu sehen, doch die Einbeziehung von Julien war ein zweischneidiges Schwert. Sie würde die Wette nicht gewinnen und damit den Aufenthalt verkürzen, wenn es Fenella mit weiteren Lügen gelang, Niall dazu zu bringen, noch mehr Zeit in den Minen zu verbringen, denn er hielt sich mittlerweile fast ununterbrochen dort auf. Aisla hatte ihn seit Tagen – und Nächten – nicht mehr gesehen.

»Niall möchte, dass wir uns nicht mehr so häufig sehen«, sagte sie zu Julien.

»Ach, jetzt also *Niall?*« Sein Grinsen machte sie wütend, als er ihrem Blick zu der Stelle folgte, wo sich der Auslöser all ihrer Probleme gerade einen Schwertkampf mit einem anderen Clan-Mitglied lieferte. Wie gebannt hatte sie die Zurschaustellung männlicher Kraft beobachtet; insbesondere, weil diese muskulösen, sehnigen Arme sie so zärtlich gehalten hatten. »Und seit wann lässt du dir von jemandem sagen, was du zu tun hast?«

Sie ging nicht auf seine spitze Bemerkung ein. »Ich kann mich nicht vor seinem Clan mit einem anderen Mann zeigen.«

»Darüber hast du dir aber noch keine großen Gedanken gemacht, als wir hier angekommen waren. Was hat sich geändert?«, fragte er.

Es war Aisla zuwider, dass er recht hatte. Es war ihr tatsächlich egal gewesen. »Es gehört sich nicht«, erwiderte sie, nicht bereit, zuzugeben, dass sich etwas geändert hatte. Das hatte es nicht. Das durfte es einfach nicht.

»Es gehört sich nicht, dass er dich diesem ganzen Theater aussetzt.«

»Daran lässt sich nun mal nichts ändern, Jules.« Sie seufzte. »Du weißt, dass sich die Scheidung nur durchsetzen lässt, wenn das Heiratsregister gefunden wird.«

»Ist es denn immer noch das, was du willst?«, fragte er mit sanfter Stimme.

»Es ist das, was ich dir versprochen habe.«

Die Frage ärgerte sie, genau wie das unmerkliche Zögern bei ihrer Antwort. Sie wäre doch noch nicht einmal in Schottland und würde auf die Forderungen ihres verrückten Ehemanns eingehen, wenn sie es nicht wollte. Doch der Schatten eines Zweifels hatte sich in ihre Gedanken geschlichen. Sie wusste, wie es dazu gekommen war, und ihr war auch völlig klar, warum sie nicht aufhören konnte, den Mann anzustarren. Sein unerwarteter Kuss voll sengender Leidenschaft war völlig überraschend für sie gekommen – ganz abgesehen von ihrer ärgerlichen Reaktion und seinen so überaus verführerischen Worten.

Bist du bereit für mich, Süße?

Verflixt und zugenäht. Er hatte so kurz davorgestanden, sie zu verführen, obwohl es ja eigentlich sie gewesen war, die sich aus der Badewanne erhoben hatte. Allmächtiger, wie sollte man da noch erkennen, wer wen verführt hatte?

Aisla schloss kurz die Augen und legte die feuchten Finger noch fester zusammen, ehe sie ihre Schwägerin mit einem strahlenden Lächeln ansah. »Ja, es geht mir wirklich gut. Ich muss aber gestehen, dass ich heute Nachmittag einen Anflug von Migräne hatte.«

Makennas Augen wurden angesichts der etwas übertriebenen Reaktion größer. »Na gut. Hoffentlich bist du in Stimmung, wenn später getanzt wird – und bei den morgigen Wettkämpfen. Bogenschießen steht auf dem Programm.«

»Aye, du musst unbedingt mitmachen«, rief Evan, ihr Schwager, von der anderen Seite des Tisches, wo er zwischen seiner Frau und Julien saß.

»Du erinnerst dich doch noch, Aisla, oder?«, fragte Evan. »Du hast sowohl beim Bogenschießen der Frauen als auch beim Messerwurf teilgenommen. Sorcha würde so stolz sein.«

Sorcha war diejenige gewesen, die ihr beigebracht hatte, wie man ein Messer warf und einen Pfeil einlegte, als sie das erste Mal mit Aislas Halbbruder Brandt nach Montgomery gekommen war. Aisla musste schlucken, als die Erinnerungen auf sie einstürmten und sich ein Kloß in ihrem Hals bildete. Das schottische Mädchen in ihr verspürte Stolz, aber dieses Mädchen gab es längst nicht mehr. Die Stelle war von einer Frau eingenommen worden, die gelernt hatte, zu überleben, und sich nicht mehr mit dummen, sinnlosen Spielen abgab.

Finlay lachte. »Du hältst immer noch den Rekord für das am weitesten entfernte Ziel.«

»Ach ja?«, fragte Julien beeindruckt. Er hatte sich den größten Teil des Tages benommen, hatte sich von Niall ferngehalten und ihn nicht gegen sich aufgebracht.

»Aye«, sagte Finlay und hob sein Ale mit einem Grinsen. »Sie hat sogar Niall mit dem Messer vernichtend geschlagen, und der ist berüchtigt für sein Können.«

Für den Bruchteil einer Sekunde glitt Aislas Blick zu dem Mann, der neben ihr saß, doch der wandte sich weiter ganz Finlay zu, der den Platz zu seiner Linken einnahm. Niall hatte sie, als er zum Frühstück auf Maclaren eintraf, begrüßt, dabei aber eine kühle Höflichkeit an den Tag gelegt. Dazu hatte er wohl das Recht nach dem Vorfall vor ein paar Tagen. Heute sah sie ihn zum ersten Mal wieder, aber selbst heute meist nur aus der Ferne.

Doch jetzt beim Abendessen war sie sich seiner nur allzu bewusst … sie nahm jede Bewegung, jeden Atemzug, jedes Wort wahr, das er sprach. Himmel, sie hätte alles gegeben, um woanders zu sitzen, doch ihr Platz war an der Seite ihres Ehemanns, auch wenn die Anwesenden wussten, dass alles nur Theater war.

»Kannst du es immer noch so gut?«, fragte Evan.

Sie öffnete schon den Mund, um zu antworten, als Niall ihr zuvorkam. »Ich kann bestätigen, dass sie immer noch trifft.«

Er sprach natürlich nicht über ihr Können mit dem Messer. Sie merkte, wie ihre Wangen sich röteten. »Ich habe es seit Ewigkeiten nicht mehr gemacht«, erklärte sie mit finsterer Miene.

Seit Wochen, korrigierte sie sich im Stillen, seit sie nach Schottland gereist war. Auf dem Dachboden des Stadthauses ihrer Tante in Paris hatte sie täglich geübt. Die Konzentration, die beim Werfen erforderlich war, hatte eine irgendwie beruhigende Wirkung auf sie gehabt. Aber es war ihr Geheimnis gewesen. Nicht einmal Julien wusste von ihrem ungewöhnlichen Hobby.

»Angst?« Niall drehte sich zu ihr um und sah sie mit funkelnden Augen an. Sein Blick hatte etwas Provozierendes, und Glut wallte in ihr auf.

Arrogant zog sie eine Augenbraue hoch. »Vor dir?«

»Aye.«

»Nein.«

Ein hinterhältiges Grinsen verzog seine Lippen. »Beweis es.«

Evan kam lachend etwas wankend hoch, was auf all das Ale

zurückzuführen war, das er im Laufe des Tages getrunken hatte. »Wollen wir einen kleinen Wettkampf veranstalten?«

Innerlich bäumte sich alles in Aisla auf, und sie schüttelte sofort den Kopf. Doch Evans Vorschlag wurde mit einem Freudenschrei von Finlay aufgenommen, in den sich weitere zustimmende Rufe von anderen Clans-Mitgliedern weiter unten am Tisch mischten, bis der ganze Saal darin einstimmte.

»Evan, nein«, protestierte Makenna.

»Das ist nicht der rechte Moment«, tönte Ronan vom Kopf der Tafel und verzog dabei finster das Gesicht. »Wir sind beim Essen.«

»Sei kein Spielverderber, Ronan, es sind doch eh alle mit dem Essen fertig«, rief Evan und schaute zu den Männern, die sich noch im Saal aufhielten. »Wer will sehen, wie das Mädchen den tapferen Laird von Tarbendale herausfordert?«

Jubelgeschrei brach los, und so überraschte es nicht weiter, dass Aisla ein paar Minuten später von einem grinsenden Julien und halb Maclaren in den Hof des Schlosses begleitet wurde.

»Sie hat ein Kleid an«, sagte Makenna. Es war der letzte Versuch, ihre Brüder von ihrem Vorhaben abzubringen.

»Das hält sie – genau wie dich – nicht davon ab«, meinte Finlay trocken. Er öffnete eine Kiste, die ein Diener gebracht hatte, und reichte Aisla eines der drei mit Juwelen besetzten Messer, die darin lagen. Jeder hatte drei Würfe.

Ihr Ehemann bedachte sie mit einem spöttischen Lächeln. »Die Dame zuerst.«

Finlay bat um Ruhe, und alle, die im Hof standen, verstummten.

Aisla wog das Messer in der offenen Hand, während sie das Ziel ins Visier nahm. Durch den bevorstehenden Wettkampf hervorgerufener Kampfgeist stieg in ihr auf, und plötzlich schienen all die Jahre von ihr abzufallen. Vor freudiger Erregung lachte sie kurz auf und ließ gleich darauf das erste Messer fliegen. Es traf nicht ganz die Mitte der Zielscheibe. Lauter Jubel erhob sich im Hof.

Gut, aber nicht gut genug.

Sie holte mit dem zweiten Messer aus und stieß die angehaltene Luft aus, als sie warf. Dieses Mal traf sie genau die Mitte; ebenso wie mit dem dritten Messer. Aisla verbeugte sich und trat zurück, während ein Diener loslief, um die Messer zu holen und gleichzeitig ihre Treffer mit weißer Kreide zu markieren.

»Gut gemacht«, sagte Makenna, die hinter ihr stand.

»Danke.«

Niall trat mit einem Messer in der Hand vor, musterte die Treffer und begegnete ihrem hocherfreuten, triumphierenden Blick. »In der Tat.«

Ohne länger zu warten, holte er aus dem Handgelenk aus, und das erste Messer traf genau die Mitte der Zielscheibe. Lautes Jubelgeschrei ertönte, während Niall lächelte und nach der nächsten Klinge griff. Sein Körper bewegte sich kaum, als das Messer auch schon zischend durch die Luft flog und ebenfalls genau die Mitte traf. Aisla atmete ganz flach. Noch so ein Treffer wie die ersten zwei, und er wäre der unbestrittene Sieger. Offensichtlich hatte sie ihn unterschätzt – oder sich überschätzt.

Er sah sie mit seinen strahlend blauen Maclaren-Augen, sodass ihr der Atem stockte. Aisla spürte, wie sich ihr Magen zusammenzog und zuckende Nervenbahnen ihre Fühler nach unten ausstreckten, als würde sie plötzlich die Zielscheibe sein. Niall sah sie die ganze Zeit an, als sein Handgelenk kurz nach hinten zuckte, ehe er das dritte Messer warf. Keuchend riss sie den Blick von ihm los und sah, dass dieses Messer im Gegensatz zu den ersten beiden ein bisschen weiter rechts von der Mitte stecken geblieben war.

»Unentschieden!«, schrie Finlay, und alle brüllten zustimmend auf.

Aisla blinzelte und musterte die Zielscheibe mit schmalen Augen. Erst jetzt merkte sie, dass die Messer genau an den Stellen steckten, die sie vorher getroffen hatte und die markiert worden waren. Es war keinesfalls ein Unentschieden. Jedes seiner Messer hatte genau das Ziel getroffen, das er anvisiert hatte. Er hatte sie übertroffen.

Niall lächelte in ihre Richtung. »Glückwunsch.«

»Du hast gewonnen«, sagte sie.

»Nein. Es ist unentschieden. Du hast Finlay doch gehört.«

»Du hast genau die Stellen getroffen, wo meine Messer vorher gesteckt haben«, beharrte sie. »Das war doch kein Zufall, oder?«

Mit einem verhaltenen Lächeln verbeugte er sich kurz und ging davon. Das war eine Botschaft gewesen, erkannte Aisla erst jetzt. Vergeltung für den Kuss, von dem sie immer noch ganz aufgewühlt war, wenn sie nur daran dachte. Sie bot alle Kraft auf, um Haltung zu bewahren, und griff dabei auf das zurück, was sie in Paris gelernt hatte, als sie sich kühl und distanziert gegeben hatte, obwohl es in ihrem Innern tobte. Wenn er gewusst hätte, dass sie von seinem Kuss beinahe in die Knie gezwungen worden wäre und dann die törichte Wette verloren hätte, würde er jetzt triumphieren.

Einmal war sie durch die Hölle gegangen … sie durfte nicht zulassen, dass sie den gleichen Fehler aufs Neue machte.

Nach dem Mittagessen hatte sich die Menge auf den unteren Feldern verteilt, wo weitere Attraktionen aufgebaut worden waren, und Aisla ging ziellos umher. Sie schlenderte an den Musikern vorbei, die sich für den abendlichen Tanz im Hof vorbereiteten, und ging zu der Stelle, wo sich die meisten Feiernden versammelt hatten. Julien war mit Makenna verschwunden, um beim Lanzenstechen zuzuschauen, sodass sie schließlich allein zu einem Bereich kam, wo mehrere Schotten damit begonnen hatten, Baumstämme zu werfen. Das Greifen und Hochhieven der entrindeten Stämme erforderte ein Übermaß an Kraft und war ein sehr beliebter Sport unter den Männern. Aisla sah eine Weile zu und feuerte die Wettkämpfer an, während sie an einem Glühwein nippte.

»Aisla, bist du das?«

Angesichts der ungezwungenen Anrede drehte sich Aisla um und sah einen muskulösen Mann, der direkt hinter ihr stand. Es dauerte einen kurzen Moment, ehe sie ihn erkannte, aber dann machte sich auch schon Sorge in ihr breit, und sie schaute sich nach dem Laird von Tarbendale um. Er würde es nicht gut aufnehmen, ausgerechnet diesen Besucher hier zu sehen. Allerdings wusste sie nicht recht, warum sie überhaupt darüber nachdachte, wie Niall es aufnehmen würde, wenn er den Mann sah. Sie zögerte und erinnerte sich an sein Geständnis, dass es Dougal Buchanan gewesen war, der ihn damit verspottet hatte, Aislas Körper sehr genau zu kennen. Plötzlich verspürte sie den heftigen Drang, den Mann zu treten, der sie jetzt anlächelte. Warum hätte er so etwas Schreckliches tun sollen? Kein Wunder, dass Niall ihm nicht traute.

Andererseits war Dougal vielleicht das Mittel, das sie brauchte, um alles ein bisschen voranzutreiben. »Aye, ich bin's. Allerdings heißt es Lady Maclaren, wie du sehr wohl weißt.«

Er grinste, verschränkte die muskulösen Arme vor der Brust und zog eine Augenbraue hoch. »Du bist ein Augenschmaus.«

»Dougal«, erwiderte sie fröhlich, trotz des Unbehagens, das sie verspürte. »Du siehst gut aus.« Sie warf einen Blick an ihm vorbei. »Bist du mit deiner Verlobten hier?«

Eine Mischung aus Bedauern und Vorsicht huschte über Dougals Gesicht. »Ich hielt es für klüger, wenn sie zu Hause bleibt, da sie ja von den Campbells abstammt.«

Aisla schüttelte den Kopf und heuchelte Unwissenheit. »Ich verstehe nicht. Verstehen die Campbells und die Maclarens sich denn nicht?«

Dougal ließ seinen Blick über das Festgelände schweifen. »Aye. Und zwar seitdem Ronan den Laird der Campbells und seine Töchter vor zwei Wochen in Edinburgh beleidigt hat.«

Aisla sah ihn verdutzt an. »Wie ist es denn dazu gekommen?«

»Indem er sich erneut geweigert hat, durch eine Ehe eine Allianz zwischen den beiden Clans zu schließen«, erklärte Dougal und ließ den Blick wieder auf ihr ruhen. Er legte eine kleine Pause ein, ehe er weitersprach. »Das war eine Beleidigung, musst du wissen. Es ist eine Frage der *Ehre*.«

Dougal sah sie weiter unverwandt an und schien auf eine Antwort zu warten. Aisla runzelte die Stirn. »Das könnte wohl sein, aber sollte Ronan nicht selbst entscheiden dürfen, mit wem er sich verbünden will? Daran ist nichts Unehrenhaftes.«

Er sagte einen Moment lang nichts und sah dann wieder weg. »Doch, sehr wohl, wenn man es genauso sieht. Allianzen werden zum Wohle der Clans geschlossen, zum Wohle Schottlands. Diese Familie« – er spuckte auf den Boden – »scheißt auf Tradition. Und durch den letzten Streit in Edinburgh ist der Campbell mehr denn je davon überzeugt, dass den Maclarens eine Lektion in Demut erteilt werden muss.«

Aisla sträubten sich angesichts der leisen Drohung in Dougals Stimme die Haare. Unwillkürlich musste sie an das denken, was Niall erzählt hatte, als sie zu den Minen geritten war und von ihm angedeutet worden war, dass es Unfälle gegeben hatte, die vielleicht gar keine Unfälle gewesen waren. Als sie den Blick über das Festgelände schweifen ließ, bemerkte sie ein paar von Ronans Kriegern, die voll bewaffnet die Menge im Auge behielten.

»Sind heute auch irgendwelche Campbells anwesend?«, fragte sie und wunderte sich, warum Dougal sich die Mühe gemacht hatte, vorbeizukommen, wenn er die Maclarens doch so sehr verabscheute.

»O ja. Ein paar von Roses Cousins. Die Campbells sind wohl nur aus Höflichkeit zu den Wettkämpfen eingeladen worden. Ich weiß aber nicht, ob Ronan damit gerechnet hatte, dass sie annehmen würden.« Dougal zeigte ein dünnes, eher gezwungenes

Lächeln. »Für mich gilt wohl das Gleiche, wenn man meine Beziehung berücksichtigt.«

Soweit sie wusste, war das Verhältnis zwischen den Buchanans und den Maclarens selbst nach der Dougal erteilten Abfuhr durch die Heirat mit Niall gut geblieben. Aber das war jetzt schon lange her, und Dougal war mittlerweile verlobt. Er hatte für seinen Clan mit den Campbells ein gutes Bündnis geschlossen und war intelligent genug, zu wissen, dass es eine Beleidigung gewesen wäre, die Einladung nach Maclaren abzulehnen.

»Es tut mir nur leid, dass deine Rose nicht dabei ist.«

»Mach dir deshalb keine Gedanken«, sagte er und zuckte die kräftigen Schultern. Dougal ließ sich von einer vorbeilaufenden Magd einen Becher Ale geben und sah Aisla dann mit durchdringendem Blick an. »Und wie ist es dir ergangen? Ich habe gehört, dass du ziemlich lange von deinem Ehemann getrennt warst.«

Röte wollte in Aislas Wangen steigen, doch sie unterdrückte das Gefühl und trank ihren Wein aus. Ihr musste nichts peinlich sein. Dougal hatte wahrscheinlich von ihrem langen Aufenthalt in Frankreich gehört, und warum sollte er da nicht neugierig sein? Alle waren neugierig. Zumindest sprach er es offen aus.

»Ja, ich bin in Paris gewesen.«

Er nahm einen großen Schluck von seinem Ale und wischte sich über den Mund. Jetzt lag ein finsterer Ausdruck auf seinem Gesicht. »Ich sollte wohl nicht fragen, aber da ich mich mal vor Gram nach dir verzehrt habe, empfinde ich es als meine Pflicht. Warum bist du gegangen? Hat er sich dir gegenüber wie ein Mistkerl benommen?«

Irgendwie fühlte es sich falsch an, zu erzählen, was zwischen ihr und Niall vorgefallen war … wie Verrat. Schon seltsam, dass sie immer noch zu einem Mann hielt, der sie nicht gewollt hatte, aber sie brachte es einfach nicht über sich, schlecht von ihm zu reden. Sie verfluchte noch ihre Schwäche, als sie auch schon den Kopf schüttelte. »Nein. Es ist eine lange, komplizierte Geschichte, und ich würde viel lieber hören, wie es deiner Familie geht. Ich habe schon lange nichts mehr von den Buchanans gehört.«

Diese Bemerkung reichte, damit nicht mehr über sie und ihre Anwesenheit auf Maclaren geredet wurde. Dougal erzählte ihr kurz von den Heiraten seiner Brüder, Bündnissen, die mit Clans aus dem Tiefland geschlossen worden waren, und dem Tod seiner Mutter, der ein paar Jahre zurücklag, während sie über den Hof schlenderten.

»Ach, das tut mir leid«, sagte sie. »Wie ist es deinem Vater damit ergangen?«

»Er hat es so unnachgiebig hingenommen wie alles in seinem Leben. Kaum ein Jahr verging, und er hat wieder geheiratet. Er hat noch ein Kind bekommen, und angesichts all der Kinder, die die Ehefrauen meiner Brüder in die Welt setzen, platzt er jetzt beinahe vor Stolz.«

Aisla lauschte den Neuigkeiten mit einer Mischung aus Neugier und Enttäuschung. Es war nicht ungewöhnlich, dass sich ein Laird eine neue Frau nahm, nachdem er Witwer geworden war – aber noch ehe das Trauerjahr abgelaufen war? Das erschien ihr zu schnell. Und seine neue Frau musste jung sein, dass sie noch Kinder bekommen konnte. Aber sie kannte den Buchanan-Laird nicht sonderlich gut und konnte es deshalb wohl auch nicht beurteilen. Vielleicht wollte er einfach nur eine liebevolle Gattin und Kinder, die er aufziehen konnte. Kummer erfasste sie kurz. Von Julien würde sie keine Kinder bekommen. Die waren nicht Teil der Vereinbarung. Und zum ersten Mal nach langer Zeit ließ Aisla den Gedanken daran zu, was wohl passiert wäre, hätte sie keine Fehlgeburt erlitten. Sie wäre auf Maclaren geblieben. Vielleicht hätte sie miterlebt, wie Niall sich zu einem tüchtigen Geschäftsmann und Laird entwickelte. Sie hätte ein kleines Kind, das jetzt überall herumrannte – vielleicht sogar mehr als eins.

Andererseits wäre das alles vielleicht gar nicht passiert.

Dougal hatte wohl gespürt, dass sie mit ihren Gedanken ganz woanders war, denn er blieb stehen. »Aisla? Geht's dir nicht gut?«

Sie merkte, dass sie sich auf ihn stützte – vielleicht weil die Last ihrer Gedanken zu groß geworden war. Schnell richtete sie sich auf und verdrängte die trüben Gedanken. »Tut mir leid. Ich habe wohl gerade daran gedacht, wie schnell die Zeit vergeht. Aber ich freue mich für deinen Vater und deinen Bruder – und für dich. Wirklich.«

Er nickte und schien ihre Entschuldigung anzunehmen. »Und ich freue mich, dass du hier bist. Komm, lass uns anstoßen.«

Er nahm zwei Kelche von einem Tisch, wo Mägde ständig Ale nachfüllten, und reichte einen Aisla. Sie hatte hier und da an einem Ale genippt, seit sie auf Tarbendale war, doch nach Jahren, in denen sie nur Champagner, Wein und Sherry zu sich genommen hatte, genoss sie den bitteren Geschmack des Ale. Er weckte Erinnerungen an Montgomery und an ihr Leben, ehe sie weggegangen war.

»Auf deine Rückkehr und dass die Zeit ab jetzt langsamer verrinnen möge«, sagte er und stieß mit ihr an.

Sie nahm einen Schluck und spürte, wie das Ale den Kloß, der sich in ihrer Kehle gebildet hatte, ein bisschen nach unten spülte. Noch ein Schluck, und der Kloß löste sich noch ein bisschen mehr auf. Verglichen mit ihren trüben Gedanken war das Ale überhaupt nicht bitter. Es war eisig, weil es wohl in Fässern im Kellern gelagert hatte, ehe diese nach oben geschleppt worden waren. Jeder weitere Schluck, den sie nahm, schien gegen ihren zugeschnürten Hals und die Tränen zu kämpfen, die in ihr aufsteigen wollten.

Sie und Dougal setzten ihren Spaziergang fort und hielten hier und dort an, um beim einhändigen Steinwerfen zuzuschauen, danach einem Tanzwettbewerb der Kinder aus den unterschiedlichen Clans und dann einem Trio zu lauschen, das aus zwei Flötenspielern und einem Mann mit Dudelsack bestand. Aisla schloss die Augen und ließ die Musik auf sich wirken. Das war nicht weiter schwer, weil einem das Dröhnen des Dudelsacks durch Mark und Bein ging. Sie nahm noch ein paar Schluck vom Ale und war überrascht von der Wärme, die ihr durch Arme und Beine strömte. Es erleichterte sie, dass die Melancholie, die sie noch vor einer halben Stunde erfüllt hatte, von einer leicht benebelten Freude abgelöst worden war, als sie mit dem Fuß im Takt mit der Musik wippte. Die Musik, das Lachen, die lächelnden Gesichter um sie herum und Dougals fester, freundlicher Arm, der unter ihrem lag ... unwillkürlich musste sie lächeln. Zum ersten Mal seit Tagen verspürte sie keine Anspannung mehr. Ihr entging nicht, dass Niall nirgends zu sehen war.

Aisla nahm auch den zweiten Becher, als Dougal ihn ihr reichte. Der Dudelsackspieler legte gerade eine Pause ein, und die Flötenspieler gingen zu schnellerer Musik über.

»Tanzt du noch?«, fragte Dougal, dessen Fuß ebenfalls im Takt der Musik wippte. »Ich erinnere mich, dass du so lange herumgehüpft bist, bis du ganz rot und verschwitzt warst.«

Aisla, die gerade den Becher angesetzt hatte, verschluckte sich fast. »Dougal! Es ist nicht nett, den Schweiß einer Dame zu erwähnen.«

»Hm, aye, das ist es wohl nicht«, meinte er, während sich ein langsames Lächeln auf seinem Gesicht ausbreitete und er näher rückte. »Andererseits habe ich dich auch nackt gesehen.«

Sie erstarrte und erinnerte sich an das, was Niall gesagt hatte. »Als wir Kinder waren! Und das hast du doch nicht zufälligerweise gegenüber irgendjemandem erwähnt, oder? Zum Beispiel meinem Ehemann?«

»Aye, das könnte ich wohl angedeutet haben. Ich war eifersüchtig«, meinte er leichthin. »Schließlich solltest du ja meine Frau werden. Ich war jung und dumm. Erinnerst du dich? Du wolltest den großen, stinkigen Trottel nicht heiraten. So hast du mich doch immer genannt, wenn du dachtest, ich würde es nicht hören, nicht wahr?«

Dieses Mal verschluckte sie sich tatsächlich an ihrem Ale. Aisla hustete, und Tränen stiegen ihr in die Augen, während Dougal lachte und ihr auf den Rücken klopfte.

»Ich fasse es nicht, dass ich dich je so genannt habe«, erklärte sie, sobald sie wieder sprechen konnte. »Du stinkst überhaupt nicht.« Aisla lachte, rückte näher und atmete betont laut ein. »Du riechst ziemlich sauber. Dann nimmst du jetzt also regelmäßig Bäder?«

Dougal brach in brüllendes Gelächter aus und zog damit einige erstaunte Blicke auf sich. Dann täuschte er Betroffenheit vor und meinte: »Ich verlange eine Widergutmachung für diese Beleidigung, Lady Maclaren … in Form eines Tanzes.« Er verlieh seiner Bemerkung mit einer galanten Verbeugung Nachdruck und reichte ihr die Hand.

Aisla trank ihren Kelch aus und stellte ihn auf den Boden, ehe sie seine Hand nahm. »Na gut, ich werde die Musiker entsprechend bezahlen.«

Sie schlossen sich den anderen Paaren an, die zur Musik der Flötenspieler tanzten. Der schottische Gruppentanz war viel lebendiger und ansteckender als die für sie eher langweiligen Quadrillen, die in Paris angesagt waren. Aisla und Dougal hielten sich an den Händen, während sie sich im Kreis drehten. Sie folgte dem Takt der Musik, und schon bald erinnerte sie sich wieder an die einzelnen Tanzfiguren.

Auf Montgomery hatte sie bei jeder Gelegenheit getanzt, und was Dougal gesagt hatte, war nicht falsch gewesen: Sie hatte immer so lange getanzt, bis sie in Schweiß gebadet war. Das Tanzen hatte ihr immer solchen Spaß gemacht – im Gegensatz zu Paris, wo es nicht der Unterhaltung diente, sondern eher eine gesellschaftliche Notwendigkeit darstellte. Keiner wollte ein Mauerblümchen sein. Während Dougal sie durch die Figuren führte, ebenfalls hüpfte und die Füße wirbeln ließ und dabei aussah, als würde er es sehr genießen, fühlte sie sich plötzlich wohler als seit Langem.

Die Flötenspieler hörten viel zu schnell mit der Musik auf, und Aisla seufzte unzufrieden, als sich die Musiker erhoben, um sich mit Ale die Lippen zu befeuchten. Sie drehte sich auf der Suche nach ihrem eigenen Kelch und spürte, wie sich der Boden unter ihren Füßen bewegte. Dougal griff nach ihrem Ellbogen, als der Hof vor ihren Augen verschwamm und alles plötzlich ganz laut war.

»Von der ganzen Dreherei ist dir schwindelig geworden«, sagte er und atmete ebenfalls schwerer nach dem Tanz. Er legte eine Hand an seine Brust, die sich hob und senkte. »Und ich muss gestehen, dass ich nicht mehr so leichtfüßig wie früher bin.«

Einen Moment später konnte sie wieder klar sehen, aber die Geräusche um sie herum waren seltsam gedämpft. Dann sah sie ihren umgestoßenen Kelch auf dem Boden liegen. Dougal hob ihn für sie auf, und in seinem Blick war leichte Erheiterung zu erkennen, als er ihr ins Gesicht sah. »Wie wär's mit noch einem Ale?«

Allmächtiger! Ein drittes?

Sie konnte sich nach dem Glühwein und zwei Bechern Ale kaum mehr aufrecht halten. Eine feste Hand schloss sich um Aislas Handgelenk, und gleich darauf sah sie, dass Julien sich zwischen sie und Dougal schob. »Wenn es Ihnen nichts ausmacht, Sir, würde ich mich gern kurz mit Lady Maclaren unterhalten.«

Juliens Stimme klang gepresst, und ihre seltsam verstärkte Wahrnehmung in den letzten paar Minuten ließ sie erkennen, dass die Muskeln an seinem Hals und Kiefer straff gespannt waren. Dougal verbeugte sich mit einem seltsamen Gesichtsausdruck, der Aisla in ihrem benommenen Zustand wie Verärgerung vorkam, und ging. Bildete sie es sich nur ein, oder wirkte er irgendwie verärgert? So betrunken konnte sie doch gar nicht sein, oder?

Alles um sie herum begann wieder zu verschwimmen, als Julien sich ihr zuwandte.

»*Chérie,* ich glaube, du hast ein bisschen zu viel getrunken«, sagte er, und ein höfliches Grinsen klebte an seinen Lippen.

»Jules, bitte«, erwiderte sie mit seltsam tauber Zunge. »Ich entspanne mich einfach nur. Und Dougal ist ein alter Freund von mir.«

»Und auch Anlass zu Streit, wenn ich mich recht entsinne.«

»Das ist lange her«, meinte sie. Julien reagierte mit einem arroganten Hochziehen einer Augenbraue auf die Entschuldigung.

»In deinem angeheiterten Zustand vielleicht. Aber da ist ein gewisser jemand, der nicht aufgehört hat, mit den Zähnen zu knirschen, seit du und dein alter Beau angefangen habt, Arm in Arm herumzuschlendern.«

Niall? Sie wusste, dass sie sich eigentlich nicht umdrehen und so offensichtlich nach ihm Ausschau halten sollte, aber der Gedanke bildete sich so langsam, dass ihr Körper die Bewegung längst ausgeführt hatte. Sie taumelte ein wenig, als sie den Hof nach ihrem Ehemann absuchte, und musste zugeben – wenn auch nur sich selbst gegenüber –, dass Julien vielleicht nicht verkehrt lag und sie tatsächlich ein winziges bisschen zu viel getrunken hatte. Aber sie fühlte sich lächerlich gut dabei, und es tat ihr nicht leid – kein bisschen.

»Und er ist, wenn ich das anmerken darf, fest mit einer der Töchter des Lairds der Campbells verlobt«, fuhr Julien fort. »Ein weiterer Anlass für Streit.«

»Die Fehde … du weißt davon?«, fragte sie, wobei ihre Aussprache immer noch etwas undeutlich klang.

Julien gab einen abschätzigen Laut von sich. »Ich wohne seit ein paar Wochen auf Maclaren, mein Schatz, und es wird viel über die

Campbells gesprochen. Von einer Fehde ist allerdings nicht die Rede. Zumindest noch nicht.«

Aisla konnte sich nicht auf das Thema Campbell konzentrieren, als sie weiter den Hof nach Niall absuchte. Selbst ihr Blick schien zu taumeln, während er über die Gesichter glitt. Doch dann sah sie plötzlich in wütend funkelnde blaue Augen. Niall stand auf der anderen Seite des Hofs, und er sah kein bisschen erfreut aus. Doch dann erkannte Aisla, mit wem er da zusammenstand – einer Gruppe von Männern und einer Frau. Fenella stand an Nialls Seite, und auch sie starrte Aisla mit einem höhnischen Zug um die Lippen an. Aisla entging nicht, dass ihre Hand auf dem Ärmel des Lairds lag, als hätte sie alles Recht dazu. Sie blinzelte und schwankte leicht. Vielleicht hatte sie das ja.

Es war genau wie früher, dachte sie mit einem säuerlichen Gefühl im Magen, als Niall mit anderen gefeiert hatte statt mit ihr. Ständig hatte sie darauf gewartet, dass Niall sie bemerkte und erkannte, dass sie allein war, während alle anderen sich amüsierten. Sie war so töricht gewesen und hatte sich nach den Brosamen seiner Aufmerksamkeit gesehnt.

Aisla riss den Blick von Niall los und starrte Julien trotzig an, während sie sich mit einer schnellen Bewegung ein Glas vom Tablett eines vorbeieilenden Dieners nahm. Es sah nach Whisky aus. Es war ihr egal.

»Du wirst morgen einen fürchterlichen Brummschädel haben«, warnte Julien sie.

»Mein Verhalten geht nur mich etwas an, Lord Leclerc.«

»Du brauchst nicht giftig zu werden, *chérie*.«

Sie verbiss sich eine weitere Bemerkung und setzte das Glas an die Lippen. Doch dieses Getränk hatte keine beruhigende, entspannende Wirkung auf sie. Sie spürte die Schärfe des hochprozentigen Alkohols, und kaum hatte sie die Flüssigkeit geschluckt, bäumte sich ihr Magen auf.

»Du siehst ein bisschen grün um die Kiemen aus«, stellte Julien fest.

»Schsch«, erwiderte sie und verspürte grenzenlose Erleichterung, als die Musikanten sich wieder setzten und anfingen zu spielen. »Lass uns tanzen.«

Sie griff nach seiner Hand, doch Julien erstarrte, als wäre er ein Eisblock. »Ich glaube nicht, dass das klug wäre. Der Boden ist uneben und dein Gleichgewichtssinn etwas aus dem Ruder gelaufen.«

Aisla war beleidigt, und Wut schoss in ihr hoch. »Hör auf, wie eine Glucke auf mich aufzupassen. So. Ich will jetzt tanzen. Und wenn du nicht mitmachst, werde ich einfach nach Dougal suchen.«

»Nein, das wirst du nicht.«

Die leise geknurrten Worte drangen an ihr Ohr, und sie wirbelte herum. Niall stand nicht mal eine Armlänge von ihr entfernt. Aisla brauchte viel zu lange, um zu enträtseln, wie er so schnell an ihrer Seite hatte auftauchen können. War er nicht vor ein paar Sekunden noch auf der anderen Seite des Hofs gewesen?

»Sosehr ich es auch hasse, das zu sagen, aber Leclerc hat recht«, knurrte er. »Du musst dich ein bisschen ausruhen.«

Dieses Mal waren es nicht nur Wut und gekränkter Stolz, die in ihr aufstiegen, weil man sie tadelte. Da war auch Verlegenheit. Fenella war Niall gefolgt, und selbst mit dem selbstzufriedenen höhnischen Grinsen im Gesicht schaffte sie es immer noch, hübsch auszusehen. Andererseits trat Fenella bei dem Sommerfest nicht in ihrer üblichen Rolle als Haushälterin auf, sondern sie trug ein unanständig enges Kleid und hatte jeden Versuch, sich ehrerbietig zu verhalten, abgelegt. Triumph und Boshaftigkeit funkelten in ihren Augen.

Niall streckte den Arm aus, um nach Aislas Hand zu greifen, die das Glas mit dem Whisky hielt. »Ich glaube, du hast genug getrunken, Mädchen.«

Sie wich so abrupt zurück, dass der Inhalt über den Rand auf ihre Hand schwappte. »Ich bin nicht betrunken, und ich mag es nicht, wenn man mit mir redet, als wäre ich ein Kind.«

Als sie merkte, dass ihre Aussprache nicht sonderlich artikuliert gewesen war, lief sie rot an. Fenella brach in schnaubendes Gelächter aus, und obwohl Niall es eindeutig mitbekam, sagte er nichts. Da zerbrach etwas in Aislas Innern. Sie hatte das Gefühl, als würde ihr ein glühend heißer Schürhaken durch Brust und Magen fahren. Am liebsten hätte Aisla vor Schmerz aufgeschrien.

»Ich behandele dich nicht wie ein Kind …«

»Nein, du bist ein scheinheiliger Grobian«, gab sie wie aus der Pistole geschossen zurück. Plötzlich konnte sie sich nicht mehr zurückhalten, und die Worte sprudelten nur so aus ihr heraus, nachdem ihre Zunge durch Ale, Whisky und ein halbes Jahrzehnt unterdrückter Verletzungen gelockert worden war. »Darf ich nicht tanzen? Darf ich nicht zumindest versuchen, hier an diesem Ort, an dem ich immer nur Kummer und Leid erlitten habe, mal etwas Spaß zu haben? Ich weiß überhaupt nicht, was ich mir dabei gedacht habe! Ich weiß nicht, warum ich mir überhaupt die Mühe gemacht habe, herzukommen. Ich hätte mich diesem Ort oder den Leuten hier oder dir nie wieder aussetzen sollen.«

»Aisla …«, schaltete sich Julien ein. Die Warnung, die in seiner Stimme mitschwang, war deutlich zu hören.

Aber sie war längst zu weit gegangen, um jetzt noch aufzuhören – ihre Wut hatte sechs Jahre lang Zeit gehabt, sich aufzubauen.

»Ich habe Maclaren aus einem bestimmten Grund verlassen, und ich bedaure es nicht. Ich habe es nicht einen Moment lang bedauert. In Paris habe ich zumindest nicht überall dieselben Gesichter gesehen. Du hast dich hier in diesem Winkel der Welt eingesperrt, wo jeder jeden kennt und wo jeder Neuling wie ein Eindringling mit drei Köpfen behandelt wird, weil er ein inzüchtiger Cousin eines Cousins von einem Cousin ist!« Sie schwankte. »Ich bin für alle Zeiten eine Montgomery.«

Niall trat vor, packte ihren Arm und sagte mit leiser Stimme: »Das reicht. Du beleidigst meinen Clan, Aisla.«

»Du hast ihn auch zu meinem Clan gemacht, oder hast du das vergessen? Ich sage über ihn, was ich will. Arrogante, überhebliche Maclarens. Meinen, sie wären zu gut, um Bündnisse einzugehen. Sie meinen, sie wären für alles zu gut.«

Makenna drängte sich durch die Menge der Schaulustigen, und Aisla merkte, dass die Musiker aufgehört hatten zu spielen. Alle hatten innegehalten, um die Szene zu beobachten.

»Aisla?«, fragte Makenna mit sanfter Stimme. »Warum kommst du nicht mit, damit wir ein bisschen spazieren gehen?«

Sie sah in die Augen mehrerer Männer und Frauen, die sie alle so ansahen, wie sie es eben beschrieben hatte – als hätte sie drei Köpfe. Sie sahen sie an, wie sie sie schon am ersten Tag ihrer Ankunft angesehen hatten, als sie jung, einsam und schwanger gewesen war. Eine bemitleidenswerte Außenseiterin.

»Ich brauche deine Hilfe nicht!«, schrie sie verbittert und merkte plötzlich, wie ihr schwindelig wurde. Sie drückte eine Hand an ihre Schläfe. »Du bist diesem Ort mal entkommen. Ich weiß nicht, was in deiner Ehe vorgefallen ist, das dich dazu gebracht hat, wieder angekrochen zu kommen. Aber ich bin nicht wie du. Dieses Gefängnis ist nicht mein Heim.«

Makennas Augen wurden groß, und sie wich zurück, als wäre sie geschubst worden. Sofort wurde Aisla von Scham und Schuldgefühlen erfasst. Sie presste die Lippen aufeinander, um nicht noch mehr zu sagen. Dann versuchte sie, sich von Niall loszureißen, doch dessen Griff wurde nur noch fester.

»Es reicht, Aisla«, stieß er hervor, und sein Atem strich heiß über ihr Ohr. »Genug ist genug.«

Aisla blinzelte und drehte sich zu Julien um. Doch als sie seinem Blick begegnete, wusste sie, dass sie einen Fehler gemacht hatte. Sein übliches Grinsen war verschwunden, und er hatte die Augenbrauen zusammengezogen. Selbst er, der sich in Paris immer über alles hinweggesetzt hatte, wirkte beschämt angesichts ihres empörenden Verhaltens. Er wandte den Blick ab und folgte Makenna, die sich bereits umgedreht hatte und wegging. Fenella trat zur Seite, damit Makenna vorbeigehen konnte, und ihre höhnische Miene war jetzt noch deutlicher zu erkennen als sonst. Aisla fühlte sich einfach nur elend.

Die Welt wankte und drehte sich – oder vielleicht war das auch sie.

»Niall, ich …«

»Kein Wort mehr«, unterbrach er sie und setzte sich in Bewegung. Aisla wurde mitgerissen, und weil er so schnell ging, stolperte sie. Er blieb stehen, warf sie sich wie einen Sack Kartoffeln über die Schulter und trug sie in die Burg.

Kapitel 13

Niall konnte sich nicht erinnern, wann er das letzte Mal so fuchsteufelswild gewesen war. Er ertrug das raue Geschrei, während er zur Burg zurückging, und schlängelte sich an den Gruppen feiernder Schotten vorbei und achtete darauf, mit der brüllenden Last auf der Schulter nirgends anzustoßen. Er wollte nicht, dass sie sich über seinen ganzen Rücken übergab. Er merkte, wie sie mit den Fäusten oberhalb des Kilts auf seinen Rücken eintrommelte, er hörte, wie sie kreischend protestierte. Aber er wusste, wenn er stehen blieb, würde er Schwierigkeiten haben, keinen Tobsuchtsanfall vor allen Leuten zu bekommen. Seine Selbstbeherrschung hing an einem seidenen Faden.

»Lass mich runter, du *amadan*«, schrie sie mit sich überschlagender Stimme, die nicht mehr ganz so wohlartikuliert klang. »Mir wird gleich schlecht! Hörst du mich?«

Ah, ihr schottischer Akzent war zurück – hervorgeholt durch Ale und Whisky. Und dann nannte sie ihn obendrein auch noch einen Dummkopf.

Er hatte den melodischen Klang des Schottisch-Gälischen aus ihrem Munde vermisst, und Tatsache war, dass er ihre exakte aristokratische Aussprache hasste. Obwohl seine Mutter Engländerin war und darauf bestanden hatte, dass seine ältere Schwester Sorcha von Hauslehrern aus ihrer Heimat unterrichtet wurde, erinnerte ihn der Dialekt jetzt ein bisschen an das Mädchen, das

Aisla damals gewesen war. Zu dumm, dass es offensichtlich erst bei Wut wieder hervortrat und unter dem Einfluss von Unmengen von Alkohol.

Sie roch nach Schweiß und Whisky, aber Letzteres wohl nur, weil sie ihn und sich am Ende mit dem Whisky aus ihrem Glas begossen hatte. Er rümpfte die Nase und fragte sich, ob er auch so schlecht gerochen hatte, wenn er nach einer durchzechten Nacht zu ihr ins Bett gekommen war. Wahrscheinlich eher schlimmer, nahm er an. Er hatte sie die ganze Zeit beobachtet, während sie getanzt, mit Dougal Buchanan geflirtet, immer mehr getrunken und dabei immer angeregter gewirkt hatte.

Einerseits hätte er sie am liebsten mit den Augen verschlungen – sie hatte so schön ausgesehen und so unbefangen während des Tanzes; ihr Gesicht hatte vor Freude förmlich gestrahlt –, doch dann lamentierte eine Stimme in seinem Innern, dass nicht er derjenige gewesen war, der diese Freude in ihr zum Vorschein gebracht hatte. Es war mal wieder Dougal Buchanan gewesen.

Ihm war Fenellas Bemerkung nicht entgangen: Manches ändert sich nie, hm? Obwohl er seine Gefühle fest im Zaum gehalten hatte, waren ihre Worte wie ein Streichholz gewesen, das man an trockenen Zunder hielt. Es war so heftige Verbitterung in ihm aufgestiegen, dass er sich unter der Wucht der Empfindung beinahe gekrümmt hätte. Aber er hatte nur dagestanden und beobachtet, wie sie sich zum Narren machte, und dabei ein Lächeln zur Schau gestellt, als würden ihre Possen nichts bedeuten.

Als würden seine Gefühle nichts bedeuten, weil er ja gar keine besaß.

Die auf seiner Schulter zappelnde Frau schluchzte plötzlich auf. »Bitte, Niall. Mir ist schlecht.«

Ächzend änderte er die Richtung und lief zu einem verschwiegenen Garten am westlichen Rand der Burg, der in der Nähe eines Flusses zwischen Maclaren und Tarbendale lag. Mit etwas Glück war die Stelle weit genug von den Festivitäten entfernt, so dass sich niemand dorthin verirrte. Er setzte sie kurzerhand ab und beobachtete, wie sie zu einer Hecke taumelte und sich übergab. Seufzend lehnte sie sich mit geschlossenen Augen an den Stamm einer zarten Birke.

»Fühlst du dich jetzt besser?«, fragte er nach einer Weile.

»Etwas«, flüsterte sie. »Danke.«

Niall bedauerte, dass sie wieder zu ihrer wohlartikulierten Sprache zurückgekehrt war.

Es verging eine ganze Weile, ehe sie die Augen öffnete und zum sternenübersäten Himmel hochsah. Der Mond ging gerade auf, und der Himmel war noch nicht ganz schwarz. In der Ferne waren die Klänge eines Dudelsacks zu hören. »Es ist so schön hier«, murmelte sie. »Ich hatte vergessen, wie schön es hier ist.«

»Hast du das?«, fragte er ruhig.

»Ja.«

Kurz huschte ihr Blick zu ihm, ehe sie ihn wieder zum funkelnden Himmel hob. Sie atmete mehrmals tief ein, als versuchte sie, Mut zu fassen, und Niall wartete. Er hätte sie zwar gern für ihre achtlosen Worte scharf kritisiert, aber er wusste, dass sie immer noch leicht benebelt war. Das war keine Entschuldigung, aber er wusste aus Erfahrung, was Wut anrichten konnte, wenn man betrunken war. Er wusste, wie er sich in solchen Momenten verhalten hatte. Er schluckte und massierte sich die Nasenwurzel.

»Das war damals unser Garten«, sagte sie leise, nachdem sie erst jetzt erkannte, wo sie sich befand. Sie lehnte sich so weit nach hinten, dass sie beinahe umkippte. »Ich erinnere mich an diesen Baum«, erklärte sie mit großen Augen. »Wir haben ihn an dem Tag gepflanzt, als wir nach Maclaren gekommen sind.«

»Aye.«

Er erinnerte sich auch daran. Eine drollig launische Aisla hatte ein Zeichen der Erinnerung an ihre Heirat setzen wollen – etwas, das genauso wachsen würde wie sie. Und auch wie ihr Kind. Sie hatten den Baum zusammen ausgesucht und sich an vielen frühen Nachmittagen im Gras unter ihm geliebt. Er erstarrte und war sich plötzlich unsicher, ob er sie mit Absicht hergebracht hatte oder ob es ihm einfach nur als der passendste Ort erschienen war. Vielleicht war es eine Mischung aus beidem.

Niall sah sich um. Seit Jahren war er nicht mehr hier gewesen, aber jemand hatte sich um den Garten gekümmert. Er nahm an, dass es der Gärtner seiner Mutter gewesen war. An den Rändern des Gartens wuchsen süß duftende, dichte Rosenbüsche. Neben einem Springbrunnen mit zwei Engeln stand eine kleine Bank aus Stein. Der Baum, den Aisla immer noch anstarrte, wuchs genau in der Mitte des Gartens und war in den letzten Jahren höher gewachsen und voller geworden.

Ein trauriger Ausdruck huschte über ihr Gesicht, und die vollen Lippen verzogen sich angesichts bittersüßer Gedanken. Er wusste, warum. Der Baum hatte überlebt, ihre Ehe jedoch nicht.

»Erinnerst du dich noch an den Tag, als wir herkamen?«, fragte sie leise, während ihre Finger an der Kante der Marmorbank entlangfuhren. »Nach Maclaren?«

Er lehnte etwas weiter entfernt mit dem Rücken an einer Eiche und hatte die Arme vor der Brust verschränkt. »Aye.«

»Wir waren so glücklich.« Ihre Stimme stockte. »Wir waren doch glücklich, nicht wahr?«

»Manchmal.«

Beide erinnerten sich an die gemeinsame, schwer belastete Vergangenheit, als sich ihre Blicke trafen. Er wusste, dass sie am Ende zutiefst unglücklich gewesen war. Nach dem Verlust des Babys hatte sie sich in sich selbst zurückgezogen und allen Trost, den er oder jemand anders hätte geben können, abgelehnt.

Im Nachhinein war ihm klar, dass er nicht gewusst hatte, wie er reagieren sollte, und er hatte entschieden, seinen eigenen Kummer und Schmerz in Ale und Whisky zu ertränken.

Er zuckte innerlich zusammen, als er sich wieder an seine unbedachten Worte erinnerte.

»Du wirst später noch mehr Kinder haben, Aisla«, hatte er ihr in seiner jugendlichen Arroganz erklärt.

»Es war *unser* Kind, Niall«, hatte sie geschluchzt. »Unseres. Und jetzt ist sie tot.«

Und er hatte geweint, auch wenn die Saat des Zweifels in ihm war, dass sie vielleicht ein falsches Spiel mit ihm getrieben hatte. Er hatte natürlich keinen Beweis dafür gehabt. Da waren nur Misstrauen und Unsicherheit gewesen, die von dem Glauben genährt wurden, dass er nie genug für jemanden wie sie sein könnte. Wie könnte sie ihn jemals lieben? Einen Krüppel?

Und jetzt hatte sie mit dem Buchanan getanzt, als wäre es nicht dieser Mann gewesen, der einen Keil, dick wie ein Baumstamm, zwischen sie getrieben hatte. Angesichts der herrschenden Spannungen zwischen den Maclarens und den Campbells hatte er nicht damit gerechnet, Rose Campbells Verlobten unter den Feiernden zu sehen. War er nur gekommen, weil er von Aislas Rückkehr gehört hatte? Oder gab es dafür einen anderen schändlichen Grund? Ronans Worte kamen ihm wieder in den Sinn: *Ich habe den Eindruck bekommen, dass er dich hasst.*

Er tat einen erstickten Atemzug und räusperte sich, um Aisla zu sagen, dass sie zu den Stallungen gehen und nach Tarbendale zurückreiten sollten. Doch in dem Moment stand sie auf und trat zum Springbrunnen, neben dem ein dichter Rosenbusch mit rosafarbenen Blüten stand.

Ihre Worte waren kaum hörbar, als sie mit den Fingern über eine der perfekt geformten Blüten strich. »Ich habe diese Rose an dem Tag gepflanzt, nachdem ich das Baby verloren hatte.« Er hörte den erstickten Schluchzer am Ende ihrer Worte, doch er bewegte sich nicht. Er konnte sich nicht bewegen. Der Schmerz ließ nicht zu, dass er den Rücken vom Stamm löste.

»Das wusste ich nicht«, gab er ein bisschen töricht von sich, und das auch nur, weil er sonst nicht wusste, was er hätte sagen sollen.

»Woher hättest du es auch wissen sollen? Du warst ja nicht da«, erwiderte sie. Doch in ihren Worten schwang nicht der bittere Vorwurf mit, den er so gut kannte. Sie äußerte nur eine Feststellung. Und sie hatte recht. In den Tagen nach der Fehlgeburt war es Niall am besten erschienen, ihr Raum und Zeit zum Trauern zu geben. Deshalb war er weggeblieben. Meist war er in Tavernen gewesen und hatte versucht, seinen eigenen Kummer in so viel Ale und Whisky, wie er konnte, zu ertränken. Mit dem Baby war immer stärker das Gefühl einhergegangen, dass es das Einzige war, was sie miteinander verband. Und als sie es verloren hatten, schien es keine Hoffnung mehr für sie zu geben. Er hatte sie nicht halten können und nicht gewusst, wie er sie zurückgewinnen sollte.

»Ich hätte es wissen sollen«, gestand er und legte den Kopf zurück an den Baum. Er schloss die Augen und konnte genau erkennen, was für ein Idiot er gewesen war. Er sah das gleiche Verhalten bei einer Vielzahl von jungen Männern hier auf Maclaren und Tarbendale. Gute Kerle, die jedoch jung waren und jeden Morgen mit schmerzenden Köpfen und blutunterlaufenen Augen zur Arbeit auf Tarben Castle und in den Minen erschienen. Ein paar von ihnen hatten Ehefrauen. Kinder.

»Ich war ein Narr«, fügte er hinzu und ließ sich am Stamm nach unten gleiten, bis er im Gras saß. Ein Bein zog er an, legte den Arm darauf ab und drückte die Nasenwurzel zusammen. »Du brauchtest mich, und ich war nicht da. Ich weiß das, Aisla. Ich weiß es jetzt, und ich hätte es damals schon wissen sollen.«

Sie sagte nichts, während sie sich neben dem Rosenbusch hinkauerte und die Blütenblätter immer noch durch die Finger gleiten ließ. Er war die ganze Zeit so selbstsüchtig, so sturzbetrunken gewesen. Auf Montgomery, Aislas Zuhause, war es anders gewesen. Keiner hatte ihn gekannt und gemeint, keine Erwartungen in ihn setzen zu dürfen. Keiner hatte ihn für minderwertig gehalten. Er war frei gewesen ... und glücklich. Aber sobald er mit einer schwangeren Ehefrau nach Maclaren zurückgekehrt war, hatte sich alles geändert. Er hatte sich nutzlos gefühlt und befürchtet, dass er ihr nichts zu bieten hatte, dass er nicht das war, was sie wollte. Er hatte seine Ängste siegen lassen und sie dadurch verloren.

»Wir waren zu jung«, flüsterte sie. »Vielleicht waren wir von Anfang an verflucht.«

Er hörte ihre Niedergeschlagenheit, die in den trostlosen Worten mitschwang. »Das glaube ich nicht. Es gibt viele Leute, die jung heiraten und es gut machen. Das Alter war nicht unser einziges Problem.«

Aisla ließ die Rosenblüte los und sah ihn über die Schulter hinweg an. »Dann lag es also am Trinken? Du behauptest ja, dass du jetzt nicht mehr trinkst und dass du ...« Sie holte tief Luft und wandte den Blick ab. »Du ein völlig anderer Mensch seist.«

Er hielt den Atem an, denn er erkannte ihre Worte als eine Tür, die sie ihm öffnete und nach der er immer gestrebt hatte. Sie sah endlich das, was er sich die ganze Zeit gewünscht hatte: dass er sich verändert hatte – ganz und gar. Niall dachte plötzlich an die Wette mit Ronan, aber er wollte sie jetzt nicht bedrängen. Der Moment war viel zu zart, und er wollte nicht, dass Aisla sich wieder zurückzog. Sie hatte recht. Sein damaliges Verhalten war eindeutig das größte Problem gewesen. Das konnte er jetzt zugeben, und es war ihm auch schon vor einiger Zeit klar geworden. Er lächelte schwach. »War ich so sturzbetrunken wie du gerade eben?«

Aisla verdrehte die Augen. »Schlimmer.«

Er nickte und nahm es hin. Es war die Wahrheit. »Na gut, ja, in der Hinsicht habe ich mich geändert. Aber manches ist viel schwieriger hinzubekommen.«

Sie richtete sich auf und drehte sich mit vor der Brust verschränkten Armen zu ihm um. »Was zum Beispiel?«

Sie schwankte ein bisschen, und Niall sprang schnell auf, um sie aufzufangen, ehe sie das Gleichgewicht verlor. Er führte sie zum Baum, und als er sich setzte, zog er sie zu sich nach unten an seine Seite. Es fühlte sich gut an, sie neben sich zu spüren. Das zutiefst ehrliche Gespräch hatte allen Ärger und Verdruss über ihren Ausbruch im Hof weggewischt. Eine nicht bis zu den Zähnen bewaffnete und gepanzerte Aisla war vielleicht die echte Aisla.

»Zum Beispiel Vertrauen … und Eifersucht«, erwiderte er.

Oder genauer: das Fehlen von Vertrauen und ein Übermaß an Eifersucht. Das zusammen reichte, um jede Beziehung zum Scheitern zu bringen.

»Ich bin immer noch besitzergreifend«, raunte er an ihrem Scheitel. Ihre weichen, blonden Locken hatten sich von den Nadeln befreit, als sie kopfüber von ihm weggeschleppt worden war. »Ich ertrage es nicht, dich mit einem anderen Mann flirten zu sehen. Damals nicht und jetzt ebenso wenig. Und dann tauchst du hier mit Leclerc auf, erzählst mir, dass du ihn heiraten willst … und zu wissen, dass ihr beiden …« Er spürte, wie sie sich versteifte und kurz davorstand, einen Streit mit ihm zu beginnen. Schnell änderte er die Richtung, die das Gespräch hatte nehmen wollen. »Es tut mir leid. Aber … warum willst du ihn heiraten?«

Aislas Arme und Schultern entspannten sich wieder. »Weil er mich braucht. Er braucht meine Hilfe. Seine Mutter liegt im Sterben und will ihn verheiratet sehen. Ich will lachen und glücklich sein. Und weil er mein Freund ist. Mein bester Freund.«

Ein Freund. Nun, es stimmte, dass Leclerc Aisla ohne jedes Feuer im Blick ansah. Wahrscheinlich betrachtete er die Ehe als ein angenehmes, vorteilhaftes Arrangement. Niall war jedoch nicht klar, wie so eine Ehe Glück oder Frohsinn erzeugen sollte.

»Mit mir hast du immer gelacht.«

Er spürte, wie sie mit den Schultern zuckte und dabei leise hickste. »Das stimmt, aber es gab nichts mehr zu lachen, wenn ich dich ständig betrunken mit deinen Freunden – mit Fenella – zusammen gesehen habe.«

»Aisla …«

»Du sagtest, du wärst besitzergreifend, dass du es nicht ertragen könntest, mich mit einem anderen Mann flirten zu sehen. Glaubst du nicht, dass ich das genauso empfunden habe? Warum kannst du nicht verstehen, wie schmerzhaft es für mich war, als ich dich in Fenellas Hütte vorgefunden habe? Wie schmerzhaft es für mich ist, dich jetzt mit ihr zusammen zu sehen?«

Er schloss die Augen und kämpfte gegen die Schuldgefühle, die immer dann in ihm hochkamen, wenn er sich an jene whiskygeschwängerte Nacht erinnerte. Obwohl er sich eigentlich nur an wirklich wenig erinnerte. Doch dann hörte Niall auf – er hörte auf, die Schuldgefühle zu verdrängen, und ließ sie stattdessen zu. Er hatte sie ignoriert, unter Verschluss gehalten und nie darüber nachgedacht. Er hatte alles getan, um weiterzuleben, sich ein Leben aufzubauen und aufzusteigen, um nicht mehr an seine gescheiterte Ehe zu denken. Was er jedoch nie getan hatte, erkannte er jetzt, da er und Aisla unter dem Baum saßen und die erste ruhige und freundliche Unterhaltung führten, war, die Schuldgefühle zuzulassen und sie als das zu akzeptieren, was sie gewesen waren.

»Ich verstehe, dass es dich verletzt hat. Ich habe den gleichen Schmerz gespürt«, sagte er und dachte dabei an Dougal Buchanan. »Aber ich schwöre dir, Aisla, ich habe nie mit dem Mädchen geschlafen.« Er holte tief Luft und hielt den Atem lange an, ehe er wieder ausatmete. »Selbst wenn ich sturzbesoffen wäre, würde ich nie auf den Gedanken kommen, dich in dieser Weise zu betrügen.«

»Es spielt keine Rolle«, flüsterte sie.

Aber er wusste, dass es das sehr wohl tat. Niall merkte, wie Aisla sich rührte, um sich aufzusetzen und von ihm zu lösen. Er hielt sie fest, damit sie nicht aufstand. »Nichts ist je zwischen uns gewesen und wird es auch nie sein. Sie ist meine Haushälterin. Eine Freundin. Mehr nicht. Ich gebe dir mein Wort, Aisla. Das Wort eines nüchternen Mannes.«

Sie sah ihm tief in die Augen, als suchte sie nach einem Bruch in seinem Schwur. Etwas, auf das sie hinweisen und gegen ihn verwenden konnte. Aber sie fand es nicht. Stattdessen nickte sie schließlich.

»Ich glaube dir.«

Das waren die liebsten drei Wörter, die er sie je hatte sagen hören – bis auf die anderen drei Wörter natürlich. Die drei Wörter, die er wohl nicht hoffen konnte, je wieder zu hören. *Ich liebe dich.*

Aisla fuhr sich mit der Zunge über die Lippen, und ihre Augen funkelten. »Und ich hoffe, du gewährst mir die gleiche Einstellung, wenn ich dir ein für alle Mal erkläre, dass ich nie mit Dougal zusammen gewesen bin. Ich habe mich nur dir hingegeben. Ich habe dich gewählt. Ich habe dich geheiratet.«

Es lagen so viel Schmerz und gleichzeitig so viel Hoffnung in ihrem Blick … Hoffnung, dass er ihr genauso glauben möge wie sie ihm. Wieder verspürte er ein schmerzhaftes Stechen in der Brust. Keine Schuldgefühle mehr, versprach er sich selbst. Er war so müde, davor davonzulaufen. Die Frau neben ihm, die ihn so offen und herzlich anschaute, vertraute sich ihm in einer Weise an, wie sie es seit ihrer Rückkehr noch nie getan hatte. Dies war das Mädchen, das er auf Montgomery kennengelernt hatte. Dies war Aisla, bevor sie ihre Ehe in den Sand gesetzt hatten.

Sanft drückte er sie an sich. »Ich glaube dir auch.«

Sie atmete tief ein und nickte. Dann lehnte sie sich nach vorn, um ihre Stirn an seiner Brust zu bergen. »Denkst du noch an sie?«, fragte sie leise. »An das Baby?«

Er nickte ernst. »Jeden einzelnen Tag.«

»Ich auch. Ich wollte sie so sehr. Ich liebte sie, obwohl wir uns nur ein paar Monate hatten und sie noch nicht geboren war. Sie war etwas Besonderes.« Als sie ausatmete, klang es fast wie ein Schluchzen. »Sie wäre geliebt worden, nicht wahr?«

Nialls Kehle schnürte sich zu. »Aye.«

Einen Moment lang saß sie wie erstarrt und ohne zu blinzeln da. Doch dann verzogen sich ihre Mundwinkel nach unten und zitterten, als wäre das alles zu viel, um es zu verdrängen. Aisla schluchzte auf, und der Geruch von Ale und Whisky vermischte sich mit dem Duft der Rosenblüten, die sie gestreichelt hatte. Er strich ihr übers Haar und über den Rücken, bis ihr Schluchzen schließlich in gleichmäßige Atemzüge überging. Aislas Körper wurde schlaff. Niall sah, dass ihre Wimpern auf den rosigen Wangen lagen.

Himmel, er hatte sie seit Jahren nicht mehr so im Arm gehalten. Dafür hatte sie ihm nicht genug vertraut. Nein, sie hatte ihn sich vom Leib gehalten, und das aus gutem Grund. Er hatte ihr Vertrauen nicht verdient.

Und nun hatte sich das Blatt derart gewendet, dass es fast etwas Lustiges hatte, wäre es nicht so schmerzhaft gewesen. Sie war einfach süß, wenn sie betrunken war – wenn auch fürchterlich streitsüchtig. Er wusste, dass das meiste von dem, was sie gebrüllt hatte, aus Wut aus ihr hervorgebrochen war, doch so viel Schmerz rührte nur von Liebe her. Er würde sein ganzes Vermögen darauf wetten, dass ein Teil dieser Zuneigung immer noch da war, und er hatte weniger als vier Wochen Zeit, um sie dazu zu bringen, dass ebenfalls zu erkennen.

Vier Wochen, um seine Hochlandbraut zurückzugewinnen. Und zwar nicht, um eine Wette zu gewinnen, oder wegen irgendwelcher Dinge, die nur am Rande mit ihnen zu tun hatten, sondern einfach, weil er wollte, dass sie blieb.

Zum ersten Mal seit Jahren spürte er, wie die Leere in seiner Brust ein wenig nachließ.

Kapitel 14

Warum in drei Teufels Namen hatte sie das Gefühl, sich auf einem Schiff zu befinden?

Auf einem sinkenden Schiff mitten im Ärmelkanal.

Der Raum drehte sich und wankte, noch ehe sie überhaupt ein Auge aufgetan hatte. Als es Aisla schließlich gelang, die Augen zu öffnen, zuckte sie angesichts der strahlenden Sonne, die durch die leicht geöffneten Vorhänge drang, zusammen. Zumindest drehte der Raum sich jetzt nicht mehr, aber alles, was sich darin befand, wirbelte herum. Sie stöhnte, während sie sich umdrehte. Matratze und Kissen schmiegten sich an ihren Körper, wodurch sie sich aber noch schlechter fühlte – abgesehen von ihrem rumorenden Magen und dem pochenden Schädel.

Zur Hölle mit Ale und Whisky – und zur Hölle mit ihrem lockeren Mundwerk! Sie drückte die Handballen gegen die Schläfen, die im Gleichklang schmerzhaft pochten, und spürte, wie erneut Übelkeit in ihr aufstieg. Dieses Mal aber wegen der Schuldgefühle, die sie hatte, und nicht wegen eines Übermaßes an Alkohol.

Allmächtiger, was hatte sie alles von sich gegeben?

Stück für Stück fiel ihr alles wieder ein: Makennas verletzte Miene, Juliens Enttäuschung und Nialls Wut, als er sie sich über die Schulter geworfen und weggetragen hatte, damit sie nicht noch Schlimmeres von sich gab.

Sie versuchte, sich aufzusetzen, doch ihr schmerzender Kopf

ließ sie nur langsam vorankommen. Die Schlafzimmertür öffnete sich, und Pauline kam hereingeeilt. Sie hatte einen Stapel Leinentücher und eins von Aislas Lieblingskleidern dabei.

Die Zofe zog eine schmale Braue hoch und musterte Aisla, wobei Sorge und Mitleid in ihrem Blick lagen. »Ah, Mylady, endlich sind Sie wach. Ich werde sofort ein Bad für Sie vorbereiten lassen.«

»Ist es so schlimm?«, fragte Aisla und schnupperte kurz. Als ihr ein stechender Geruch in die Nase stieg, zuckte sie zusammen. »Du brauchst meine Frage nicht zu beantworten. Ein Bad wäre wundervoll.«

Pauline nickte und legte die Tücher auf dem Tisch neben der Kupferwanne ab. »Das Fest muss ja wirklich ereignisreich gewesen sein, Mylady, dass Sie schon vor dem Abendessen zu Bett gegangen sind.«

Aisla hatte nicht die Kraft, ihre Zofe zu schelten, weil diese über den gestrigen Tag tratschen wollte. »Ich bin mir ziemlich sicher, dass du mittlerweile alles darüber gehört hast, Pauline, also tu nicht so, als wüsstest du nichts. Sag mir nur … wie wütend sind alle?« Sie hatte schreckliche Sachen über Maclaren und seine Bewohner gesagt. Noch dazu sehr laut. Aisla setzte sich ein bisschen weiter auf, als sich Verwirrung in ihr breitmachte. Sie sah sich in ihrem Schlafzimmer auf Tarben Castle um. »Und wie bin ich hierhergekommen? Ich war doch auf Maclaren …«

Im Garten. Mit Niall. Sie hatte sich an ihn geschmiegt und die Tränen fließen lassen, die plötzlich in ihr aufgestiegen waren. Er hatte ihr in Bezug auf Dougal Glauben geschenkt. Es war so eine Erleichterung gewesen, ihn diese schlichten Worte sagen zu hören. Und seltsamerweise war es auch eine Erleichterung gewesen, Niall zu sagen, dass sie ihm ebenfalls in Bezug auf Fenella glaubte. Sie wollte sich so gern von diesen alten Verletzungen befreien.

Aber alles andere … die schrecklichen Dinge, die sie davor im Hof von sich gegeben hatte … wie konnte sie da Makenna noch ins Gesicht sehen? Oder Julien oder einem der anderen Maclaren? Sie hatte sich fürchterlich aufgeführt. *Abscheulich.*

»Der Laird hat Sie zurückgebracht«, sagte Pauline und öffnete ein Fenster. Eine laue Brise strömte süß duftend herein. »Und ich weiß nicht, wie wütend die anderen sind. Alle klappen den Mund zu, sobald ich einen Raum betrete.« Plötzlich verzog sich ihr Gesicht. »Bis auf diese Miss Fenella. Die hat vielleicht ein boshaftes Mundwerk.«

Aisla war von Paulines wütendem Ausbruch verblüfft. Normalerweise war die kleine französische Zofe so seriös, gesetzt und ruhig, dass sie es mit Aisla aufnehmen konnte.

»Was hat sie gesagt?«

Pauline errötete. »Nichts Wichtiges, Mylady.«

»Erzähl es mir.«

Sie schluckte und nickte. »Sie hat gesagt, dass das kleine, ähm, Luder seine wohlverdiente Strafe bekäme und dass sie froh wäre, dass jetzt alle gesehen hätten, wie Sie in Wirklichkeit seien.«

Aisla schüttelte den Kopf und lachte über die Gehässigkeit der Frau. »Es wäre seltsam, wenn Fenella keine Häme zeigte oder mich nicht in törichter Weise beleidigen würde. Luder ist dabei immer eins meiner Lieblingswörter gewesen.«

»Sie ist eine schreckliche Frau«, erklärte die loyale Pauline.

Leise lachend setzte Aisla sich auf und schlug die Bettdecke zurück, nur um gleich darauf erschreckt zu keuchen. Sie war nackt. Röte stieg ihr in die Wangen. »Wo ist mein Nachthemd? Hast du mich ausgezogen?«

Pauline zog mit ausdrucksloser Miene eine Augenbraue hoch. »Nein, Mylady.«

Oh, Allmächtiger.

Das bedeutete, dass Niall es getan hatte. Er hatte ihr sogar Mieder und Hemdchen ausgezogen. Warum hatte er sie komplett entkleidet? Forschend glitt ihr Blick durch den Raum, um vielleicht einen Hinweis zu entdecken. Das ergab keinen Sinn. Noch beängstigender war jedoch, dass sie sich nicht daran erinnern konnte, wie sie in ihr Zimmer gekommen war oder wer sie zu Bett gebracht hatte. Hatte sie irgendetwas Ungehöriges getan?

»Ich sollte Sie darüber in Kenntnis setzen, dass Besucher für Sie da sind, Mylady«, sagte Pauline und legte ein sauberes Mieder und ein frisches Hemdchen neben das Kleid. »Lord Leclerc und Lady Makenna sind vor einer Weile gekommen und nehmen jetzt unten mit dem Laird das Frühstück ein.«

Aisla sah sie mit offenem Mund an. »Wie bitte? Warum?«

»Ich möchte nicht vorgeben, das zu wissen, Mylady, aber vielleicht wollen sie wissen, wie es Ihnen geht?«

Himmel. Aisla konnte jetzt keinem von ihnen gegenübertreten. Nicht jetzt. Vielleicht auch nie wieder. Sie ließ sich aufs Bett zurückfallen und zuckte zusammen, als das Hämmern in ihrem Kopf sofort wieder begann.

»Bitte, entschuldige mich bei ihnen, Pauline«, krächzte sie.

»Wie Sie wünschen. Außerdem habe ich Ihr Kleid in die Wäsche gegeben, Mylady, wenn's recht ist. Beim Seidenunterhemd war allerdings nichts mehr zu machen«, meinte Pauline und zog an der Klingel, um einen Bediensteten zu rufen. »Wenn Sie sich den anderen nicht anschließen, würde ich vorschlagen, dass Sie einen Tee und etwas Toast zum Frühstück zu sich nehmen, *non?*«

»Warum war mit meinem Hemd nichts mehr zu machen?«, flüsterte sie und schaute auf, obwohl sie die Antwort eigentlich gar nicht hören wollte. Doch Pauline eilte gerade zur Tür, weil sich jemand dort durch ein Kratzen bemerkbar gemacht hatte.

Währenddessen verselbstständigten sich Aislas Gedanken, und sie stellte die wildesten Vermutungen an. Hatte sie es sich in einem Anfall von Leidenschaft vom Leib gerissen? Oder er? Allmächtiger, was um Himmels willen war gestern Abend passiert? Bestimmt würde sie es doch wissen, wenn sie sich trunkener Lust hingegeben hätte, oder nicht? Doch dann erinnerte sie sich entmutigt daran, wie Niall früher immer in ihr Bett getaumelt war und sich am nächsten Tag nicht mehr hatte erinnern können, sie überhaupt berührt zu haben. Aisla schnappte nach Luft, als sie merkte, dass sie den Atem angehalten hatte.

Die Wette!

Vergiss die Wette, du dummes Ding, du musst dir jetzt wegen schlimmerer Dinge Gedanken machen.

»Mein Hemdchen, Pauline?«, fragte sie, nachdem ihre Zofe dem Dienstboten Anweisungen gegeben hatte.

»Es war verschmutzt, Mylady, mit …«, Pauline räusperte sich diskret, »… mit Dingen, die mit Übelkeit einhergehen.«

Aisla wollte sich unter der Bettdecke verkriechen und sterben. Sie erinnerte sich daran, sich im Garten übergeben zu haben, aber es musste ihr wohl nach der Rückkehr nach Tarben Castle noch einmal passiert sein. Und wenn ihr Kleid so wenig abbekommen hatte, dass es noch gereinigt werden konnte, dann musste sie wohl fast nackt gewesen sein, als es sie das zweite Mal überkommen hatte.

Ein Lächeln zuckte um Paulines Mundwinkel. »Sie selbst waren jedoch recht sauber.«

Oh, wie schrecklich – er hatte doch nicht etwa! Niall hatte sie gewaschen. Ihr Blick glitt zum leeren Waschbecken und den gefalteten Tüchern, die die tüchtige Pauline bereits ausgetauscht hatte.

»Seine Lordschaft hat abgelehnt, dass ich ihm helfe«, fügte Pauline hinzu und streute Salz in die Wunde. »Schließlich ist er Ihr Ehemann, *non,* und hat Sie schon *en dishabille* gesehen.«

Stöhnend vergrub Aisla das Gesicht im Kissen. War ihr auch nur ein Hauch von Würde geblieben? Dieser Tag konnte nicht schlimmer werden. Sie beschloss, für immer im Bett zu bleiben. Keiner würde eine schreiende, betrunkene Furie vermissen, oder? Sie würde sich die verbleibenden Wochen in schmählicher Einsamkeit durchschlagen.

Ein schüchternes Klopfen an der Tür riss sie aus ihren verzweifelten Gedanken, als der Diener mit ihrem Frühstück kam. Pauline reichte ihr einen Hausmantel und stellte das Tablett auf den kleinen Tisch neben dem Fenster. »Kommen Sie, Mylady, danach werden Sie sich viel besser fühlen.«

»Ich kann nichts essen«, sagte sie, während sich ihr der Magen umdrehte.

»Sie müssen, sonst fühlen Sie sich noch schlechter.«

Mühsam raffte sie sich auf und ging zum Stuhl, obwohl sich beim Anblick des Essens alles in ihr aufbäumte. Trotzdem zwang sie sich, den trockenen Toast zu essen und am Tee zu nippen. Das Gebräu war so stark, dass ihr Tränen in die Augen stiegen. Obwohl ihr Magen immer noch gereizt war, knabberte sie gehorsam an ihrem Toast und starrte durchs Fenster in den gepflegten Garten.

Sie hatte noch nie so viel getrunken. Nachdem sie hatte mitansehen müssen, was der Alkohol mit Niall gemacht hatte, war für Aisla klar gewesen, dass sie nur gelegentlich Champagner und Wein trank und ganz kleine Menge Ratafia oder Sherry bei besonderen Dinner-Einladungen oder Bällen. Whisky hatte sie nie getrunken. Der Whisky war ihr zum Verhängnis geworden. Das wusste sie. Der und das verfluchte, von den Maclarens selbst gebraute Ale, das sogar einen Ochsen in die Knie zwingen könnte.

Aisla wand sich innerlich, als sie sich wieder an ihre Worte erinnerte. Doch mehr zu schaffen machte ihr das, was sie allein mit ihrem Mann im Garten gesagt hatte. Sie hatte wegen der Fehlgeburt geweint – wegen des Babys, das sie verloren hatten. Sie hatte geweint und von Schmerzen und Umständen gesprochen, die begraben und vergessen hätten bleiben sollen.

»Geht es Ihnen gut, Mylady?«, fragte Pauline und kam herbeigeeilt.

»Ja«, würgte sie tränenblind hervor. »Ich habe wohl zu schnell geschluckt.«

Der plötzliche Schmerz war zu groß, zu frisch. Ach, warum nur hatte sie alte Wunden aufgerissen? Es hatte wohl am Garten gelegen. Er barg zu viele schmerzliche Erinnerungen ... da waren der Baum, der Rosenbusch und das, was von ihrem Herz noch übrig war. Der Alkohol hatte ihre hart erarbeitete Selbstbeherrschung und Seelenstärke ins Wanken und schließlich zum Einsturz gebracht.

Doch Niall hatte ruhig und irgendwie anders gewirkt. Sie hatten einander vergangene Missverständnisse vergeben. Es schien undenkbar, dass sie je so harmonisch miteinander umgehen könnten. Andererseits war diesmal sie die Betrunkene gewesen und er völlig nüchtern.

Aisla konnte ihrer zweifelhaften Erinnerung der Ereignisse nicht ganz glauben, wie gern sie das auch getan hätte.

Es klopfte erneut, und dieses Mal kamen Lakaien, um die Badewanne mit heißem Wasser zu füllen. Aisla seufzte. Vielleicht würde sie ja in der Wanne ertrinken, so dass ihr ein Leben in Schmach und Schande erspart bliebe. Allerdings dürfte es sich wohl als etwas schwierig erweisen, in einer Sitzbadewanne zu ertrinken. Auch für eine sehr entschlossene Dame würde das eine Herausforderung sein.

»Möchten Sie Ihr Bad jetzt nehmen, Mylady?«, fragte Pauline, nachdem sie den Tee und fast den ganzen Toast heruntergewürgt hatte.

Aisla nickte und stand auf, indem sie sich am Tisch abstützte. Sie konnte sich nicht bis in alle Ewigkeit verstecken. »Ja, das wäre wohl am besten.«

Nach einem gründlichen Bad – wobei Aisla bemüht war, nicht zur Kenntnis zu nehmen, dass Niall sie am vorherigen Abend eigentlich bereits vollständig gesäubert hatte – fühlte sich Aisla nur minimal besser. Aber es reichte zumindest, um das Zimmer zu verlassen. Pauline kämmte das frisch gewaschene Haar und flocht es zum Zopf. Nachdem sie ihr in ein schlichtes Musselinkleid geholfen hatte, machte sich Aisla vorsichtig auf den Weg nach unten. Ihr Herz raste bei jedem Schritt. Wenn sie Glück hatte, würde keiner da sein. Sie wollte weder Makenna noch Julien oder Niall oder sonst irgendjemanden sehen.

»Sei tapfer«, sagte sie zu sich selbst und betrat das Frühstückszimmer. Erleichtert stellte sie fest, dass die breiten, unverkennbaren Schultern ihres Ehemanns nicht zu sehen waren. Es waren jedoch zwei weitere Leute anwesend, die aufschauten, als sie eintrat. Julien erhob sich mit unbewegter Miene, und aller Mut verließ sie, weil das übliche Lächeln fehlte. Die Lage musste wirklich schlimm sein, wenn er ihr noch nicht vergeben hatte. Sie hatte sich bereits schlecht gefühlt, doch jetzt zwangen sie Schuldgefühle und demütigende Gedanken erneut fast in die Knie.

»Guten Morgen, Lady Maclaren«, begrüßte er sie mit einer angedeuteten Verbeugung.

»Bitte, Lord Leclerc, Sie brauchen meinetwegen doch nicht aufzustehen«, erwiderte sie und schlug unbewusst den gleichen übertrieben höflichen Ton an. »Guten Morgen, Makenna.«

»Wie geht es dir?«, fragte Makenna.

Aisla ließ sich auf einen Stuhl fallen und beobachtete mit einem nicht geringen Maß an Übelkeit, wie Julien einem Lakaien bedeutete, seinen kaum geleerten Teller nachzufüllen. Sie hatte den Verdacht, dass das als Folter für sie gedacht war. Der Schuft. »Ich bin von durchgehenden Pferden mitgeschleift worden, Elefanten sind auf mir herumgetrampelt, und dann bin ich auf einem Feld liegen gelassen worden, wo gerade eine Rotte Wildscheine nach Futter suchte.«

Makenna lachte, und Aisla zuckte bei dem Geräusch zusammen. »So schlimm?«

»Schlimmer, als du dir wahrscheinlich vorstellen kannst.«

»Du hast das und noch mehr verdient«, erklärte Julien und schob sich mit der Gabel glibberiges Spiegelei in den Mund. Aisla schloss die Augen.

»Schsch, Julien«, tadelte Makenna ihn leise. »Sie sehen doch, dass es ihr schlecht geht. So ein Leiden ist Strafe genug.«

Aisla schlug die Augen wieder auf. Sie sah Makennas sanftes Lächeln und holte tief Luft. Es war ihr nicht entgangen, dass Makenna Julien mit seinem Vornamen angesprochen hatte, aber das war nichts, weswegen man Aufhebens machen müsste. Sie schuldete ihrer Schwägerin eine Entschuldigung. »Es tut mir leid, was ich gesagt habe, Makenna. Es war einfach unverzeihlich. Ich hatte nicht andeuten wollen, dass du hier bist, weil mit deiner Ehe etwas nicht stimmt, oder dass Maclaren ein höllischer Ort wäre ...«

Makenna hob eine Hand. »Sag nichts mehr, Aisla, wirklich. Es ist vergessen.«

»Und ich liebe Maclaren«, sprudelte es aus ihr heraus. »Und auch die Leute, die hier leben – meistens. Wärst du damals hier gewesen, wäre bestimmt alles anders gelaufen. Aber ich war so einsam, und Niall hatte seine Freunde, und ich hatte niemanden ...« Sie verstummte hilflos. »Ich war wütend.«

»Das verstehe ich, aber das brauchst du mir nicht zu sagen.« Makenna hielt inne, und ein bedrückter Ausdruck huschte über ihr Gesicht. »Oder sonst jemandem.«

»Doch«, wisperte Aisla. »Ich habe sehr verletzende Dinge gesagt.«

»Vielleicht, aber die Leute kennen dich. Sie werden wissen, dass du es nicht so gemeint hast.«

»Glaubst du?«, fragte sie mit leiser Stimme. Ihr war nicht ganz klar, wie die Leute sie kennen sollten, wenn sie doch schon so lange weg war. Damals hatte sie doch nicht nur ihren Ehemann verlassen, sondern auch den Clan. Wie sollten sie da gut von ihr denken? Und wann hatte sie angefangen, sich deswegen Gedanken zu machen?

»Aye, du wirst schon sehen. Meinst du etwa, mein Bruder hätte kein lockeres Mundwerk gehabt, als er noch ein Säufer war? Schon vor eurer Heirat hat er nie ein Blatt vor den Mund genommen.« Makenna schüttelte den Kopf und lächelte. »Und wenn du dir Gedanken machst, dass du gestern die Einzige warst, die für Aufregung gesorgt hat, dann solltest du wissen, dass es noch eine riesige Schlägerei gab, nachdem du schon weg warst. Ich glaube, auf Maclaren wird man sich mehr darüber das Maul zerreißen als über den Ausbruch einer angeheiterten Lady.«

Bei der Vorstellung schöpfte Aisla wieder Hoffnung. »Eine Schlägerei?«

»Aye, zwischen meinen nichtsnutzigen Brüdern Evan und Finlay und ein paar Campbells.«

Aisla erinnerte sich, was Dougal über die Spannungen zwischen den beiden Clans gesagt hatte. »Ich hoffe, dass dabei keiner zu schwer zu Schaden gekommen ist«, meinte sie.

Makenna tat diese Sorge mit einer wegwerfenden Handbewegung ab. »Es war nicht weiter schwer, die Campbells nach Hause zu komplimentieren, und meine Brüder haben ein paar blaue Flecken und Schürfwunden sowie Stoff für eine Geschichte, die im Laufe der Jahre immer weiter ausgeschmückt werden wird.« Sie warf Julien einen Blick zu. »Wir hatten überlegt, einen Spaziergang ins Dorf zu machen … wenn du Lust hast. Die frische Luft könnte dir guttun.«

»Kommt Niall auch mit?«, fragte Aisla, obwohl sie hoffte, dass es nicht der Fall war.

Sich bei Makenna zu entschuldigen oder ihrem Ehemann gegenüberzutreten, waren zwei verschiedene Paar Schuhe. Letzteres war viel zu beängstigend; vor allem, nachdem er sie entkleidet und gewaschen hatte! Ob er es wohl genossen hatte? Hatten seine

Berührungen verweilt, als er ihre entblößte Haut sah? Heiliger Himmel, sie hatte das Gefühl, in Flammen zu stehen. Ihr Busen spannte, und ihre Beine wurden ganz schwach.

Reiß dich zusammen. Du hast wahrscheinlich schlimmer als ein Misthaufen gestunken.

»Vorhin war er noch da, aber dann ist er zu den Minen los«, sagte Makenna. »Eine der Seilwinden ist gerissen, und du kennst ja Niall – er ist brillant, wenn es um die Entwicklung solcher Dinge geht.«

Aisla blinzelte, aber der kurze Gedanke, dass es mal wieder zu einem Vorfall in den Minen gekommen war, verschwand angesichts des zweiten Teils von Makennas Satz. »Ach ja?«

»Aye«, erklärte Makenna mit einem stolzen Lächeln. »Er ist ziemlich talentiert. Hast du gesehen, was er mit den Aufsätzen für seine linke Hand tun kann? Die hat er alle selbst entworfen.«

Aisla hatte den Haken und ein paar andere Aufsätze gesehen, aber ihr war nicht klar gewesen, dass sie seine eigene Idee gewesen waren. Erstaunt holte sie tief Luft. Makenna bemerkte es.

»Es ist wohl nicht weiter verwunderlich, dass du überrascht bist, wenn man bedenkt, dass er sein Talent erst vor ein paar Jahren entdeckt hat.« Sie tupfte sich die Lippen mit einer Serviette ab, ehe sie ihren Stuhl zurückschob und aufstand.

Julien erhob sich ebenfalls sofort aus Höflichkeit, doch er hatte noch einen vollen Mund, und die Serviette fiel ihm dabei vom Schoß. »Essen wir nicht erst zu Ende?«, fragte er, nachdem er alles heruntergeschluckt hatte.

»Sie sind der Einzige, Mylord, der Ewigkeiten beim Essen braucht. Wir treffen uns in der Stadt. Es sieht so aus, als bräuchte Aisla die frische Luft, die ich ihr versprochen habe.« Makenna warf Aisla ein verschmitztes Lächeln zu. »Bist du so weit?«

Aisla stand vor Dankbarkeit und Erleichterung etwas unbeholfen auf. Makenna hatte nicht nur gesagt, dass sie Aisla die schrecklichen Dinge vergab, die sie gestern von sich gegeben hatte. Sie vergab ihr tatsächlich. Julien verabschiedete sich von ihnen und versprach, im Dorf zu ihnen zu stoßen.

Der Weg zu der Ansammlung von Geschäften, Läden und sogar ein paar Wohnhäusern im Dorf war nicht weit. Der Ort war gerade so weit entfernt, dass Tarben Castle hinter der Anhöhe verschwand, die sie hochgewandert waren, und die Türme von Maclaren im Osten in Sicht kamen. Aisla war zwar schon im Ort gewesen, hatte sich aber nicht die Zeit genommen, alles genau in Augenschein zu nehmen. Sie war viel zu beschäftigt damit gewesen, von Laden zu Laden zu eilen, um Sachen zu finden, die sie nach Tarben Castle schicken konnte, um ihrem Ehemann vielleicht die Geduld und den letzten Nerv zu rauben. Doch dieses Mal war sie ruhig, fast schon entspannt, als sie zusammen mit Makenna die Hauptstraße des Ortes entlangging. Sie fühlte sich jetzt viel besser als vorhin, als sie sich zu Julien und Makenna gesetzt hatte, und mit jetzt klarem Kopf nahm sie sich die Zeit, sich wirklich alles genau anzuschauen.

Die Straßen wirkten sauber, die Fronten der Läden schlicht, aber gepflegt. Männer und Frauen liefen auf den Straßen und gingen ihren Verrichtungen nach, wobei einige damit beschäftigt waren, eine Schar von Kindern davon abzuhalten, Unsinn zu machen. Aisla hörte das gleichmäßige Hämmern eines Schmieds, und der Hefegeruch von frisch gebackenem Brot hing in der Luft. Ein Paar, das eine nahe gelegene Wirtschaft betrat, zog ihre Aufmerksamkeit auf sich, und sie blinzelte, als sie die beiden etwas verspätet erkannte. Es waren Fenella und ein breitschultriger Mann, den sie nur von hinten sah, der Aisla aber an Dougal Buchanan erinnerte. Sie waren jedoch im Innern des Gebäudes verschwunden, ehe Aisla sie genauer in Augenschein nehmen konnte. Aber eigentlich konnte er es doch gar nicht sein. Dougal war verlobt. Und was hatte er mit Fenella zu schaffen?

Sie schüttelte den Kopf. Das ging sie nichts an, und sie brauchte sich auch keine Gedanken darüber zu machen, wer mit wem Bekanntschaften pflegte. Aisla wandte sich wieder ihrer Begleiterin zu.

»Ich erinnere mich gar nicht daran, dass der Ort so hübsch ist«, sagte sie, während Makenna ein paar Frauen zuwinkte, die mit vollen Brotkörben vorbeigingen.

»Weil er es nicht immer war«, erwiderte sie. »In meiner Kindheit und Jugend war es meistens nur ein Schlammloch.«

»Was hat sich geändert?«, fragte Aisla.

»Vor ein paar Jahren ist ein Entwässerungskanal im Norden des Ortes gebaut worden, um das Wasser umzuleiten, das bei Überflutungen immer mitten durch den Ort lief. Jetzt bleibt's hier immer schön trocken.«

»Ein Entwässerungskanal? Wessen Idee war das denn?«

Aber sie wusste es bereits.

Makenna sah sie an und lächelte verschmitzt. »Ich hab dir ja erzählt, dass er talentiert ist. Er hat ein Händchen für Neuerungen und Entwicklungen.«

Niall.

»Und weil die Minen so einträglich sind, profitieren wohl auch alle auf Maclaren und Tarbendale in irgendeiner Weise davon«, fuhr Makenna fort.

Und das hatte man alles Aislas Ehemann zu verdanken. Niall hatte die Minen aufgebaut und den Ort verschönert. Er hatte so viel verändert. Sich selbst eingeschlossen. Wieder spürte sie ein warmes Gefühl von Stolz angesichts der Dinge, die er erreicht hatte, auch wenn sie mit all dem nichts zu tun hatte. Oder vielleicht doch. Schließlich hatte er seine vielen Talente erst entdeckt, nachdem sie weg gewesen war. Vielleicht hatte er nur etwas gebraucht, auf das er sich konzentrieren musste.

»Er hat so viel aus sich gemacht«, flüsterte sie.

»Aye«, erwiderte Makenna, sie klang jedoch zögerlich, als wollte sie eigentlich noch mehr sagen.

»Was ist denn?«, wollte Aisla wissen.

Ihre Schwägerin seufzte. »Ach, er hat zwar viel aus sich gemacht, aber er ist nie zufrieden, kommt nie zur Ruhe. Ich sehe ihn ja nur ein paarmal im Jahr, aber meine Mutter macht sich regelmäßig Sorgen, weil Niall nicht wirklich glücklich ist.«

Aisla wusste nicht, was sie darauf erwidern sollte. Sie schätzte Niall auch so ein – dass er schwer arbeitete, sich aber nie die Zeit oder Muße nahm, zu genießen, was er geschafft hatte. Sie fragte sich, ob er vielleicht Angst hatte, sich auszuruhen, weil er befürchtete, dass er dann wieder in seine alte, ungeordnete Lebensweise verfiele. Sie wusste, dass sie in Paris auch immer wieder dieses Gefühl gehabt hatte – je mehr Bälle, Soireen und Dinnereinladungen sie besuchte, desto weniger versank sie in Bedauern und dachte über die Scherben ihrer Vergangenheit nach.

»Er wirkt zufrieden«, meinte Aisla zurückhaltend.

Makenna blickte zu den Wolken hoch, die wattige Flecken an einem stahlgrauen Himmel bildeten. Sie runzelte die Stirn, während ihr Blick weiter am Himmel hing, aber in noch viel größere Ferne gerückt schien. »Menschen können mit der Zeit ziemlich gut im Verstellen werden.«

Aisla griff nach ihrem Handgelenk, und Makenna sah sie wieder an. »Gibt es da etwas Wichtiges?«

Makennas nachdenklicher Gesichtsausdruck verschwand, und sie lächelte. »Ach, ich mache mir nur Sorgen um meinen kleinen Bruder. Komm, da ist ein Laden, der dir gefallen könnte.«

Sie führte Aisla über die Straße in einen kleinen Laden, der mit funkelndem Schmuck und kleinen Nippesfiguren gefüllt war. Die Sonnenstrahlen gingen durch die Stücke, die im Fenster ausgestellt waren, und schufen im Innern des Ladens ein Kaleidoskop aus warmen Bernsteinfarben.

»Oh, wie schön«, flüsterte Aisla. Sie hatte plötzlich einen Kloß im Hals und blieb abrupt stehen, nachdem sie über die Schwelle getreten war. Ihr Mund öffnete sich voll Ehrfurcht angesichts des herrlichen Anblicks, der sich ihr bot. Praktisch alles, was in den Regalen stand oder in Schaukästen ausgestellt wurde, bestand aus Topas – jenem Edelstein, den sie schon häufig in der Burg gesehen hatte – auf Schwertern und Schilden und an Makenna selbst. Die Brosche, die ihre Schwägerin vor einiger Zeit getragen hatte und die Aisla so bewundert hatte, musste aus diesem Laden stammen.

Es gab von allem etwas: Halsketten, Armreife, Ohrringe und alle möglichen kleinen Figuren.

»Das ist alles einfach atemberaubend«, sagte sie und griff nach einem Papierbeschwerer aus geblasenem Glas, der die Form eines Habichts hatte. Die Augen, der Schnabel und viele der Federn waren fein geschliffene Stücke aus gelbem Topas.

»Danke, Mylady«, sagte ein älterer Herr, der aus einem Hinterzimmer kam. »Die Edelsteine werden hier auf Tarbendale gefördert.«

Sie stellte den Habicht wieder zurück und wurde als Nächstes von mehreren Armbändern angezogen. Die Edelsteine, die eingesetzt worden waren, wiesen alle unterschiedliche Größen und Formen auf und einen etwas anderen Farbton. Einer war rein gelb, ein anderer sah wie marmorierter Bernstein aus, und ein dritter hatte die Farbe von dunklem Rum. Alle waren in feinstes Gold und Silber gefasst.

»Ich dachte mir, dass dir der Laden gefallen würde«, meinte Makenna, während sie langsam durch den Raum schlenderten.

Aisla blieb stehen, um Tiere aus mundgeblasenem Glas zu bewundern, die auf einem Regal standen und alle in irgendeiner Form mit Topasen verziert waren – ein Bär mit einer Schnauze und Klauen aus Juwelen, ein Elch mit schimmernden Geweihspitzen und das schönste Objekt: ein Wolf mit einem Topasherz, das in der glasklaren Brust des Tiers zu erkennen war.

»Die müssen alle vom selben Künstler angefertigt worden sein«, meinte Aisla und ging weiter zu einer Sammlung von mit Topasen verzierten Silberkelchen.

»Aber ja, Mylady, natürlich. Der L…«

»Aisla, komm her und sieh dir das an.«

Sie warf Makenna einen Blick zu. Es überraschte sie, dass ihre Schwägerin den Ladenbesitzer unterbrochen hatte, aber ihre Neugier ließ sie der aufgeregten Stimme folgen. Als sie an Makennas Seite trat, verstand sie, was deren Gefühlsausbruch hervorgerufen hatte.

Ohne darüber nachzudenken, griffen ihre Hände nach dem ersten einer ganzen Sammlung von mit Juwelen besetzten Wurfmessern. Sie lagen in einer langen Holzlade auf tiefschwarzem Samt, der die Klarheit der ins Heft der Messer eingesetzten Topase noch hervorhob. Jedes Messer wies eine andere Verzierung oder Heftform auf… manche Griffe waren elegant geschwungen, während andere erhabener und robuster wirkten. Die Klingen waren auf Hochglanz poliert und mit einem Wetzstein gefährlich scharf geschliffen. Alle waren mit glitzernden Topasen besetzt. Als sie das erste Messer in die Hand nahm, konnte sie dessen Wertigkeit spüren – die Balance zwischen Klinge und Heft.

»Die sind… nun ja, sie sind einfach…« Aisla fehlten die Worte. Sie nur als schön zu bezeichnen, würde den Messern nicht gerecht werden.

»Ist etwas dabei, das du gern kaufen würdest?«, fragte Makenna.

Aisla lachte, legte das erste Messer zurück und nahm ein anderes, das ihren Blick auf sich gezogen hatte. Es bestand aus glänzend poliertem Silber, und der eingelegte Topas bildete den Umriss eines zerklüfteten Bergs nach. Er sah fast wie der Berg aus, der sich hinter der Festung Montgomery erhob, wo sie aufgewachsen war.

»Ja«, sagte sie, während sie das Messer voller Bewunderung anschaute und sich schon darauf freute, wenn sie das erste Mal die Gelegenheit bekäme, damit zu werfen. »Auf jeden Fall. Das ist alles hervorragende Handwerkskunst. Solche Stücke sollten in einem Museum ausgestellt werden. Unfassbar, ich glaube, ich habe in Paris nicht einen einzigen Juwelier gesehen, der sich damit messen könnte. Bitte, sag mir, wer fertigt diese Dinge?«

»Ein Einsiedler, man glaubt es kaum.« Makenna nahm Aisla das Messer vorsichtig ab und reichte es dem Ladenbesitzer mit einem verschmitzten Grinsen. »Bitte packen Sie es für Ihre Ladyschaft ein und lassen Sie es auf den Laird anschreiben.«

Der Mann wirkte kurz verwirrt, verbeugte sich dann aber und griff nach dem Messer.

»Ach nein. Das ist nicht nötig«, sagte Aisla, deren Magen sich bei der Vorstellung zusammenzog, noch eine Rechnung nach Tarben Castle schicken zu lassen. »Ich werde es jetzt bezahlen. Und den Wolf da drüben nehme ich auch.« Mit einem Lächeln hielt sie inne. »Und das geflochtene Armband auch.«

Makenna runzelte die Stirn. »Aber …«

»Ich bestehe darauf«, sagte sie, denn sie wollte es nicht erklären. Sie hätte auch gar nicht gewusst, wie. Erst gestern hatte Niall ihr vergeben und sie ihm für vergangene Taten. Und es waren noch mehr Entschuldigungen fällig, nachdem sie gesehen hatte, was sonst noch alles von ihm unternommen worden war. Es würde sich einfach nicht richtig anfühlen, das Messer auf seine Kosten zu kaufen – und den Wolf. Nun, sie würde erst noch sehen, was sie damit machte und ob überhaupt, wenn der Moment gekommen war. Aber etwas an der Figur erinnerte sie an Niall. Das Armband war jedoch ein spontaner Kauf.

»Bitte, lassen Sie das zur Burg liefern«, sagte sie, während sie dem Ladenbesitzer dabei zusah, wie er mit unendlicher Sorgfalt den Glaswolf einpackte. Ihr Herz fühlte sich an wie ein Vogel, der in ihrer Brust gefangen war. Sie würde sich bei Niall bedanken, dachte sie bei sich. Weil *er* sich um sie gekümmert hatte. Heiße Röte stieg ihr ins Gesicht, und sie atmete etwas zittrig durch, während sie hoffte, dass Makenna ihr Erröten nicht bemerkt hatte.

»Das Messer nehme ich gleich mit, und das Armband werde ich anlegen. Danke schön.«

Nachdem sie das Armband um ihr Handgelenk gelegt und befestigt hatte, bewunderte sie die schlichte Schönheit des Schmucks. Die Topase schimmerten und waren zu beiden Seiten von herrlichen blauen Steinen und dem geflochtenen Metall umrahmt.

»Was sind das für Steine?«

Der Ladenbesitzer richtete den Blick auf das Armband. »Das sind Apatiten von den Westlichen Inseln.«

Es war so ein schönes Armband, und das Blau der Steine erinnerte sie selbstverständlich gar nicht an Nialls Augen. Sie bezahlte den Mann und steckte das Messer ein. Als sie den Laden verließ, fühlte sie sich besser – als wäre ihre Vernunft zurückgekehrt. Sie wusste nicht recht, ob es an der seltsamen Schönheit lag, die dem Laden innewohnte, oder an dem Bewusstsein, dass die Minen ihres Ehemanns die herrlichen Steine zutage gefördert hatten. Vielleicht lag es aber auch einfach daran, dieses atemberaubende neue Wurfmesser in der Tasche zu haben. Der Ort, der zu Maclaren gehörte, gefiel ihr ausgesprochen gut, und das ließ das, was sie gestern von sich gegeben hatte, noch schwerwiegender erscheinen.

Sie hasste weder den Ort noch die Menschen, die hier lebten, und ihn auch nicht. Weit gefehlt. Dieses Wissen lag ihr wie ein Stein im Magen. Es schien, als wäre Zeit schlimmer als alles andere. Sie heilte nicht nur Wunden, sondern brachte einen auch dazu, von Möglichkeiten zu träumen.

Diesem Trugschluss durfte sie nicht zum Opfer fallen, wenn sie Schottland mit unversehrtem Herz wieder verlassen wollte.

Kapitel 15

Die nächste Woche verging wie im Flug, und Niall konnte sich nicht erinnern, je erschöpfter gewesen zu sein. Sie hatten in einer der älteren Minen eine weitere Ader entdeckt, die übersehen worden war. Das war purer Zufall gewesen und durch die Reparatur an der Seilwinde passiert. Allem Anschein nach versprach dieses Vorkommen eine deutlich größere Ausbeute als alle anderen zuvor entdeckten Adern. Das mit der Seilwinde war jedoch eine andere Sache; denn obwohl er nichts beweisen konnte, schienen die Seile durchgeschnitten worden zu sein und waren nicht durch Abnutzung gerissen. Wieder einmal ließ alles einen bewusst herbeigeführten, bösartigen Akt vermuten.

Durch die Arbeit an der neuen Ader, wegen des unseligen Vorfalls und weil er auch alles andere im Auge behalten musste, war er die ganze Zeit beschäftigt. Das bedeutete, dass Niall den größten Teil des Tages in den Minen bei seinen Leuten verbrachte, während er am Abend vor Erschöpfung ganz benommen war. Er fühlte sich etwas schuldig, weil er nicht versucht hatte, bei seiner Ehefrau weiter voranzukommen, aber sie schien damit zufrieden, ihre Tage mit Makenna zu verbringen. Er wunderte sich zwar über den langen Besuch seiner Schwester, war aber überaus froh und dankbar, dass Aisla dadurch Gesellschaft hatte. Die beiden hingen in letzter Zeit wie die Kletten aneinander.

»Was machst du eigentlich den ganzen Tag mit Makenna?«,

hatte er Aisla eines Abends gefragt, als er spät und völlig verdreckt nach Hause gekommen war. Sie hatte nur einen Blick auf ihn geworfen und schon nach einem Bad für ihn geklingelt. Früher wäre er wahrscheinlich, dreckig wie er war, einfach ins Bett gefallen, aber es war schon … schön, jemanden zu haben, der sich um sein Wohlergehen kümmerte.

»Bleib«, hatte er gesagt, als sie, nachdem sein Bad vorbereitet worden war, hatte gehen wollen. Niall hatte nicht widerstehen können, sie zu necken. »Ich habe dich schließlich letztens nackt gesehen. Da ist es nur fair, wenn ich den Gefallen erwidere.«

Sie war knallrot angelaufen, aber nicht gegangen. »Wie du möchtest.«

Seine Dummheit, den Abend zu erwähnen, als er Aisla in ihr Zimmer zurückgebracht hatte, war wirklich nicht zu überbieten gewesen. Aber nicht ihretwegen, sondern seinetwegen, denn ab dem Moment hatte er nur noch an ihre seidige Haut und die rosigen Spitzen ihrer Brüste denken können – und wie sehr es ihn danach verlangt hatte, sie in den Mund zu nehmen, obwohl sie bewusstlos war. Es war keiner seiner besten Momente gewesen, musste er eingestehen, doch die Frau raubte ihm einfach den Verstand. Er war nur unter größten Schwierigkeiten in der Lage gewesen, die Haut ihres prächtigen Oberkörpers zu säubern. Er hatte gezittert, als er endlich fertig war. Damit hatte er sich wohl das Recht verdient, als Heiliger angesehen zu werden.

»Du und Makenna … worüber redet ihr beiden?«, hatte er gefragt.

»Wir reden über Tarbendale«, hatte sie erwidert. »Und was du hier gemacht hast. Sie ist sehr stolz auf dich, musst du wissen.«

Er war nicht in der Lage gewesen, sein Unbehagen zu verbergen. »Aye, ich weiß.«

»Du solltest das auch sein.«

»Das bin ich auch, aber es gibt noch so viel mehr zu tun«, sagte er. »Es wird noch Jahre dauern, ehe das Land anfängt, so viel Gewinn abzuwerfen, dass davon nicht alles in die Minen fließt. Und dann schulde ich Ronan auch noch eine stattliche Summe. Er hat mir das Geld geliehen, damit ich anfangs die Ausrüstung kaufen konnte, die man für den Bergbau benötigt.«

Aisla hatte einen Moment lang geschwiegen und ihn nur angesehen, während sie sich auf die Unterlippe biss. Es hatte so gewirkt, als wollte sie noch etwas sagen, aber dann war sie zu einem anderen Thema übergegangen.

»Ich bin bei dem Schmuckladen in der Stadt gewesen … der mit den ganzen Topasen aus deinen Minen«, war sie plötzlich herausgeplatzt. »Alle Stücke, die er dort liegen hat, sind so schön. Die könnte man auch in Paris ausstellen. Ich habe meinen Freundinnen geschrieben, ob sie vielleicht interessiert wären, welche zu kaufen, um sie zu zeigen.«

Niall war völlig verblüfft gewesen. »Um sie zu zeigen?«

»Ja, es sind atemberaubende Arbeiten. Sieh dir das hier an«, hatte sie gesagt und ihm das filigrane Armband mit den eingelegten Topasen und Apatiten gezeigt, das sie trug. »Wer immer das entworfen hat, besitzt ein ganz außergewöhnliches Talent.« Sie errötete und stockte, als sie seine Miene sah. »Ich hoffe, ich bin nicht zu weit gegangen.«

Er hatte den Kopf geschüttelt und war nicht nur von ihrer Güte, sondern auch vom Anblick des Armbands an ihrem zarten Handgelenk verblüfft gewesen. Doch dann war sein Kammerdiener Dunkirk hereingekommen, und sie hatten ihre Unterhaltung beendet. Ihr Geständnis hatte ihn jedoch noch tagelang mit Wärme erfüllt.

Selbst jetzt, als er vor der Mine ein Sieb mit Steinen und Geröll sichtete, konnte er nicht verhindern, dass sich seine Gedanken wieder um sie drehten. Der alte Zorn, den er wegen Dougal Buchanan verspürt hatte, war fast gänzlich verschwunden. War das etwas, das durch Verzeihen hervorgebracht wurde? Befreite es einen Menschen derart vollkommen? Er wusste nur, dass er sich so leicht fühlte wie schon seit Jahren nicht mehr.

»Laird, Laird!«, brüllte ein Mann, und als Niall aufschaute, sah er seinen Vormann mit schweißüberströmtem Gesicht auf sich zu rennen.

»Was ist, William? Wieder ein Einsturz?«

Den Verlust einer weiteren Mine konnten sie sich nicht leisten. Der letzte Einsturz vor ein paar Tagen war verheerend gewesen, denn es war nicht nur finanziell eine Katastrophe, sondern sie hatten auch Tote beklagen müssen. An jenem Tag hatte er drei gute Männer verloren – Männer, deren Verlust er sich nicht leisten konnte. Nach den durchtrennten Tauen der Seilwinde wurde Niall das Gefühl nicht los, dass hinter dem Unglück, das sie in letzter Zeit verfolgte, mehr steckte. William hatte dieses Mal nicht nur gelockerte Balken entdeckt, sondern auch das abgerissene Stück eines Kilts. Es waren die Farben der Campbells gewesen und der Beweis, dass die Vorfälle in der letzten Zeit nicht allein auf Pech zurückzuführen waren. Jemand wollte, dass er und Tarbendale scheiterten. Es war zwar nicht viel, aber er hatte den Fetzen zu Ronan gebracht. So hatte er zumindest etwas, das er den Campbells als Beweis zeigen konnte.

»Nein, mein Laird. Es geht um meine Frau – Fiona. Das Baby kommt.«

Niall runzelte die Stirn, denn er wusste, dass das Baby eigentlich erst in ein paar Wochen erwartet wurde. »Ein bisschen früh, nicht wahr?«

»Aye«, gab sein Vormann mit erstickter Stimme zurück. »Und die Hebamme besucht gerade ihre Schwester in Inverness, Laird.«

Es war der denkbar ungünstigste Zeitpunkt für die Abwesenheit der Hebamme, doch daran ließ sich jetzt nichts ändern. »Was ist mit der Hebamme von Maclaren?«

»Wir haben nach ihr geschickt, aber sie ist gerade bei den MacLeods, um deren Babys zu untersuchen. Bis zu ihrer Rückkehr wird es Stunden dauern, und Fiona … sie hat so große Schmerzen.«

Niall kam hoch und klopfte sich den Staub von seinem Kilt. Er rief nach seinem Pferd. »Ich weiß jemanden, der vielleicht helfen kann.«

Er hoffte es zumindest.

Er galoppierte zur Burg zurück, als wäre der Teufel hinter ihm her. »Wo ist meine Frau?«, wollte er von einem Diener wissen.

»Auf der Galerie, Laird.«

Er spürte sie sofort auf, blieb aber in der Tür stehen, als er sie und ihre Zofe sah, die zwei Diener beim Aufhängen eines Gemäldes beaufsichtigten. Es handelte sich um eine Landschaft, wie er mit einiger Erleichterung feststellte. Ihre Blicke begegneten sich, und er setzte sich wieder in Bewegung. »Ich brauche deine Hilfe. Bei einer Geburt.«

»Bei einer Geburt?«

»Die Frau meines Vorarbeiters liegt in den Wehen, und es ist keine Hebamme da, die ihr helfen könnte.« Er verstummte und bemerkte, wie bleich sie plötzlich wurde. »Du hast doch deiner Mutter, Lady Glenross, bei den Geburten auf Montgomery immer geholfen.«

»Ich half meiner Mutter, indem ich Wasser gekocht habe«, sagte sie mit weit aufgerissenen Augen. »Ich habe frische Tücher geholt … solche Sachen.«

»Aye, und wie viele Male hast du sie begleitet?«

»Ich weiß nicht. Dutzende Male wohl. Aber Niall …«

»Wir haben hier niemanden mit dem Wissen, das du besitzt, Aisla.« Er atmete krampfhaft ein. »Bitte, ich brauche dich.«

Niall errötete. So hatte er es nicht sagen wollen. Er wollte nicht in irgendeiner Weise in ihrer Schuld stehen, aber die Worte waren ihm einfach so herausgerutscht.

Doch die Verwandlung kam sofort. Aisla richtete sich kerzengerade auf und nickte ihrer Zofe zu. »Pauline, hol so viele frische Tücher, wie du tragen kannst, und was du sonst findest, was man brauchen könnte.«

Niall ging sofort mit ihr zu seinem Pferd und befahl einem seiner Männer, Pauline zu begleiten, sobald sie fertig war. Eigentlich hätte er es nicht so sehr genießen sollen, als seine Frau ihre Arme fest um seinen Körper schlang – doch er tat es nichtsdestotrotz. Der Ritt zum Haus seines Vorarbeiters war viel zu kurz.

Sie betraten das Cottage, und sofort wurde Aisla zu einer anderen. Sie zeigte nicht mehr den Hauch der Ängstlichkeit, die man ihr auf der Burg angemerkt hatte. »Es ist viel zu heiß hier drin«, erklärte sie. »Öffne die Fenster, damit frische Luft hereinkommt. Mach Wasser heiß und schaff uns Platz.«

Fiona, die Frau des Vorarbeiters, saß mit mehreren Kissen im Rücken im Bett. Ihr Gesicht war rot und verzerrt. Feuchte Strähnen klebten an ihrer Haut. »Wie lange hast du schon Wehen?«, fragte Aisla sanft.

»Seit heute früh, Mylady.«

Zu Pauline, die gerade mit einem ganzen Arm voller Tücher hereinkam, sagte sie: »Zieh so viel vom nassen Bettzeug ab, wie du kannst.« Mit einem beruhigenden Lächeln wandte sie sich wieder der Frau zu. »Versuch aufzustehen. Wenn du gehst, lindert das den Druck. Da ist kein Blut und somit auch keine Gefahr. Dein Baby will nur bald kommen. Das ist alles.«

Niall schluckte. Er beobachtete sie dabei, wie sie Befehle gab. Die Ruhe, die sie ausstrahlte, täuschte über die Angst hinweg, die er in ihren Augen sah. Aber sie hielt sich tapfer, tat alles, was in ihrer Macht stand, um die junge Frau zu beruhigen und dafür zu sorgen, dass diese sich aufgehoben fühlte. Als die Wehen in kürzeren Abständen kamen, hieß Aisla sie, sich wieder aufs Bett zu legen. Ihre Hände lagen mit sanftem Druck auf dem aufgeblähten

Bauch, während sie immer wieder zwischen die gespreizten Beine schaute. Niall entging nicht der angstvolle Ausdruck, der trotz ihrer äußeren Ruhe plötzlich über ihr Gesicht huschte.

»Was ist los?«

»Es hat sich nicht gedreht«, flüsterte sie. »Babys werden mit dem Kopf zuerst geboren. Bei diesem kommen die Füße zuerst. Die Beine werden brechen.« Sie unterdrückte ein Schluchzen. »Ich weiß nicht, was ich tun soll.«

»Was würde deine Mutter tun? Was würde Catriona tun, Aisla?« Er sah, wie sich der Nebel der Furcht lichtete.

»Sie würde es herauslenken.«

Niall küsste sie auf die Stirn. »Du kannst das. Ich weiß, dass du das kannst.«

Sie kam hoch, um sich die Hände gründlich mit heißem Wasser zu waschen. Ihr schönes Gesicht war ganz weiß, ehe sie sich wieder zu Füßen der klagenden Frau hinsetzte. Niall konnte nicht sehen, was sie unter dem Laken tat, aber die Schreie der Frau waren schrecklich, während Aisla versuchte, dem Baby zu helfen.

»Da ist der eine Fuß und jetzt auch der andere«, sagte Aisla. »Jetzt press.«

Ein weiterer durchdringender Schrei hallte durch die Hütte. »Ich hab jetzt beide Arme. Jetzt noch die Schultern. Das ist zwar nicht leicht, aber du schaffst das. Drück, Fiona, drück.«

Ein letzter Schrei ertönte, und schon hatte Aisla ein blutiges, aber brüllendes Neugeborenes im Arm. Sie schlug das Baby – ein Mädchen – in ein Tuch ein, das Pauline ihr reichte. Dann reichte sie das Bündel an die erschöpfte Mutter weiter, die es sich an die Brust legte, und kümmerte sich dann schnell um die Nachgeburt.

»Ach, Mylady«, sagte die Frau des Vorarbeiters mit leiser und doch froher Stimme, »sie ist so schön. Danke, Mylady, danke.«

»Es war mir eine Freude.«

Niall sah Aisla an, und sie schenkte ihm ein blasses Lächeln.

Er wartete, bis sie alles erledigt hatte, ehe er sie schließlich vor sich aufs Pferd setzte und mit seinen Armen umschlang. In diesem einen Moment verlor sie ihre ganze Selbstbeherrschung und brach schluchzend an seiner Brust zusammen. Niall ließ sie weinen, während er nach Tarben Castle zurückritt. Es war eine überwältigende emotionale Erfahrung gewesen. Auch für ihn.

Niall hatte Aisla in sein Zimmer getragen, als sie Tarben Castle erreicht hatten. Sobald Pauline ihrer Herrin beim Bad geholfen und das Zimmer verlassen hatte, kam Niall herein und reichte Aisla ein Glas mit aufgewärmtem Brandy, als sie sich in einen der Sessel vor dem Kamin setzte. Er hatte ebenfalls gebadet und die Kleidung gewechselt. »Trink das hier.«

»Ich will keinen Alkohol.

»Es hilft dir, dich zu beruhigen. Glaub mir.« Gehorsam nahm sie einen Schluck. »Du warst unglaublich, Aisla.«

»Ich hatte schreckliche Angst.«

»Die Aisla, die ich kenne, hat vor nichts Angst. Du warst wie eine Naturgewalt. Dir ist klar, dass du der Frau und dem Kind das Leben gerettet hast, oder?«

Sie antwortete nicht. Er hockte sich neben ihr hin und beobachtete, wie der Schein des Kaminfeuers ihr Gesicht und die trocknenden Locken erhellte. Sie hatte nie schöner ausgesehen – oder verletzlicher. »Hast du sie gesehen?«, fragte sie nach einer Weile leise. »Sie war vollkommen. Zehn Finger, zehn Zehen und ein wie eine Rosenblüte geformter Mund. Sie war das Schönste, was ich je gesehen habe.«

»Aye«, sagte er.

»Danke für dein Vertrauen«, sagte sie mit einem gewinnenden Lächeln. Sie griff nach einem Paket, das Pauline vorhin geholt hatte und nun auf dem Tisch neben ihrem Sessel lag. »Ich habe was für dich.«

»Für mich?«

»Ja, ich habe es beim Juwelier im Ort entdeckt, und es hat mich an dich erinnert.«

Mit dem Gefühl, nicht mehr richtig atmen zu können, wickelte er das Paket ganz vorsichtig aus. Er erkannte die Figur sofort, als er den Glaswolf in der Hand hielt. Er war einer seiner Lieblingsstücke gewesen.

»Gefällt er dir?«

»Sehr.«

»Er ist wirklich bemerkenswert. Makenna hat mir erzählt, ein Einsiedler hätte ihn geschaffen.«

Niall holte tief Luft, während seine Finger über die Flanke des Tiers strichen. Eigentlich wollte er ihr nicht die Wahrheit sagen, aber es schien ihm ein unpassender Moment zu sein, noch mehr Geheimnisse vor ihr zu haben. Solche Momente waren selten. Er setzte ein Lächeln auf. »In den letzten sechs Jahren bin ich wohl so etwas wie ein Einsiedler geworden.«

Es dauerte eine volle Minute, bis ihr klar wurde, was seine Worte bedeuteten. Sie riss die Augen auf. »Du hast ihn gemacht?«

»Aye.«

»Und all die anderen Stücke?«, fragte sie fassungslos. »Die Schmuckstücke? Die Messer?«

»Nicht alle Ringe und Anhänger, aber die Messer schon.«

Ihr Mund klappte auf, und dann wurde sie rot, als sie auch schon nach dem Wolf greifen wollte. »Gib ihn mir zurück. Es ist lächerlich, dir etwas zu schenken, das du selbst gemacht hast. Du bist der Künstler.«

»Nein«, sagte er und nahm die Hand hoch, sodass sie nicht an den Wolf herankam. »Es war ein Geschenk.«

»Ich besorge etwas anderes für dich.«

»Aisla«, erklärte er mit ruhiger Stimme. »Es ist perfekt. Du hättest nichts auswählen können, was mir mehr bedeutet.«

Dass ihr der Wolf so gut gefallen hatte, ihn zu kaufen, machte ihn glücklich, aber dass sie ihm etwas hatte schenken wollen – egal, was –, gab ihm das Gefühl, dass er ihr wichtig wäre, dass sie ihn sogar schätzte, und das war etwas völlig Unerwartetes.

Sie fing an, zu lachen, und dieser Klang ließ Freude in seinem Herzen erblühen, so dass er einen Moment lang ebenfalls lachen wollte. Ihr bewundernder Blick war fast zu viel für ihn, doch nur allzu bald verzogen sich ihre Lippen, und ein trauriger Ausdruck trat in ihren Blick. »Was ist denn?«, fragte er.

»Ich habe das Gefühl, als würde ich dich gar nicht mehr kennen«, meinte sie nach langem Schweigen. »Der Mann, den ich kannte, hätte all das nicht getan. Er hätte kein Bergwerk eröffnet oder versehrte Männer und Witwen eingestellt. Er hätte sich nicht die Zeit genommen, so wunderschöne Kunstwerke zu erschaffen.«

»Du hast recht – das hätte er nicht«, sagte er. »Aber ich bin nicht mehr dieser Mann, Aisla. Als ich dich verloren hatte, wollte ich mich ändern. Ich wollte dir den Mann geben, den du verdienst.«

Und das wollte er immer noch, musste er sich eingestehen.

Mit leerem Blick sah er in die Flammen im Kamin. Alles hatte sich geändert. Seine Rachepläne, ihre wohlverdiente Strafe, die Wette – einfach alles. All das spielte jetzt keine Rolle mehr. Er verspürte nicht mehr diesen überwältigenden Drang, sie zu bestrafen, ihre Meinung zu ändern oder sie dazu zu bringen, dass sie es bedauerte, ihn verlassen zu haben. Er fühlte sich nur … leer.

Er räusperte sich und wollte aufstehen, doch Aislas schmale Hand auf seiner Schulter hinderte ihn daran. Ihre Augen waren ganz hell. »Bleib«, flüsterte sie.

»Warum?«

»Weil ich es möchte.«

Die kühnen, herzzerreißenden Worte waren heraus, ehe sie sie zurückhalten konnte. Aber Aisla wusste, dass sie ihn tatsächlich nicht gehen lassen wollte. Sie wollte die Wärme nicht verlieren, die sie sich lebendiger als seit Jahren fühlen ließ. Sie glitt aus ihrem Sessel, kniete sich vor ihn hin und schaute in diese blauen Augen der Maclarens, die wie dunkles Indigo im Feuerschein glänzten. Sie würde nicht an morgen denken. Sie hatten jetzt diesen einen Moment.

Sie hob beide Hände und umfasste damit sein Gesicht. »Ich will diesen Mann kennenlernen.«

»Was sagst du da?«

»Du weißt es.« Sie konnte nichts gegen die Röte tun, die ihr plötzlich in die Wangen stieg.

»Aisla ...«

»Denk jetzt nichts. Fühl einfach nur«, sagte sie, während sie an der Schleife zog, die ihr Nachthemd zusammenhielt. Innerhalb von Sekunden öffnete sich der Stoff über ihren Brüsten. »Bitte, Niall. Lass mich nicht betteln.«

Das tat er nicht. Er nahm ihre Lippen mit einem so leidenschaftlichen Kuss in Besitz, dass sie es bis in die Zehenspitzen spürte. Sie biss in seine Lippen und saugte an seiner Zunge, während er sie mit seinen Küssen verschlang, die zwischen liebevoll und wild wechselten. Sie packte seine Schultern, während er sie drehte und dann flach auf den Rücken auf den weichen Teppich vor dem Kamin legte. Er stützte sich mit einem Ellbogen neben ihr auf und fuhr mit einem Finger das Tal zwischen ihren Brüsten entlang.

»Hast du überhaupt eine Vorstellung davon, wie schön du bist?«, fragte er mit rauer Stimme.

»Du hast mich doch schon vorher gesehen, Niall«, erwiderte sie und wurde rot.

Er schüttelte den Kopf. »Nein, habe ich nicht. Doch, schon ... die Verheißung von Schönheit war da, aber nicht dies.« Mit einer einzigen Bewegung zog er ihr das Nachthemd vom Leib. Aisla stockte der Atem, doch der sinnliche, bewundernde Ausdruck in seinen Augen, als er ihren nackten Körper betrachtete, gab ihr wieder Mut.

Er senkte den Kopf, um eine der Spitzen ihres Busens in den Mund zu nehmen, sodass sie den Rücken vor Lust durchdrückte. Der anderen Brust ließ er die gleiche Aufmerksamkeit zukommen, und mittlerweile konnte Aisla überhaupt keinen klaren Gedanken mehr fassen. »Seit Wochen wollte ich das schon tun. Alles an dir ist einfach vollkommen.«

So benebelt sie auch war, begriff Aisla, dass seine Berührungen und seine Worte dazu geschaffen waren, ihr den Verstand zu rauben. Er war zwar immer ein guter Liebhaber gewesen, doch er hatte nie viel geredet dabei. Das war eine weitere Veränderung, die ihr an Niall gefiel.

»Was hat sich sonst noch verändert?«, keuchte sie, als sich sein Mund wieder auf ihren Busen drückte.

Er stützte das Kinn zwischen ihren nackten Brüsten auf und sah lächelnd zu ihr hoch. Dann besaß er doch tatsächlich auch noch die Frechheit, zu zwinkern. »Abgesehen von den beiden Hübschen hier?«

Seine offensichtliche Bewunderung ließ sie erröten. »Ja.«

»Nun, dann wollen wir mal schauen, ja?« Niall stieß ein verruchtes Lachen aus. Mit den Knöcheln strich er über die empfindsame Haut ihres Bauches. Seine Berührung löste einen Funkensturm aus. »Wenn ich mich recht entsinne, warst du kitzelig.« Sein Daumen strich unterhalb der letzten Rippe entlang, aber es entlockte ihr kein Lachen, als seine langen Finger sich weiter zu ihrem Hüftknochen bewegten. Forschend glitt seine Hand zu der zweiten Erhebung auf der anderen Seite ihres weichen Bauchs. »Und sehr empfindsam an dieser Stelle.«

Seine Stimme hatte einen heiseren Klang angenommen, als seine Hand über den zarten Flaum zwischen ihren Schenkeln strich. Aisla zuckte beinahe vor Erregung.

»Du hast noch viel zu viel an«, sagte sie und begann, ihm das weiche Hemd von den Schultern zu zerren.

Lachend kam er ihrem Wunsch nach und zog sich das Hemd über den Kopf. »Du bist wohl ungeduldig, hm?«

Aisla war viel zu sehr damit beschäftigt, voller Bewunderung die golden gebräunte, muskulöse Brust zu betrachten, um zu antworten. Gütiger Himmel, er sah einfach perfekt aus. Beim Anblick der glatten wohldefinierten Muskeln und der dunklen Locken, die sich zu einem Streifen verengten, lief ihr tatsächlich das Wasser im Mund zusammen. Der Streifen durchschnitt die vorgewölbten Muskeln an seinem Bauch und verschwand in seiner ledernden Hose. Sie wollte den Blick nicht weiter nach unten gleiten lassen … sie wollte jeden Moment, in dem es etwas zu entdecken gab, genießen.

Vorsichtig streckte sie die Finger nach ihm aus, um seine heiße Haut zu berühren. Seine Muskeln zuckten bei ihrer Berührung. »Du bist so viel … größer, als ich in Erinnerung habe.« Sie hatte Schwierigkeiten, die Worte hervorzubringen.

Niall lachte leise. »Das passiert mit einem Mann, wenn er in den Minen arbeitet.«

Aisla berührte seine Brust mit den Lippen und strich mit geöffnetem Mund über seine Haut. Sie hörte, wie er zischend einatmete. »Ich weiß deine Minen jetzt sogar noch mehr zu schätzen«, wisperte sie, während sie ihn weiter küsste und an ihm knabberte. Sie strich mit den Fingern über die festen Muskeln seiner Brust und ließ ihren gierigen Mund folgen.

Niall stöhnte, und seine Arme schlangen sich um ihren geschmeidigen Körper, als er sich auf den Teppich zurückfallen ließ. »Himmel, Aisla, du fühlst dich so gut an.«

Ihre Lippen verzogen sich zu einem Lächeln, als sie sich über ihn beugte. Lust schoss durch ihren Körper, als ihr Busen über das raue Haar strich, das seine Brust bedeckte. Das Gefühl war so heftig, dass sie die Beine zusammenpressen musste, um ihr Verlangen unter Kontrolle zu bekommen.

»Erinnerst du dich noch daran, was sich auch gut anfühlt?«, fragte sie neckend, während eine Hand bereits über seinen Bauch nach unten zu seinen Hüften glitt. Nialls feuriger Blick flammte kurz auf, als wieder der gedehnte Klang des Hochlands ihre Stimme färbte. Er stieß ein ersticktes Lachen aus.

»Die Erinnerungen sind das, was mich am Leben erhalten hat, Mädchen«, sagte er, während ihm erneut der Atem stockte und er Aislas Handgelenk packte, ehe sie ihn durch die Hose hindurch anfassen konnte. »Langsam. Ich weiß nicht, ob ich deiner Berührung widerstehen kann. Es ist eine Weile her.«

Sie runzelte die Stirn, und Verwirrung mischte sich mit dem Stich, zurückgewiesen worden zu sein. Doch dann wurde ihr etwas verspätet klar, was er mit seinem Geständnis gemeint hatte. Er war also schon eine Weile nicht mehr mit einer Frau zusammen gewesen. Wie lange mochte es her sein? Tage? Wochen? *Monate?* Wohl kaum. Niall war viel zu männlich, um seine körperlichen Bedürfnisse zu unterdrücken. Trotzdem bereitete ihr dieses Wissen Genugtuung.

Sie knabberte an seinen Lippen und versuchte, sich seinem Griff zu entwinden, um erneut die Hand nach ihm auszustrecken. Himmel, sie wollte ihn unbedingt anfassen. Sie wollte ihn keuchen hören, weil ihm ihre Berührung so viel Lust bereitete.

»Nein, meine Süße«, stieß er wieder mit zusammengebissenen Zähnen hervor. »Ich will, dass das hier so lange dauert wie möglich. Und nach sechs Jahren …«

Aisla hörte auf, sich gegen seinen Griff zu wehren, und ließ stattdessen ihren nackten Fuß an seinem Schienbein nach oben gleiten, wobei sie das Gefühl seiner rauen Haare genoss. Sie wollte jeden Zentimeter von ihm aufs Neue erforschen, sich wieder mit seinem herrlichen Körper vertraut machen.

»Ich weiß, was du meinst«, wisperte sie. »Wir waren so lange voneinander getrennt.«

»Aye, aber das ist nicht ganz das, was ich meinte.«

Aisla bewegte ihren Fuß nicht mehr und hob den Kopf von der Stelle, wo ihre Lippen eben noch seine breite Schulter liebkost hatten. Er sah ihr in die Augen, und obwohl sein Blick immer noch vor Verlangen brannte, sah sie noch etwas anderes darin. Etwas Verletzliches.

»Was meintest du dann?«, fragte sie.

»Dass es sechs Jahre her ist.«

Sie lachte. »Ich weiß, wie lange es her ist, Niall.«

Er erwiderte ihr Lächeln nicht, und da begriff Aisla, was er sagen wollte. Er sprach nicht davon, wie lange sie voneinander getrennt gewesen waren. Er meinte damit … o Gott.

»Während der ganzen Zeit hast du nie …«, sagte sie stockend, verstummte dann aber, weil sich ihr der Hals zuschnürte.

»Nein, habe ich nicht«, flüsterte er, während er sie losließ und die Hand zu ihrem Gesicht hob. Er umfasste ihre Wange und strich mit dem Daumen über ihre Haut. »Es gab keine Frau, die ich hätte haben wollen. Keine, die deinen Platz hätte einnehmen können – weder an meiner Seite noch in meinem Bett oder sonst wo. Wohlgemerkt, ich habe es versucht, aber es ist mir nicht gelungen.«

Ihr ganzer Körper erstarrte – so enorm war der Schock. Keine einzige andere Frau? Ihre Augen wurden schmal. Es konnte natürlich sein, dass er log, aber welchen Grund sollte er dafür haben? Sie war doch schon bereit, sich ihm hinzugeben. Aisla konnte kaum noch atmen, geschweige denn etwas sagen. Deshalb sah sie ihn einfach nur weiter an, während eine unbeschreibliche Wärme begann, sie von innen zu erfüllen.

»Ich weiß, dass es bei dir nicht dasselbe ist, und sosehr es mich auch vor Eifersucht fast wahnsinnig macht, will ich …«

»Du weißt gar nichts«, unterbrach sie ihn. Sie schloss die Augen und setzte erneut an. »Was ich damit sagen will … ich habe auch nicht.«

Er zog die Augenbrauen zusammen. »Was ist mit Leclerc?«

Aisla schüttelte den Kopf, und plötzlich trübten Tränen ihre Sicht. »Er ist nur mein Freund, wie ich dir schon gesagt hatte. Niall … es hat nie einen anderen als dich gegeben.«

Er erstarrte unter ihr, seine Finger kneteten nach wie vor die Rückseite ihres Schenkels, während ihr eine Träne über die Wange lief. »Die ganze Zeit dachte ich …«

Aisla küsste ihn, damit er den Satz nicht zu Ende führen musste. Er hatte gedacht, sie hätte sich in Paris Liebhaber genommen; hätte Männer in ihrem Bett willkommen geheißen. Und vor allem Julien. Und die ganze Zeit hatte sie das Gleiche über ihren Mann gedacht, während sie doch beide jahrelang allein in ihren Betten gelegen und sich nach dem gesehnt hatten, was ihnen genommen worden war – die Geborgenheit und Wärme eines anderen Körpers. Aber nicht irgendeines Körpers. Sie hatten sich nacheinander gesehnt.

Fast hätte man meinen können, dass in diesem Moment eine unsichtbare Mauer eingestürzt wäre. Nialls Oberkörper kam vom Boden hoch, um Aislas Lippen mit neu erwachter Leidenschaft in Besitz zu nehmen. Dieser Kuss war noch inbrünstiger und rückhaltloser als zuvor. Aisla kam ihm mit ebenso viel Glut entgegen, aber bald musste sie sich an ihn klammern, um nicht allen Halt zu verlieren. Er zog sie noch fester an sich, seine große Hand lag auf ihrem Rücken, ehe er sie nach vorn zog und eine ihrer Brüste umfasste. Hilflose Hingabe ließ sie stöhnen.

Es würde kein langsames, verträumtes Verschmelzen zwischen ihnen sein, um den Akt voll auszukosten. Niall hatte zwar gesagt, dass er es in die Länge ziehen wollte, doch als er sie drehte, sodass sie jetzt wieder unter ihm lag, und eins von ihren Beinen zur Seite drängte, wusste Aisla, dass ihr Ehemann jetzt nur noch von animalischem Verlangen durchströmt wurde. Sie spielten einander nichts mehr vor. Da waren nur noch Gefühle. Sie drückte den Rücken durch, als sich seine Hand zwischen ihre Schenkel schob und ihren heißen Schoß berührte.

»Du bist genauso, wie ich dich in Erinnerung habe«, raunte er an ihren Lippen, ehe sein Mund an ihrem schlanken Hals nach unten glitt. Sein heißer Atem strich über ihre empfindsame Haut. »Heiß, süß und bereit für mich.«

Sanft, aber beharrlich schob er einen Finger in ihren Schoß, und Aisla hob die Hüften an. Da war nur noch ein Gedanke in ihr – ihm so nah zu sein, wie sie konnte. Er besänftigte sie mit leisen Lauten am Ansatz ihres Halses, während er sie seine Zähne und Zunge spüren ließ, als er sich wieder ihrem Busen näherte. Seine Zähne strichen erst zart über die eine Spitze, ehe er sie tief in den Mund nahm. Die fast schon schmerzhafte Sehnsucht verstärkte sich immer mehr, während sein Finger sie weiter langsam und herrlich tief streichelte. Die lustvolle Qual wurde schier unerträglich.

»Niall, bitte«, wimmerte sie und umklammerte mit ihren zitternden Schenkeln seine Hand, als er auch noch einen zweiten Finger in sie hineinschob. Sie stöhnte vor Verlangen, aber sie wollte mehr. Wollte ihn. Aisla spürte seine heiße Erregung, die sich an ihre Hüfte drückte, und griff wieder nach ihm. Dieses Mal hielt er sie nicht davon ab, und Aislas Finger schlossen sich über der Hose um die riesige Wölbung.

»Allmächtiger, Aisla«, stöhnte er und obwohl er seine streichelnde Hand zwischen ihren Schenkeln wegzog, beklagte sie den Verlust nicht, denn sie wusste, dass sie schon sehr bald durch etwas viel Befriedigenderes ersetzt werden würde. Er öffnete seine Kniehose und wand sich genauso ungeduldig wie sie aus dem Kleidungsstück.

»Du hast mich lange genug gequält, Laird«, sagte sie. Sie schwelgte im festen Druck seines nackten Körpers, als er sich auf sie legte. Er stützte sich mit den Ellbogen ab und sah ihr tief in die Augen.

»Ich habe gerade erst angefangen, Mylady«, erwiderte er, und ohne zu zögern, schob er die Hüften vor und drang in sie ein.

»Oh.« Seine Größe ließ sie keuchen, und da war auch ein winzig kleiner Schmerz.

»Du bist so eng, Liebste«, stöhnte er, hielt inne und hob den Kopf, um sie anzuschauen. »Es tut mir leid, Süße, habe ich dir wehgetan? Ich hätte vorsichtiger sein sollen.«

Sie schüttelte den Kopf und ließ fest an ihn gepresst die Hüften kreisen. Die Lust, die zwischen ihren Schenkel explodierte, ließ sie stöhnen. »Wage es ja nicht, aufzuhören«, sagte sie und drängte sich erneut an ihn. Niall kam ihr sofort entgegen.

Dieses Mal kam ein Laut über ihre Lippen, der fast wie ein Schluchzen klang und von der ungetrübten Lust sprach, die sie empfand. Wie hatte sie nur vergessen können, wie es sich anfühlte? Dabei hatte sie gedacht, sie würde sich erinnern. In Paris hatte sie sich nachts, während sie im Bett lag, in vergangene Zeiten versetzt, um sich Erlösung zu schenken. Aber keine Erinnerung, egal, wie genau oder stark, konnte mit der berauschenden Wonne mithalten, die sie in diesem Moment durchströmte.

Im nächsten Augenblick drang er vollständig in sie ein und erstickte ihre Schreie mit dem Mund. Niall neigte die Hüften und zog sich ganz langsam zurück, ehe er wieder zustieß und sie zur Gänze füllte. Seine Zunge nahm die Bewegung auf und drang tief in ihren Mund ein. Immer wieder, immer tiefer stieß er zu, während seine Zunge mit ihrer zu einem lüsternen Tanz verschmolz. Er schenkte ihr in jeder nur denkbaren Weise Erfüllung, und dem ekstatischen Akt wohnte eine Euphorie inne, an die sich Aisla von früher nicht erinnern konnte. Sie fühlte sich lebendig.

Sie konnte nicht sprechen, konnte nicht atmen, konnte nicht mehr tun, als seinen Hüften entgegenzukommen, seinen Rücken und seine Schultern zu umklammern und ihre Nägel in sein Fleisch zu bohren, während ihre Lust immer höhere Gipfel erklomm. Endlich erreichte sie den Höhepunkt, und eine Funkenflut rauschte durch Aisla hindurch. Sie erhellte ihre Welt und blendete sie, während sie siedend heiß durch ihren Körper strömte. Angefacht vom Zusammenziehen der Muskeln ihres Schoßes riss sich Niall von ihrem Mund los. Er warf den Kopf in den Nacken und stöhnte, während er noch einmal, zweimal und dann ein drittes Mal in sie stieß, ehe er ganz tief in ihrem Schoß innehielt und zitternd ebenfalls die Erlösung fand. Er rührte sich nicht, sondern atmete nur keuchend, während der Funkenregen verebbte und eine wohlige Wärme zurückließ.

Niall ließ sich seitlich von ihr auf den Boden fallen, wobei er sie mit sich zog und Arme und Beine einander umschlangen. Er küsste sie auf die Stirn, und sie spürte, dass seine Lippen leicht zitterten.

»Ich habe dich so sehr vermisst«, hauchte er, und obwohl Aisla ihm zustimmen und das Gleiche sagen wollte, konnte sie nicht sprechen. Das lag jedoch nicht an ihrer Atemlosigkeit, obwohl ihr das Atmen auch gerade schwerfiel, sondern an dem schmerzenden Kloß im Hals. Sie hatte ihn ebenfalls vermisst. Ja.

Schlimmer aber war, dass sie ihn immer noch liebte.

Und das konnte man nur als Katastrophe bezeichnen. Sie hatte Julien versprochen, Schottland auf dem Papier als freie Frau zu verlassen, doch jetzt war nicht einmal mehr ihr Herz frei.

Kapitel 16

Nach einer leidenschaftlichen Nacht war Aisla schließlich kurz vor Morgengrauen in ihr Zimmer zurückgeschlichen. Niall hatte noch geschlafen, während sie ihn mit zitterndem Herzen angeschaut hatte. Eine Locke ringelte sich an seiner Stirn, und sein Mund war im Schlaf leicht geöffnet. Sie wollte so gern bleiben und in seinen Armen erwachen, wenn die Sonne aufging. Doch es war zu gefährlich, ihm noch mehr von ihrem Herzen zu geben, als sie es bereits getan hatte.

O Gott, was hatte sie bloß getan?

Sie hatte sich ihm angeboten. Sie hatte ihm gesagt, dass sie ihn brauche, und unmissverständlich klargemacht, was sie von ihm wollte. Sie war verletzlich und töricht gewesen. Und einsam. Er auch. Aber Niall liebte sie nicht. Was zwischen ihnen vorgefallen war, hatte sich wegen ihrer gemeinsamen Vergangenheit, wegen Lust und fehlgeleiteten Emotionen nach Fionas traumatischer Entbindung Bahn gebrochen.

Sie hatten Trost und Geborgenheit gesucht. Das war alles gewesen.

Ich habe dich so sehr vermisst.

Sein leises Geständnis hätte sie beinahe aller Beherrschung beraubt. Sie hatte ihn auch so unendlich vermisst. Ihr Körper hatte seinen mit der Freude bei einer Heimkehr nach langer Zeit willkommen geheißen. Und sie war in der Tat nach Hause gekommen.

Und was ist mit dem Versprechen, das du Julien gegeben hast?

Aisla stöhnte und wusch sich schnell mit dem kalten Wasser aus der Schüssel, die auf ihrer Kommode stand. Sie biss sich auf die Zunge, als das eisige Wasser auf ihre erhitzte Haut traf, denn sie wollte Pauline, die im kleinen Zimmer nebenan schlief, nicht wecken. Sobald sie ein sauberes Nachthemd und einen leichten Hausmantel übergestreift hatte, beobachtete sie, wie die Sonne im Osten über dem See aufging und den Beginn eines neuen Tages verkündete, während sie voller Verzweiflung war.

Alles würde sich ändern.

Es durfte sich nicht ändern.

Ihr Herz würde nicht überleben, was es in der Vergangenheit durchgemacht hatte. Kehrte sie zu dem zurück, was sie verlassen hatte, würde sie alles, für das sie gekämpft hatte, verlieren. Sie hatte ihre gescheiterte Ehe und den Verlust ihres Kindes überwunden und war dadurch zu einer starken Frau geworden. Sie war unverwüstlich geworden. Doch mit einem Blick, einer einzigen Berührung, hatte Niall ihr ganzes Fundament zum Wanken gebracht.

Das Bewusstsein, dass sie ihn immer noch liebte, versetzte ihr einen gnadenlosen Stich. Sie hatte gedacht, dass sie ihn überwunden hätte, doch die letzte Nacht hatte bewiesen, wie schwach sie immer noch in seiner Gegenwart war – bei ihm. Sie hatte sich fast sofort in ihn verliebt, als sie fünfzehn gewesen waren, und hatte sich von seinem guten Aussehen und seinem abenteuerlichen Geist angezogen gefühlt. Die Vernarrtheit hatte sich im Laufe seiner süßen, langen Werbung in Liebe verwandelt, bis sie schließlich mit achtzehn durchgebrannt waren. Er war ihre erste Liebe gewesen und würde dadurch wohl immer etwas Besonderes für sie bleiben.

Doch nur Liebe reichte nicht immer. Diese Lektion hatte sie auf schmerzhafte Art lernen müssen.

Er ist jetzt ein anderer Mensch, hielt ihr eine Stimme in ihrem Kopf entgegen.

Aye, das war er. Er hatte sich verändert.

Aber sie auch. Aisla gefiel der Mensch, zu dem sie in Paris geworden war. Sie genoss ihre Unabhängigkeit und ihr neu entdecktes Selbstwertgefühl. Hier in Schottland fühlte sie sich überflüssig, und sie hatte das Gefühl, von allen kritisch beäugt zu werden, während das in Paris nicht der Fall gewesen war. Allerdings musste sie ehrlicherweise zugeben, dass es jetzt auf Tarbendale anders war als damals auf Maclaren. Doch tief im Innern hatte sie immer noch das Gefühl, als wäre sie hier jemand anders, jemand Fremdes, und das erschreckte sie.

Nein, sie würde gehen müssen. Außerdem hatte sie ihrem besten Freund ihr Wort gegeben – einem Mann, der für sie da gewesen war, als sie niemanden hatte. Aisla holte tief Luft und beobachtete, wie die Sonnenstrahlen golden auf der Oberfläche des Sees tanzten. Sie würde ihm dabei helfen, eine Ehefrau zu finden, aber sie selbst würde Julien nicht heiraten. Sie konnte es nicht. Auch wenn er eine Zweckehe wollte, die auf Freundschaft beruhte, verdiente er doch eine Frau, deren Herz nicht einem anderen gehörte. Bis zur letzten Nacht hatte sie noch gedacht, ihr Herz würde ihr gehören. Jetzt wusste sie, dass das nie wieder der Fall sein würde.

Sie würde das mit der Scheidung regeln und dann nach Paris zurückkehren – wo sie hingehörte. Der traurige Stich, den ihr dieser Gedanke versetzte, überraschte sie. Warum war sie so enttäuscht? Wollte sie etwa bleiben? Oh, das war alles so verflixt verwirrend.

»Mylady?«, fragte Pauline, die erwacht war. »Geht es Ihnen gut?«

»Ja, Pauline.« Sie holte tief Luft. »Ich konnte nicht schlafen.«

Ihre Zofe sah sie mit hochgezogenen Augenbrauen an, und Aisla errötete. Pauline war nicht blind und hatte bestimmt gemerkt, dass ihre Herrin den größten Teil der Nacht nicht in ihrem eigenen Zimmer verbracht hatte.

»Natürlich, Mylady«, sagte sie nur.

»Du musst etwas für mich tun«, sagte Aisla, ging zu ihrem kleinen Schreibtisch und nahm Papier und Feder zur Hand. Sie verfasste schnell eine kurze Nachricht. »Bringst du das bitte sofort zu Lord Leclerc? Ich bitte dich, dabei mit höchster Diskretion vorzugehen, Pauline. Ich muss ihn so schnell wie möglich sehen – und zwar allein.«

»Halten Sie das für klug?«

Aisla blinzelte angesichts der ungewöhnlichen Kühnheit ihrer Zofe, obwohl sie sich im Laufe der Jahre an Paulines Direktheit gewöhnt hatte. Das war ein fester Bestandteil ihrer ganz und gar französischen Herkunft und einer der Gründe, warum Aisla sie so sehr schätzte. »Was meinst du damit?«

Sie zog eine Augenbraue hoch. »Wenn ich mich recht entsinne, ist der Laird ein eifersüchtiger Mann«, erklärte sie vorsichtig. »Er hat sich noch nicht sonderlich für Lord Leclerc erwärmt. Ich fürchte, dass Ihr Laird Maclaren es vor allem heute nicht gut aufnehmen würde, wenn Sie Monsieur allein treffen, Mylady.«

Aisla errötete, denn sie verstand genau, was Pauline sagen wollte. Doch Julien war ihr Freund, und sie musste einen klaren Kopf bekommen. Mit Makenna konnte sie nicht reden – sie war schließlich die Schwester des Lairds und durch ihre Liebe zu ihm viel zu voreingenommen, um wirklich helfen zu können. Und Pauline war, so gern Aisla sie auch hatte, nur eine Zofe. Es gab niemand anders, mit dem sie hätte reden können. Und wenn sie sich nicht bald darüber klar wurde, was sie tun sollte, würde sie noch den Verstand verlieren.

»Vielleicht«, sagte sie. »Aber es steht dir nicht zu, meine Entscheidungen infrage zu stellen, Pauline.«

Die so getadelte Pauline machte einen Knicks, obwohl man ihr die Sorge weiterhin ansah. »Wie Sie wünschen, Mylady.«

»Und er ist nicht *mein* Laird.« Aisla zögerte, und ihr wurde plötzlich heiß. »Leg mir bitte noch mein blaues Reitkleid raus, ehe du gehst.«

Sobald Pauline weg war, um die Nachricht zu überbringen, und sie fertig angezogen war, lief Aisla leise den Flur entlang. Sie blieb vor Nialls Tür stehen, stellte fest, dass von drinnen keine Geräusche zu hören waren, und ging dann die Treppe hinunter. Es war noch recht früh, und die Sonne begann gerade erst aufzugehen, doch in der Küche hörte sie die Dienstboten schon ihrem Tagewerk nachgehen. Sie war an der Küche vorbei und hatte fast die Tür nach draußen erreicht, durch die man zu den Stallungen gelangte, als eine spöttische Stimme sie abrupt innehalten ließ.

»Und dürfte ich wissen, wohin es so eilig derart früh hingehen soll?«

Aisla drehte sich um und sah ins wie immer bösartig verzogene Gesicht der Haushälterin. »Ich wüsste nicht, was dich das angeht, Fenella, aber mir ist nach ein bisschen frischer Luft.«

»So früh am Morgen?«

Aisla knirschte mit den Zähnen, behielt aber eine freundliche Miene bei. Sie hoffte, dass die Unterhaltung nicht bis nach oben drang und ihren schlafenden Ehemann weckte. »Ich konnte nicht schlafen.«

Ein unangenehmes Schweigen entstand, während sie einander ansahen, bis Aisla sich schließlich abwandte. Sie war der Frau keine Erklärung schuldig.

»Viel Spaß … beim Frische-Luft-Schnappen.«

Aisla hörte die Worte noch, war aber bereits zur Tür hinaus und eilte auf die Stallungen zu. Sie spürte den Blick der Haushälterin selbst dann noch, als sie in den Stall trat. Nachdem sie einem der schläfrigen Stallburschen mitgeteilt hatte, dass sie ein Pferd brauchte, wartete sie ungeduldig, dass eines gesattelt und nach draußen geführt wurde.

Der schnelle Ritt in der kühlen Morgenluft fühlte sich außerordentlich gut an. Ihre Gedanken befanden sich, seit sie erwacht war, in Aufruhr, während ihr Körper ganz und gar befriedigt war. Beim Reiten spürte sie sogar das köstliche, leichte Wundsein zwischen den Schenkeln, und sie errötete beim Gedanken an ihren Ehemann. Es war für sie beide lange her gewesen, doch das bedeutete nicht, dass Niall vergessen hätte, wie er ihren Körper vor Lust zum Beben brachte – sogar mehrmals.

Aislas Wangen wurden noch röter, und sie trieb das Pferd zu einer schnelleren Gangart an, um ihr Gesicht durch den Wind zu kühlen. Das Haar, das sie ohne Paulines Hilfe zu einem lockeren Knoten hochgesteckt hatte, löste sich und fiel als wallende Mähne über ihren Rücken, doch das war Aisla egal. Sie war viel zu sehr damit beschäftigt, den verruchten Erinnerungen an die Fähigkeiten ihres Ehemanns im Bett davonzulaufen, die sich auf einmal wieder in ihre Gedanken geschlichen hatten. Ihre Schenkel pochten, und die innere Anspannung wurde so groß, dass es fast schmerzte.

Gütiger Himmel, sie würde noch vom Pferd fallen, wenn sie sich nicht vorsah.

Sie gelangte ohne irgendwelche Vorfälle zu der malerischen Ruine, die sie Julien in ihrer Nachricht genannt hatte. Es handelte sich um eine reizende Terrasse, die in Anlehnung ans Aussehen eines Miniaturschlosses am Rande des Sees errichtet worden war. Die Stelle befand sich genau auf halbem Wege zwischen Tarbendale und Maclaren. Die marmornen Säulen waren von Wein umrankt, und im frühen Sonnenschein hatte die Anlage etwas Mystisches. Doch Aisla war viel zu abgelenkt und bekümmert, um es zu bemerken, als sie abstieg, die Handschuhe auszog und die kalten Hände an ihre heißen Wangen drückte.

Julien war noch nicht da. Sie ging über den brüchigen Marmorboden der Terrasse und wartete. Sie hoffte, dass Pauline nicht durch irgendetwas aufgehalten worden war oder ihn nicht fand, aber Aisla konnte sich nicht vorstellen, warum er nicht in seinem Zimmer sein sollte. Sie zuckte zusammen. Er war schließlich ein Mann. Und sie war letzte Nacht auch nicht in ihrem Zimmer gewesen.

Doch ihre besorgten Gedanken waren unnötig gewesen. Der Klang näher kommender Hufschläge war zu hören.

»Allmächtiger, Aisla«, sagte ein zerzaust aussehender Julien, als er von seinem Pferd stieg und es neben ihrem festmachte. Er hatte kein Halstuch umgebunden, und ein paar Knöpfe seines Hemds standen über der zerknautschten Hose offen. Sein dunkelblondes Haar stand in alle Richtungen ab, und auf seinem unrasierten Gesicht glitzerten goldene Bartstoppeln. Allerdings hatte sie ihn nach einer langen Nacht voller Ausschweifungen in Paris schon in schlimmerem Zustand gesehen. »Was ist so verdammt wichtig, dass diese Furie, die du in deinen Diensten hast, meinte, mich aus meinem Bett zerren zu müssen?«

Aisla lächelte geziert. »War es eine lange Nacht?«

»Nein.« Er sah sie finster an. »Was will Euer Hochwohlgeboren?«

Aisla war plötzlich nicht mehr in der Lage, Haltung zu bewahren. Sie setzte sich auf die bröckelnde Marmorbank, barg das Gesicht in ihren Händen und fing an zu schluchzen. »Ach, Jules, ich weiß nicht, was ich tun soll. Etwas ganz Schreckliches ist passiert.«

»Was hat dieser Mistkerl getan?«, zischte Julien wütend. »Ich bringe ihn um.«

»Nein, nein, nicht das.« Ihre eben noch rosigen Wangen wurden feuerrot, und ihr entging nicht, dass er sie plötzlich aus schmalen Augen forschend ansah. Er ließ sich nicht zum Narren halten. Stockend brachte sie hervor: »Ich bin mit ihm eine Wette eingegangen.«

»Eine Wette?«, wiederholte Julien.

»Ich habe belauscht, wie er mit seinem Bruder eine Wette abschloss. Ronan meinte, Niall würde mich nicht dazu bringen können, meine Meinung hinsichtlich der Scheidung zu ändern. Darüber war ich so empört, dass ich ihm meinerseits eine Wette vorschlug.« Mit roten Wangen fuhr sie fort. »Eine Verführung. Wenn ich gewönne, würde ich mit dir nach Paris zurückkehren und Niall die Scheidung ohne mein Beisein regeln. Wenn er gewönne, würde ich die von ihm gewünschten sechs Wochen bei ihm bleiben ... eine Woche für jedes Jahr, das ich fort war.«

Julien kniete sich vor ihr hin und nahm ihre eisigen Hände in seine. »Wette hin oder her ... du schuldest ihm nichts, *chérie.*«

Sie atmete einmal tief durch, während ihr Tränen in die Augen stiegen. »Ach, Jules, es war so falsch, ich war so töricht. Ich dachte, ich könnte es schamlos durchführen und die körperliche Anziehung ignorieren, aber mein Herz ... mein Herz ... macht nicht mit.«

»Was willst du mir sagen?«, fragte er und wich ein Stück zurück, während er aber weiter ihre Hände hielt.

Sie sah ihm in die hellgrünen Augen, und ausnahmsweise konnte sie nicht erkennen, was er dachte.

»Dass ich dich nicht heiraten kann.« Sie hielt inne und umfasste nun ihrerseits seine Hände. »Ich werde dich immer wie einen Freund lieben. Und ich bewundere dich dafür, dass du mitgekommen bist, damit ich mich meiner Vergangenheit stelle. Aber ich kann weder dich – noch irgendeinen anderen – heiraten.«

»Du liebst ihn immer noch.«

»Ich weiß nicht, was ich empfinde, aber in einer Ehe mit dir wäre ich nur die Hülle einer Frau, und das hast du nicht verdient. Du verdienst so viel mehr.« Sie schluchzte auf. »Himmel, für wie dumm du mich halten musst.«

Überrascht nahm sie zur Kenntnis, dass er leise lachte und sich dann vorbeugte, um seine Stirn an ihre zu legen. »Du bist nicht dumm, *chérie*. Ich verstehe es. Um ehrlich zu sein, habe ich mit so etwas gerechnet.«

»Wirklich?«

»Du vergisst, dass ich dich seit sechs Jahren kenne, und ich habe dich noch nie so mit irgendjemand gesehen.«

»War es so offensichtlich?«

»Für einen erfahrenen Wüstling, ja«, erwiderte er mit dem ihm eigenen Grinsen, obwohl es ein wenig gezwungen wirkte. »Aber wenn du deine Meinung ändern solltest … mein Angebot steht. In aller Freundschaft.«

Erleichtert schlang sie die Arme um seinen Hals und zog ihn an sich. Sie hatte das Gefühl, als wäre ihr eine große Last von der Seele genommen worden. Die Unterhaltung hatte ihr zwar nicht geholfen, zu entscheiden, wie sie mit ihrem Ehemann weiter vorgehen sollte, aber zumindest war da nicht mehr der Druck von Juliens Antrag oder des Versprechens, das sie ihm gegeben hatte. Und sie meinte es ehrlich … sie wollte ihn wirklich glücklich sehen. Und das würde er in einer gespielten Ehe nie werden – nicht mal, wenn sie im Gewand der Freundschaft daherkam.

Julien lehnte sich zurück, um ihr die Tränen von den Wangen zu wischen. Doch beide erstarrten, als plötzlich die aufgehende Sonne einen langen Schatten über die Terrasse warf. Aisla drehte sich um und sah in das wutentbrannte Gesicht ihres Ehemanns.

»Na, wenn das nicht rührend ist?«

Der Anblick, der Niall erwartete, ließ ihn beinahe zu Boden gehen – seine Ehefrau hatte den Kopf auf die Schulter eines Mannes gelegt, der vor ihr kniete. Beide waren in einem völlig zerzausten, nur notdürftig bekleideten Zustand, als hätten sie die letzte Stunde mit lustvollen Dingen verbracht. Genau wie er und Aisla vor ein paar Stunden, bis er von Fenella rau geweckt worden war.

»Sie ist los, um ihren Liebhaber zu treffen«, hatte seine Haushälterin verkündet. »Wenn es dich interessiert.«

»Es reicht, Fenella«, hatte er geächzt und ihr wegen ihres

Eindringens gegrollt. »Meine Frau ist wahrscheinlich in ihrem Zimmer.«

»Deine Frau hat sich gerade zu einem Stelldichein mit ihrem Franzosen begeben. Komm und sieh selbst, wenn du es nicht glaubst.«

Er hatte es nicht glauben wollen, doch der überzeugte Ausdruck in Fenellas Augen hatte ihn plötzlich unsicher werden lassen. Aisla war nicht in ihrem Zimmer gewesen, und ihre verschlossene Zofe hatte sich geweigert, auch nur ein Wort zu sagen, obwohl er ihr mit Entlassung gedroht hatte. Dann war sein Misstrauen doch geweckt worden, und damit einher ging heftige Eifersucht. Sie war doch bestimmt nicht zu Leclerc gegangen nach dem, was sie – körperlich und emotional – miteinander geteilt hatten?

»Vielleicht wollte sie einen Spaziergang machen«, sagte er zu Fenella, bemüht, es selbst zu glauben und Aisla zumindest den Zweifel an so einem schändlichen Verhalten zu gewähren.

»Wenn du das glauben willst, umso schlimmer«, höhnte Fenella. »Dann frag dich doch selbst, warum deine Frau den Weg nach Maclaren eingeschlagen hat, hm?« Sie sah ihn mit einem widerlich triumphierenden Grinsen an, und in dem Moment verstand Niall Aislas Abneigung gegen die Frau. »Und warum hat sie wohl ihre Zofe eine halbe Stunde vorher hingeschickt?«

Er ignorierte Fenellas abstoßendes Auftreten angesichts der unerhörten Information. Alles passte zu gut zusammen. Die Dämonen der Vergangenheit erhoben sich wieder, um ihn zu quälen. Sie waren nicht besänftigt, sondern wollten sticheln und ihm das Leben zur Hölle machen. Seine Gefühle waren so im Aufruhr, dass er halb wahnsinnig wurde, und seine Zweifel wollten sich nicht legen. Mit einer hämisch grinsenden Fenella im Schlepptau machte er sich zu Fuß auf den Weg nach Maclaren, als er die zwei angebundenen Pferde bei der Ruine erblickte.

Zwei Pferde.

»Ich hab's dir doch gesagt«, hatte Fenella leise hinter ihm gesagt, aber in seinem Kopf dröhnte es so laut, dass er sie nicht gehört hatte.

Sein Herz war dabei gewesen, zu brechen, während sein dummer Verstand immer noch darauf beharrte, es könnten irgendwelche anderen Reiter sein. Diese Hoffnung hielt sich nur einen erbärmlichen Moment lang, als er ihr goldenes Haar und ihr anmutiges Profil erkannte. Dann hatte er den anderen erkannt.

Niall hatte noch nie einen derart starken Wunsch verspürt, einen Menschen umzubringen, wie in diesem Moment … und die beiden Liebenden waren dabei nicht das Opfer, das er im Sinn hatte. Sondern sich selbst – diesen dummen, leichtgläubigen, verzweifelten Tropf. Himmel, er war so ein blinder Mistkerl. Er war ein Narr, zu glauben, dass ein Mensch sich je ändern könnte.

Als sie ihn erblickte, löste sich seine Frau sofort aus den Armen des Franzosen. Doch es war zu spät. Der Schaden war angerichtet. Niall stieß einen erstickten Fluch aus, als Leclerc hochkam, aber Aisla legte eine tapfere Hand auf seine Brust und schüttelte den Kopf. Nach einem stummen Blickwechsel verbeugte sich der Franzose, blieb aber dicht neben ihr stehen.

»Es ist nicht das, was du denkst, Niall«, versuchte Aisla zu erklären.

Er zeigte ihr plötzlich ein völlig ausdrucksloses Gesicht, obwohl es unter der Oberfläche weiter brodelte. »Ach nein?«

»Wir haben geredet«, sagte sie. »Ich musste mit Jul… Lord Leclerc reden.«

»Zu dieser unpassenden Stunde, wenn die Sonne noch gar nicht richtig aufgegangen ist?«

»Ja.«

Träge ließ er den Blick über sie gleiten und hielt bei ihrem zerzausten Haar und den geröteten Wangen inne. Ihre Hand ging flatternd nach oben, als wollte sie ihre Frisur richten, hielt dann aber inne. Er zog eine Augenbraue hoch, und als sie endlich begriff, wurden ihre kupferfarbenen Augen ganz groß.

»Es ist nicht das, was du denkst«, wiederholte sie.

»Ist es nicht?«, fragte er gedehnt. »Du hast mein Bett verlassen, um zu einem anderen Mann zu laufen? Wir wissen beide, zu was dich das macht.«

Wut breitete sich auf Leclercs Gesicht aus. »He, hören Sie, Sie können mit einer Lady nicht …«, hob er an, aber wieder brachte Aisla ihn mit einer ganz leichten Berührung zum Schweigen. Niall spürte, wie sich das Tier in ihm erhob, und insgeheim hoffte er, dass der Franzose ihm den Vorwand lieferte, gewalttätig zu werden. Niall brannte förmlich darauf. Er würde es genießen.

»Julien, bitte mach es nicht noch schlimmer«, sagte Aisla mit sanfter Stimme zu dem Mann.

Der hielt mit eiskaltem Blick inne, machte auf dem Absatz kehrt und stapfte mit einem Schwall schlimmster französischer Flüche zum anderen Ende der Terrasse.

Aisla sah die Frau an, die hinter Niall stand. Wut ließ ihre Lippen schmal werden und brachte ihre Augen zum Blitzen. »Jetzt beschuldigst du mich also der Untreue? Nachdem wir einander vergeben haben? Nachdem wir beide übereingekommen sind, einander zu vertrauen? Und doch sieht es so aus, als hätte Fenella dir wieder etwas eingeflüstert.«

»Sie kam, um mich über dein Stelldichein in Kenntnis zu setzen!«

Ein schmerzerfüllter Ausdruck huschte über ihr Gesicht. »Und du hast ihr geglaubt, so wie du es immer getan hast.«

»Aye.« Seine Stimme war tonlos. »Ich wollte es nicht glauben. Aber hier bist du. In Fleisch und Blut. Mit ihm.«

Aisla trat auf ihn zu. Er meinte, ihr Herz in ihren Augen leuchten zu sehen, oder waren es Schuldgefühle? Schuldgefühle, weil sie mit ihrem Liebhaber ertappt worden war. War sie am Abend zuvor ehrlich gewesen, als sie gesagt hatte, dass sie nie mit Leclerc ins Bett gegangen war? Oder hatte sie nur das gesagt, was er unbedingt hatte hören wollen? Um die Wette zu gewinnen, dachte er plötzlich. Vielleicht hatte sie sich deshalb mit Leclerc treffen wollen – um ihm zu erzählen, dass es vollbracht war.

Wieder kam Wut in ihm hoch und tobte wie ein eingesperrtes Tier in seiner Brust. Er wollte sie verletzen, ihn verletzen. Aber mehr als alles andere, zur Hölle mit ihren Augen, wollte er diese vollen Lippen küssen und seinen Körper mit ihrem vereinen. Er verfluchte sich selbst für seine Schwäche.

»Niall«, sagte Aisla und streckte die Hand nach ihm aus.

»Nicht.« Schroff kam das Wort über seine Lippen. Wie ein Schuss ließ es sie abrupt innehalten, und ihre Augen wurden angesichts der Gefahr, die sie in seinem Blick sah, ganz groß. Die innere Ruhe, die sich einstellte, war wie eine Lähmung. Vielleicht war das Selbstschutz. »Es ist mein Recht, deinen Liebhaber zum Duell herauszufordern«, sagte er.

Er sah, wie sie bei jedem kalten Wort zusammenzuckte, doch die Gefühle, die sich in ihren Augen widerspiegelten, sorgten nur dafür, dass das Licht, das in seinem Innern brannte, erlosch. »Ich hätte schon vor fünf Jahren meine Lektion lernen sollen, als ich dir wie ein Junge, der noch feucht hinter den Ohren ist, hinterherjagte und nach Paris kam.«

Ihre Augen wurden schmal. »Du … du bist nach Paris gekommen?«

Er erstickte fast an seinem Selbstekel. »Aye, um dich zu finden. Als ich ein paar Monate lang nüchtern geblieben war, wollte ich dich törichterweise zurückgewinnen. Ich dachte, ich hätte eine Chance, aber da habe ich mich wohl geirrt, nicht wahr? Da warst du, jung und schön, umgeben von deinen Verehrern. Du brauchtest mich nicht.«

Niall erinnerte sich an den Tag, als wäre es gestern gewesen.

Nachdem Ronan ihn gezwungen hatte, nüchtern zu werden, und Aisla nach sechs Monaten immer noch nicht zurückgekehrt war, hatte er erkannt, dass seine Frau niemals zurückkommen würde. Sie war nicht nach Montgomery gegangen, wie er eigentlich erwartet hatte. Denn dort war er auch mit eingekniffenem Schwanz gewesen, nur um zu hören, dass sie bei ihrer Tante in Paris lebte. Er hatte damit gerechnet, dass es ihr genauso schlecht gehen würde wie ihm. Stattdessen war sie prächtig herausgeputzt gewesen, als er sie endlich sah. Sie hatte ihren Körper herausfordernd zur Schau gestellt und mit Verehrern geflirtet, als wäre sie unverheiratet.

Alle wollten sie und hechelten ihr wie einer läufigen Hündin hinterher. Und sie hatte es genossen. Offensichtlich hatte seine Frau ihr früheres Leben kein Stück vermisst oder war bereit, ihr Ehegelübde in Ehren zu halten – oder ihn. Am liebsten wäre er in den Raum gestürzt, um sie sich über die Schulter zu werfen und sie wieder nach Schottland zu verschleppen, wie es seine Wikingervorfahren getan hätten. Wenn überhaupt möglich, war sie jetzt sogar noch schöner als damals, als sie ihn verlassen hatte, und sein jämmerliches Herz hatte sich nichts mehr gewünscht, als ihre Umarmung zu spüren.

Aber diese Aisla schien es für ihn nicht mehr zu geben.

Und dann, als er versteckt hinter einem seidenen Paravent gestanden hatte, konnte er ein Gespräch mithören, das sie mit einem ihrer Verehrer führte.

»Was halten Sie von all den Damen, die auf der Jagd nach einem Ehemann sind, Lady Montgomery?«, hatte der Mann gefragt.

Der Name, mit dem er sie ansprach, hatte ihn nicht überrascht. Doch was er dann als Nächstes zu hören bekam, schon. Seine herzallerliebste Ehefrau hatte gelacht. »Was ich von der Ehe halte, wollen Sie wissen? Wer will je so einen scheußlichen Fehler machen?«

In dem Moment hatte er endgültig gewusst, dass er sie verloren hatte.

Er hatte Paris verlassen, ohne jemanden von seinem kurzen Aufenthalt wissen zu lassen, und anstelle eines Herzens klaffte nun ein großes Loch in seiner Brust. Doch ihr Verrat hatte ein Feuer in ihm entzündet. Er wollte ihr und sich selbst beweisen, dass er jemand werden konnte und dass ihre Abwesenheit ohne Wirkung auf ihn war. Er wollte beweisen, dass er ohne sie genauso leicht leben konnte, wie sie es für sich entschieden hatte. Ja, besser noch leben konnte als sie. Und das war ihm auch gelungen … bis sie zurückgeschlängelt gekommen war.

Niall sah seine Ehefrau an. Sie hatte mit leidenschaftlichem Blick unter ihm gelegen, Mund und Beine geöffnet, um ihn willkommen zu heißen – und doch war alles nur eine verdammte Lüge gewesen.

»Du bist zu mir gekommen?«, flüsterte sie. Sie trat auf ihn zu und hob die Hand, um sein Gesicht zu berühren.

Niall kämpfte gegen den Drang, sich an ihre Hand zu schmiegen, sich den frischen Erinnerungen der letzten Nacht hinzugeben, und behielt eine steinerne Miene bei. Ihr Duft stieg ihm in die Nase und erinnerte ihn an den Geruch ihrer heißen Haut, als Lust ihre Sinne in Besitz genommen hatte. Und dann waren noch andere Erinnerungen da – ihre Finger, die sich in seinen Rücken bohrten, als sie vor Ekstase schrie, und das Zusammenziehen ihrer Muskeln, als sie gekommen war.

Lügen. Alles Lügen. Und was für ein Narr er gewesen war, ihr zu vertrauen.

Er wappnete sich gegen den Schmerz und trat mit ausdrucksloser Miene zurück. »Das war offensichtlich ein Fehler. Du gehörst nicht hierher, Aisla. Das hast du nie.«

»Niall, bitte …«

Er beachtete sie nicht weiter, sondern sah zu Leclerc, dessen Miene ebenfalls unergründlich war, während die unheimlich hellen Augen aber weiter scharfsichtig alles wahrnahmen. Wieder spielte dieses ewige Lächeln um seine Lippen, und Niall verspürte den fast unerträglichen Drang, es ihm aus dem Gesicht zu schlagen.

Er begegnete dem Blick des Mannes. »Sie können sie gern haben. Und jetzt verschwinden Sie von meinem Land.« Dann drehte er sich wieder zu seiner Frau um, und ihm brach das Herz. »Alle beide.«

Er marschierte davon, ohne noch einen Blick zurückzuwerfen.

Kapitel 17

Aisla war immer noch wie betäubt, als sie ihr Zimmer auf Tarben Castle betrat und die Tür hinter sich zuschlug.

»Mylady?« Pauline, die vor dem Kamin gesessen und ein Hemd gestopft hatte, stand auf. Sie warf nur einen Blick auf Aisla und keuchte: »*Mon Dieu!* Was ist passiert?«

Aisla wankte ein paar Schritte weiter, denn der Boden unter ihren Füßen fühlte sich an wie die schwankende Oberfläche eines Bootes. Pauline eilte zu ihr und führte sie zur Bank am Fußende des Bettes, damit sie sich hinsetzen konnte. Aisla war ganz still. Noch hielt sie alles zurück, was seit dem Vorfall in der Ruine mit ihr passiert war. Doch dann barg sie das Gesicht in den Händen und fing an zu schluchzen. Sie war nicht in der Lage, Pauline zu antworten, sondern spürte nur den entsetzlichen Schmerz, der sie förmlich zerriss.

Nialls kalter Blick bei der Ruine hatte sich wie Blei auf ihre Seele gelegt. Er hatte ihr noch nicht einmal die Gelegenheit gegeben, etwas zu erklären – er hatte ihr genauso schnell den Rücken zugewandt, wie er ihr vorgeworfen hatte, dass sie ihm hatte schaden wollen. Es war unmöglich. Es war so dumm von ihr gewesen, zu glauben, er würde Misstrauen und Eifersucht je überwinden.

Sobald Niall wieder weg war, hatte Julien darauf bestanden, dass sie sofort mit ihm nach Maclaren kommen sollte, doch Aisla hatte sich geweigert. Es waren dürftige Gründe gewesen, die sie vorgeschoben hatte – so fadenscheinig wie durchgewetzter Stoff. Ihre Sachen wären noch auf Tarben Castle. Ihre Zofe. Sie würde alles so ruhig sie konnte zusammenpacken und dann nach Maclaren kommen. Sie würde nicht mehr als eine Stunde dafür brauchen, hatte sie Julien versprochen, der weiter darauf bestanden hatte, sie zu begleiten.

»Nein«, hatte sie zu ihm gesagt, während sich ihr bei der Vorstellung fast der Magen umgedreht hatte. Niall hatte Julien befohlen, von seinem Land zu verschwinden – er hatte beiden befohlen, zu verschwinden. Um ihre eigene Sicherheit machte sie sich keine Gedanken, um Juliens aber sehr wohl, sollte Niall ihn auf Tarben Castle zu Gesicht bekommen. Sie hatte ihn mit einem Schwert und mit bloßen Fäusten kämpfen sehen. In seinem Zustand würde er keinen einzigen Gedanken an Juliens Wohlergehen verschwenden. Julien, der ebenfalls ein hitziges Temperament besaß, das er in der Regel hinter seinem Charme versteckte, würde sich die Gelegenheit bestimmt nicht entgehen lassen, und Niall sollte natürlich auch nicht verletzt werden.

»Eine Stunde, Aisla«, hatte Julien erwidert, »sonst werde ich trotz seiner Drohungen nach Tarben Castle kommen.«

Dann war er nach Maclaren zurückgeritten, um fraglos auch die eigenen Sachen zu packen. Aisla hatte noch ein paar Minuten gewartet, ehe sie nach Tarben Castle zurückgeritten war, denn sie hatte unterwegs auf keinen Fall Niall oder Fenella treffen wollen.

Die Frau brachte sie selbst jetzt, da sie in ihrem Zimmer saß und vom Weinen geschwollene Augen hatte, vor Wut zum Kochen. Fenella hatte Niall zur Ruine geführt und sich seinen Hang zur Eifersucht zunutze gemacht – genau wie damals, als sie frisch verheiratet gewesen waren. Aber so bösartig Fenella auch sein mochte, konnte Aisla es doch kaum ertragen, wie leicht Niall darauf hereinfiel. Wenn er nach all der Zeit Fenellas Lügen nicht durchschaute, würde er das nie tun. Er würde nie in der Lage sein, ihr zu vertrauen.

Pauline eilte geschäftig im Zimmer umher und lamentierte die ganze Zeit auf Französisch, während sie den Schrank leerte und Koffer und Truhen vollpackte. Sie machte sich nicht die Mühe, die Sachen ordentlich zusammenzulegen; aber das war beiden egal. Jetzt ging es nur darum, Tarben Castle so schnell wie möglich zu verlassen und dann am Nachmittag Maclaren für immer den Rücken zu kehren. Je früher sie aufbrach, desto besser. Sie würde sich noch von Makenna und Lady Dunrannoch verabschieden, und dann … wäre es vorbei. Die Scheidung würde durch Anwälte und über Briefe geregelt werden.

Genau so, wie sie es von Anfang an gewollt hatte.

Doch warum war da dieser entsetzliche Schmerz, obwohl sich jetzt doch alles zu ihren Gunsten gewendet hatte?

»Hier, Mylady«, sagte Pauline, als sie vor Aisla stehen blieb, die immer noch wie ein Häufchen Elend auf der gepolsterten Bank saß. Arme und Beine fühlten sich so schwer wie Anker an, und selbst den kühlen, feuchten Lappen zu nehmen, den Pauline ihr reichte, erwies sich als Kraftakt. »Für Ihre Augen«, erklärte ihre Zofe.

Natürlich. Durch die Tränen waren sie geschwollen und rot. Aisla spürte, wie sie sich anfühlten, und ihre Zofe wusste, dass sie nicht niedergeschlagen und elend aussehen wollte, wenn sie Tarben Castle verließ. Wenn auch sonst nichts, hatte sie doch zumindest noch ihren Stolz.

»Danke«, wisperte sie und drückte das kühle Tuch auf ihre Augen. »Und du hattest recht. Ich hätte bezüglich eines Treffens mit Julien auf dich hören sollen.«

Pauline hatte sie gewarnt, dass es unter Umständen böse enden könnte, wenn Niall Wind von dem Treffen bekam. Zum ersten Mal fragte sich Aisla, ob es bei ihrer Zofe mehr als ein bisschen

Intuition gewesen war, die sie zu ihren Worten veranlasst hatte. Sie nahm das Tuch herunter und sah Pauline an.

»Woher wusstest du, dass er es herausfinden würde?«

Pauline, die gerade ein Kleid in den geöffneten Koffer hatte legen wollen, hielt inne. »Ich wusste es nicht, Mylady, aber ich hatte den Verdacht, dass die Haushälterin es irgendwie herausfinden und die Information weitergeben würde. Sie müssen wissen, dass sie jeden, der für den Laird arbeitet, angewiesen hat, Sie zu beobachten und sie über alles zu informieren, was Sie machen – vor allem, wenn Nachrichten nach Maclaren gehen. Ich habe versucht, Tarben Castle unbemerkt zu verlassen, aber man muss mich gesehen haben. Es tut mir leid, Mylady.«

»Nein, Pauline, es ist nicht deine Schuld. Niemand trägt Schuld an dem Ganzen außer mir. Es war so töricht von mir, hierher zurückzukommen und zu denken, ich könnte mich meinen Entscheidungen stellen und nicht davon erdrücken lassen.«

Sie schluckte und drückte das Tuch wieder auf die Augen, damit es den nächsten Schwall Tränen aufnahm.

»Einen Teil der Schuld würde ich gern dieser Frau geben«, zischte Pauline, und Aisla wusste, wen sie damit meinte.

Als es plötzlich an der Tür klopfte, hätte Aisla beinahe das feuchte Tuch fallen gelassen. Ihr ganzer Körper spannte sich bei der Vorstellung an, es könnte ihr baldiger Ex-Ehemann sein. Sie war nicht bereit, ihn zu sehen. Eigentlich war sie sogar davon ausgegangen, ihn nicht wiederzusehen – nicht, nachdem er sie so grob aufgefordert hatte, sein Land zu verlassen, als würde sie an einer ansteckenden Krankheit leiden. Wollte er sichergehen, dass sie auch wirklich ging? Und sie andernfalls persönlich rauswerfen?

Mit wackeligen Beinen kam Aisla hoch. Pauline streckte die Hand aus und deutete auf das Nebenzimmer, in dem sie schlief. »Mylady«, flüsterte sie, »vielleicht sollten Sie dort warten. Ich werde mich um den Besucher kümmern.«

»Nein«, sagte Aisla und nahm alle Entschlossenheit zusammen, die ihr noch geblieben war. »Ich kümmere mich selbst darum.« Sie zögerte noch einen kurzen Moment, holte dann tief Luft und rief: »Herein.«

Die Tür ging auf, und obwohl es nicht Niall war, der hereinkam, empfand sie darüber keine Erleichterung. Vor ihr stand eine hämisch grinsende Fenella.

»Seine Lairdschaft hat befohlen, dass du sein Land verlässt, und doch bist du immer noch hier. Ich werde jetzt dafür sorgen, dass man dich wegbringt.«

Die Frau war erbarmungslos – eine offene Wunde, die sich nicht schließen wollte. Aisla spürte nichts von der Wut, mit der sie eigentlich gerechnet hatte, wenn sie sie wiedersähe. Da war nur dieses Gefühl der Leere angesichts einer Niederlage. Fenella hatte gewonnen. Es war ihr ein für alle Mal gelungen, Niall gegen sie aufzubringen. »Ich bin dabei, meine Sachen zu packen. Jetzt geh bitte, damit ich weitermachen kann.«

Fenella trat einen Schritt weiter in den Raum. »Er hätte dich schon vor Jahren loswerden und stattdessen jemanden aus seinem Clan heiraten sollen.«

Aisla konnte angesichts von so viel Gehässigkeit nur lachen. Die Frau konnte ihr mit ihrer Boshaftigkeit nichts mehr anhaben. »Und du glaubst, das wärst du?«

»Aye«, antwortete Fenella, die den Sarkasmus, der in der Frage mitschwang, entweder nicht bemerkte, oder es war ihr einfach egal. »Du warst hier immer unerwünscht. Du hättest einfach Dougal heiraten sollen, wie es dein Vater gewünscht hatte.«

Dass sie Dougal erwähnte und dann auch noch so vertraulich seinen Vornamen benutzte, ließ Aisla stutzen. Sie hatte Fenella mit einem Mann das Gasthaus betreten sehen. Zwar hatte er ihr den Rücken zugewandt, aber sie meinte, den Buchanan-Erben erkannt zu haben. War das Zufall? Plötzlich begannen Aisla alle möglichen Gedanken durch den Kopf zu rasen, und sie hatte das Gefühl, als würde Fenella etwas verbergen – etwas, das mit dem Mann aus ihrer Vergangenheit zu tun hatte und dem Mann, der schon seit Jahren für Unfrieden in ihrer Ehe gesorgt hatte.

»Was weißt du denn von Dougal Buchanan?«

Fenella hob das Kinn und rümpfte die Nase. »Alle auf Maclaren kennen das Gerede.«

»Aber du kennst ihn persönlich, nicht wahr?« Aisla kam näher und sah Fenella durchdringend ins Gesicht. »Ich habe euch zusammen gesehen. Er hat dich am Tag nach dem Fest auf Tarbendale ins Wirtshaus begleitet.«

Fenellas Pupillen zogen sich zusammen, und Aisla wusste, dass sie ins Schwarze getroffen hatte. Doch genauso schnell verbarg Fenella ihre Überraschung. »Aye, ich habe seine Bekanntschaft gemacht. Er hat mir anvertraut, was für ein großes Unrecht du ihm getan hast.«

Ihm unrecht getan? Die Worte verwirrten Aisla. Die Verbindung war von ihrem Vater geplant worden, als sie noch Kinder gewesen waren. Keiner hatte erwartet, dass die Vereinbarung Bestand haben würde, nachdem ihr Bruder der Herzog von Glenross geworden war. Und davon abgesehen – warum tändelte Dougal mit Nialls Haushälterin herum und beklagte sich bei ihr über uralte Verletzungen? Er war jetzt ein Bündnis mit den Campbells eingegangen und war glücklich verlobt.

Aber vielleicht tauschten sie sich ja gar nicht nur über entgangene Gelegenheiten aus.

Aisla dachte an die jüngsten Vorfälle in den Minen und die aufkeimende Fehde zwischen den Maclarens und Dougals zukünftigem Clan. Hatte Dougal irgendetwas damit zu tun? Er hatte nie etwas von Niall gehalten, und seine Ankunft auf Tarbendale schien zeitlich allzu passend, um als Zufall abgetan zu werden – nicht wenn, vor allem für Niall, so viel auf dem Spiel stand.

»Fenella, was wollte Dougal?«, fragte Aisla stirnrunzelnd.

Fenellas Lippen wurden schmal. »Nur ein Unrecht wiedergutmachen, das an ihm verübt worden ist.«

Sie versuchte, zu begreifen, von was für einem ›Unrecht‹ Fenella wohl sprach. Dass sie mit Niall durchgebrannt war? »Dougal Buchanan ist mit Rose Campbell verlobt …«

Fenella brach in schallendes Gelächter aus. »Ach ja? Nicht, wenn er bekommt, was er will. Und ich hoffe, dass er es bekommt – zum Wohle des Clans und zum Wohle meines Lairds.«

Ihre Worte drehten sich in Aislas Kopf und wollten keinen Sinn ergeben. »Und was genau will Dougal deiner Meinung nach?«

»Dich natürlich, obwohl nur der Himmel weiß, warum er so erpicht auf dich ist.«

Aisla sah zu Pauline, die längst nicht mehr so tat, als würde sie nicht zuhören. Die Zofe sah besorgt aus, und das war das gleiche Gefühl, das Aisla einen Schauer über den Rücken laufen ließ.

»Fenella, du kannst doch nicht ernsthaft so blind sein. Da ist noch viel mehr im Busch.«

Die Haushälterin kniff die Lippen zusammen und verschränkte die Hände hinter dem Rücken. »Es ist kein Geheimnis, dass ich, seit du auf Maclaren aufgetaucht bist, will, dass du verschwindest, und er ist einfach froh, mir helfen zu können. Lies nicht mehr in die Sache hinein.«

»Mach die Augen auf. Ich versuche, dir zu helfen, du blöde Frau. Dir ist klar, dass Dougal mit den Campbells verbündet ist, und die Beziehung zu ihnen ist in letzter Zeit äußerst angespannt. Das müsstest du eigentlich wissen, wenn du die Vertraute des Lairds wärst. Ich hoffe wirklich, dass du deinen Clan nicht mit irgendetwas verraten hast, denn das würde Niall dir niemals vergeben.«

Die Augen der Frau glitzerten vor Boshaftigkeit und Triumph. »Kümmere dich nicht um solche Sachen. Mit Männern kommt man besser klar, als du denkst. Sieh doch nur, wie leicht es war, den Laird davon zu überzeugen, was du getan hast.«

Sie hatte immer gewusst, dass Fenella Niall mit Gerüchten und Lügen an der Nase herumgeführt hatte, aber es machte Aisla trotzdem rasend, dass sie es so dreist und offen zugab.

»Bist du mit Dougal auch klargekommen?«, fuhr sie sie an, um sich Luft zu machen, wobei ihren Worten aber die Gehässigkeit fehlte. Doch als rote Flecken auf Fenellas Wangen erschienen und der triumphierende Ausdruck verschwand, blinzelte Aisla verwirrt, und langsam begriff sie. Schließlich waren die beiden zusammen in eine Wirtschaft gegangen. Gütiger Himmel, die Frau war schamlos. Aisla schüttelte den Kopf. »Vielleicht hättest du einige der Schimpfwörter, mit denen du mich belegt hast, für dich selbst aufsparen sollen.« Langsam holte sie Luft, und sie konnte wieder klar denken. »Er hat dich benutzt, Fenella, und du bist durch deinen Hass auf mich zu blind, um das zu erkennen.«

»Du irrst«, stotterte Fenella. »Er wollte nur ein bisschen Klatsch und Tratsch, unnützes Zeug – vor allem über dich und Lady Makenna und was er tun könnte, um dich zurückzubekommen.«

»Es geht hier nicht um mich, du dumme Gans«, brüllte Aisla fast und staunte über die mutwillige Ahnungslosigkeit der Frau. »Wo ist Dougal jetzt?«

»Als würde ich dir das sagen.«

»Dann bist du noch dümmer, als du glaubst«, sagte Aisla und griff nach einem der Wurfmesser, die auf der Kommode lagen. »Und jetzt raus hier, ehe es Blutflecken auf dem Teppich des Lairds gibt.«

Fenella wurde blass und rannte davon, während sie wie ein Rohrspatz schimpfte. Die Tür knallte hinter ihr zu.

Paulines Augen wurden ganz groß, und die Hände gingen zu ihrem Mund. »Gut gemacht, Mylady«, sagte sie, während ihr Blick an dem Messer hing. »*Mon Dieu,* wollten Sie es wirklich benutzen?«

»Nein, natürlich nicht.« Aisla grinste und legte das Messer zurück. Ihre Hand zitterte ein bisschen, und während sie stockend Atem holte, fragte sie sich, was Dougal eigentlich vorhatte. Es konnte nichts Gutes sein. Darauf würde sie ihre ganze Zukunft verwetten.

Pauline seufzte. »Diese Frau ist gefährlich, aber für Ihren Freund Dougal scheint das noch viel mehr zu gelten. Er hat noch eine Rechnung offen.«

»Wenn er hinter all dem steckt, ist er kein Freund von mir«, erwiderte Aisla.

»*Oui,* und sie auch nicht. Das ist keine gute Kombination.«

»Das bedeutet – ich muss den Laird finden und ihn warnen.«

Pauline zog eine Augenbraue hoch. »Und noch mehr Zorn auf sich ziehen?«

Aisla trat zum Nachtschrank und öffnete die Schublade. Als sie nach ihrem Messer gegriffen hatte, war ihr wieder eingefallen, dass dort das Topas-Messer lag, welches Niall entworfen und hergestellt hatte. Sie nahm es heraus und spürte das Gewicht des atemberaubenden Messers direkt im Herzen statt in ihrer Hand. Sie steckte es ein.

»Ob er nun zornig wird oder nicht – ich mache mir Sorgen, dass Fenella entweder wissentlich oder unwissentlich Dougal und den Campbells irgendwie geholfen hat. Und dass es da auch einen Zusammenhang mit den Unfällen in den Minen gibt. Vielleicht irre ich mich ja, aber ich muss etwas sagen, ehe ich gehe.«

Es würde ihr Gewissen belasten, wenn sie es nicht täte. Aisla verdrängte ihre Furcht und ging zur Tür. Ihre Hand lag auf der Klinke, als auf der anderen Seite laut geklopft wurde. Sie hoffte inständig, dass es nicht wieder Fenella war, als sie die Tür aufriss.

»Julien?« Sie bemerkte den beklommenen Ausdruck im Gesicht ihres Freundes und runzelte die Stirn. »Du sagtest, du würdest mir eine Stunde geben, um meine Sachen zu packen. Die ist noch nicht einmal zur Hälfte rum. Gab es noch einen Zusammenstoß mit Niall?«

»Nein.« Er trat in den Raum und sah sich suchend um, wobei sein Blick über Pauline hinwegglitt. »Ist Lady Makenna hier?«

Aisla schloss die Tür. Sie musterte Julien und wie er sich im Zimmer umsah. »Zu dieser Uhrzeit? Ich nehme mal an, sie liegt noch im Bett. Warum?«

»Sie ist nicht da. Ihre Zofe sagte, sie hätte nicht nach ihr geklingelt, damit sie ihr beim Ankleiden hilft, und doch ist ihr Bett leer.« Er blieb stehen und sah Aisla an. Da bemerkte sie erst, wie besorgt er tatsächlich war, und die Bedeutung seiner Worte traf sie mit voller Wucht.

Auch Pauline, die wieder angefangen hatte, Kleider einzupacken, zog eine schmale Augenbraue hoch. »Pauline, lässt du uns eine Minute allein?«

Ihre Zofe knickste und verschwand im Nebenzimmer. Aisla drehte sich zu Julien um. »Was um Himmels willen hattest du in Lady Makennas Zimmer zu suchen?«

»Ich bin nicht gleich in ihr Zimmer gegangen«, erwiderte er, während er ihrem Blick auswich. »Ich bin nach Norden zur Grenze zwischen den Ländereien der Maclarens und Campbells geritten.«

Verwirrt von dem Gedankensprung, sah sie ihn an. »Aus welchem Grund?«

Julien schien nach der richtigen Antwort zu suchen, seine Brust hob und senkte sich, während er sich mit einer Hand durchs Haar fuhr. »Vor ungefähr einer Woche bin ich Lady Makenna dort begegnet. Anscheinend reitet sie gern frühmorgens aus, und ihr Weg führt an der Grenze entlang. Ich bin ihr zufällig an diesem Morgen begegnet, und angesichts der Spannungen zwischen den Maclarens und den Campbells empfahl ich ihr, das nächste Mal jemanden mitzunehmen. Ich hatte mich dafür angeboten, aber am nächsten Morgen stellte ich fest, dass sie nicht auf meinen Rat gehört hatte, und, nun ja … am nächsten Morgen auch nicht.«

Aisla schwieg einen Moment lang. Es sah Julien gar nicht ähnlich, sich über jemand anders als sich selbst Gedanken zu machen. Aisla bildete da die seltene Ausnahme. Und vor einiger Zeit war die Beziehung der beiden zudem ein bisschen heikel gewesen. »Also bist du ihr jedes Mal hinterhergeritten?«

Er zog eine Augenbraue hoch. »Du kannst mir nicht vorwerfen, dass ich mir eine Ablenkung gesucht habe, um mir die Zeit zu vertreiben. Es wurde zu einem Spiel, ja? Außerdem sieht es Makenna nicht ähnlich, einfach zu verschwinden, und ihre Zofe ist gerade am Durchdrehen. Ich muss die liebe Frau beruhigen.«

»*Lady* Makenna, Jules.« Wieder fiel ihr seine ungewöhnliche Sorge auf – genau wie die vertrauliche Nennung ihres Vornamens. Doch dann kam ihr wieder das Gespräch mit Fenella in den Sinn. Fenella hatte Makenna namentlich erwähnt.

»Ihr ist bestimmt nichts passiert, und ich bin mir sicher, dass sie irgendwo ist«, sagte Aisla, während ihr Bauchgefühl in Aufruhr geriet. »Wahrscheinlich habt ihr euch einfach nur verpasst.«

Julien schüttelte den Kopf. »Ich hatte gehofft, dass sie hier ist. Ich reite jetzt nach Maclaren zurück und frage in den Stallungen nach.«

Er berührte Aisla kurz am Arm, als er an ihr vorbei zur Tür ging. Seine Sorge war fast mit Händen zu greifen, und je länger sie über Fenellas Bemerkung über Lady Makenna nachdachte, desto besorgter wurde auch sie. Sie verließ ihr Zimmer sofort nach Julien und ging geradewegs in die Küche. Mrs Wingate und ein paar Mägde waren bereits bei der Arbeit, und Fenella schenkte sich gerade eine Tasse Tee ein. Sie sah Aisla und verzog das Gesicht.

»Warum bist du immer noch da?«

»Du hast gesagt, du hättest mit Dougal über Lady Makenna, die Schwester des Lairds, gesprochen«, erklärte Aisla, die sich jetzt nicht mehr um spitze Bemerkungen scherte. Fenella stellte ihre Tasse so abrupt ab, dass der Tee überschwappte, und warf der Köchin und den Mägden einen schnellen Blick zu. Wortlos verließen sie zusammen die Küche.

»Aye, na und?«

Aisla sah sie scharf an. »Was genau wollte er über sie wissen? Und sei ehrlich, sonst gehe ich sofort zum Laird und erzähle ihm, was ich über euch beide weiß.«

»Belangloses Zeug. Hatte ich doch schon gesagt«, erwiderte sie mürrisch. »Was sie zum Zeitvertreib tut und womit sich die Frauen auf Maclaren und Tarbendale beschäftigen.«

Aisla hatte das Gefühl, als würde sich plötzlich eine zentnerschwere Last auf ihre Brust legen. »Hast du zufällig erwähnt, dass Lady Makenna morgens gern entlang der Grenze ausreitet?«

»Vielleicht. Warum fragst du?«

»Lady Makenna ist von ihrem Ausritt nicht zurückgekehrt, und ihre Zofe hat seit Stunden nichts von ihr gesehen. Sie wird vermisst, Fenella. Hat Dougal irgendetwas damit zu tun?«

Fenella nahm eine starre Haltung an. »So etwas würde er nicht tun.«

»Wenn er sich mit den Campbells verbündet hat, vielleicht doch.« Eisige Kälte breitete sich in ihr aus, und es befiel sie eine Ahnung, dass Makenna in Gefahr sein könnte. »Und die Vorfälle in den Minen haben Leben gekostet und Niall großen finanziellen Schaden zugefügt«, fuhr Aisla fort. Ihre Gedanken rasten. »Hast du ihm etwas über die Minen erzählt?«

Zum ersten Mal wirkte die Haushälterin unsicher, als würde ihr endlich die mögliche Tragweite des Ganzen bewusst. »Wir haben über vieles geredet. Er … hat immer nur zugehört.« Sie zuckte leicht die Achseln. »Zuerst war er nur ein Mittel zum Zweck, aber ich war einsam, und man konnte sich so gut mit ihm unterhalten. Ich war stolz auf das, was der Laird erreicht hatte.« Die Haushälterin ließ sich schwer auf einen Stuhl sinken. Sie wirkte plötzlich fassungslos. »Ich würde nie meine eigenen Leute in Gefahr bringen.«

»Nicht wissentlich. Da bin ich mir sicher. Aber Dougal hat nicht selbstlos gehandelt. Es ist sehr wohl möglich, dass er dich benutzt hat, um Niall zu schaden.« Aisla wusste, dass sie der Frau nichts schuldig war, doch ihre Stimme wurde sanfter. »Er kann ziemlich charmant sein, wenn er will.«

Fenella schüttelte den Kopf, doch diesmal widersprach sie nicht.

»Lord Leclerc sucht nach Makenna«, sprach Aisla weiter, »und ich muss jetzt zu Niall, um ihm zu sagen, was ich vermute.«

Fenella sprang vom Stuhl auf. »Ich komme mit. Er ist entweder in den Minen oder auf Maclaren.«

»Ich geh lieber allein.«

»Wenn du recht hast, bin ich an allem beteiligt … es ist das Mindeste, dass ich es ihm selbst sage.«

Jetzt war nicht der Zeitpunkt, darüber zu diskutieren, dass sie der Haushälterin kein bisschen traute, doch wenn sie zusammen nach Niall suchten, würde das nicht schaden. Aisla nickte kurz und ging zu den Stallungen.

»Ist der Laird bereits zurück?«, fragte sie einen Stallburschen.

»Nein, Mylady«, erwiderte er. Das überraschte Aisla nicht. Niall würde unter Umständen stundenlag umherreiten, um ihr aus dem Weg zu gehen.

»Sattle bitte zwei Pferde für uns«, sagte sie, und nur einige Minuten später waren sie und Fenella bereits auf dem Weg zu den Minen. Aisla hoffte weiter inständig, dass Julien Makenna mittlerweile gefunden hatte. Sie hoffte, dass die böse Vorahnung nur eine Ausgeburt ihrer Phantasie war.

Die Pferde trugen sie durch die Felder und hoch in den Wald, durch den Makenna sie schon einmal geführt hatte, als sie ihr die Minen gezeigt hatte. Als sie und Fenella aus dem Wald herauskamen, rechnete Aisla eigentlich damit, Arbeiter zu sehen, die damit beschäftigt waren, ihr Tagewerk zu beginnen. Doch stattdessen war bei den Stollen und um die Gebäude herum niemand zu sehen, und es herrschte eine fast gespenstische Stille. Keine Menschenseele war zu sehen. Unbehagen machte sich in ihr breit.

»Es ist Sonntag«, sagte Fenella. Es waren die ersten Worte, die sie sprach, seitdem sie die Burg verlassen hatten.

Die Arbeiter würden zu Hause bei ihren Familien sein. Aisla trieb ihr Pferd wieder an und ritt auf die Hütten und Turmhäuser auf der Hügelspitze zu. Neben den Trögen, wo die Arbeiter das Geröll auf der Suche nach Topaseinlagerungen siebten, hielt sie ihr Pferd an. Nirgends war ein Pferd oder ein Mensch zu sehen. Vielleicht war Niall nach Maclaren gegangen. Früher wäre er jetzt in der Taverne im Dorf gewesen, aber so war er nicht mehr.

»Was machst du da?«

Aisla hörte Fenellas Frage und drehte sich, um ihr zu sagen, dass es doch ihre Idee gewesen wäre, als Erstes bei den Minen nachzuschauen. Doch was sie sah, versetzte ihr einen heftigen Schreck.

Dougal Buchanan war aus einem der Turmhäuser getreten. Er hatte ein kleines Fass in der Hand und etwas, das wie ein Seil aussah. Das Fass setzte er vorsichtig ab, aber das Seil behielt er in der Hand.

»Das ist jetzt ein ganz schlechter Moment«, erwiderte er, obwohl sich ein Grinsen langsam auf seinem Gesicht ausbreitete. Es zeugte jedoch nicht von Erheiterung. Das Lächeln und sein Gesicht wirkten irgendwie härter.

Fenella stieg ab und ging auf Dougal zu. »Ist das Schießpulver?«

Das dünne Seil, das Dougal in der Hand hielt, verlief bis zur offen stehenden Tür des Turmhauses, und Aisla wurde plötzlich klar, um was es sich handelte. Eine Zündschnur. Fenella wartete Dougals Antwort nicht ab. Sie stürzte sich auf ihn.

»Wie kannst du es wagen? Du hast mich die ganze Zeit nur benutzt …«

»Verpiss dich, du Schlampe. Du hast mich auch benutzt.«

Aisla blieb auf ihrem Pferd sitzen. »Überleg dir gut, was du da tust, Dougal. Du wirst einen Krieg zwischen den Maclarens und den Campbells entfesseln.«

Er lachte. »Das ist genau meine Absicht, Mädchen. Und zwar seit sechs langen Jahren. Der verkrüppelte Mistkerl hat mich das Bündnis mit den Montgomerys gekostet. Er hat mich dich gekostet.« Er spie aus. »Der einzige Grund, warum ich mich um ein Bündnis mit den Campbells bemüht habe, war, in die Nähe der Maclarens zu kommen.«

Allmählich begriff Aisla, und Entsetzen stieg in ihr auf. »Damit sie dir helfen, eine Fehde zu beginnen.«

Ein harter Ausdruck ließ das bösartige Grinsen von Dougals Gesicht verschwinden. »Um diesen wehleidigen, einhändigen Laird und alles, was ihm lieb ist, zu vernichten.«

Fenella gab einen ächzenden Laut von sich, während sie zwischen Aisla und Dougal hin- und herschaute. »Niall Schaden zuzufügen, war nicht Teil unserer Abmachung. Du hast mich angelogen!«

»Meinst du, das interessiert mich? Du bist doch eh nur eine armselige Schlampe.«

Fenella heulte wütend auf und ging mit erhobenen Fäusten auf Dougal los.

»Fenella!«, brüllte Aisla, denn sie wusste, dass die Frau einen Fehler machte.

Ihr Blick hing noch an der angreifenden Haushälterin, als Aisla eine Pistole knallen hörte. Ihr Pferd zuckte zusammen und scheute, sodass sie erst ein paar Sekunden später die Waffe in Dougals Hand sah – und Fenella, die mit dem Gesicht nach unten auf dem Boden lag.

»Nein!«, schrie sie auf. Ihr Pferd, immer noch aufgeregt und schreckhaft, wich zurück. »Du verdammter Mistkerl!«

Der Mann war wahnsinnig. Er hatte eine wehrlose Frau erschossen, und sobald er die Zündschnur ansteckte, würde es wahrscheinlich eine Explosion geben.

»Du solltest mit deinem zukünftigen Ehemann nicht in dieser Weise reden.«

Ehemann? Er war eindeutig verrückt. Was auf Erden sollte sie je dazu treiben, diesen Mann zu heiraten – vor allem nach dem, was er gerade gestanden hatte.

Aisla riss ihr Pferd herum und galoppierte davon. Doch dann ertönte ein zweiter Schuss. Ihr Pferd stieg. Aisla versuchte noch, die Zügel nicht zu verlieren, was ihr jedoch nicht gelang, sodass sie rückwärts aus dem Sattel fiel, als sich das Pferd erneut auf die Hinterhand stellte. Sie krachte auf den Boden, wusste aber, dass sie nicht regungslos liegen bleiben durfte.

Nach einer schnellen Überprüfung aller Gliedmaßen stellte sie fest, dass sie sich nichts gebrochen hatte, aber in ihrem Kopf drehte sich noch alles, während sie unsicher hochkam. Gleichzeitig griff sie in die Rocktasche. Ihre Finger schlossen sich um das kühle Heft des Topas-Messers, während sie sich umdrehte und wieder in der Hocke versank. Dougal kam auf sie zu gerannt, als sie aufsprang, das Messer herauszog und es atemlos warf.

Aisla blieb nur lange genug stehen, um zu sehen, wie Dougal nach hinten taumelte und sich an die Schulter griff, wo das Heft mit dem Topas in der aufgehenden Sonne funkelte. Verdammt! Sie hatte eigentlich auf seine Brust gezielt, aber ihre Augen und das Gleichgewicht hatten sie im Stich gelassen. Sie war wohl doch härter aufgeschlagen, als sie gedacht hatte. Sie drehte sich um und rannte los. Ihr scheuendes Pferd war durchgegangen und verschwunden. Sie hatte höchstens eine Minute, ehe Dougal hinter ihr herkam. Die Verletzung, die sie ihm beigebracht hatte, war nicht lebensbedrohlich, und Dougal war ein starker Mann.

Er hatte Fenella erschossen.

Panik stieg in Aisla auf. Sie konnte nicht zurück, um ihr zu helfen, aber vielleicht könnte sie sich irgendwo verstecken. Vielleicht hatte Dougal ja recht. Unter Umständen hatte jemand die Schüsse gehört und käme, um nachzuschauen, was passiert war.

Oder auch nicht. Schließlich war Sonntag.

Schwer atmend schleppte sich Aisla mit vom Sturz schmerzendem Kopf und Ellbogen benommen an den Türmen und Hütten vorbei, die überall standen. Sie erspähte ein kleineres Turmhaus und huschte hinein. Es war dunkel und kühl. Im Boden war ein Loch mit einer Leiter, die nach unten führte. Schnell kletterte sie die Leiter hinab, und als sie die letzte Sprosse erreicht hatte, spürte sie, wie sie mit den Stiefeln auf knarrende Holzplanken traf. Es fiel kaum Licht bis nach unten, und sie hoffte inständig, dass Dougal hier nicht nach ihr suchen würde. Vielleicht beeilte er sich ja auch, zu den Campbells zu kommen, um seine Wunde verarzten zu lassen.

Oder er sprengte die Mine.

Aisla atmete schneller, als die Bretter unter ihren Füßen ächzten – und brachen. Sie gaben unter ihr nach, und sie stürzte in den Stollen. Ihr blieb noch nicht mal genug Zeit, um zu schreien, als sie auch schon mit schmerzhafter Wucht auf den harten Boden krachte, der ihr alle Luft aus der Lunge drückte.

Dann verschwamm alles vor ihren Augen und wurde schwarz.

Kapitel 18

Bereits zum dritten Mal brach ein Rohtopas, als Niall ihn schleifen wollte. Er fluchte laut und hätte beinahe sowohl den Stein als auch das Werkzeug an die Wand geworfen. Normalerweise beruhigte es ihn, wenn er die kleineren Steine bearbeitete. Wenn er sich auf etwas so Kleines, Facettenreiches konzentrierte, nahm das in der Regel seine ganze Aufmerksamkeit in Anspruch. Heute war er jedoch einfach nicht in der Lage, sich von seinen Gedanken freizumachen. Und das nicht nur, weil er seine treulose Ehefrau weggeschickt hatte; obwohl das einen großen Teil ausmachte. Nein, er konnte sich nicht konzentrieren, weil seine Gedanken ständig zwischen Erinnerungen an die letzte Nacht, als er und Aisla voll ehrlicher Lust und Leidenschaft zusammengekommen waren, und dem Morgen hin- und hergingen, als er sie und Leclerc in der Ruine vorgefunden hatte.

Wie hatte sie das tun können? Ihn verlassen, um sich mit einem anderen Mann zu treffen? Die Vorstellung raubte ihm schier den Verstand. Danach hätte er nicht wieder schlafen gehen können. Nein, stattdessen war er nach Westen zu den MacLeods geritten und hatte einen verschlafenen Hamish geweckt, um sich mit ihm einen heftigen Faustkampf zu liefern. Niall hatte gehofft, dass der andere ihn bewusstlos schlagen würde, damit er die gähnende Leere nicht mehr spürte, die sich in ihm aufgetan hatte und ihn zu verschlingen drohte.

Hamish, der seiner Bitte immer gern nachkam, hatte ihn verprügelt.

»Geht's um das Mädel?«, hatte er gefragt.

Niall hatte sich gezwungen gesehen, ihm für diese Frage einen Kinnhaken zu verpassen. »Nein«, hatte er gezischt und war Hamishs keulenartigen Fäusten ausgewichen.

»Du bist viel zu aufgebracht, als dass es etwas anderes sein könnte.« Ein tiefer, harter Hieb traf Niall mitten im Magen und ließ ihn fast das Gleichgewicht verlieren. »Und außerdem ist es viel zu früh.«

»Sie verlässt Schottland.«

Hamish hatte gelacht. »Dann ist sie also wieder zur Besinnung gekommen, hm? Hab schon immer gedacht, dass sie für jemanden wie dich zu gut ist.«

Das hatte gesessen. Sie war eindeutig immer zu gut für ihn gewesen. So gut, dass sie sich ihre Befriedigung anderswo gesucht hatte. Oder vielleicht hatte sie ja auch nur die Wette gewinnen wollen. Sie hatte ihn in ihr Bett geholt und dann den Sieg für sich verbucht. Himmel, wenn das so war, hatte sie ihn wirklich geschlagen. Er hatte nicht einmal gewusst, dass er derjenige war, der verführt wurde. Stolz und Wut kamen wieder in ihm hoch und ließen ihn rot sehen. »Halt die Fresse und kämpf, du Drecksack.«

Dann hatte Niall wie ein Besessener mit aller Macht weitergekämpft, sodass Hamish nach mehreren sehr schmerzhaften Schlägen, die er ausgeteilt hatte, eigentlich aufhören wollte, aber fassungslos feststellen musste, dass Niall immer noch nicht genug hatte. Nicht einmal Hamishs beachtliche faustkämpferische Fähigkeiten hatten die Dämonen zum Schweigen bringen können, die in seinem Kopf tobten, ihn verhöhnten, quälten und auslachten. Ihm tat alles weh, aber seinen Dämonen ging es glänzend.

Nachdem er zur Burg zurückgeritten war, hatte Niall versucht, seine Energie bei der Bearbeitung von Steinen loszuwerden, aber das hatte offensichtlich auch nicht geklappt, sodass ihm nur noch eine Möglichkeit blieb. Er marschierte in sein Arbeitszimmer und griff in die Schublade seines Schreibtisches, um die Whiskyflasche hervorzuholen. Aber er hatte vergessen, dass er sie ja im Kamin hatte zerschellen lassen. Er hatte sich nicht die Mühe gemacht, sie zu ersetzen. Frustriert sank er in den Stuhl hinter seinem Schreibtisch und presste die Hände gegen seinen Kopf.

In der Burg war es ganz ruhig gewesen, als er zurückgekommen war, und es hatte ihn erleichtert, dass Fenella ihn nicht erwartet hatte, um wegen Aisla zu frohlocken. Er wollte nicht über sie reden – nie wieder. War sie überhaupt schon weg? Würde er es mitbekommen … wenn sie mit ihrem ganzen Licht verschwand?

Es reicht, Niall. Es ist vorbei.

Wieder durchfuhr ihn ein stechender Schmerz, so heftig, dass er sich fast krümmte. Niall bezweifelte, dass sein Körper noch eine Runde mit Hamish überstehen würde, aber wenn es nötig war, würde er das halt auf sich nehmen. Er kniff sich mit Daumen und Zeigefinger in die Nasenwurzel und fuhr sich dann mit nervöser Hand durchs Haar. Vielleicht würde es ja etwas bringen, wenn er im See schwamm.

»Laird«, sagte ein Diener plötzlich. »Da ist ein Gentleman, der Sie sprechen möchte.«

Nialls Augen wurden schmal. Ein Gentleman? »Bring ihn rein.«

Er musste seine ganze Selbstbeherrschung aufbieten, um nicht wie ein wildes Tier mit einem Hechtsprung über seinen Schreibtisch zu setzen und den Mann, der den Raum betreten hatte, zu Boden zu werfen. Doch als er sich erhob, brachen seine Finger fast die Schreibtischkante aus massivem Mahagoniholz ab. »Sie riskieren viel, dass Sie jetzt noch herkommen, Leclerc«, knurrte er warnend, ehe er um den Tisch herumtrat.

»Makenna ist nirgends zu finden.«

Niall wollte den Mann wegen der vertraulichen Verwendung

des Vornamens seiner Schwester schon scharf kritisieren, als er abrupt stehen blieb. »Was meinen Sie damit, sie sei nirgends zu finden?«

Leclerc sah immer noch genauso zerzaust aus wie heute Morgen bei der Ruine, doch jetzt war auch noch ein panisches Leuchten in seinen Augen zu erkennen. »Sie macht morgens immer einen Ausritt, und der Stalljunge auf Maclaren hat mir gerade gesagt, dass ihr Pferd allein zurückgekehrt sei.«

Leichtes Unbehagen machte sich in Niall breit. »Sie ist eine gute Reiterin, aber das Pferd könnte sie trotzdem abgeworfen haben. Ich werde ein paar Männer zusammenrufen und nach ihr suchen.«

Leclerc hielt ihn mit erhobener Hand zurück. »Da ist noch mehr. Ich habe mit Pauline gesprochen – Aislas Zofe. Sie sagte, Ihre Haushälterin hätte Aisla heute Morgen in ihrem Schlafzimmer aufgesucht und ein paar besorgniserregende Dinge gesagt.«

»Ich will nicht mit Ihnen über sie sprechen«, knurrte er fast. »Danke, dass Sie sich wegen meiner Schwester Sorgen machen, aber jetzt können Sie gehen.«

»Seien Sie doch nicht so ein eigensinniger Narr.« Der Franzose hatte tatsächlich die Stirn, ihm mit wütend verzogenem Mund entgegenzutreten. »Was Ihre Haushälterin sagte, könnte auch bezüglich Lady Makenna wichtig sein.«

Niall zwang sich, ruhig zu bleiben und zuzuhören – und sei es nur wegen Makenna. Er verschränkte die Arme vor der Brust und gab dem anderen mit einem kurzen Nicken zu verstehen, fortzufahren.

»Offensichtlich unterhielt die Dame eine … Verbindung zu Dougal Buchanan und hat ihm in dieser Zeit Informationen zukommen lassen – unter anderem über Aisla und Makenna.«

Fenella und Dougal? Niall hatte noch nicht mal gewusst, dass die beiden einander kannten. In seinen Ohren begann es plötzlich zu dröhnen, und sein Körper spannte sich an, während er darüber nachdachte, was der Franzose erzählte.

»Sie glauben, er hat etwas damit zu tun, dass Makennas Pferd allein zurückgekommen ist?«, fragte er.

Leclerc nickte mit grimmig aufeinandergepressten Lippen. »Wie Sie schon sagten – sie ist eine gute Reiterin. Entweder sie ist abgeworfen worden, oder hier ist irgendetwas Übles am Werk.«

Niall schoss ein Gedanke durch den Kopf, und ihm stockte fast der Atem. »Wo ist Aisla?«

»Ich weiß es nicht. Pauline sagte, sie wäre los, um Sie zu suchen.« Leclerc stieß einen unterdrückten Fluch aus. »Sie haben sie nicht gesehen?«

Furcht erfasste ihn, und Niall stürmte aus seinem Arbeitszimmer, als plötzlich ein lauter Schrei ertönte. Er und Leclerc, der dicht hinter ihm war, rannten los und stürmten die Treppe hinunter. In der Eingangshalle standen mehrere Mägde um einen Mann herum, dessen Hemd voller Blut war und der eine schlaffe, blutende Fenella trug.

Niall war am Fuß der Treppe angekommen, als der Mann, einer seiner Pächter, der Schafzucht betrieb, ihn sah. »Mylaird! Ich habe sie gefunden, wie sie über meine Weide kroch. Sie ist angeschossen worden.«

»Leg sie dort ab«, befahl Niall und deutete auf eine lange Bank.

Der Schafzüchter tat, wie ihm geheißen.

Makenna war verschwunden. Fenella war angeschossen worden. Wo zum Teufel war Aisla?

»Niall.« Er hörte Fenellas leises Krächzen trotz der Panik, die seine Ohren dröhnen ließ. Er ging zu ihr und kniete sich hin. Blut. Es war überall – tränkte ihren Plaid und befleckte ihre aschfahle Haut.

»Fenella, was ist passiert?«, fragte er, während er nach ihrer Hand griff, die von ihrem eigenen Blut ganz klebrig war, und sie fest umklammerte. Sie würde es nicht überleben. Ein Blick auf die Wunde – mitten im Bauch – machte ihm das klar.

»Es ist meine Schuld«, röchelte sie. »Es tut mir leid, Niall.«

»Unsinn. Nichts ist deine Schuld, Mädchen«, flüsterte er. »Aber du musst mir erzählen, was passiert ist. Wo ist Aisla? Und Makenna – weiß du, was mit ihnen ist?«

Fenella drehte den Kopf hin und her. »Das war Dougal. Ich wusste nicht … er will dich vernichten und alles, was du aufgebaut hast.«

»Wo?«, fragte Leclerc.

Sie hustete, und Blut sickerte aus ihrem Mundwinkel. »Die Mine … er hat Lady Aisla verfolgt …«

Eiskaltes Entsetzen brachte den schnellen Schlag seines Herzens und seine Atmung zum Stehen. Dougal hatte Aisla in seiner Gewalt.

»Ich habe dir unrecht getan, Niall«, wimmerte Fenella, und ihre Augen standen voller Tränen. »Ich wollte, dass ihr euch entzweit. Ich habe dich über deine Frau angelogen, um dich eifersüchtig zu machen – damals, als du frisch verheiratet warst, und die letzten Wochen – mit dem Franzosen – auch. Es war falsch von mir. Es tut mir so leid.«

Niall verspürte noch nicht mal einen Anflug von Wut – jetzt nicht. Fenella gestand ihre Sünden auf dem Totenbett, und er wusste, dass er nicht mehr tun konnte, als zuzuhören.

»Vielleicht, Mädchen, aber jetzt hast du es bei ihr und bei mir wiedergutgemacht. Du hast deine ganze Kraft aufgeboten, um zurückzukommen und zu erzählen, was passiert ist. Dafür danke ich dir, Fenella.«

Sie schloss die Augen und verzog das Gesicht, während ihr Tränen an den Schläfen herunterliefen. Es war bestimmt eine schmerzhafte Wunde, und sie musste sich mindestens eine Meile abgequält haben, ehe der Pächter sie gefunden hatte. Mit dem, was sie in der Vergangenheit getan haben mochte, um ihn und Aisla auseinanderzubringen, würde er sich später beschäftigen. Später würde er wütend werden. Als sich ihr Griff lockerte und ihre Hand schlaff wurde, wusste Niall, dass es vorbei war. Ihr verzerrtes Gesicht glättete sich, und er verspürte einen Anflug von Trauer. Aber dafür war jetzt keine Zeit.

»Kümmert euch um sie«, sagte er zu den weinenden Mägden und drehte sich dann zu dem Schafzüchter um, dessen Kleidung mit Fenellas trocknendem Blut getränkt war. »Lauf nach Maclaren und setze Ronan darüber in Kenntnis, was wir eben gehört haben.«

Der Mann nickte, doch Leclerc fuhr dazwischen. »Er ist nicht auf Maclaren. Ich ging zu ihm, ehe ich hergekommen bin. Er hat mich hergeschickt. Ich glaube, er hat vor, den Campbells einen Besuch abzustatten.«

Gut. Das Wissen, dass Ronan und seine Krieger sich bereits in Bewegung gesetzt hatten, tröstete ihn etwas, aber nicht annähernd genug. Niall versuchte, ruhig zu bleiben, während er sich mit einer Flinte, einer Pistole sowie Munition und Schießpulver ausstattete. Leclerc hatte sich in der Zeit um das Satteln von zwei frischen Pferden gekümmert. Die beiden schlugen den Weg Richtung Mine ein, ohne auch nur ein Wort miteinander zu wechseln. Die Pferde flogen im Galopp dahin, während Niall sich die ganze Zeit ausmalte, was Aisla unter Umständen passiert sein könnte.

Waren sie und Makenna von Dougal oder von den Campbells entführt worden? Dazu gehörte nicht viel Phantasie angesichts der Spannungen zwischen den Clans und Ronans Weigerung, eine der Töchter Campbells zu heiraten. Trotzdem würde Laird Campbell aber doch bestimmt nicht etwas so Barbarisches tun, wie eine Maclaren zu entführen. Doch wenn der Campbell ein Druckmittel haben wollte, um ein Bündnis zu erzwingen, rückte eine Entführung unter Umständen wieder in den Bereich des Möglichen.

Manch alte schottische Traditionen grassierten immer noch unter den Clans. Der Gedanke erfüllte ihn mit lähmender Furcht.

Leclerc und eine Handvoll weiterer Männer ritten hinter Niall. Der Klang der Hufe hallte wie Donnerschläge in seinen Ohren. Aus dem Wald kamen vier weitere Reiter, die von Hamish angeführt wurden, und schlossen sich der Gruppe wortlos an. Die Kunde vom Vorfall musste sich in Windeseile verbreitet haben, nahm Niall an. Und schon war sein Freund da, um zu helfen.

»Reite mit deinen Männern zum See!«, rief Niall Hamish zu. »Wir reiten zum Steinbruch!«

Sein Freund gab einen bestätigenden Ruf von sich und scherte mit seinen Männern nach links aus. Wenn Dougal Aisla in seiner Gewalt hatte, könnte er sie mittlerweile überall hingebracht haben. Aber es war sinnvoll, mit der Suche bei der Mine zu beginnen. Fenella hatte gesagt, dass sie dort gewesen wären.

Niall trieb sein Pferd an, während er den Weg durch den Wald zur Anhöhe nahm. Er wollte sich nicht vorstellen, was für ein Anblick ihn im Steinbruch unter Umständen erwartete. Wenn sie nun einen Kampf mit Dougal angefangen hatte? Himmel! Wenn er sie ebenfalls erschossen hatte? Es tröstete ihn etwas, dass der Mann Aisla eindeutig begehrte, sodass sie vielleicht noch am Leben war.

Rasend vor Wut und mit nicht geringer Furcht brach Niall zwischen den Bäumen hervor. Sein Blick ging sofort zu den Gebäuden der Mine, aber genau, wie er erwartet hatte, war nirgends jemand zu sehen. Sonntags sah es hier immer so aus.

»Mylaird!« Trotz des Dröhnens in seinem Kopf hörte er die Stimme eines Mannes. Niall drehte sich im Sattel und folgte mit dem Blick dem ausgestreckten Arm eines Bauern, der auf eine trocknende Blutlache im Gras zeigte.

»Da ist Fenella angeschossen worden«, sagte er, obwohl es unnötig war.

Niall musterte die Gegend vom Sattel aus, doch seine Hoffnung, dass er hier einen Hinweis finden würde, schwand immer mehr. Doch dann sah er neben einem Haufen Geröll etwas aufblitzen.

Er sprang aus dem Sattel, lief hin, und als er sich hinhockte, stockte ihm der Atem. Seine Finger strichen über das Heft mit dem Topas von Aislas Messer. Die Klinge war voller Blut. Ihr Blut oder Dougals? Er griff danach und wusste genau, dass sie sich verteidigt hätte. Bestimmt hätte sie ihr Ziel getroffen, und vielleicht hatte ihr das die Gelegenheit verschafft, wegzulaufen.

Er stand auf, wischte das Messer ab und steckte es ein.

»Seht euch weiter um!«, rief er den Männern zu, während er seine Panik nur mühsam im Griff behielt. »Sucht den Boden nach irgendwelchen Hinweisen oder Spuren ab. Wenn sie hier war, kann sie nicht weit sein.«

Gehorsam schwärmten die Männer aus. Niall atmete tief durch und versuchte sich zu beruhigen, aber es war unmöglich. Seine Schwester wurde auch vermisst, aber er hatte sich noch nicht erlaubt, über sie nachzudenken – oder über Fenella. Nein, er musste sich auf Aisla konzentrieren. Seine *Ehefrau*.

»Hier ist was!«

Er rannte los, um sich einigen seiner Männer anzuschließen, die sich am Eingang eines der Turmhäuser versammelt hatten – und erstarrte. Ein kleines Pulverfass lag auf der Seite und sah leer aus. Daneben sah man eine Zündschnur. Sie lief direkt ins Turmhaus.

»Vorsicht, Jungs«, sagte Niall mit pochendem Herzen. Dougal hatte den Stollen sprengen wollen, aber es sah aus, als wäre sein Plan durchkreuzt worden. Von Aisla?

»Sucht nach einer Blutspur«, wies Niall die Männer an. »Aisla könnte ihn verwundet haben.«

Die Männer schwärmten erneut aus, während ein paar vorsichtig der Lunte ins Turmhaus folgten.

Nialls Blick glitt über die Stollen und Hütten, die verstreut auf der Anhöhe lagen. Würde sie versucht haben, zu Fuß nach Maclaren zu laufen? Oder nach Tarben Castle?

»Laird!«

Der Ruf ließ sofort Hoffnung und Angst in ihm aufsteigen. Er rannte in die Richtung, aus der er die Stimme gehört hatte, und sah drei seiner Männer um eine der Öffnungen der verlassenen Minen herum stehen. Das gedrungene, bröckelnde Turmhaus aus Stein war schon jahrelang nicht mehr in Benutzung.

»Die Bretter über dem Stollen sind weg«, sagte einer der Männer, als Niall sie erreichte. »Es sieht aus, als wäre da jemand durchgebrochen.«

Er stellte sich neben die anderen und sah in den Schacht hinein. Im schwachen Lichtschein konnte er tief unten etwas Blaues erkennen. Aisla hatte heute ein blaues Reitkleid angehabt.

»Allmächtiger«, murmelte er, und dann sagte er zu den Männern hinter sich: »Holt mir ein Seil.«

Kapitel 19

Es war immer noch dunkel. Aisla hatte ein paarmal die Augen geöffnet, wenn sie aus unruhigem Schlaf erwacht war. Aber jedes Mal war da nur diese schwarze Wand gewesen. Sie konnte die Mineralien riechen, die in der Luft hingen, und hatte den Geschmack von Sand im ausgedörrten Mund. Jedes Mal wollte sie Arme und Beine bewegen, aber sie fühlten sich einfach nur schwer an. Ihr Schädel pochte, als hätte sie einen Schlag mit einem Hammer auf den Kopf bekommen. Helle Punkte behinderten ihre Sicht, und ihr wurde übel davon. Dann schlossen sich ihre Augen wieder, aber sie wusste nicht, wie lange.

Wie lange lag sie jetzt schon am Grund dieses Schachts?

Lange genug, dass ihre Kehle brannte und sie sich inständig einen Schluck kühles Wasser wünschte; denn sie hatte das Gefühl, als wäre ihre Zunge geschwollen und ganz trocken. Ihr Kopf tat – genau wie Rippen und Bauch – immer noch weh, aber der anfangs heftige, stechende Schmerz war jetzt nur noch dumpf pochend. Sie war durch morsche Bretter gebrochen und gefallen – oder eher getaumelt und gerutscht. Es war kein steiler Absturz gewesen. Ihr Rücken war aufgeschürft, und alles tat weh. Es war sehr wohl möglich, dass sie sich etwas gebrochen hatte, was ihren schwachen Puls sofort in die Höhe trieb.

Dougal. Der verdammte Schweinehund.

O Gott. Er hatte auf Fenella geschossen. Aisla konnte nur hoffen, dass er ihr keine tödliche Verletzung beigebracht hatte, aber es war unwahrscheinlich, dass sie in der Verfassung war, Hilfe zu holen.

Sie schaute sich in ihrem schummrigen Gefängnis um, das nur von etwas Licht erhellt wurde, das von oben hereinfiel. War das einer der Stollen, in denen man keine Edelsteine gefunden hatte? Die Luft roch muffig und abgestanden. Nicht einmal der Geruch von Petroleumlampen war mehr wahrzunehmen. Ihre Angst wurde größer. Gab es einen Grund, warum man den Stollen verschlossen hatte? Sie konnte nicht in die Dunkelheit sehen, doch das tiefe Schwarz war bedrückend. Gab es noch andere Stollen, die sie nicht sehen konnte? Andere Löcher, die noch tiefer gingen? Sie wagte nicht, sich zu bewegen, aus Angst, dann noch tiefer abzurutschen. Die Dunkelheit löste Beklemmungen in ihr aus, und sie versuchte, die Panik, die in ihr aufsteigen wollte, in den Griff zu bekommen.

Bestimmt würde doch jemand kommen, oder nicht? Es musste jemand kommen!

Als eine schwache Erinnerung an das zurückkehrte, was Fenella gesagt hatte – dass Sonntag wäre und heute niemand arbeitete –, schloss Aisla wieder die Augen. Sie konnte von Glück sagen, wenn überhaupt jemand bemerkte, dass sie verschwunden war. Sogar Dougal, der vielleicht mitbekommen hatte, dass sie eingebrochen war, hatte sie zurückgelassen – wahrscheinlich, um seine eigene Haut zu retten. Sie hoffte, dass sich die Wunde, die sie ihm zugefügt hatte, entzündete. Dieser feige Mistkerl. Sie schluchzte, doch es kamen keine Tränen. Wie lange würde sie es so aushalten? Jedes Mal, wenn sie aus ihrem seltsam betäubten Schlaf erwachte, fühlte sie sich schwächer. Durstiger. Es würde nicht mehr lange dauern, dass sie gar nicht mehr erwachte.

Aisla schüttelte den Gedanken ab und versetzte ihrem Kopf sogar einen kleinen Stoß. Das löste einen so entsetzlichen Schmerz aus, dass ihr schlecht wurde, aber es war ihr egal. Sie war noch am Leben, wenn sie in der Lage war, Schmerzen zu spüren. Das brauchte sie jetzt. Klarheit. Sture Willenskraft. Sie musste wach bleiben. Wenn sie das nächste Mal wach wurde, würde sie wieder nur schwächer sein.

Hast du überhaupt eine Vorstellung davon, wie schön du bist?

Sie keuchte und atmete abgestandene, staubige Luft ein, als sie das Raumen von Nialls leiser Stimme hörte. Das war er nicht. Sie wusste, dass sie allein war. Aber sie wusste nicht, warum sie ausgerechnet an ihn dachte – schließlich hatte er ihr befohlen, zu gehen. Aber Niall war das Einzige, an was sie hier und jetzt – allein und dem Tode nah – denken konnte. Sein raues Lachen. Diese strahlend blauen Maclaren-Augen. Seine Umarmung – sein kräftiger Körper.

Sie gehörte ihm. Sie hatte ihm immer gehört.

Der Gedanke, dass sie sehr wohl sterben konnte, ohne ihn je wiederzusehen oder ihm sagen zu können, was sie wirklich für ihn empfand, erfüllte sie mit Trauer. Aber sie war noch nicht tot. Aye, sie würde kämpfen. Sie würde jetzt kämpfen, was immer es sie auch kostete.

Gib nicht auf, Liebste.

Wieder spielte ihr ihre Phantasie einen Streich. Aber die Stimme war so nah und so deutlich zu verstehen. Aisla wusste, dass er ihr in diesem Moment genau das sagen würde. Er würde wollen, dass sie kämpfte, dass sie mit aller Macht nach oben in die Freiheit strebte, auch wenn es sie den letzten Rest ihrer immer schneller schwindenden Kraft kostete.

Er hatte sich nie von etwas besiegen lassen – weder vom Verlust seiner Hand, als er noch ein Junge gewesen war, noch von der Tatsache, dass sie ihn verlassen hatte. Er war sogar nach Paris gekommen, um sie wieder nach Hause zu holen. Und als er dann doch allein nach Schottland zurückgekehrt war, hatte er sich ein neues Leben aufgebaut.

Auch für ihn musste es sich angefühlt haben, als würde er mit aller Macht nach Freiheit streben.

Aisla zwang sich, die Augen zu öffnen und sich ächzend mit den Ellbogen hochzustemmen. Die Anstrengung ließ sie bereits schwitzen und ihr Herz rasen, als sie wieder Nialls Stimme hörte, die ihren Namen sagte.

»Ich bin hier, Liebster«, brachte sie mühsam flüsternd über die Lippen. So durfte sie es nicht enden lassen.

Sie wartete, bis sich ihr Herzschlag wieder etwas beruhigt hatte, ehe sie versuchte, sich ganz aufzusetzen. Es tat weh, aber zumindest war der Schmerz echt. Sie streckte einen Arm aus, um nach Halt zu suchen, und stieß gegen eine Wand. Aisla tastete daran entlang und stellte fest, dass die Wand sich rechts und links nach unten wölbte. Anscheinend klaffte da ein weiteres großes Loch. In ihrer Vorstellung sah sie sich auf einem schmalen Rand von etwas hocken, das ein Brunnen sein konnte. Panik stieg in ihr auf.

Gab es noch einen anderen Weg nach draußen, außer nach oben klettern zu müssen? Sie bezweifelte, dass sie dazu die Kraft besaß. Jetzt schon atmete sie angestrengt, und ihre Lunge verkrampfte sich bei jedem flachen Atemzug schmerzhaft. Wieder begannen weiße Flecken vor ihren Augen zu tanzen, sodass ihre Lider aufs Neue schwer wurden.

Schlaf würde Erleichterung bringen. Wenn sie vielleicht einfach wieder die Augen schloss …

Doch dann hörte sie Niall wieder ihren Namen rufen. Doch dieses Mal klang seine Stimme nicht nah. Sie schien aus der Ferne zu kommen – von jenseits des Rauschens in ihren Ohren. Fast meinte sie, sie würde gar nicht aus ihrem eigenen Kopf kommen. Ihre Lider, eben noch ganz schwer, sprangen auf.

»Aisla, kannst du mich hören? Ich bin hier.«

Nein, das bildete sie sich nicht ein. Es war tatsächlich ihr Ehemann.

Sie keuchte erleichtert und musste sofort würgen, weil sie Staub einatmete, während sie versuchte, nach oben zu schauen. Im schwachen Licht bewegten sich Schatten. Ihre Finger bohrten sich in den harten Boden, und endlich stiegen ihr doch Tränen in die Augen. Niall. Er war gekommen.

»Niall!«, versuchte sie ebenfalls zu rufen, aber ihre trockene Stimme gehorchte ihr nicht, und es kam nur ein jämmerliches Krächzen heraus.

Er war doch dort oben, oder spielte ihre Phantasie ihr etwas vor? Das Licht wirkte seltsam. Es kam und ging. Sie fühlte sich benommen und konnte nicht denken.

»Niall!«, rief sie, aber auch diesmal gab ihre ausgetrocknete Kehle kaum einen Laut von sich.

Gerade als ihr Ellbogen unter ihr nachgab, meinte Aisla ein flackerndes Licht zu erkennen. Es erhellte kurz die raue, gewölbte Wand neben ihr und wurde dann wieder schwächer. Es wich zurück. Aisla versuchte, noch einmal zu rufen, aber es kam kein Laut mehr über ihre Lippen.

Die Anstrengung war zu viel gewesen, ihre schweren Augenlider schlossen sich, und die Dunkelheit holte sie wieder ein.

Wütend marschierte Niall im Schlafzimmer auf Maclaren auf und ab. Der Gedanke an Dougal Buchanan brannte wie glühende Kohlen. Voller Lust stellte er sich vor, wie er den Mistkerl bluten lassen würde für das, was er getan hatte – für die Frau, die er umgebracht hatte, und die, die er zurückgelassen hatte, damit sie starb.

Sein Blick ging wieder zu seiner bewusstlosen Ehefrau, die in der Mitte des Bettes lag. Aisla war immer noch nicht erwacht, obwohl der Arzt der Familie da gewesen war und alle Wunden untersucht und gesäubert hatte. Das meiste waren oberflächliche Verletzungen – tiefe Kratzer an Händen und Ellbogen, die heftig geblutet hatten. Wundersamerweise hatte sie sich nichts gebrochen, obwohl sie sich Kinn, Wangen und Schultern aufgeschürft hatte. Der ganze Rücken war eine einzige große, bösartig aussehende Prellung.

»Wann wird sie wach?«, fragte er Dr. Stewart.

»Das lässt sich schwer sagen, Mylaird. Sie hat eine große Schwellung am Hinterkopf, und bei Kopfverletzungen ist es immer schwierig, Vorhersagen zu machen. Ich fürchte, Sie werden einfach abwarten müssen.« Er klopfte Niall, den er schon seit seiner Kindheit kannte, auf die Schulter. »Sie ist jung und gesund, mein Junge. Haben Sie Vertrauen.«

Aber Vertrauen war Mangelware.

Jedes Mal, wenn er ihre schmale Gestalt anschaute, zog sich sein Magen zusammen. Sie hatte so kurz davorgestanden, zu sterben. Seine Männer hatten ihn in den Schacht hinuntergelassen, aus dem er sie dann herausgeholt hatte. Es war ein Wunder, dass sie auf einem herausragenden Balken gelandet war, den man als Stütze in den Stollen getrieben hatte. Hätte es ihn nicht gegeben, wäre sie in den Tod gestürzt. Vielleicht hätte man sie noch nicht mal gefunden.

Niall war einem Gefühlssturm ausgesetzt gewesen, während er ihren schlaffen, aber lebendigen Körper an sich gezogen hatte, und als sie auf Maclaren angekommen waren, hatten seine Mutter und Hamish sie ihm fast mit Gewalt aus den Armen reißen müssen. Seit einer Stunde harrte er nun schon an ihrer Seite aus.

Die Zimmertür ging auf, und Ronan kam herein. Er blieb erst stehen, als er seinen Bruder fest in den Arm nehmen konnte. »Wie geht's dem Mädchen?«

Niall schluckte plötzlich aufsteigende Tränen herunter. »Sie lebt.«

»Das ist gut.«

»So einfach ist das nicht«, stieß er hervor. »Sie ist noch nicht wieder wach geworden. Es sind zwar keine Knochen gebrochen, aber sie hat sich den Kopf angeschlagen. Sie wacht vielleicht nicht auf. Nie wieder.« Seine Stimme brach bei den letzten Worten.

»Doch. Wird sie«, sagte Ronan und holte tief Luft, als hätte er noch mehr zu sagen. Niall nickte ihm aufmunternd zu. »Der Laird der Campbells ist hier, und es wäre besser, wenn du dir selbst anhörst, was er zu sagen hat.«

Nialls Gesichtszüge verkrampften sich. »Haben sie Makenna entführt?«

»Nein.« Er schüttelte den Kopf. »Aber ich werde sie finden. Mach dir da keine Gedanken. Ich habe meine Leute auf sie angesetzt. Kommst du jetzt?«

Niall warf Aisla einen letzten langen Blick zu, ehe er seinem Bruder ins angrenzende Zimmer folgte, wo seine Mutter und mehrere Frauen von Maclaren und Tarbendale tränenreich Wache hielten. Er holte stockend Luft und sah der Herzogin in die rot geränderten Augen. Sie hatte Aisla von dem Moment an geliebt, als sie sie bei Sorchas und Brandts Hochzeit kennengelernt hatte, und war am Boden zerstört gewesen, als sie von der Entfremdung zwischen Aisla und Niall erfahren hatte. Bei mehr als einer Gelegenheit hatte sie Niall ermahnt, seiner Frau zu folgen und sie wieder nach Hause zu bringen. Dass er das nicht getan hatte, war von ihr mit großer Enttäuschung aufgenommen worden. Auch ihre Erwartungen hatte er nicht erfüllt.

»Setzt du dich zu ihr rein?«, fragte er mit rauer Stimme. »Damit sie ein freundliches Gesicht sieht, wenn sie aufwacht?«

»Natürlich, mein Liebling.«

Er sagte nichts weiter, sondern folgte Ronan in die Halle, wo der Laird der Campbells wartete. Überrascht stellte Niall fest, dass der alte Mann allein und ohne Waffen dastand. Ronans Soldaten hatten allerdings am Eingang Stellung bezogen.

»Laird Campbell«, begrüßte Niall den Mann und drückte die ausgestreckte Hand.

»Bitte, nenn mich Gregor. Wie geht's der Lady?«, fragte der Laird.

»Sie lebt«, gab er genau wie bei Ronan zurück, zeigte dabei jedoch deutlich weniger von seinen Gefühlen. Selbst in seinem jetzigen Zustand war es nicht klug, einem anderen Clanführer gegenüber Schwäche zu zeigen – vor allem, wenn es sich um einen handelte, der so schlau und gerissen war wie Gregor Campbell. »Warum haben Ihre Männer meine Schwester entführt?«

Gregors Gesicht wurde rot vor Wut. »Wir haben Lady Makenna nicht entführt.«

»Und die Anschläge auf meine Minen?«, fragte Niall und musterte ihn durchdringend. »Wir fanden den Fetzen eines Campbell-Tartans nach einem absichtlich herbeigeführten Einsturz. Menschen sind dabei umgekommen.«

»Keiner von meinem Clan würde so etwas tun – das schwöre ich. Ich will ein Bündnis mit den Maclarens, aber keins, das auf Täuschung und Verrat aufgebaut ist. Darauf gebe ich mein Wort.«

»Was ist dann mit Buchanan?«

Freimütig begegnete der Ältere Nialls Blick. »Dougal Buchanan trat vor einem Jahr an mich heran und bat darum, meiner Tochter den Hof machen zu dürfen. Sie bat mich darum, es in Betracht zu ziehen. Damals wusste ich noch nicht, dass er sie schon seit Monaten umworben hatte, ehe er zu mir kam. Doch der Buchanan-Clan hat einen guten Ruf, und er behauptete, sein Vater wäre an einem Bündnis mit dem Clan Campbell interessiert.« Gregor atmete tief durch. »Er behauptete auch, schon seit seiner Kindheit Kontakt mit Lady Aisla zu haben. Er sagte, er könnte die Kluft zwischen den Maclarens und den Campbells schließen, indem er die Dame dazu brächte, sich für eine Ehe mit meiner Ältesten einzusetzen.«

Nialls Blick glitt zu seinem älteren Bruder, der die Lippen aufeinanderpresste, nachdem das Wort Ehe gefallen war. Es war fast schon komisch, wie sehr er sich gegen die Vorstellung sperrte. Unter normalen Umständen hätte Niall ihn damit erbarmungslos aufgezogen. »Und das haben Sie geglaubt, obwohl Ronan selbst Nein gesagt hatte?«

»Aye. Er war sehr überzeugend. Und meine Rose war von seinem Charme eingenommen. Ich hatte also nichts zu verlieren. Egal, wie es käme, wäre ich am Ende entweder mit den Buchanans oder mit den Maclarens verbündet.«

Bedächtig schüttelte Niall den Kopf. »Aber das war nicht das, was er geplant hat. Er hat jemanden aus meinem Clan getötet – eine Frau. Er hat ihr in den Bauch geschossen. Bevor sie gestorben ist, sagte sie, dass er sie geködert hätte, um an Informationen über Tarbendale, meine Schwester und meine Frau zu kommen. Er steckte auch hinter den Vorfällen auf meinen Ländereien, und es ist wohl eindeutig, dass er den Fetzen in den Farben der Campbells absichtlich zurückgelassen hat, damit es aussah, als würde Ihr Clan dahinterstecken. Er will, dass eine Fehde ausbricht, und ich befürchte, dass er dafür meine Schwester benutzt.«

»Laird Maclaren«, ertönte eine atemlose Stimme, und einer von Ronans Männern, ein drahtiger Soldat namens Auley, kam in die Halle gerannt. »Wir haben ihre Spur bis an die südliche Grenze von Maclaren verfolgt. Dort haben sie in einer Schlucht ein Lager für die Nacht aufgeschlagen.«

Ronan kam so schnell hoch, dass sein Stuhl nach hinten kippte. »Und meine Schwester?«

»Gesund und munter.«

Die Worte ließen Ronan und Niall erleichtert aufatmen. »Hol alle Männer zusammen. Wir brechen sofort auf.« Ronan warf Niall einen mitfühlenden Blick zu. »Wenn du bleiben willst, verstehe ich das.«

Niall bedachte ihn mit einem finsteren Blick. »Der Einzige, der sich Dougal vornehmen darf, bin ich.«

Es dauerte nicht lange, die kleine, aber schlagkräftige Truppe zu versammeln, zu der auch der Campbell-Laird gehörte, der auch ein paar Fragen an Dougal Buchanan hatte, sowie Ronan und eine Handvoll seiner stärksten Männer und Hamish, Julien und Niall. Niall war nicht sonderlich begeistert von der Anwesenheit des Franzosen, aber der Mann hatte sich bewährt und schien seltsam erpicht darauf, Makenna zu finden.

Im Schutz der schnell einsetzenden Dunkelheit folgten alle Auley zu der Stelle, wo er Buchanans Männer zuletzt gesehen hatte. Sie umzingelten das kleine Lager, in dessen Mitte ein kleines Feuer glühte. Niall spürte, wie er innerlich ganz kalt wurde und sich bei Makennas Anblick, die gefesselt und geknebelt neben einem Baum saß, eine seltsame Ruhe in ihm ausbreitete. Er ignorierte Ronans warnenden Blick, zückte sein Schwert und marschierte kühn mitten ins Lager hinein. Der überraschte Ausdruck auf Dougals Gesicht, der sofort aufsprang, war es fast wert, so vorzugehen.

»Du hast etwas, das mir gehört, Buchanan.«

Der Mann bleckte die Zähne, während er nach seiner Pistole griff, aber ein schneller Ruf von Ronan und seinen Männern ließ ihn in der Bewegung innehalten. Buchanans Blick ging zu jedem Mann, der sich näherte, und seine Augen wurden groß, als er Laird Campbell unter ihnen sah. Achtlos zuckte er mit den Schultern. Ronan und seine Männer waren ihm und seinen Leuten von der Anzahl her dreimal überlegen. Er sah Niall unverwandt an, während seine Männer entwaffnet und Makenna losgebunden und vom Knebel befreit wurde.

»Bist du verletzt? Hat dich einer von ihnen angefasst?«, fragte Ronan.

Sie schüttelte den Kopf. Den Brüdern entging nicht, dass sie direkt auf Leclerc zuging und sich von ihm in den Arm nehmen ließ, was ihm unter normalen Umständen eine Tracht Prügel eingebracht hätte.

»Bringen Sie sie nach Maclaren zurück«, sagte Ronan. »Ein paar von meinen Männern begleiten euch.«

Nachdem sie weg waren und keine Gefahr mehr für Makenna bestand, trat Niall vor, bis er fast Nase an Nase mit dem Mann stand, der Fenella umgebracht hatte und dem auch Aisla beinahe zum Opfer gefallen wäre. Er war kaum in der Lage, die Wut zu beherrschen, die in ihm loderte.

Buchanan grinste, als spürte er sein Verlangen, ihm auf der Stelle die Kehle durchzuschneiden. »Ich hab jemanden von dir in einem der Stollen zurückgelassen. Hast du sie schon gefunden?«

»Die Tatsache, dass sie lebt, ist der einzige Grund, warum ich dir nicht sofort eine Kugel in den Kopf gejagt habe.« Ein irrer Ausdruck huschte über das Gesicht des Mannes. Es war eine Mischung aus Verzweiflung und eifersüchtiger Abscheu. »Aye, sie lebt, Buchanan, und du hast sie – Feigling, der du bist – zurückgelassen, damit sie stirbt.«

»Warum hast du das getan?« Die Frage kam von Laird Campbell. »Warum hast du meine Rose verführt, wenn du doch Laird Tarbendales Frau wolltest?«

Ein verkniffener Ausdruck breitete sich auf Dougals Gesicht aus, als wollte er nicht antworten, doch dann kam ein Zischen über seine Lippen. »Mein Vater hat gedroht, mich zu enterben, wenn ich nicht für das Bündnis sorgte, das ich verloren hatte. Er gab mir die Schuld daran.« Sein Blick ging mit einem Ruck zu Niall. »Dabei war es doch deine Schuld. Du bist mit ihr durchgebrannt, obwohl dir das nicht zustand. Sie war nie für dich bestimmt. Sie gehörte mir.«

»Du hast ein Bündnis«, brüllte Laird Campbell. »Mit Rose.«

Dougal sah ihn höhnisch an. »Die Buchanans werden sich niemals mit den Campbells einlassen. Mein Vater braucht euch nicht. Die Verlobung war doch nur gespielt, obwohl deine Tochter eine nette Ablenkung war. Ich wollte immer nur das, was mir gestohlen worden war.«

»Ich bring dich um.« Doch Ronan legte dem älteren Mann eine

Hand auf die Schulter und hielt ihn zurück. Dafür war Niall ihm dankbar. Dougal Buchanan gehörte ihm.

»Ich habe nichts gestohlen, was nicht gestohlen werden wollte«, sagte Niall. »Und jede Absprache, die es mit dem alten Montgomery gab, war nach seinem Tod null und nichtig. Aisla hat mich gewählt.«

»Und jetzt?« Dougals boshafter Blick ging zu dem mit Leder umhüllten Stumpf an Nialls linkem Arm. »Sieh dich doch an … ein nutzloser Krüppel. Kein Wunder, dass sie nach Paris weggelaufen und dann zurückgekommen ist, um dir in deinem eigenen Haus Hörner aufzusetzen. Du wirst nie Manns genug sein für sie. Für keine Frau.«

Ronan wollte sich mit einem Knurren auf ihn stürzen, aber Niall hielt ihn mit einem Blick zurück, der sagte, dass dies sein Kampf wäre. Er bezwang seine sich aufbäumenden Gefühle und hob sein Schwert. »Warum kämpfen wir dann nicht, um zu sehen, wer der bessere Mann ist? Beweis dein Können im Kampf. Du gegen mich.«

Der Mann lachte. »Einer gegen einen? Mit einem Schwert?«

»Aye.«

»Bis zum Tod?«

Niall nickte. »Du darfst es versuchen.«

Alle Männer bildeten einen Kreis, sodass nur noch die beiden einander gegenüberstanden. Niall wusste, dass Dougal stark und ein fähiger Schwertkämpfer war. Und er wusste auch, dass der Mann nicht fair kämpfen würde. Sie stellten einander auf die Probe, indem sie den Stahl ein paarmal aneinanderklirren ließen. Doch dann begannen sie ernsthaft zu kämpfen, und Dougal holte mit einem beidhändigen Hieb nach Nialls Rumpf aus. Er sprang zur Seite, doch die Spitze des Schwerts fuhr durch sein Hemd und verfehlte nur knapp seine Haut.

»Wie geht's deiner Hand?«, höhnte Dougal. »Soll ich die auch noch abschneiden, damit deine Arme wieder zusammenpassen?«

»Aye, ich habe nur eine Hand«, erwiderte Niall. »Aber dass du zwei hast, wird dich auch nicht retten.«

Schweiß stand auf Nialls Stirn, während er das schwere Schwert wieder hob. Er ließ es nach unten sausen und drehte sich dabei, doch Dougal wehrte den Hieb ab. Für einen so großen Mann war er sehr behände und außerdem kampferprobt. Niall hatte seine Muskeln durch stundenlanges Arbeiten gestählt, doch seine Lunge brannte, nachdem er mehrere markerschütternde Schläge hatte abwehren müssen. Er holte mit seinem Schwert aus und stürzte sich nach vorn, sodass die Waffen Funken sprühend aufeinandertrafen. Niall wich zur Seite aus, als die Klinge beinahe seine Wange traf, und parierte mit einer ruckartigen Bewegung seines Schwerts nach oben.

Das zwang Dougal, zurückzuweichen, hinderte seinen Mund jedoch nicht daran, sich ins Gefecht einzumischen. »Hast du genug, Krüppel?«

Der Mann war gut, stellte Niall fest, aber er war auch leicht zu durchschauen. Ein Schwertkampf war ein bisschen wie Kartenspielen. Man tat Dinge, die entweder die Gedanken oder den nächsten Zug preisgaben. Niall hatte bis jetzt eigentlich gar nicht richtig gegen Dougal gekämpft. Er hatte ihn erforscht. Er lächelte.

»Was grinst du so?«, knurrte Buchanan. »Du verlierst.«

Niall antwortete nicht, sondern zog spöttisch eine Augenbraue hoch, als wollte er die Bemerkung infrage stellen. Es hatte die gewünschte Wirkung. Brüllend stürzte sich Dougal auf ihn, um ihm den tödlichen Stoß zu versetzen. Niall ließ ihn kommen und holte erst im letzten Moment zu einem treffsicheren Hieb auf die Schulter seines Gegners aus. Dougal gab einen gotteslästerlichen Fluch von sich, als Blut sein Hemd tränkte. Er griff sich mit einer Hand an die Schulter, als noch mehr Blut hervorströmte. Niall blinzelte verwirrt. Sein Schwerthieb dürfte ihm gar nicht eine derart stark blutende Verletzung zugefügt haben ... es sei denn, er hatte schon eine Wunde.

Hervorgerufen durch Aislas Messer.

Sein Grinsen wurde breiter. »Ich habe das Messer gefertigt, das sie nach dir geworfen hat. Wusstest du das?«, fragte er mit nicht wenig Stolz in der Stimme. »Sie hätte damit dein verfluchtes Auge treffen sollen.«

Dougal heulte vor Wut auf und stürzte sich wieder auf ihn, aber erneut wich Niall leichtfüßig aus und wehrte den Schlag ab, ehe er den anderen wieder – diesmal am Bauch – traf, sodass er auf die Knie fiel. Das war der Wendepunkt. Der Vorteil war auf seiner Seite.

Aber plötzlich fühlte Niall sich erschöpft. Er wollte wieder nach Hause, zurück zu Aisla. Nichts anderes war wichtig außer ihr – nicht einmal Rache. Er wollte sie in den Armen halten und sehen, wie sie ihre wunderschönen kupferfarbenen Augen aufschlug, um ihr zu sagen, wie sehr er sie liebte, und sie jeden Tag um Vergebung bitten, wenn es sein musste.

Er hielt die Spitze seines Schwertes an Dougals Kehle. »Gib auf«, sagte er. »Ehe ich meine Meinung ändere.«

»Niemals.«

Niall drückte die Klinge nach unten und sah, wie die Spitze die Haut des Mannes nach innen drückte. Es wäre so einfach, noch ein bisschen mehr Druck auszuüben und es hier und jetzt zu beenden. Doch er wich zurück. »Das Glück wirst du nicht haben. Der Heldentod durch ein Schwert ist dir nicht vergönnt. Du wirst für deine Verbrechen hängen, Dougal Buchanan.«

Niall wandte sich ab, und nur Ronans Ruf ließ ihn sich drehen. Es war pures Glück, dass er dabei so weit zur Seite trat, dass der Dolch, der seinen Rücken hatte treffen sollen, durch die Luft zischte und sein Ohrläppchen aufschlitzte. Niall ließ sich auf ein Knie fallen und stieß mit seinem Schwert nach hinten zu, wobei er spürte, wie die Klinge durch Knochen und Muskelfleisch fuhr. Als er sich drehte, sah er Dougals erstaunten Gesichtsausdruck. Er war dabei gewesen, mit seinem Schwert auszuholen, als Nialls Klinge seine unehrenhafte Brust durchbohrt hatte.

Er fiel nach hinten und knallte mit einem dumpfen Geräusch zu Boden – mausetot.

Kapitel 20

Der Tod tat nicht weh.

Es würde nicht wehtun, weil der Mensch, nun ja, tot war.

Doch Aisla tat alles weh – ihr Kopf, ihr Körper, ihr Herz. Oder vielleicht war sie auch in der Hölle und sollte bis in alle Ewigkeit diese Qualen erleiden. Sie atmete stockend ein und schauderte. Warum um Himmels willen duftete es in der Hölle nach frisch gebackenem Brot?

Verwirrt kämpfte sie sich aus der Dunkelheit nach oben und öffnete mühsam die Augen. Nur langsam wurde es hell, aber es war auf jeden Fall ein Licht da. Am Rande ihres Sichtfelds war alles dunkel, aber eine einzelne Lampe verbreitete einen flackernden Schein. Ihr schmerzender Körper war von Weichheit umhüllt. Sie merkte, dass sie in einem Bett lag … in einem Haus.

Sie kämpfte gar nicht mehr unter der Erde in einem Bergwerkstollen um ihr Leben.

Träumte sie?

Aisla hob eine Hand und stöhnte, als sie ihre Finger zuerst nur verschwommen sah. Erleichterung machte sich in ihr breit und dann die reinste, süßeste Freude. Sie war am Leben! Wie war das möglich? Sie war am Leben, und sie musste Niall sagen, was sie empfand. Und Julien musste sie sagen, dass sie nicht weggehen wollte – nie wieder. Ihr Zuhause und ihr Herz waren hier. In Schottland. Bei dem Mann, den sie liebte. Alles war jetzt so verblüffend klar, auch wenn sie nur ein schummerig erleuchtetes Zimmer vor sich hatte. Es war Nacht, stellte sie fest. Wie lange war sie bewusstlos gewesen?

Aisla öffnete die trockenen, aufgerissenen Lippen, und es war ihr egal, wie sehr es dabei stach und brannte. »Hallo«, krächzte sie laut. »Ich muss … sagen …«

Plötzlich ragte eine Gestalt vor ihr auf, die sie nur verschwommen sah, und schirmte einen Moment lang das Licht ab, während ihr jemand sanft einen Becher mit Wasser an die Lippen drückte. Dankbar nahm sie einen Schluck, ehe sie wieder alle Kraft verließ und sie aufs weiche Bett zurücksank. Zärtliche Finger streichelten ihre Wangen und strichen ihr das feuchte Haar aus der Stirn. Ihre Augen schlossen sich wieder. Aber nein. Sie wollte unbedingt wach bleiben. Sie hatte etwas Wichtiges zu sagen.

»Julien, bitte …« Sie verstummte, und plötzlich fehlten ihr die Worte, obwohl sie ganz genau wusste, was sie fühlte. »Ach, Jules, ich liebe … ich liebe …«

»Ich hol ihn dir«, sagte eine leise Männerstimme.

Der vertraute Klang ließ ihr Herz kurz einen Satz machen, doch dann holte sie das Vergessen wieder ein.

Sie träumte von den Highlands im Sommer. Von den saftig grünen Anhöhen wogender Wiesen, violetter Heide, die zwischen zerklüfteten Felsbrocken blühte. Von klarem Himmel und süßem Weidegras, das sich bis zum Horizont erstreckte. Und von Niall. Sie war mit ihrem Ehemann zusammen und konnte sein Lachen hören. Sie spürte seinen warmen Atem, als er sie an sich zog und auf die Stirn küsste.

Als Aisla die Augen wieder öffnete, waren die sommerlichen Gefilde verschwunden. Stattdessen sah sie sich in einem warmen, von Sonnenlicht erhellten Schlafzimmer. Und Niall war nicht da. Feste Finger drückten ihre Rippen und bewegten ihre steifen Glieder. Eigentlich hätte sie das schockieren müssen, aber sie war viel zu erleichtert, beim Erwachen keine Schmerzen zu spüren, wie all die anderen Male, wenn sie wach geworden war.

Verschwommen erkannte sie einen Mann, der sie mit braunen Augen in einem verwitterten Gesicht ansah. »Willkommen zurück, Lady Maclaren«, sagte er. »Wie fühlen Sie sich?«

»Nicht tot.« Aisla richtete den Blick auf den Mann, der vor ihr stand. »Wo bin ich?«

»Auf Maclaren. In Sicherheit.«

Jemand keuchte, und ihr Blick traf den von Pauline, die neben der Tür stand und deren Gesicht vor lauter Rührung ganz angespannt war. Aisla brachte ein schwaches Lächeln zustande, und auch ihr traten Tränen in die Augen, als sie sah, dass ihre Zofe hemmungslos weinte.

»Ach komm, Pauline«, sagte sie mit heiserer, rauer Stimme. Ihr Kiefer fühlte sich ein bisschen wund an. »So schlimm ist es doch nicht, oder?«

»Ach, Mylady«, gab die Zofe weinend zur Antwort. »Sie haben mir solche Sorgen bereitet.«

»Dann ist es also doch so schlimm«, meinte Aisla und bemühte sich um ein bisschen Leichtigkeit, um ihre Zofe aufzumuntern. Aber Pauline reagierte nur mit einem lauten Schluchzen und tupfte sich die Wangen mit einem Taschentuch ab. Aisla nahm vage wahr, dass weitere Personen den Raum betraten und in der Nähe der Tür stehen blieben. Sie erkannte Julien und hinter ihm eine wohl aussehende Makenna. Aisla seufzte erleichtert auf, dass sie wieder zu Hause und offensichtlich auch nicht misshandelt worden war. Lady Dunrannoch und Ronan, Nialls ältester Bruder, standen ebenfalls da.

Die Herzogin trat mit verdächtig feuchten Augen vor. Sie zeigte auf den Mann neben Aisla. »Das ist Doktor Stewart. Er kümmert sich um dich, seit … seit …« Ihre Stimme brach, als sie eine Hand auf den Mund legte, um ein Schluchzen zu verbergen.

Ronan umfasste die Schultern seiner Mutter. »Seit du gestürzt bist.«

Aisla blinzelte, und auf einmal kehrten die Erinnerungen mit einem Schlag zurück. Dougal Buchanan hatte hinter allem gesteckt. Er hatte sie ins Turmhaus gejagt und Fenella angeschossen. *O Gott.*

»Wo ist Fenella?«, flüsterte sie. »Ist sie da?«

Julien griff nach ihrer Hand und drückte sie. »Nein, *chérie*. Sie ist gestorben, aber erst nachdem sie dem Laird gesagt hatte, wo du bist. So war er in der Lage, dich zu finden, und so hat er auch erfahren, was Dougal alles damit zu tun hatte.«

Eine Träne lief ihr über die Wange. Fenella war keine Freundin gewesen, aber sie hatte es nicht verdient, zu sterben. Aisla schluckte. Ihre Kehle war wie zugeschnürt. Sie brauchte Niall. Wo war er?

»Ronan«, sagte sie plötzlich aufgeregt. »Dieser Feigling hatte Sprengstoff in der Nähe von der Stelle deponiert, wo ich gefallen bin. Er hat hinter allem gesteckt – hinter all den Unfällen. Das musst du Niall sofort sagen.« Auf einmal hatte sie schwarze Flecken vor den Augen.

»Das wissen wir, Aisla«, sagte Ronan mit leiser Stimme. »Bei den Minen ist alles wieder in Ordnung, und um Dougal Buchanan hat man sich auch gekümmert.«

Gekümmert. Das klang unheilvoll, aber längst nicht genug. Das war weniger, als der Mann verdient hatte, nachdem eine Frau, die mit ihm zusammen gewesen war, durch ihn den Tod gefunden hatte. Wenn Aisla eine Pistole zur Hand gehabt hätte statt eines armseligen Messers, hätte alles einen anderen Lauf genommen. Stattdessen war sie in einen Stollen gefallen, wo sie unendlich viele Stunden verbracht hatte. Wunderbarerweise war sie aber trotzdem gefunden worden. Und obwohl sie sich den Kopf zermarterte, konnte sie sich an keine Einzelheit ihrer Rettung erinnern.

Niall war derjenige, der sie letztendlich herausgeholt hatte. Da war sie sich ganz sicher. Oder hatte sie sich das auch nur eingebildet?

»Wie lange bin ich schon hier?«

»Vier Tage«, sagte Makenna und trat neben Julien. »Wir dachten schon, du würdest nie wieder wach werden.«

Aisla atmete flach ein und war erstaunt, dass sie so lange bewusstlos gewesen war. Kein Wunder, dass Pauline schluchzte. Aisla sah den Arzt, der zur Seite getreten war, als sie sich mit der Herzogin und Ronan unterhalten hatte, mit gefasster Miene an. »Wie schlimm ist es genau?«

»Nicht so schlimm, wie man eigentlich erwarten würde«, erklärte er mit wohlartikulierter Stimme, obwohl er eindeutig Schotte war. »Ich habe Ihnen etwas Laudanum gegen die schlimmsten Schmerzen gegeben.«

»Ah«, sagte sie mit einem leisen Lachen, bei dem ihr Brustkorb immerhin nicht unerträglich schmerzte. »Kein Wunder, dass ich mich so gut fühle.«

»Außer einer besorgniserregenden Kopfverletzung haben Sie sich mehrere Rippen geprellt und den Knöchel verstaucht.« Er sah sie mit einem schiefen Lächeln an. »Ich weiß zwar, dass sich das nicht nach wenig anhört, aber Sie hätten sich bei so einem Sturz auch den Hals brechen können. Sie haben Glück gehabt, Mylady.«

»Glück«, wiederholte sie leise und dachte sofort wieder an Dougals Pistole. Wäre er auf große Entfernung nicht so ein erbärmlicher Schütze gewesen, hätte sie kein Glück gehabt. Die arme Fenella. Wie sie es geschafft hatte, von den Minen wegzukommen, um Hilfe zu holen, war ein Wunder und gleichzeitig auch ein Geheimnis.

Doktor Stewart packte seine Sachen in einen kleinen Koffer. »Wir müssen die Kopfverletzung weiter im Auge behalten, aber wenn in den nächsten paar Tagen alles gut läuft, rechne ich damit, dass Sie wieder ganz gesund werden. Den Knöchel dürfen Sie erst mal nicht belasten, damit er richtig verheilt, aber da sehe ich keine Komplikationen auf Sie zukommen.« Er deutete eine Verbeugung an. »Und vermeiden Sie alles, was unnötigen Druck auf Ihre Rippen ausübt. Ich werde morgen wiederkommen, um nach Ihnen zu sehen.«

»Danke, Doktor.«

Nachdem der Arzt gegangen war, hatte Aisla ihr bisschen Energie verbraucht und fühlte sich sofort wieder erschöpft. Ihr war nicht entgangen, dass ihr Ehemann nicht im Raum war. Aber sie wollte sich gegenüber den anderen nicht undankbar zeigen, also setzte sie ein Lächeln auf.

»Was ist dir widerfahren?«, fragte sie Makenna und versuchte, sich an alles zu erinnern, was vor ein paar Tagen vorgefallen war. »Hatten die Campbells dich entführt?«

Makenna biss sich auf die Unterlippe und wandte den Blick ab. »Nein, Dougal Buchanan hatte mich entführt. Die Campbells hatten nichts damit zu tun und wussten auch nichts von den Plänen des Mannes.«

»Allmächtiger«, keuchte Aisla. »Wenn ich diesen Schurken jemals wiedersehe, werde ich ihn eigenhändig ermorden.«

»Nicht nötig«, sagte Makenna und verzog die Lippen zu einem schiefen Lächeln. »Dougal stellte Nialls Ehre infrage, und Niall hat ihn daraufhin zum Schwertkampf gefordert. Dougal hat verloren und versucht, Niall feige hinterrücks zu ermorden, nachdem der fair gewonnen hatte. Dougal ist tot.«

Aisla verspürte nicht mal einen Anflug von Bedauern für den Mann. Er hatte so viel Böses getan, so viele Menschen verletzt, manipuliert und umgebracht. »Gut. Ich bin froh.«

Wo um alles in der Welt war Niall?

Sie war schließlich vier Tage lang bewusstlos gewesen, rief sie sich in Erinnerung. Vielleicht war er da gewesen, hatte aber nach

Tarbendale zurückkehren müssen, um sich dort um alles zu kümmern. Er war schließlich ein Laird, und man konnte nicht von ihm erwarten, dass er wegen einer Bettlägerigen alles stehen und liegen ließ.

Bestimmt machte er sich Gedanken, ob sie lebte oder tot war, aber er würde sein Leben nicht für eine Frau hintenanstellen, die er wahrscheinlich verabscheute. Plötzlich stiegen so viele Gefühle in ihr auf, dass sich ihr der Hals zuschnürte. Sie musste ihn sehen und mit ihm sprechen. Das heftige Bedürfnis, das sie erfüllt hatte, als sie das erste Mal wach geworden war, fiel ihr wieder ein. Sie wollte ihm unbedingt sagen, was sie für ihn empfand, ob er es nun hören wollte oder nicht. Aisla unterdrückte die sinnlosen Tränen, die ihr auf einmal in den Augen brannten.

»Erinnerst du dich daran, was passiert ist?« Die Frage kam von Ronan, dessen normalerweise dröhnende Stimme leise klang.

Sie räusperte sich und schluckte die Tränen herunter. »Nicht an alles. Nein.«

»Wenn es dir zu viel ist, brauchst du nicht zu versuchen, dich zu erinnern.«

»Nein, schon gut«, sagte sie, denn ihr war klar, dass sich wahrscheinlich alle im Raum fragten, was zu ihrem Verschwinden geführt hatte. »Der Laird und ich waren an jenem Morgen auseinandergegangen, aber nicht gerade im … Guten.« Sie hielt inne, und ihr Gesicht wurde rot, als ihr klar wurde, dass wahrscheinlich mittlerweile alle diesen Teil der Geschichte kannten. »Fenella, wie sie nun mal war, hielt es für richtig, zu überwachen, dass ich wirklich abreise. Dabei hat sie ein paar seltsame Dinge über Dougal gesagt – es stellte sich heraus, dass er sie über Makenna, mich und die Minen ausgehorcht hatte. Als ich sie zur Rede stellte und fragte, ob sie auch Makennas morgendliche Ausritte erwähnt hätte, gab sie zu, das getan zu haben. Alles war viel zu augenfällig. Ich musste es Niall mitteilen, und sie bestand darauf, mitzukommen und ihm selbst zu erzählen, welchen Anteil sie an der ganzen Sache gehabt hatte. Sobald wir bei den Minen ankamen, stellte ich fest, dass keiner da war.«

»Es war Sonntag«, murmelte Makenna.

»Ja, das wurde mir dann auch schnell klar«, fuhr Aisla fort. »Niall konnten wir nicht finden, aber dafür haben wir Dougal entdeckt, der sich mit einem Fass Schießpulver und einer Zündschnur zu schaffen machte. Er schoss auf Fenella und kam dann hinter mir her. Ich habe mein Messer nach ihm geworfen und bin dann durch die morschen Bretter im Turmhaus gebrochen. Das ist das Letzte, woran ich mich erinnere, ehe ich wieder wach geworden bin.«

»Es ist ein Wunder, dass du dir nicht den Hals gebrochen hast, Mädchen«, sagte Ronan, und seine tiefe Stimme war voller Mitgefühl. »Und du hast ihn mit deinem Messer an der Schulter getroffen.«

»Ich hatte auf sein schwarzes Herz gezielt.«

Aislas Lider wurden immer schwerer, und ihre Glieder wollten sich nicht mehr regen. Das war wahrscheinlich dem Laudanum zuzuschreiben und dem Reden, das sie sehr anstrengte. Ihr Hals fühlte sich rau an. Sanfte Hände griffen nach ihren, und als sie die Augen öffnete, sah sie Lady Dunrannoch neben sich auf dem Bett sitzen.

»Himmel, Aisla, wir haben uns deinetwegen so große Sorgen gemacht.«

»Es tut mir leid.«

Ihre Schwiegermutter lächelte unter Tränen. »Es muss dir nicht leidtun, Liebes. Ich war einfach nur froh, dass Niall dich gefunden hat. Ich habe meinen Sohn noch nie so aufgewühlt gesehen. Du warst grün und blau, und er wollte dich keinem anderen überlassen. Er hat dich erst losgelassen, als du wohlbehalten im Bett lagst. Ach, Liebes, wenn ich gewusst hätte, welcher Gefahr ich dich aussetze, hätte ich niemals darauf bestanden, dass du hierbleibst, statt nach Frankreich zurückzukehren.«

Aisla runzelte die Stirn. »Du hast darauf bestanden? Ich dachte, es wäre der Anwalt, der …«

Lady Dunrannoch drückte ihre Hände, und wieder lief ihr eine Träne über die Wange. »Ich habe mich wohl ein wenig eingemischt. Ich dachte, wenn ihr beiden ein bisschen mehr Zeit miteinander verbringen würdet, könnte euch das wieder zusammenbringen. Aber das ist jetzt wohl vorbei, oder?«

Sie verstummte, da Ronan einen zischenden Laut von sich gab, und riss die Augen entsetzt auf, als hätte sie etwas gesagt, das sie nicht sagen sollte. Aislas Blick ging zu Julien und Makenna, auf deren Gesichtern ein seltsamer Ausdruck lag, der frappierend dem auf Ronans Gesicht ähnelte. Furcht beschlich sie.

»Wo ist Niall jetzt?«, fragte sie schließlich.

Die Herzogin wirkte entsetzt, und ihr Mund öffnete und schloss sich, ohne dass ein Laut herauskam.

Julien trat vor. »Vielleicht solltest du dich jetzt wieder ausruhen, *chérie*. Du siehst ziemlich erschöpft aus. Wir reden später. Das verspreche ich.«

Seine ausweichende Antwort ließ sie vor Sorge ganz unruhig werden. Wo in Gottes Namen war Niall? War er verletzt? Hatte Dougal Buchanan ihn verwundet? Sie drückte sich mit den Ellbogen hoch und verzog das Gesicht, als ihr geschundener Körper protestierte.

Pauline eilte an ihre Seite und legte ihr ein Kissen in den Rücken. »Sachte, Mylady. Der Arzt hat doch gesagt, dass Sie sich nicht anstrengen sollen.«

Aber Aisla ließ sich nicht zurückhalten. Sie sah in die verlegenen Gesichter ihres Freundes und ihrer angeheirateten Verwandten. »Wo ist mein Ehemann?«

Julien trat mit angespannter Miene ans Fußende des Bettes.

»Aisla, bitte, glaube mir, wenn ich dir sage, dass jetzt nicht der beste Moment ist, um über solche Dinge zu sprechen«, fing er an, aber sie hob eine bebende Hand, um ihn zu unterbrechen.

»Bevormunde mich nicht«, sagte sie und merkte selbst, wie kläglich bittend ihre Stimme klang. »Wo ist er?«

Ronan räusperte sich. »Sie verdient, es zu erfahren.«

Aisla war plötzlich völlig verwirrt. Was genau verdiente sie zu erfahren?

»Er ist nicht hier, Aisla«, erklärte Ronan und sah sie mit festem Blick an.

Sie hatte fast Angst, die Frage zu stellen, die ihr auf der Zunge lag. »Wo ist er denn?«

»Er hat einen Brief aus Edinburgh erhalten«, erwiderte er nach einem unendlich langen Moment. Seine Miene gab nichts preis. »Er ist nach Edinburgh gereist, um die Scheidung endgültig zu regeln.«

Kapitel 21

Niall saß in der ledernen Umklammerung seines Schreibtischstuhls im Arbeitszimmer. Seine Finger umschlossen locker ein mit Whisky gefülltes Glas. Er betrachtete die bernsteinfarbene Flüssigkeit und dachte dabei, wie sehr er doch seinem Lieblingston bei Topasen ähnelte. Er leuchtete auch genau wie der Edelstein, als er von hinten vom Feuer des Kamins angestrahlt wurde. Aber abgesehen von ihrer Ähnlichkeit in Bezug auf ihre Farbe waren Topas und Whisky für ihn wie Tag und Nacht.

Der eine hatte ihm nur Unglück und Leid gebracht, der andere Erfolg und Frieden. Der eine hatte dazu beigetragen, seine Ehe zu ruinieren, der andere hatte ihn – zumindest kurze Zeit – dazu gebracht, zu glauben, er könnte alles wieder in Ordnung bringen. Aisla war aufrichtig beeindruckt gewesen von seinen Minen und seinen künstlerischen Fähigkeiten. Sie hatte den Mann, zu dem er geworden war, tatsächlich gesehen, und er hatte sich in ihrer Bewunderung geaalt.

Aber es war alles umsonst gewesen. Nichts hatte er in Ordnung gebracht.

Sie wollte ihn nicht.

Mit einer Bewegung aus dem Handgelenk ließ er die Flüssigkeit kreisen, bis sie einen Wirbel bildete und am Rand des Glases hochschwappte. Er war seit ein paar Stunden aus Edinburgh zurück, und sein Körper war immer noch steif und wund von dem erbarmungslosen Tempo, mit dem er nach Hause geritten war. Er wollte die Sache jetzt ein für alle Mal erledigt wissen.

Links von ihm lag eine dünne schwarze Akte, die mit einem Band umwickelt und versiegelt war. Darin befand sich der Eintrag ins Heiratsregister, den sein Anwalt Stevenson endlich aus Inverness erhalten hatte. Die Urkunde, die wie viele andere nachlässig in eine Ecke der Kirche gestopft worden war, in der er und Aisla geheiratet hatten, war am Ende vom Kanzleimitarbeiter gefunden und zu Stevenson geschickt worden. Ein Brief von Stevensons Kanzleimitarbeiter war am Morgen, nachdem Niall Aisla im verlassenen Stollen gefunden hatte, eingetroffen. Und keine Stunde später war Aisla aus ihrer Bewusstlosigkeit erwacht, hatte nach Leclerc gefragt und irgendetwas von Liebe gemurmelt. Sie war nicht ganz wach gewesen und ihre Worte undeutlich, aber ihre sofortige Frage nach Leclerc hatte Niall alles verraten, was er wissen musste: Er hatte sie verloren.

Oder vielleicht hatte er sie auch nie gehabt.

Der Zeitpunkt des Eintreffens von Stevensons Brief war wohl ein Wink des Schicksals gewesen. Niall hatte Tarben Castle verlassen und war am nächsten Tag in Edinburgh eingetroffen, wo er sofort die Kanzlei seines Anwalts aufgesucht hatte. Stevenson hatte Niall noch aufgefordert, sich doch zu setzen, um zu reden, aber Niall hatte sich nicht setzen und ganz gewiss nicht reden wollen. Er hatte die Akte gegriffen, sich bei Stevenson für seine Mühe bedankt und war gegangen.

Jetzt saß er da wie eine zusammengerollte Schlange, die bereit ist, anzugreifen, und starrte die Akte an.

Das war es, was sie wollte. Er hatte beide Wetten verloren. Die brillante Idee, die zu einem Wettrennen geworden war, wer wen als Erstes verführte, und bei dem beide ihren ganzen Verstand eingesetzt hatten, war zu einem Spiel geworden, das keiner gewinnen sollte. Ronan hatte recht gehabt, die Wette mit ihm abzuschließen – Niall hatte nie eine Chance gehabt, sie zu gewinnen, denn ihr Herz gehörte eindeutig einem anderen.

Leclerc war überrascht gewesen, als Niall ihn geholt hatte, um Wache bei Aisla zu halten. Es hatte ihn fast umgebracht, den Mann aufzusuchen, nachdem sein Name über Aislas Lippen gekommen war, obwohl er derjenige gewesen war, der sie leblos und blutüberströmt in der verfluchten Mine gefunden hatte … obwohl er derjenige gewesen war, der praktisch vor Furcht und Qual fast wahnsinnig geworden war, weil er sie vielleicht für immer verloren hatte. Niall wäre in dem Moment beinahe gestorben. Alles andere hatte aufgehört zu existieren … all die Spielchen und Wetten, der Zorn und die Eifersucht. Er hatte in seinem ganzen Leben noch nie gebetet, doch in dem Moment hatte er damit angefangen. Alles Leben war bei ihrem Anblick – so zerbrechlich und zart und bewusstlos – aus seinem Körper gewichen. Das Einzige, was ihm noch ein bisschen Hoffnung gemacht hatte, war das leichte Heben und Senken ihrer Brust.

Und dann hatte sie tagelang nicht aufwachen wollen, sodass das elende Warten und Bangen weitergegangen war. Doktor Stewart hatte sich nicht dazu äußern wollen, ob sie so eine schwere Kopfverletzung überleben würde … ob sie überhaupt noch in der Lage sein würde, zu sprechen und zu verstehen, wenn sie schließlich doch erwachte. Niall wäre fast auf den Mann losgegangen, hätte Ronan nicht eingegriffen und ihn weggeschickt, damit er sich beruhigte. Und als sie dann erwacht war, hatte sie nach Leclerc gefragt.

Nialls Finger schlossen sich fester um das Glas, und mit einer schnellen Bewegung stürzte er den Inhalt in einem großen Schluck hinunter. Der Whisky brannte auf seiner Zunge, in seinem Hals und Magen, als hätte er Höllenfeuer geschluckt. Doch er konnte nur an das beruhigende Gefühl denken, das mit dem Alkohol einherging und ihn alles weniger stark empfinden lassen würde – das ihn betäubte und vergessen ließ. Selbst nach so vielen Jahren erinnerte er sich noch genau an die Wirkung. Mit zitternder Hand schenkte er sich nach, und auch dieses Glas leerte er in einem Zug. Doch der Alkohol war nicht in der Lage, die Erinnerungen im Zaum zu halten, die plötzlich mit aller Macht zurückkehrten – welch wunderschöne Dämonen, die ihn quälten.

Aisla mit Pfeil und Bogen – so wie er sie das erste Mal gesehen hatte. Aisla in einem wogenden Feld blühender Heide, in dem sie sich drehte und tanzte wie eine Elfe. Aisla in einem Ballkleid auf Montgomery – atemberaubend schön, wild und sein. Aisla in seinem Bett – in den Fängen der Leidenschaft, die sich mit normalen Worten nicht beschreiben ließ. Die herrliche Nacht, die sie miteinander verbracht und sich dem anderen rückhaltlos hingegeben hatten. Sie hatte sich in seinen Armen gewunden und ihn in ihr Herz blicken lassen, um mit der strahlenden Wucht einer Sternschnuppe die Erlösung in seinen Armen zu finden. So wunderschön.

Incomparable hatte man sie in Paris genannt. Und sie hatten recht gehabt. Nichts und niemand konnte mit seiner Ehefrau mithalten. Himmel, er hatte es ganz und gar vermasselt. Niall goss sich ein drittes Glas ein und sah in die bernsteinfarbene Flüssigkeit. Der Inhalt einer Flasche lähmte einen, und das war es, was er verdiente. Er stürzte den Whisky mit einem verbitterten Ächzen herunter. Die Einöde, die ihm gebührte.

Weitere Bilder stürmten auf ihn ein. Die vor der Ruine sitzende Aisla mit dem vor ihr knienden Leclerc, dessen Hände sie hielt. Er hätte ebenso gut ein Freier sein können, der um die Hand der Liebe seines Lebens anhielt. Aber Leclerc hatte ihm mittlerweile erzählt, dass sie sich mit ihm hatte treffen wollen, um ihm zu sagen, dass sie ihn nicht heiraten könnte. Hatte sie ihre Meinung geändert? Hatte sie im Angesicht des Todes erkannt, was ihr Herz wirklich begehrte?

Niall war voller Eifersucht und Verbitterung gewesen, aber er hatte das Richtige getan – das einzig Richtige.

»Ich werde nicht im Weg stehen. Ich wünsche euch alles Glück der Welt«, hatte er zu Leclerc gesagt, nachdem er ihm Aislas Wunsch, ihn zu sehen, übermittelt hatte. Der Mann hatte ihn erstaunt angesehen, doch er hatte genickt und war im Schlafzimmer verschwunden.

Dann war Niall nach Edinburgh aufgebrochen.

Plötzlich sprang die Tür seines Arbeitszimmers auf und riss ihn aus seinen Gedanken. »Ich hatte doch gesagt, dass ich nicht gestört werden möchte«, brüllte er.

»Ich bin's nur, *bràthair*«, sagte Ronan und musterte mit skeptischer Miene die Flasche und das leere Glas auf dem Schreibtisch. »Hältst du das für eine gute Idee?«

»Besser als alles andere.« Trotzig goss er sich noch ein Glas ein.

Ronan nahm Flasche und Glas und stellte beides außerhalb seiner Reichweite hin. »Es gibt bessere Möglichkeiten, um mit den Dingen klarzukommen, die dich quälen. Wir haben das doch schon mal durchgemacht, und das war nicht angenehm, wenn du dich erinnerst.« Er sah ihn mit schmalen Augen an. »Wie viel hast du dir genehmigt?«

»Zwei«, sagte Niall. »Nein, drei. Ich habe vor, zur Feier des Tages die ganze verdammte Flasche zu leeren.«

Sein Bruder machte es sich in dem Armlehnstuhl auf der anderen Seite des Schreibtisches bequem und kreuzte die Beine, als habe er vor, länger zu bleiben. Niall stöhnte. Er wollte in seinem Elend allein sein. Er brauchte keinen Retter.

Ronan hob das Glas zu einem spöttischen Toast. »Was feiern wir denn?«

Niall schob die dünne schwarze Akte über den Tisch. »Meine Freiheit. Ihre Freiheit. Was sie von Anfang an wollte – nur war ich zu dumm, zu verdammt stolz, sie gehen zu lassen. Und dann noch deine blöde, verdammte Wette.« Er lachte. »Wie die Helden doch gefallen sind.«

»Darauf trinke ich einen.« Ronan leerte das Glas mit einem Schluck. Die Flasche behielt er auf seiner Seite des Tisches.

Niall lachte wieder, ohne dass auch nur eine Spur von Erheiterung darin mitschwang. »Ich bin schon der erbärmlichste Wicht auf dieser Seite des Hadrianswalles, hm?«

»Nein«, sagte Ronan. »Du hast um das gekämpft, was du wolltest.«

»Und verloren.«

Ronan nickte. »Vielleicht, aber zumindest hast du es versucht.«

Die Worte kamen langsam, aber dennoch. Sein Geständnis.

»Ich wollte die Wette gewinnen … nur meine Pläne haben sich gegen mich gewandt. Am Ende war mein Wunsch, dass sie blieb, größer als alles andere … selbst die Erlassung meiner Schulden.« Plötzlich hatte er einen seltsamen Druck auf den Augen. Himmel, er würde doch nicht anfangen zu weinen. Männer weinten nicht wie idiotische Volltrottel. »Wir waren von Anfang an verflucht. Und das, mein lieber Bruder, ist das Überbleibsel unserer jugendlichen Torheit.« Finster sah er die Akte seines Anwalts an. »Eine verdammte Scheidung.«

Ronan antwortete nicht, sondern griff nach der schwarzen Mappe, löste die Verschnürung und überflog die Papiere. Es dauerte nur ein paar Minuten, doch als er aufschaute, zeigte er eine undurchdringliche Miene. »Vielleicht solltest du mal einen Blick drauf werfen, Niall.«

»Um zu erfahren, wie ein Scheidungspapier aussieht? Nein, danke.«

»Sieh's dir an.« Ronan schob ihm die Papiere hin. Niall wollte sich ihm widersetzen und den ganzen Stapel vom Tisch wischen. Doch dann fiel sein Blick auf das oberste Blatt. Er war nicht betrunken genug, um nicht zu begreifen, was da stand.

»Was zum Teufel ist das denn?«, fragte er und kniff die Augen zusammen. »Soll das ein Scherz sein?«

»Lies selbst«, sagte Ronan. »Es sieht so aus, als wärt ihr beiden nie verheiratet gewesen.«

Es war kein Scherz.

Laut Aussage seines Anwalts war die Heirat, für die sie nach Inverness durchgebrannt waren, nie eingetragen worden. Sie waren vermählt worden, erinnerte sich Niall, aber der Priester war sturzbetrunken gewesen und hatte die richtigen Worte nur mühsam über die Lippen gebracht. Wenn es stimmte, was er da las, gab es keinen offiziellen Beweis, dass die Ehe je geschlossen worden war.

»Das ergibt keinen Sinn«, brummte er und las die Papiere erst ein zweites und dann gleich noch ein drittes Mal. Die Wirkung auf ihn war erstaunlich. Er war plötzlich wieder ganz nüchtern. »Wir waren verheiratet.«

»Hiernach nicht.«

Er blinzelte. »Dann …«

»Du brauchst keine Scheidung.«

Wenn es in den Augen der schottischen Gerichte keine legale Eheschließung gegeben hatte, bedeutete das, dass Aisla frei war. Und wenn sie niemanden hatte, der bereit war, sie zu heiraten, wäre sie kompromittiert. Allerdings konnte er sich nicht vorstellen, dass etwas so Belangloses sie aufhalten würde. Seine Aisla war furchtlos. Ernüchterung erfasste ihn. Sie war nicht seine Aisla. Laut diesen Unterlagen war sie es auch nie gewesen.

Er atmete tief durch, als eine Woge des Schuldbewusstseins in ihm aufstieg. Das war noch etwas, das er anders hätte machen können. Er hätte sie so heiraten sollen, wie es sich gehörte – in Gegenwart und mit dem Segen ihrer und seiner Familie. Auch in der Hinsicht hatte er sich ihr gegenüber nicht richtig verhalten.

Verflucht traf es noch nicht einmal annähernd.

Wortlos schob Ronan die Flasche und das leere Glas zu ihm rüber, doch Niall schüttelte den Kopf. »Nein, ich habe genug.«

»Was wirst du jetzt tun?«, fragte Ronan.

»Was ich von Anfang an hätte tun sollen – sie gehen lassen.«

Aisla hätte vor Verdruss, im Bett liegen zu müssen, am liebsten geschrien. Sie hatte sich längst so weit erholt, dass sie nicht mehr wie ein kleines Kind verhätschelt werden musste. Sie wollte spazieren gehen, sie wollte frische Luft, und vor allem wollte sie Niall sehen, der sie seit seiner Rückkehr aus Edinburgh mied. Von den Dienstboten und ihrer tatkräftigen Pauline hatte sie erfahren, dass er sich – kaum wieder zu Hause – sofort nach Tarben Castle zurückgezogen hätte.

Sie musterte Makenna, die ihr aus *Romeo und Julia* vorlas. Aisla hatte nicht ein Wort von dem gehört, was ihre Schwägerin vortrug, doch sie kannte das Stück gut. Als junges Mädchen hatte sie es geliebt, aber – um die Wahrheit zu sagen – jetzt verabscheute sie es. Aber sie brachte es nicht über sich, Makenna das zu sagen. Stattdessen ließ sie die Gedanken schweifen und überlegte, wie sie wohl eine Flucht bewerkstelligen könnte, um herauszufinden, warum Niall ausgerechnet jetzt entschieden hatte, die Scheidung durchzuziehen.

Keiner wollte ihr etwas sagen!

Nicht einmal Pauline war in der Lage, es zu ergründen. Sie hatte nur in Erfahrung bringen können, dass der Laird in aller Eile und ohne Gepäck aufgebrochen wäre, um nach Edinburgh zu reiten. Jetzt war er aber zurück, und sie verdiente Antworten, die, wie es schien, nur er geben konnte.

»*Gute Nacht wünsche ich dir!*«, las Makenna mit einem leisen Seufzen. »*Ach, der Trennung süßer Schmerz. So will ich sagen gute Nacht, bis wir uns wiederseh'n.*«

Aisla verdrehte die Augen. Wäre sie Julia, würde sie von Romeo verlangen, dass er sie wirklich und wahrhaftig kompromittierte. Das wäre der schnellste Weg zum Altar, dachte sie mit einem grimmigen Lächeln. Heimliche Hochzeiten gingen nie gut aus. Sie hatte das Stück in jungen Jahren verehrt. Diese Geschichte des verfluchten Paares, dessen Liebe unter einem schlechten Stern stand, hatte sie, jung und romantisch, wie sie damals gewesen war, förmlich verschlungen. Das war schließlich auch der Grund gewesen, warum sie mit Niall durchgebrannt war. Aber jetzt war sie älter und klüger. Für Verrat waren nicht immer nur Mächte von außen verantwortlich. Und das Ehebett bestand nicht aus Rosenblättern.

Sie dachte an Dougal … und Fenella. Beide hatten etwas gewollt, das sie nicht haben konnten, und waren zu ihrem eigenen Schaden versessen darauf gewesen. Sie dachte an sich selbst und Niall und ihrer beider Unglück. Sie hatten einander geliebt, doch manchmal brauchte es mehr als nur Liebe. Man brauchte Durchhaltevermögen und Entschlossenheit, und man musste bereit sein, zu kämpfen.

»Ich habe gehört, dass er zurückgekommen ist«, unterbrach sie Makenna.

Ihre Schwägerin bedachte sie mit einem ausdruckslosen Blick. »Wer?«

»Dein Bruder.«

Makenna schloss den schmalen Band und legte die Hände im Schoß zusammen. »Ach ja, ist er das? Das habe ich gar nicht mitbekommen.«

Aisla seufzte. »Bitte, Makenna, treib keine Spielchen mit mir.«

»Oh, na gut. Aye, er ist zurück, hat aber mit niemandem geredet. Offensichtlich hat er auch eine höllische Laune. Ronan ist rüber, um mit ihm zu reden und herauszufinden, ob alles erledigt ist.« Sie lächelte traurig und kniff die Lippen zusammen. »Ich nehme an, dass du nach Paris zurückkehrst, wenn alles vorüber ist.«

Makennas trostlose Miene traf sie mit der Wucht eines Speers mitten in die Brust. Ihre Lunge zog sich fast schmerzhaft zusammen. »Nein, das ist es ja. Ich …«

Doch plötzlich waren Stimmen unten in der Halle zu hören. Und vor allem eine drang nach oben und brachte die Unterhaltung zum Erliegen. Niall. Sie lauschte angestrengt, aber es war nichts mehr zu hören. War er es überhaupt gewesen? Sie stemmte sich hoch und stöhnte angesichts des schmerzhaften Drucks, der dadurch in ihren heilenden Rumpf ausstrahlte, ehe sie die Beine über die Bettkante schob.

»Was machst du da?«, keuchte Makenna entsetzt auf. »Du kannst doch nicht …«

»Ich kann, und ich werde.« Es war eine außerordentliche Leistung, dass sie es überhaupt schaffte, aufzustehen. Aber ihre Entschlossenheit sorgte für den nötigen Antrieb. Doch sie hatte gerade mal zwei Schritte gemacht, als ein Diener klopfte und mit einem Tablett hereinkam, auf dem eine schwarze Mappe und ein gefaltetes Stück Papier lagen.

»Ein Brief für Sie, Mylady.«

Das Herz schlug ihr bis zum Hals, während sie den Weg bis zur Tür ging. »Von wem?«

»Vom Laird von Tarbendale, Mylady.«

Sie griff nach dem gefalteten Stück Papier und las die erste Zeile:

Liebste Aisla, es tut mir leid, dass ich dir dies schreiben muss …

Aisla sah rot. Was genug war, war genug.

Sie schubste den armen Diener fast zu Seite, stürmte zur Tür hinaus an die Balustrade und brüllte mit aller Kraft los. Es war ihr egal, ob sie wie eine wahnsinnige Xanthippe klang oder dass unten Dienstboten und Clansleute herumliefen. »Niall Maclaren, wage es ja nicht, dich nur feige mit einem Brief zu melden, ohne mir gegenüberzutreten. Hörst du mich?« Sie holte tief Luft und wollte schon ein Donnerwetter loslassen, als sie ein leises Lachen hörte und dann eine Stimme ... seine Stimme.

»Aye, Mädchen, ich höre dich, und ich weiß auch, dass alle dich im Umkreis von mindestens fünf Meilen gehört haben.«

Ihre Finger umklammerten die Marmorbrüstung, denn ihre Beine drohten bereits unter ihr nachzugeben, als er am Fuß der Treppe um eine Ecke kam. O Gott, er sah so müde und erschöpft aus, aber gleichzeitig auch so gut, dass sie am liebsten in Tränen ausgebrochen wäre. Sein dunkles Haar war nicht gekämmt, Bartstoppeln bedeckten sein Gesicht, und seine blauen Augen raubten ihr den Atem.

Sie wappnete sich und hielt ihm das beleidigende Schreiben unter die Nase, als er sich ihr auf Armeslänge genähert hatte. »Was, bitte schön, ist das hier? Was tut dir leid?«

»Hast du den Brief gelesen?«

»Nein.«

Er lächelte, und sie schmolz fast dahin. »Dein schottischer Akzent ist zurück.«

»Ich bin wütend.«

»Das merke ich.« Er trat näher und streckte die Hand nach ihrem Arm aus. Sie war kurz davor, ihn wegzureißen, als er leise sagte: »Darf ich? Vielleicht sind wir in deinem Zimmer etwas ungestörter.«

Erst da merkte sie, dass fast ein Dutzend neugierige Blicke auf sie gerichtet war – darunter die ihrer Schwiegermutter und Makennas, die neben dem unseligen Diener stand, der die Nachricht überbracht hatte. Er hatte immer noch das Tablett mit der schwarzen Mappe in der Hand. Aisla wusste nicht, was sich darin befand, aber sie verspürte den außerordentlich starken Wunsch, die Mappe an der tiefsten Stelle des Sees zu versenken.

»*Bràthair*«, sagte Makenna mit einem besorgten Blick in Aislas

Richtung, während sie sich zu einem verkrampften Lächeln zwang, um ihre Schwägerin zu beruhigen. »Ich lasse euch beiden allein.«

Niall nahm die Mappe vom Tablett und führte sie ins Schlafzimmer zurück zu ihrem Bett. Sie setzte sich hin und legte die Hände fest ineinander, damit sie nicht zitterten – oder etwas Unüberlegtes taten. Zu gern hätte sie die Arme um seinen Hals geschlungen und ihn nie wieder losgelassen.

»Du siehst besser aus«, meinte er schließlich. »Wie fühlst du dich?«

»Gut.«

Ihr Ehemann holte tief Luft, und die Finger seiner rechten Hand trommelten auf der Mappe. »Aye, ich bin wohl feige gewesen, aber ich konnte dir nicht gegenübertreten.« Mit dem Kinn wies er auf die schwarze Mappe. »Es ist erledigt. So wie du es wolltest.«

Er klang grimmig. Nichts an ihm gab zu der Hoffnung Anlass, dass seine Gefühle anders aussehen könnten – dass es da etwas zwischen ihnen gäbe, das es wert war, gerettet zu werden.

»Das ist es dann also? Die Scheidung?«

Niall sah sie kurz an und wandte den Blick gleich wieder ab. »Aye und nein.« Er löste das Band, das die Mappe zusammenhielt, holte die Papiere heraus und reichte sie ihr. »Es hat sich herausgestellt, dass wir nie offiziell verheiratet waren. Die Ehe ist nirgends eingetragen.« Er fuhr sich mit der Hand durchs zerzauste Haar. »Dieser verdammte, versoffene Priester hat es einfach nicht erledigt.«

»Was sagst du da?«, flüsterte sie; denn sie hörte die Worte zwar, konnte sie aber nicht begreifen.

»Dass du frei bist, dir einen Ehemann zu suchen, der dich glücklich macht, Aisla. Dass du frei bist und nach Paris zurückkehren kannst, um dort das Leben zu führen, das du verdienst. Du hast bekommen, weshalb du hergekommen bist … du hast dich von mir befreit und von einem Leben, das du verabscheut hast.«

»Ich habe nicht …« Sie verstummte. Sie atmete zu schnell. Ihr Körper fühlte sich an, als wäre er in Eis gehüllt. »Ist es das, was … du willst?«

»Ich will, dass du glücklich wirst«, erklärte er schließlich und trat ans Fenster, wo er die Arme vor der Brust verschränkte. Seine Stimme klang ruhig, und seine Miene gab nichts preis. »Ich will, dass meine Clans-Leute glücklich sind. Vielleicht ist es ja ein Segen. So können wir von vorn anfangen. Vielleicht bekommen wir ja doch noch, was wir wollen.«

Ihn wollte sie.

Die Anspannung, die sie ganz benommen gemacht hatte, schwand, und endlich begriff sie. Es gab keine Scheidung. Keine zweite Chance. Sie waren nie miteinander verheiratet gewesen. Da war nichts mehr zwischen ihnen, nicht einmal eine Ehe dem Namen nach, die dafür gesorgt hätte, dass sie nie aus dem Leben des anderen verschwunden wären. Ein starkes Gefühl des Verlusts erfasste Aisla, als ihr klar wurde, dass es das Einzige, was sie zusammengehalten hatte, nun nicht mehr gab. Aber im Grunde hatte sie ihn ja nie gehabt.

»Niall …«

Langsam drehte er sich um. »Mach alles nicht noch schwerer, als es schon ist.« An der Tür blieb er noch einmal stehen und sah sie mit einem Blick an, der nichts preisgab. »Mach's gut, Aisla.«

Die erste Träne fiel auf den Brief, den sie immer noch in der Hand hielt – mit dem er sich von ihr hatte verabschieden wollen. Sie hätte auf ihn hören sollen. Er hatte freundlich sein wollen, damit sie nicht von diesem entsetzlichen Kummer erfasst wurde, den sie jetzt spürte – als würde ihr das Herz aus der Brust gerissen und in kleine Stücke gehackt werden. Noch mehr Tränen strömten aus ihren Augen und durchweichten das Papier und die Tinte darauf.

Liebste Aisla. Liebste Aisla. Liebste Aisla.

Die Buchstaben verschwammen zu unleserlichen Strichen.

Aisla weinte sich die Seele aus der Brust. Sie weinte um das Mädchen, das sie gewesen war, und um die Liebe, die sie verloren hatte. Sie weinte um all die Jahre, die sie getrennt voneinander verbracht hatten, und die Umstände, durch die sie wieder zusammengeführt worden waren. Sie weinte um die Hoffnung, dass alles anders hätte sein können. Sie weinte um ein Ende, das so tragisch war wie das, das Shakespeare für *Romeo und Julia* geschrieben hatte. Unter Schluchzen stieß sie ob der Ironie des Schicksals ein hohles Lachen aus.

Ein Federstrich oder eher dessen Fehlen hatte alles enden lassen.

Sie wischte die Tränen weg, zerknüllte den Brief und schloss die Mappe, die Niall dagelassen hatte. Es spielte eh alles keine Rolle mehr. Schon bald würde sie fort und ihre Verbindung zu Maclaren wahr und wahrhaftig zu Ende sein. Vielleicht hatte er ja recht, dass die verpfuschten Heiratsdokumente eigentlich ein Segen waren.

Ihre traurige Geschichte hatte ein bitteres Ende gefunden.

Kapitel 22

Ein fürchterlicher Gestank weckte Niall, und sofort erinnerte er sich wieder an das widerliche Gefühl, mit einer ganzen Flasche Whisky im Körper eingeschlafen zu sein. Doch das war jetzt glücklicherweise nicht der Fall, denn obwohl die Versuchung groß gewesen war, hatte er nur ein Glas getrunken, als er nach Tarbendale zurückgekehrt war. Nichts hätte seine Stimmung heben können, und im Grunde war ihm klar gewesen, dass er sich durch Whisky nur noch schlechter fühlen würde.

Er schnupperte und verzog das Gesicht, als ihm der säuerliche Geruch erneut in die Nase stieg. Doch dann merkte er, dass er nicht von ihm selbst ausging, sondern von den beiden Männern, die nach einem lächerlichen Trinkspiel, das bis in die frühen Morgenstunden gedauert hatte, immer noch schliefen. Der Alkohol drang ihnen aus jeder Pore, stieg von den Haaren und jedem Zentimeter ihres Körpers auf. Verflucht! Sie stanken zum Himmel. Er setzte sich auf dem Sofa in seinem Arbeitszimmer auf, wo er eingeschlafen war, und jetzt nahm er auch den Rest des Zimmers in sich auf. Alles tat ihm weh. Aber das lag nicht am Alkohol, sondern an … ihr.

Hamish setzte sich ächzend auf und sah sich mit glasigen, blutunterlaufenen Augen um. Ein hellrotes Haarbüschel stand auf der einen Seite seines Kopfes nach oben. »Mein Kopf!«, stöhnte er.

Ronan sprang auf und sah mitgenommener aus, als Niall ihn

je erlebt hatte. Er wollte lächeln. Sein Bruder hatte es gebraucht, sich mal ein bisschen gehen zu lassen. Als Erbe des Titels und zukünftiger Herzog war ihm die Leichtigkeit abhandengekommen. Es war erfreulich, seinen vollkommenen Bruder ausnahmsweise mal nicht vollkommen zu sehen.

Ronan fuhr sich mit der Hand durchs Haar und gähnte. »Du hast einiges an Aufholarbeit zu leisten, Bruder, wenn du vorhast, wieder so wie früher zu trinken.«

Hamish verzog das Gesicht angesichts seiner dröhnenden Stimme. Ronan setzte sich auf Nialls Schreibtischstuhl, legte die Beine hoch und klang, als hätte er nicht mehr als eine Flasche Whisky getrunken. Niall lachte – Ronan würde sich nie von einer läppischen Menge wie einem halben Fässchen Whisky umhauen lassen.

»Nein«, sagte Niall. »Das habe ich nicht vor. Aber ich möchte euch beiden in Zukunft häufiger dabei zuschauen, wie ihr versucht, euch gegenseitig unter den Tisch zu trinken.«

»Hamish hatte noch nicht mal eine Flasche intus und schlief schon wie ein Baby. Er hat dabei sogar am Daumen genuckelt«, erklärte Ronan amüsiert.

»Red von dir selbst, alter Mann«, stöhnte Hamish. Er versuchte, aufzustehen, und wankte, als würde sich der Boden unter seinen Füßen bewegen. »Ich nehme es jederzeit mit dir auf.«

»Fast hätte ich dir geglaubt.«

Hamish sah Ronan mit finsterem Blick an. »Was machst du überhaupt hier? Musst du dir nicht ’ne Krone anpassen lassen oder in deinem besten Hofstaat herumstolzieren?«

Sein Bruder war den vorigen Abend bei ihm gewesen, als Hamish mit mehreren Flaschen Whisky aufgetaucht war. Die Kunde hatte anscheinend schnell die Runde gemacht. Dieses Mal hatte Ronan die Flasche stehen und Niall selbst entscheiden lassen, ob er darin die Antworten fand, die er suchte. Er hatte ein Glas getrunken, den Geschmack des Whiskys genossen und mehrere Stunden nicht nachgefüllt, während sein Bruder und Hamish beschlossen hatten, herauszufinden, wer von beiden mehr vertrug. Es war amüsant gewesen, den beiden dabei zuzusehen, und hatte ihn die Leere in seinem Innern vergessen lassen … zumindest für eine Weile.

Es war erst ein Tag vergangen, seit sich herausgestellt hatte, dass er und Aisla nie miteinander verheiratet gewesen waren, und er nach Tarben Castle zurückgekehrt war. Er hatte die letzten sechs Jahre unermüdlich gearbeitet, um Aisla vielleicht eines Tages zu beweisen, dass sie einen riesigen Fehler gemacht hatte, ihn zu verlassen. Und wofür das Ganze? Sie verließ ihn nicht nur aufs Neue, sondern es hatte sich auch herausgestellt, dass er sich gar nicht so sehr hätte anstrengen müssen. Wenn er genau darüber nachdachte, dann hatte er alles nur ihretwegen getan – die Abkehr vom Alkohol, den Aufbau von Tarben Castle und die eiserne Disziplin. Mit einem Ruck kam er aus seinen rührseligen Gedanken heraus. Sie mochte vielleicht der Auslöser gewesen sein, aber er hatte das alles auch für sich selbst getan.

Er sah seinen Bruder an. »Warum bist du eigentlich hier?«

»Ich bin hier, weil ich nicht wollte, dass du es dir zu gemütlich machst, Bruder«, erwiderte Ronan. Er hob die Füße vom Tisch und ließ die Stiefel auf den Boden knallen, ehe er mit beiden Händen auf den Schreibtisch schlug. Die Geräusche erinnerten an Kanonenschläge, und Hamish stöhnte, während er seinen Kopf mit beiden Händen umfasste.

»Hör mit dem Stöhnen auf«, sagte Ronan lachend und wandte sich dann an Niall. »Wir haben fast Mittag, und ich bin mir sicher, dass deine Leute sich schon wundern, wo zum Teufel du bist.«

»Ich gehe bald hin«, sagte Niall. Sie würden auch ohne ihn zurechtkommen – alle wussten, was sie zu tun hatten, und waren ihm treu ergeben. Das war etwas, worauf er besonders stolz war – dass er Leute eingestellt hatte, die niemand sonst haben wollte, und ihnen damit eine zweite Chance gegeben hatte. Er hatte zwar seine Hand verloren, aber nie seinen Kampfgeist. Nein, erst durch eine falsche Heirat und die Liebe zu einer Frau, die diese Liebe nicht erwiderte, hatte er das geschafft. Er durchquerte den Raum und trat ans Fenster, wo ihm der helle Sonnenschein wie ein Dolch in die Augen fuhr. Am Horizont braute sich ein Unwetter zusammen, und die schwarzen Wolken näherten sich schnell.

»Sie können sich glücklich schätzen, dich zu haben«, meinte Ronan. Er drehte sich zu seinem Bruder um und sah ihm in die blauen Augen, die seinen so ähnlich waren. Sein Bruder meinte es ernst. Es war ein ganz besonderes Kompliment – vor allem, da es von seinem ältesten Bruder kam, der immer besonders hohe Ansprüche stellte. »Ich hoffe, du weißt, dass ich sehr stolz auf dich bin.«

Nialls Hals wurde eng. »Ich habe einen guten Ratgeber.«

Er drehte sich wieder zum Fenster um und sah hinaus. Sein Blick fiel in den Hof, und sein Blut floss sofort langsamer, obwohl er glücklicherweise so wenig getrunken hatte. Eine Kutsche mit vier Pferden wartete unten. Sie war mit vielen Kisten und Koffern beladen. Er erkannte sie sofort.

»Laird?«, sagte jemand zaghaft an der Tür zum Arbeitszimmer.

»Was ist?«, fragte Niall, dessen Blick immer noch den Leuten folgte, die um die Kutsche herum liefen und drumherum standen. Den Kopf von einem erkannte er sofort. Leclerc. Er stand am offenen Schlag der Kutsche und hatte die Arme vor der Brust verschränkt, als wartete er auf etwas … oder jemanden.

»Lady Aisla möchte Sie sehen, Laird.«

Natürlich. Und es hieß jetzt Lady Aisla und nicht Lady Maclaren. *So wie es sich gehört*, dachte er, als er sich schließlich umdrehte. Aisla betrat das Arbeitszimmer. Sie stützte sich leicht auf einen eleganten geschwungenen Gehstock, und bei diesem Anblick zog sich sein Herz zusammen. Sie wirkte immer noch sehr schwach, doch die blauen Flecken im Gesicht waren jetzt gelb, und die Kratzer und Hautabschürfungen waren gut verheilt. Aber selbst mit den deutlichen Überbleibseln ihres Unfalls war sie wunderschön. Das Haar war hochgesteckt und umrahmte ihr Gesicht mit blonden Locken, und ihr Kleid, das zwar züchtig nicht allzu tief ausgeschnitten war, betonte ihre Hüften und Brüste sowie ihre zierlichen Schultern. Er saugte ihren Anblick, jeden Zentimeter ihres Körpers, in sich auf, und das genügte, dass die ganze Mühe gestern Abend, zur Ruhe zu kommen, umsonst gewesen war.

»Aisla«, grüßte Ronan sie, um Hamish dann einen finster warnenden Blick zuzuwerfen. Er schleifte den großen Mann förmlich hinter sich her, während die beiden das Arbeitszimmer verließen.

Sie schenkte Ronan ein herzliches Lächeln und berührte kurz seinen Arm, als er an ihr vorbei zur Tür ging. Sie rümpfte die Nase ein bisschen und zog eine Augenbraue hoch, als wäre auch sie erstaunt über Ronans Verfassung, die so gar nicht zu ihm passte. Dann richtete sie den Blick wieder auf Niall, der sich plötzlich vorkam wie ein Landstreicher, der dringend ein Bad brauchte. Er rieb sich die raue Wange und das Kinn. Eine Rasur brauchte er auch.

»Du siehst besser aus«, sagte er und rechnete eigentlich mit einer sarkastischen Bemerkung hinsichtlich seiner eigenen Erscheinung, als würde sie das Schlimmste annehmen – und zwar, dass er auch versucht hatte, sich zu betrinken. Doch sie behielt ihre steife Haltung bei und wirkte gesammelt.

»Danke. Doktor Stewart sieht das auch so und hat mir endlich erlaubt, mein Zimmer auf Maclaren zu verlassen.«

Niall erinnerte sich an das ganze Gepäck, mit dem die Kutsche beladen war. »Du bist nicht hier, um mir einen Besuch abzustatten.«

Sie schüttelte den Kopf und wandte den Blick ab. »Ich bin hier, um mich zu verabschieden. Lord Leclerc und ich reisen ab. Er hat einen Brief von seinem Großvater mütterlicherseits erhalten, und wir planen einen Zwischenstopp in Newcastle ein.«

Schweigen breitete sich zwischen ihnen aus. Es war so leise, dass man die Pferde hören konnte, die im Hof mit den Hufen scharten.

»Ah ja. Natürlich.« Niall wusste nicht, was er noch sagen sollte, ohne auch das hier zu vermasseln. Entweder gelang ein gesitteter, höflicher Abschied, oder es endete alles mit Geschrei und vielleicht sogar Tränen.

Aisla zumindest schien sich gut unter Kontrolle zu haben, und er würde das bei Gott auch schaffen. Er hatte sich bei der Ruine zum Narren gemacht, als er sich von seinen Gefühlen hatte hinreißen lassen. Das würde ihm nicht wieder passieren. Wenn überhaupt, dann wollte er, dass sie ihn anlächelte, und sei es auch ein letztes Mal.

»Ich weiß nicht, ob ich es dir schon gesagt habe, aber ich habe angefangen, das Gemälde zu mögen«, sagte er und wies mit dem Kinn auf den Rubens.

Aisla betrachtete das Bild mit immer noch starrer Haltung. Die Knöchel der Hand, die sich auf den Stock stützten, traten weiß hervor.

»Ich wollte dich damit ärgern«, erwiderte sie.

»Das hat es«, gestand er mit einem kurzen Auflachen. »Doch jetzt kann ich meistens nicht aufhören, es anzuschauen.«

Er wusste, warum. Der Schmerz, den Prometheus ertragen musste … Niall verspürte in diesem Moment etwas Ähnliches und vielleicht sogar Stärkeres. Doch er wusste, dass es ein Fehler wäre, das zu Aisla zu sagen. Nicht noch mehr Schuldgefühle.

»Danke, dass du mein Arbeitszimmer und Tarben Castle neu gestaltet hast«, erklärte er stattdessen. Das Kompliment trug ihm einen skeptischen Blick von ihr ein. »Ich mein das wirklich, Aisla. Das, was du hier in Tarben Castle verändert hast … wird bleiben.

Sogar die Bilder von all den Hunden – nur die Rüschen vielleicht nicht.«

Er rechnete eigentlich mit einem Lächeln, doch stattdessen zog sie die Augenbrauen zusammen, als wäre sie bekümmert. Mal wieder hatte er nicht das Richtige gesagt. *Hör auf, Niall, solange du es noch mit Würde tun kannst.*

Sein Blick fiel auf die schmale Hand, die den Stock hielt, und das Armband, das unter dem Ärmel hervorlugte. Bei dem Anblick wurde ihm warm ums Herz, als würde sie einen Teil von ihm mitnehmen.

»Ist das das Armband, das ich gemacht habe?«, fragte er und erinnerte sich, wie sehr Aisla es bewundert hatte. Er wusste noch genau, dass sie es mit der Absicht gekauft hatte, die Tarbendale-Stücke in Paris zur Schau zu stellen.

Ihre Augen folgten seinem Blick, und eine leichte Röte stieg in ihre Wangen. »Ja, es ist wunderschön. Es soll mich an Tarbendale und alles, was du hier erreicht hast, erinnern.«

Dann bleib hier.

Die Worte lagen ihm auf der Zunge, aber er schluckte sie herunter.

»Komm. Ich bringe dich in den Hof.«

Es würde ihn umbringen, ihr in die Kutsche zu helfen und beim Wegfahren hinterherzusehen, wenn sie ein für alle Mal aus seinem Leben verschwand. Aber er würde kein Feigling sein … nicht mehr. Er würde diesen Abschied durchstehen.

Er bemerkte, dass sie sich langsam bewegte, während sie das Arbeitszimmer verließen. Ihr rechtes Bein schien steif zu sein.

»Tut es weh?«, fragte er.

Aisla drehte den Kopf mit einem Ruck in seine Richtung und sah ihn mit offenem Mund an, als würde seine Frage sie verwirren. »Ob was wehtut?«

»Dein Bein«, antwortete er.

Erleichterung spiegelte sich auf ihrem Gesicht wider.

»Ach. Mein Bein. Ja, es tut ein bisschen weh. Aber nicht schlimm.«

»Was dachtest du denn, was ich meine?«

Sie gingen den Flur entlang zur großen Treppe, über die sie in die Eingangshalle gelangen würden. Aisla wirkte plötzlich verlegen und gar nicht mehr so gefasst wie in dem Moment, als sie in seinem Arbeitszimmer erschienen war.

Errötend sagte sie: »Ich dachte, du meinst, weil ich Schottland verlasse.«

Nialls Hand packte plötzlich ohne sein Zutun ihren Arm und brachte sie zum Stehen. Er sah ihr in die Augen, und Worte wirbelten durch seinen Kopf … und Bedauern, so viel verzweifeltes Bedauern. Die Brust wurde ihm eng.

»Aisla«, stieß er mühsam hervor und wusste dann nicht mehr, was er noch sagen sollte. Er wollte sich für das, was er bei der Ruine gesagt hatte, entschuldigen. Er wollte gestehen, dass er sich geirrt hatte, dass er einfach nur ein eifersüchtiger Mistkerl gewesen wäre und nur noch einmal eine Chance wollte, um zu beweisen, dass er sich geändert hatte. Dass er ihr vertrauen könnte. Dass er ihr bereits vertraute und ihr nie wieder unrecht tun würde. Doch dann erinnerte er sich an Leclerc, der bei der Kutsche wartete, und dass sich nichts ändern würde, auch wenn er ihr all das gestand und sie anflehte, zu bleiben.

Es war wohl eine ganze Minute vergangen, während Niall all diese Überlegungen anstellte und Aisla geduldig wartete, wobei sie ihn die ganze Zeit ansah, während er nach Worten suchte. Doch dann bewegte sich ihr Blick und richtete sich auf etwas hinter Niall.

»Mylaird, die Kutsche der Lady ist bereit«, sagte Mrs Wingate. Obwohl sie eigentlich die Köchin war, hatte sie erst einmal ein paar von Fenellas Aufgaben übernommen.

Natürlich war die Kutsche bereit. Schließlich war sie vollgeladen und abreisebereit mit Aisla und Leclerc von Maclaren herübergefahren. Es bestand wirklich keine Notwendigkeit, das jetzt zu erwähnen, und Niall ärgerte sich über ihre Störung.

»Danke, Mrs Wingate, wir sind gleich unten«, sagte er.

»Ja, Laird. Gibt es sonst noch was?«, fragte sie.

Er unterdrückte den Wunsch, zu stöhnen. »Nein.«

Aisla schaute zu ihm auf, nachdem sie der Köchin noch kurz hinterhergesehen hatte, als diese ging. »Wir hatten keine Gelegenheit, miteinander zu reden, aber ich bedaure deinen Verlust. Ich weiß, dass du Fenella gernhattest.«

Niall verspürte einen kurzen schmerzhaften Stich. Sie war gestern beerdigt worden, und obwohl sie gestanden hatte, was sie Dougal erzählt und was sie selbst getan hatte, war Niall nicht wütend auf sie gewesen. Mit so etwas wollte er sich nicht belasten, da sie jetzt tot war. Liebe trieb Menschen manchmal in den Wahnsinn. Sie hatte niemanden außer ihm gehabt, und sie war seine Freundin gewesen.

»Es tut mir leid, dass sie immer so unfreundlich zu dir war«, sagte er. »Sie hat mir erzählt, was sie immer wieder getan hatte, um uns auseinanderzubringen. Ich hätte … besser sein sollen. Ich hätte in vielen Dingen besser sein sollen.«

»Ich auch«, flüsterte sie. »Ich auch.«

Er lächelte. »Manchmal waren wir doch glücklich miteinander, Aisla. Nicht wahr?«

Tränen standen in ihren Augen. »Aye, mehr als die meiste Zeit.«

Leclerc wählte diesen Moment, um in die Halle zu kommen, blieb aber verlegen stehen, als er die beiden so vertraut zusammen sah. Er räusperte sich und schob die Hände in die Hosentaschen. »Wir sollten los, ehe dieses schottische Wetter noch schlechter wird.«

Niall sah Aisla an. Er wollte mehr als die paar Sekunden, die ihnen noch blieben, und ihr all das sagen, was ihm auf der Zunge gebrannt hatte, ehe sie von Mrs Wingate und dann Leclerc gestört worden waren. Doch jetzt erhob sich eine Mauer zwischen ihnen, und durch Leclerc, der wartend in der Eingangstür stand, und all die Dienstboten, die Aislas restliche Truhen auf der Kutsche verstauten, schien diese Mauer unüberwindlich.

Niall spürte, wie der unausweichliche Moment immer näher kam. Das war's. Er rieb mit der Hand über seine Jacke und merkte, dass er etwas in der Tasche hatte. Er wollte es behalten, aber es gehörte ihr.

»Ehe ich es vergesse«, sagte er, griff in die Tasche und reichte ihr ihr Messer. »Das gehört dir.«

»Mein Messer! Danke.«

Er sah die Frau an, die er sein ganzes Leben lang geliebt hatte. »Danke, dass du Tarbendale und seine Bewohner gerettet hast. Wenn du das mit Buchanan nicht herausgefunden hättest, wären noch mehr gestorben.«

Ihre Finger zitterten, während sie das Messer einsteckte. »Du bist ein guter Laird, Niall. Du bist ein guter Mann.« Ihre Stimme stockte und zitterte. »Ich wünschte …«

»Was wünschst du dir?«

Man sah, wie sie schluckte. »Dass wir uns zu einer anderen Zeit kennengelernt hätten.« Schnell richtete sie sich auf und küsste ihn auf die Wange. Die weiche Berührung ihrer Lippen brannte auf seiner Haut. »Viel Glück, obwohl ich weiß, dass du das nicht brauchst. Ich bin stolz auf dich, Niall.«

Ihre Worte verblüfften ihn. Sie erfüllten ihn mit Demut. Er war so froh, dass sie stolz auf ihn war. Schließlich hatte er alles nur für sie getan. Er wünschte nur, sie würde ihn so sehr lieben, um zu bleiben.

»Niall?«, hörte er Ronan rufen. Er war dankbar für die Ablenkung. Trotzdem wollte er die ganze Zeit nur die Frau anstarren, die er immer für seine Frau gehalten hatte. Er wollte sie ansehen und für immer festhalten.

»Dein Bruder ruft nach dir«, sagte Aisla und sah ihn mit Tränen in den Augen an. Sie lächelte, räusperte sich und sah dann zu dem wartenden Leclerc. »Wir sollten aufbrechen.«

Der Franzose verneigte sich. »Tarbendale.«

»Leclerc«, erwiderte Niall. »Passen Sie auf sie auf.«

»Das werde ich.«

Er nahm ihren Arm und deutete auf die Stufen. Nialls Herz zog sich zusammen, als sie die ersten paar Stufen hinunterstieg, aber er sagte nichts. Das war es, was sie wollte, musste er sich in Erinnerung rufen.

Aisla blieb noch einmal stehen, um ihm über die Schulter einen Blick zuzuwerfen. Ihre Lippen verzogen sich zu einem halbherzigen Lächeln, und im nächsten Augenblick war sie fort.

Kapitel 23

Niall kletterte aus dem neu geöffneten Stollen und wurde von lauten Jubelrufen empfangen. Beinahe wäre er durch den unerwarteten Lärm und Aufruhr nach hinten gekippt. Er sah seine Arbeiter lächeln und lachen, er spürte, wie man ihm auf Rücken und Schultern klopfte, sodass der Staub aus dem Stollen in die Luft stieg. Endlich erwachte Niall aus seiner Erstarrung.

Die Ader.

Seine Arbeiter freuten sich über das gewaltige Topaslager, das gestern entdeckt worden war. Als wären die Adern, die sie gerade erst gefunden hatten, nicht schon genug Belohnung, sah es jetzt so aus, als würde es hier sogar für die nächsten zehn Jahre genug Arbeit geben.

Die Männer und Frauen hatten Grund, sich zu freuen.

Und obwohl Niall zurücklächelte und den Beifall entgegennahm, weil er für die Entdeckung gesorgt hatte, konnte er nicht die Energie aufbringen, mehr als nur leichte Erregung zu empfinden. Er wollte, dass seine Minen profitabel waren und seine Leute Arbeit hatten. Aber Freude? Als Niall sich durch die Menge schob und aus dem Turmhaus trat, konnte er nicht mal ein Quäntchen davon spüren.

Seit Wochen schon war da nur diese Leere in ihm. Es war nicht der Schmerz eines peinigenden Verlusts, wie in den Tagen nach Aislas Abreise, oder die Wut, die ihn dann erfasst hatte. Nein, jetzt fühlte er sich einfach nur noch leer. Ein ruheloser Geist. Er arbeitete. Er schlief. Er aß. Er arbeitete wieder. Und so weiter und so fort.

Er wusste, dass es irgendwann vergehen würde. Irgendwann würde er wieder etwas … fühlen. Er hoffte es.

»Du siehst nicht aus, als hättest du die größte Topas-Ader gefunden, die Schottland je gesehen hat«, sagte eine sanfte Stimme. Er löste den Blick vom Boden und sah hoch.

Makenna saß auf ihrem Pferd und lächelte ihn mit amüsierter, wissender Miene an.

»Ich habe sie nicht gefunden«, erwiderte Niall, während sein Blick zum Turmhaus ging. »Das waren meine Leute. Ich weiß nicht, warum alle mir zujubeln.«

»Weil du ihr Laird bist und sie die Ader nicht gefunden hätten, wenn du nicht gewesen wärst. Du hast die Mine wieder in Betrieb genommen und neue Stollen gegraben«, erwiderte seine Schwester. »Du bist genauso verantwortlich für diesen Glücksfall wie sie.«

Niall atmete tief durch und wünschte sich, sie würde damit aufhören, ihn zu loben. »Das ist schlicht und einfach Arbeit.«

Es war nicht mehr wie früher, als Niall sich in den Minen völlig verausgabt hatte, damit die Arbeit ein Erfolg war … damit er erfolgreich war. Jetzt gab es niemanden mehr, dem er etwas beweisen wollte. Aisla war nach Tarbendale gekommen, hatte seine Neuerungen und Erfolge mit eigenen Augen gesehen und war dann wieder gegangen – und jetzt war sein Leben seltsam leer.

»Wenn du das so empfindest«, meinte Makenna, die ihn immer noch von ihrem Pferd aus ansah.

»So ist es.«

Sie stieß einen langen Seufzer aus, und als sie nichts mehr sagte, wusch Niall sich den Staub vom Gesicht und drehte sich dann wieder zu ihr um. »Gibt es einen Grund, warum du zu mir gekommen bist?«

Seine Schwester setzte sich ein bisschen gerader im Sattel auf und sah ihn hochmütig wie eine Königin an. »Aye. Mutter möchte gern, dass du heute zum Abendessen kommst. Vater geht es besser.«

Niall spürte ihre Erleichterung. Er war mindestens einmal die Woche nach Maclaren geritten, um bei seinem Vater zu sitzen. Der Herzog befand sich auf dem Wege der Besserung. Der alte Haudegen hatte noch nicht aufgegeben. Doch bald würde die Zeit kommen. Niall war kein bisschen darauf vorbereitet.

»Ich werde kommen«, sagte er zu Makenna und nickte entschlossen.

»Gut«, erwiderte sie und zügelte ihr Pferd, als es unruhig zu werden begann. Anscheinend wollte sie noch nicht los.

»Gibt es sonst noch etwas?«, fragte Niall.

»Ich habe einen Brief erhalten«, antwortete sie ungewöhnlich ruhig. »Aus Newcastle in England.«

Er war gerade dabei gewesen, die Ärmel nach unten zu rollen, die mit Staub und Dreck bedeckt waren, und spürte, wie ihm das Herz plötzlich bis zum Hals schlug. »Aisla?«

»Sie weilt zurzeit bei Lord Leclercs Großvater. Einem Marquis«, antwortete sie. »Sie klingt … zufrieden.«

Niall ging zu seinem eigenen Pferd, streichelte dessen Blesse und wich Makennas Blick aus. »Gut. Sie verdient es, glücklich zu sein.«

Er schwang sich in den Sattel.

»Ich habe nicht gesagt, dass sie glücklich ist. Ich sagte, sie klingt zufrieden.«

»Was ist der Unterschied?«, fragte Niall und fing langsam an, sich zu ärgern – nicht über Makenna, sondern über das Thema.

»Es ist der Unterschied zwischen Wasser und Wein.«

Er sah sie mit hochgezogener Augenbraue an. »Ich ziehe Wasser vor.«

»Du bist so ein Dummkopf!«

»Weil ich Wasser lieber mag?«

Makenna stöhnte und hob den Blick zum Himmel, als würde sie dort Führung finden. »Weil du dich selbst belügst! Dir geht's erbärmlich, und das weißt du auch. Alle wissen es.«

Niall ritt im Schritt an, um nach Tarben Castle zurückzukehren und vor dem Abendessen zu baden. Normalerweise hätte er etwas Zeit in seiner Werkstatt verbracht, aber da war er schon seit Wochen nicht mehr gewesen. Er nahm an, dass der Topasring, an dem er gearbeitet hatte, ehe Aisla mit Leclerc abgereist war, immer noch auf seinem Tisch lag.

»Was für eine Rolle spielt das?«, fragte er Makenna, während sie ihm folgte. »Ich bin schon einmal darüber hinweggekommen, und ich werde es wieder. Irgendwann.«

Die Worte klangen hohl und bedeutungslos. Auch seine Schwester spürte das wohl.

»Du bist nie über sie hinweggekommen. Du liebst sie immer noch.«

»Das tue ich. Aber sie hat beschlossen, zu gehen. Wieder, wie ich hinzufügen möchte.«

»Und du lässt sie einfach gehen.« Ihre Lippen verzogen sich zu einem sardonischen Lächeln. »Und ich möchte hinzufügen, dass du ihr vor sechs Jahren gesagt hattest, dass sie gehen soll. Wahrscheinlich erinnerst du dich nicht mehr daran, weil du ordentlich einen in der Krone hattest damals.«

Er drehte sich im Sattel, um sie anzusehen. »Es ist nun mal so, dass man niemanden zwingen kann, an einem Ort zu bleiben, wo er nicht bleiben will. Gerade du, Makenna, solltest das wissen.«

Er presste die Lippen aufeinander, kaum dass die Worte heraus waren. Seine Schwester sackte im Sattel zusammen, als hätte er sie geschlagen. »Was meinst du damit?«, fragte sie.

Er seufzte, denn er wusste, dass er schon zu lange einem Gespräch mit ihr aus dem Weg gegangen war. »Brodie. Dein Ehemann. Du sagst, du seist hier zu Besuch, aber du hast kein einziges Mal erwähnt, wann du wieder nach Hause zurückkehrst. Du bist schon seit Wochen hier.«

»Es ist doch mein Zuhause, oder nicht?«

»Du weißt, was ich meine.« Niall holte tief Luft, während sie den Hügel hinunter ins Tal ritten. »Makenna, sag mir, was los ist.«

Eine Minute lang sagte sie nichts, sondern schien sich beim Abstieg auf ihr Pferd zu konzentrieren. Als sie schließlich antwortete, geschah es mit dem gleichen vorsichtigen Zögern, das sie jedes Mal an den Tag legte, wenn jemand Brodie erwähnte.

»Warum sollte irgendetwas sein? Ich bin wegen Vater hier. Er war todkrank, Niall.«

»Und dein Ehemann wollte die Reise nicht ebenfalls auf sich nehmen?«

Brodie und der Herzog hatten seit Makennas Hochzeit vor neun Jahren immer einen freundlichen Umgang miteinander gepflegt.

»Er ist beschäftigt«, erwiderte sie.

Die Pferde gingen langsamer, als sie sich schließlich Tarben Castle näherten. In der Tat würde ihr Ehemann, der Laird, beschäftigt sein. Aber Makenna hielt sich nun schon seit zwei Monaten auf Maclaren auf.

»Hast du in letzter Zeit etwas von ihm gehört?«, fragte er.

»So war das nie zwischen uns«, sagte sie, und ihre Stimme war durch die Geräusche, die die Pferde machten, kaum zu hören.

»Wie ist es denn zwischen euch?«, fragte Niall plötzlich argwöhnisch. War Makenna nicht nur wegen des schlechten Gesundheitszustands ihres Vaters nach Maclaren gekommen? Hatte Brodie etwas getan, womit er sie vertrieben hatte?

»Wir haben eine Ehe. Ein Bündnis«, antwortete sie. »Eine Verbindung, die nie mit einem Erben gesegnet sein wird.«

Niall beschleunigte sein Tempo, um mit seiner Schwester mitzuhalten, die ihr Pferd angetrieben hatte und davonschoss. Der Rest des Ritts zur Burg war so schnell, dass eine Unterhaltung unmöglich war. Niall dachte über die Bemerkung seiner Schwester nach, nicht mit einem Erben gesegnet zu sein. Als ein paar Jahre vergangen waren und keine Kunde von einem Erben von Brodie Maclaren erreicht hatte, war Niall Gerede zu Ohren gekommen. Es war ein unangenehmes Thema, doch als sie Nialls Stallungen erreichten, hielt er es für besser, für reinen Tisch zu sorgen und die Sache hinter sich zu bringen.

»Du kannst keine Kinder bekommen«, stellte er also fest, sobald ihre Pferde weggeführt worden waren.

Makenna schüttelte den Kopf und wich seinem Blick aus. Das sah seiner Schwester überhaupt nicht ähnlich, sich so verhuscht zu geben. »Und ich will es auch nicht.«

»Und Brodie?«

Der Mann würde doch bestimmt einen Erben haben wollen – jemanden, an den er den Titel weiterreichen konnte. Flüchtig kam Niall der Gedanke, dass er auch keinen Erben haben würde, dem er Tarbendale hinterlassen könnte. Ein gähnender Abgrund öffnete sich plötzlich in seinem Innern und drohte ihn zu verschlingen. Er zwang sich, dieses Loch wieder zu verschließen. Egal. Evan und Finlay hatten viele Kinder, und Niall könnte die Festung einem seiner Neffen hinterlassen.

Makenna hakte sich bei ihm unter, während sie zum Eingang der Burg gingen. »Ich weiß, was du tust. Du versuchst, das Gespräch von dir und Aisla abzulenken.«

»Hör auf, Makenna«, sagte er und hoffte inständig, dass sein Ton fest genug war, um überzeugend zu klingen. »Nicht alles lässt sich nur durch Liebe richten … oder durch Hoffnungen und Wünsche oder Was-wäre-wenn-Überlegungen. Mir scheint, dass wir das beide wissen.«

Sie legte den Kopf an seine Schulter und nickte. Und glücklicherweise wurde dann nicht mehr zu der Sache gesagt.

Niall wusch sich schnell, während Makenna wartete. Allerdings wusste er nicht, warum sie das Gefühl hatte, nicht von seiner Seite weichen zu wollen; aber nach einer Stunde ritten sie dann zusammen nach Maclaren, um dem gemeinsamen Abendessen beizuwohnen.

»Deine neue Haushälterin ist sehr nett.«

»Mrs Barlow, ja. Sie ist besser in der Burg aufgehoben als in den Minen«, erwiderte er. »Und Mrs Wingate ist froh, wieder nur für die Küche zuständig zu sein.«

Er hatte die Witwe ursprünglich eingestellt, um jeden Tag für die Minenarbeiter zu kochen. Doch sie war mittlerweile Ende fünfzig, und jeden Tag den Weg rauf zur Mine zu gehen, hatte angefangen, an ihr zu zerren. Und weil die Stelle der Haushälterin auf Tarbendale neu besetzt werden musste, hatte er sie gefragt, ob sie Interesse daran hätte. Mrs Barlow war vor Freude fast in Tränen ausgebrochen.

Sie erreichten Maclaren, und obwohl es ihm bei seiner Schwester gelungen war, sie vom Thema Aisla abzulenken, holte es ihn doch sofort wieder ein, als er an der Tafel in der Halle von Maclaren Platz nahm. Seine Brüder Evan und Finlay waren auch nicht gerade von Nutzen, als sie sich in Geschwistermanier sofort darauf stürzten, wie es nun mal ihre Art war.

»Du brauchst 'ne Hure«, sagte Evan und stieß Niall mit seinem fleischigen Ellbogen in die Rippen. »Wälz dich ein bisschen mit ihr herum, und dann wirst du deine Frau schon vergessen.«

Evans Frau gab ihm einen Klaps auf die Schulter, aber Finlay stachelte ihn nur noch mehr an.

»Es war doch gar nicht seine Frau, *amadan*. Er muss gar nichts vergessen«, sagte er und fügte dann mit gesenkter Stimme hinzu: »Der Glückliche.«

Finlays Frau hörte die leisen Worte und bedachte ihn mit einem finsteren Blick, blieb aber still. Niall hatte jedoch das Gefühl, dass sie, sobald sie zu Hause waren, ihrem Ehemann eine ganze Menge zu sagen haben würde. Bei Evan und Finlay fiel es ihm jedoch nicht schwer, sie zu ignorieren, doch als Niall merkte, dass Ronan ihn von seinem Platz an der Tafel aus musterte, spürte er den forschenden Blick bis ins Mark.

»Was ist?«, fragte er schließlich und legte seine Gabel ab.

Ronan trommelte mit den Fingern gegen seinen Kelch und sah ihn mit unergründlicher Miene an. »Du siehst schrecklich aus.«

Die Stimmen um den Tisch herum wurden leiser. Niall schüttelte den Kopf. »Danke für das Kompliment.«

»Was machst du hier eigentlich noch?«, fuhr Ronan fort, als hätte er Nialls Antwort nicht gehört.

»Du hast mich zum Abendessen eingeladen … oder hast du das vergessen?«

»Aye, du bist hier. Du isst, trinkst und unterhältst dich, aber du bist nicht wirklich hier. Du siehst aus, als würdest du gleich einschlafen. Wach auf, verdammt noch mal, *bràthair*.«

Wut stieg in Niall auf, und er merkte, wie ihm heiß wurde. Alle am Tisch schwiegen mittlerweile und lauschten dem Gespräch. Wäre ihre Mutter anwesend gewesen, hätte sie vielleicht etwas gesagt. Doch sie hielt sich in den Gemächern ihres Gemahls auf.

»Was versuchst du, mir zu sagen?«, fragte er. »Spuck es endlich aus.«

»Sie ist in England«, antwortete Ronan.

Verdammt. Der verdammte Brief, den Makenna erhalten hatte, war auch durch Ronans Hände gegangen? »Ich weiß, wo sie ist.«

»Warum bist du dann noch hier?«, fragte er wieder.

»Erinnerst du dich nicht mehr ans letzte Mal, als ich ihr nachgereist bin? Was ich in Paris vorgefunden habe?«

Die Erinnerung daran war immer noch frisch, tat aber nicht mehr so weh.

»Du wirst in England nicht mehr das gleiche Mädchen vorfinden, das du in Paris gesehen hast. Sie hat sich verändert«, erwiderte Ronan.

»Das weiß ich«, fuhr Niall ihn an und wurde schon wieder wütend. Warum konnten sie die Sache nicht auf sich beruhen lassen? Er hatte alles jetzt schon zum zweiten Mal vermasselt. Er hatte sie zweimal verloren. Und wenn er ihr jetzt erneut hinterherlief, würde er diese Bemühung wahrscheinlich auch wieder in den Sand setzen. Er hatte ihr erneut wehgetan, und das wollte er doch nicht. Er konnte die Vorstellung nicht ertragen, sie zurückzuhalten oder der Mühlstein um ihren Hals zu sein.

»Ich will, dass sie glücklich ist«, erklärte er, und es war ihm egal, wer es hörte. »Und wenn sie nur ohne mich glücklich ist, dann ist es eben so.«

Er würde es ertragen. Um Aislas willen würde er alles ertragen.

Niall hatte plötzlich keinen Hunger mehr und schob seinen Stuhl zurück. Er wünschte allen eine gute Nacht und verließ den Saal. Dabei spürte er jeden Blick, der ihm folgte. Sollten sie doch denken, was sie wollten. Sollten sie doch enttäuscht sein.

Sie würden darüber hinwegkommen.

Er war sich nur nicht sicher, ob ihm das je gelingen würde.

Der Regen schlug gegen die Fenster von einem der vielen luxuriösen Salons von Bramble Park, und Aisla, die auf einem Sofa saß, beobachtete, wie das Wasser an den Scheiben nach unten strömte. Unwillkürlich kam ihr wieder Nialls Gesicht an jenem letzten Tag in den Sinn – die Sehnsucht, die sie in seinem Blick gesehen hatte. Er hätte nur ein Wort zu sagen brauchen, und sie hätte sich in seine Arme geworfen.

Aber er hatte es nicht getan.

Und sie war abgefahren.

England war nicht das Gleiche wie Schottland, aber so hoch im Norden machte es eigentlich keinen großen Unterschied. Sobald sie den Kanal überquert hatte, würde sie bestimmt von einer verzweifelten Sehnsucht nach dem erfüllt sein, was sie hinter sich gelassen hatte. Und das war nichts – nur ein vergangenes Kapitel ihres Lebens, das jetzt abgeschlossen war. Das bedeutete aber nicht, dass ihr Herz nicht unter dem Verlust litt. Sie vermisste ihn. Jeder Tag war schlimmer als der vorherige – nicht besser. Die Zeit, die angeblich alle Wunden heilte, hielt ihren Teil der Abmachung nicht ein. Auch der Abstand sorgte nicht dafür, dass sie sich besser fühlte, und jetzt hatte sich auch noch die Natur gegen sie verschworen.

Es hatte jeden Tag geregnet, seit sie Schottland verlassen hatten. Vor ihrer Abreise aus Maclaren hatte Julien die streng formulierte Forderung seines kränkelnden Großvaters, des Marquis von Riverley, aus Newcastle erhalten. Sein Landsitz, Bramble Park, lag nicht weit entfernt von der schottischen Grenze. Julien hatte zwar unbedingt so schnell wie möglich nach Paris und zu seiner Mutter zurückreisen wollen, doch der Bote hatte auf seinem Kommen beharrt, weil Seine Lordschaft auf dem Totenbett läge. Da der Marquis der Vater von Juliens Mutter war, hatte er um seiner Mutter willen eingewilligt, obwohl Vater und Tochter zerstritten waren. Allerdings hatte Aisla bemerkt, dass er nicht mit seiner sonst üblichen Freundlichkeit darauf eingegangen war.

»Du magst ihn nicht?«, hatte sie gefragt, als er ihr auf Maclaren kurz von der Planänderung erzählt und gefragt hatte, ob sie etwas gegen einen kleinen Umweg hätte. In all den Jahren, die sie Julien nun schon kannte, hatte er nie über irgendwelche anderen Verwandten als seine Mutter und seinen vor sieben Jahren verstorbenen Vater gesprochen. »Deinen Großvater?«

Er hatte die Frage nicht beantworten müssen. Ein hasserfüllter Ausdruck war über sein Gesicht gehuscht. Seine Lippen waren schmal geworden, und in seinem Blick hatte plötzlich eine Kälte gelegen, die sie hatte zurückweichen lassen. Das war eine Facette von Julien, die sie noch nie gesehen hatte.

»Er hat meine Mutter enterbt, als sie einen Franzosen heiratete, der unter ihrem vermeintlich hohen Stand war«, hatte er nach einigen Minuten erzählt. »Es spielte keine Rolle, dass er sie von Herzen liebte oder sie ihn. Man bestrafte sie dafür und zwang sie, sich zwischen ihrer Familie und ihrem Liebsten zu entscheiden. Sie hat natürlich die Liebe gewählt«, fügte er leidenschaftslos hinzu.

Aisla wusste, dass Juliens Vater vor einigen Jahren an einem Fieber gestorben war. »Haben sie sich denn nach dem Tod deines Vaters nicht wieder versöhnt?«

Er schüttelte den Kopf. »Nein. Warum sollte man jemand so Gewöhnliches in ihren illustren Kreisen empfangen?«

»Du bist nicht gewöhnlich, Jules, und deine Mutter auch nicht.«

»Mein Vater war der mittellose dritte Sohn eines Viscounts, der das Leben eines Künstlers führte, Aisla.« Er hatte gelacht. »Ihre Liebe reichte nicht, um davon zu leben; sie sorgte nicht für Essen in unseren Mägen oder hielt Krankheiten von uns fern. Sie überlebte, er nicht.« Die Emotionen, die in ihm waren, ließen seine Stimme dunkler klingen. »Der Mann, den du vor dir siehst, ist jemand, den ich geschaffen habe, um für meine eigene Sicherheit und die meiner Mutter zu sorgen, nachdem mein Vater gestorben war und uns völlig mittellos zurückgelassen hatte. Ich trat eine Stelle als Lakai an und später als Kammerdiener, und ich habe zugehört, wenn meine Arbeitgeber darüber gesprochen haben, wie sie ihr Geld anlegten. Ich würde keinen Penny vom Geld des Marquis annehmen – nicht einmal, wenn man mir mit dem Galgen drohte.«

Aisla hatte ihn nach seinem Geständnis, dass er einst ein Teil der Arbeiterklasse gewesen war, mit offenem Mund angestarrt. Er war von Adel gewesen, und doch war er nicht in den Genuss von Reichtum oder Möglichkeiten gekommen, die normalerweise mit diesem Privileg einhergingen. Julien hatte ihr noch nie etwas davon erzählt.

»Warum hast du dich dann jetzt einverstanden erklärt, hinzugehen?«

»Weil ich es dem alten Mann direkt ins Gesicht sagen will«, hatte er geknurrt. »Dass er und sein verdammter Titel geradewegs zur Hölle gehen können.«

Sie waren jetzt seit einer Woche in Bramble Park. Sieben Tage länger, als Julien eigentlich hatte bleiben wollen – und das nicht wegen des Gesundheitszustands seines Großvaters. Tatsächlich ging es Aisla zu schlecht, um weiterzureisen. Sie hatte Julien gesagt, dass es sich wohl um eine Art Lebensmittelvergiftung handeln müsste, doch er war misstrauisch geworden, als niemand sonst krank geworden war. Er war so weit gegangen, ihr zu unterstellen, sie würde den Aufenthalt nur deshalb in die Länge ziehen, damit er sich mit seinem Großvater versöhnte. Dies hatte sie verneint, und Julien war widerwillig auf das Angebot des Marquis eingegangen, in Bramble Park zu bleiben, bis es Aisla wieder so gut ging, dass sie reisen konnte.

Natürlich hatte sie den wahren Grund ihrer kräftezehrenden Übelkeit gekannt. Julien hatte recht gehabt – es war keine Lebensmittelvergiftung. Aber das Ganze hatte auch nichts mit ihm zu tun. Ihr Unwohlsein hatte fast im gleichen Moment begonnen, als sie merkte, dass ihre Regel ausgeblieben war. Vor vielen Jahren war es ihr genauso gegangen.

Sie war schwanger.

Der Zeitpunkt stand außer Frage. Sie war nur einmal mit Niall zusammen gewesen – und zwar in der letzten Nacht auf Tarben Castle. Es war ein Wunder, dass sie es nicht gleich am nächsten Morgen, als sie in den Stollen gestürzt war, oder in den nächsten

Tagen, als sie fast ständig bewusstlos gewesen war und um ihr Leben gekämpft hatte, verloren hatte. Aber der menschliche Körper war stärker, als er aussah, oder vielleicht war es bei diesem Baby auch anders.

Pauline hatte es sofort gewusst. Und zwar nicht, weil sie Aisla fast jeden Morgen gekrümmt über dem Nachttopf hängen sah, obwohl das natürlich ein sicherer Hinweis war. Nein, sie behauptete, sie hätte es am Busen ihrer Herrin erkannt. Aisla selbst konnte keine Veränderung in diesem Bereich feststellen, aber sie nahm an, dass jemand, der ständig Korsetts schnürte und Mieder zurechtrückte, solch eine Änderung eher bemerkte.

Doch abgesehen von den körperlichen Veränderungen brachte der Gedanke an ein Baby weitere Sorgen mit sich. Aisla war nicht verheiratet und das Baby außerehelich gezeugt worden. Wenn irgendjemand das herausfand, wäre sie auf immer und ewig ruiniert. Sie war von adliger Geburt und ging mit einem unehelichen Kind schwanger. Trotzdem gab es immer noch eine andere Möglichkeit für sie, und unter den gegebenen Umständen war es die einzig vernünftige.

»Du wolltest mich sehen«, sagte Julien, als er in den Salon trat. Sein Gesicht wirkte verhärmt und blass, und seine normalerweise funkelnden Augen waren trüb. Wenn es einen Ort gab, der das Leben aus einem Menschen heraussaugte, dann war es dieser. Sogar sein volles blondes Haar wirkte kraftlos. Aisla erhob sich und legte die Hände ineinander.

»Hast du ihn gerade besucht?«

Er nickte kurz. »Es geht ihm nicht besser. Er beharrt weiter darauf, mich als seinen mutmaßlichen Erben zu bezeichnen. Offensichtlich sind all meine Cousins, die den Titel geerbt hätten, gestorben, und so bin ich der einzige direkte Nachkomme, den er noch hat.«

»Das tut mir leid.«

»Das braucht es nicht«, sagte er und ging zum Kaminsims, wo er sich mehr als zwei Fingerbreit Brandy eingoss. »Zum einen habe ich keinen meiner Cousins je kennengelernt, und dann ist es mir auch völlig egal, was aus diesem Trümmerhaufen hier wird. Er kann meinetwegen verrotten, ehe ich irgendwelche Ansprüche erhebe.«

»Würde es deine Mutter denn nicht glücklich machen?«, konnte sie sich nicht verkneifen, zu sagen. »Als Wiedergutmachung und versöhnendes Zeichen? Es steht dir schließlich zu.«

Er antwortete nicht, doch der zuckende Muskel an seiner Wange verriet, dass er sie gehört hatte. »Nein.«

Aisla räusperte sich. Sie wollte das Thema, das ihr am Herzen lag, nicht anschneiden, wenn so schlechte Stimmung herrschte. Doch seine Antwort würde darüber entscheiden, ob sie nach Paris ginge oder zurück auf das Gut ihrer Eltern in Schottland. »Du sagtest, dass du mich immer noch heiraten wolltest … wenn ich denn will.«

Der Blick seiner hellen Augen richtete sich auf sie. »Ja, natürlich.« Obwohl er nicht gezögert hatte, es zu bestätigen, spürte sie eine gewisse Zurückhaltung. »Ist es wirklich das, was du willst? Ich meine, mich zu erinnern, dass du erst kürzlich etwas sehr Ähnliches gesagt hast.« Er zwang sich zu einem fröhlichen Lächeln. »Es ist doch bestimmt nicht nur, weil du hoffst, eine Marquise zu werden, oder?«

»Ich bekomme ein Kind, Jules.«

Im Bruchteil einer Sekunde war er an ihrer Seite, und nachdem das Geständnis heraus war, fühlte sie sich etwas schwach. Ihre Knie wackelten. »Es sieht so aus, als müsste ich dein Angebot letzten Endes doch annehmen.« Doch als ihr seine letzte Bemerkung wieder einfiel, wurde sie plötzlich wütend. Sie knuffte seine Schulter. »Und nein. Wie kannst du nur denken, dass ich mir etwas aus einem Titel mache?«

Die spitze Bemerkung war natürlich nicht ernst gemeint gewesen, aber Aisla hatte eine Bitterkeit wahrgenommen, die normalerweise nicht Teil seines Humors war.

Julien führte sie mit entsetzter Miene zum Sofa. »Verzeih mir, Aisla. Die Bemerkung war völlig inakzeptabel, nicht wahr?«

Besänftigt nahm sie seine Entschuldigung mit einem Lachen an. »Wahrscheinlich genauso inakzeptabel wie die Frage, ob du der Vater vom Kind eines anderen Mannes sein willst.«

»Ich will keine eigenen Kinder, also ist mir deines nur recht«, sagte er mit einem Grinsen, sodass man den alten Julien wieder ein bisschen ahnen konnte. »Und ich will auch nicht aus Liebe heiraten oder je etwas so Entsetzlichem zum Opfer fallen. Meine Gefühle haben sich nicht verändert.« Er hielt inne, setzte sich neben sie und nahm ihre kalten Hände in seine. »Bist du dir sicher, dass es das ist, was *du* willst? Ehrlich gesagt habe ich tief im Innern das Gefühl, dass es das wohl nicht ist.«

Sie schluckte und sah den Mann an, der schon so lange ihr bester Freund war. Kein anderer wäre so großzügig, das Kind eines anderen als sein eigenes anzuerkennen. Sie könnten glücklich sein. Zufrieden. Aber Aisla wollte keine Zufriedenheit. Sie wollte Wonne und Leidenschaft und freudigen Taumel und alles, was Liebe so zügellos machte.

Traurig schüttelte sie den Kopf. »Ach, Jules, du kennst mich viel zu gut.«

»Was willst du, Aisla?«, fragte er sanft. »Wenn du etwas ohne jegliche Konsequenzen haben könntest, was würdest du wählen?«

Die Antwort darauf war allzu einfach, allzu klar. Und trotzdem war alles so ein Durcheinander.

»Ihn.«

»Dann sorge dafür.«

Sie hielt die Luft an und hielt die Tränen zurück, die ihr aus den Augen stürzen wollten. »Das ist nicht so einfach. Er hat mich gehen lassen. Ich kann nicht einfach wieder angetanzt kommen und ...«

»Warum denn nicht?«, unterbrach Julien sie. »Er ist deinetwegen doch auch nach Paris gekommen, oder etwa nicht? Vielleicht bist du jetzt an der Reihe. Große Gesten sind nicht nur den Männern vorbehalten. Das solltest du wissen.«

Freude zuckte wie eine Flamme in ihrem Herzen auf, schoss durch ihre Glieder und breitete sich dann dort aus, wo ihr Kind heranwuchs. Doch sie schüttelte den Kopf, während sich ihre Hände auf den flachen Bauch legten. »Aber wenn er mich nun gar nicht will?«

Julien lachte, und einen Moment lang war da die altvertraute Wärme in seinem Blick.

»Bist du blind?«, fragte er. »Glaub mir, wenn ich sage, dass der Mann dich von dem Tag an wollte, da du deinen Fuß auf schottischen Boden gesetzt hast, und ich wette, lange davor auch schon.« Er lächelte und nahm ihre Hand. »Manchmal, *chérie,* muss man um das kämpfen, was man haben will, auch wenn es einem eine höllische Angst einjagt.«

Aisla sah ihn forschend an. Er schien mit sich völlig im Reinen und entschlossen zu sein, den Titel, den sein Großvater ihm übergeben wollte, auszuschlagen. »Und was willst du, Jules? Um was würdest du kämpfen?«

»Wir reden hier nicht über mich – wir reden von dir und vom Vater des Kindes, das du unter dem Herzen trägst. Ich weiß aber zufälligerweise, dass ich einen hervorragenden Onkel abgeben würde.« Er umfasste ihr Gesicht und gab ihr einen Kuss auf beide Wangen. »Du liebst ihn, Aisla. Und das weißt du auch.«

Sie lachte unter Tränen. »Du sagst, du würdest nicht an die Liebe glauben, aber – du bist so ein hoffnungsloser Romantiker.«

»Ich habe nicht gesagt, dass ich nicht an die Liebe glaube. Ich habe nur gesagt, dass sie nichts für mich ist.«

»Eines Tages, Lord Leclerc, werden auch Sie nicht mehr gegen die Liebe gefeit sein – und dann werde ich mich auf deine Kosten zu Tode amüsieren.« Aisla erhob sich, fühlte sich aber immer noch unruhig. »Und wenn er mich zurücknimmt, kommst du dann zur Hochzeit?«

»Das würde ich mir um keinen Preis der Welt entgehen lassen.«

Julien hatte recht. Sie musste kämpfen – genauso wie sie in der Mine und in den Tagen danach ums Überleben gekämpft hatte. Sie liebte den Vater ihres Kindes bis zum Wahnsinn, und es war an ihr, ihn zurückzugewinnen – für sich und ihr Kind.

Sie schickte einen Lakai zu Pauline, um sie und all ihre Sachen zu holen. Julien blieb am Fuß der Treppe stehen und sah zum Ostflügel hoch, wo sein Großvater gepflegt wurde. Seine Miene gab seine Gefühle nicht preis, doch seine Hände schlossen sich immer wieder zu Fäusten.

»Wirst du ihm je vergeben?«, fragte Aisla leise.

Er atmete zischend ein. »Es müsste schon ein sehr kalter Tag in der Hölle sein, ehe ich je etwas von diesem Mann will – mit anderen Worten: Nein, es ist unwahrscheinlich.«

Er gab dem schweigenden Butler ein Zeichen. Aisla wäre der schmerzliche Ausdruck, der kurz über das Gesicht des Mannes huschte, entgangen, hätte sie in dem Moment nicht zu ihm hingeschaut. »Ja, Mylord?«

»Lassen Sie meine Kutsche vorfahren, Higgins«, sagte Julien. »Und setzen Sie den Marquis über meine Abreise in Kenntnis.«

»Selbstverständlich, Mylord«, sagte der ältere Mann, um dann kurz zu zögern. »Und darf ich bemerken, dass es eine Ehre war, Sie hier in Bramble Park zu sehen, Mylord.« Er hielt inne und sprach dann leise weiter, als könnte er sich nicht zurückhalten. »Verzeihen Sie meine Impertinenz, Mylord, aber Sie erinnern mich so sehr an sie – an Lady Eleanor.«

Ein schmerzlicher Ausdruck huschte kurz über Juliens Gesicht, war im nächsten Moment aber schon wieder verschwunden. Aisla wusste, dass Eleanor der Name seiner Mutter war. Er nickte dem langjährigen Dienstboten mit einem Lächeln zu. »Das werde ich ihr auf jeden Fall erzählen, Higgins.«

Dann drehte Julien sich wieder zu ihr um, und eine plötzliche, unerwartete Vorfreude ließ seine Augen blitzen. Sie fragte sich, was der Grund dafür sein mochte. »Und jetzt lass uns zurück nach Schottland eilen und dir einen hübschen Schotten zum Heiraten suchen.«

Kapitel 24

Seit einer guten Woche schon liefen die Vorbereitungen für Ronans Geburtstag, und es war noch kein Ende abzusehen. Lady Dunrannoch wollte ihm zu Ehren an diesem Abend einen Ball veranstalten, und alles sollte perfekt sein. Obwohl Ronan gesellschaftliche Verpflichtungen solcher Art wie die Pest hasste, wusste Niall, dass er es nicht wagen würde, seine Mutter zu enttäuschen – vor allem nicht unter den gegebenen Umständen, dass ihr Vater so krank war und nach Aislas Abreise, so dass eine sehr bedrückte Stimmung im Clan herrschte. Lady Dunrannoch wollte einfach alle mit einer großen Feier aufmuntern.

In der Küche war man seit Tagesanbruch beschäftigt, und sogar Nialls Köchin war auf Maclaren, um bei der Zubereitung solch gewaltiger Mengen an Essen bei einer derartigen Veranstaltung auszuhelfen. Der Ballsaal war geöffnet und gelüftet worden, und die Böden und Kronleuchter hatte man gewienert und geputzt, bis alles blitzte und blinkte. Einladungen waren nach nah und fern ergangen. Man hatte Musiker eingestellt und große Buketts aus Blumen aus dem Gewächshaus zusammengesteckt. Lady Dunrannoch scheute keine Ausgaben.

Ronan versteckte sich natürlich schon seit Tagen auf Tarben Castle. Jetzt saßen sie in Nialls Arbeitszimmer und hatten bereits förmliche Kleidung für den Abend angelegt, die aus maßgeschneiderten Jacketts, Westen, Krawatten und Kilts bestand.

Ronan hatte seine Krawatte bereits wieder gelockert, und seine Haare standen zu Berge. Sein Kammerdiener würde bestimmt pikiert sein, dass mit seiner hervorragenden Arbeit derart schäbig umgegangen wurde.

»Ich will nicht im Mittelpunkt stehen«, stöhnte er.

Niall lachte leise. »Warum nicht? Es ist wirklich an der Zeit, dass du von deinem hohen Podest fällst, Bruder.«

»Du weißt doch, worauf Mutter bei jedem Geburtstag herumreitet, oder?«, fragte er und starrte in sein halb leeres Whiskyglas. Es war sein drittes oder viertes, nahm Niall an. Obwohl sein Bruder unheimlich viel Alkohol zu vertragen schien, zog Niall die Flasche aus seiner Reichweite. Es würde nicht gut für ihn aussehen, wenn ihre Mutter bemerkte, dass er wie eine ganze Whisky-Destillerie roch. »Heiraten und erben.« Ronan vergrub den Kopf in beiden Händen. »Ich bin noch nicht bereit, mir eine Frau zu nehmen.«

»Du bist der Erbe von Dunrannoch«, sagte Niall. »Irgendwann musst du heiraten.«

»Der heutige Abend ist eigentlich nur eine Fleischbeschau, das ist dir doch klar, oder?«

»Aye.« Niall grinste. »Und lass Mutter nicht wissen, als was du ihren schicken Ball bezeichnest, sonst wird sie dir das Fell über die Ohren ziehen.«

Ronan redete weiter, und es war ihm offensichtlich egal, ob man ihm zuhörte. »Jede heiratsfähige Frau wird anwesend sein und mir wie ein Stück Torte vor die Nase gehalten werden.«

»Auch die Mädchen von Campbell. Gregor hat noch nicht aufgegeben, dass du dich mit seinem Clan verbindest.«

»Wollen wir die Plätze tauschen?«, fragte Ronan und sah mit einem leisen Hoffnungsschimmer in den Augen auf.

Niall lachte schallend. »Auf keinen Fall, Bruder. Nicht mal mit Aussicht auf eine Herzogskrone. Ich bin fertig mit den Frauen.« Er meinte es ernst. Er konnte sich jetzt noch nicht einmal mehr vorstellen, sich eine Ehefrau zu nehmen. Die Vorstellung, zu heiraten, um den eigenen Machtbereich zu vergrößern, hatte ihm noch nie gefallen, und sein Herz einer anderen zu schenken, kam nicht infrage. Er hatte es eh bereits verloren. Er richtete sein Jackett und ließ seinen Kammerdiener, Dunkirk, kommen, damit er sich um Ronans Krawatte kümmerte. »So. Und jetzt Kopf hoch. Wir wollen doch nicht das angerichtete Büfett aus heiratswilligen Mädchen verpassen.«

»Das ist nicht witzig«, knurrte Ronan, stand auf und kam mit erhobenen Fäusten um den Schreibtisch herum.

Niall wehrte einen kameradschaftlichen Hieb ab und wich zur Seite aus. »Ach, ein bisschen schon. Und so gern ich dir auch eine blutige Nase verpassen würde, fürchte ich mich doch noch viel mehr vor Mutters Zorn. Beweg dich. Wir sind eh schon spät dran.«

Sobald Dunkirk die Kleidung von Ronan wieder gerichtet hatte, ritten sie gemeinsam nach Maclaren. Niall sperrte unwillkürlich den Mund auf, als sie sich näherten. Jeder Zentimeter des Schlosses war in warmes Licht getaucht, was einen fast magischen Anblick erzeugte. Die Herzogin hatte sich in ihren Bemühungen tatsächlich selbst übertroffen. Er konnte sich nicht erinnern, Maclaren je so schön gesehen zu haben. Laternen erhellten die gepflegten Gärten, und die Balkontüren des Ballsaals standen offen, um die laue Abendluft hereinzulassen. Die Klänge eines lebhaften Volkstanzes drangen an ihre Ohren, und es hatten sich bereits viele wunderschön gekleidete Menschen auf der Terrasse versammelt. Nachdem ihre Pferde von einem Stallburschen in Empfang genommen worden waren, näherten sie sich der Treppe, die zur Terrasse führte.

»Bereit?«, fragte Niall seinen Bruder.

Ronan brummelte irgendeinen Fluch in seinen Bart, als sie auch schon ein paar Leute begrüßten, die sie kannten, ehe sie den Ballsaal durch eine der Balkontüren betraten. Es würde ihre Mutter ärgern, dass sie sich nicht ordentlich hatten ankündigen lassen und auch nicht früh genug da gewesen waren, um mit der Familie zusammen die Gäste zu empfangen. Beide wollten sich eine Standpauke ersparen und begaben sich direkt in den Raum, wo Erfrischungen gereicht wurden. Hamish war bereits da. In der einen Hand hielt er einen Whisky und in der anderen ein Ale. Sein Gesicht war von der Hitze im Raum gerötet.

»Hast dir schon einen Vorsprung verschafft, hm, alter Kumpel?«, fragte Niall und klopfte seinem ältesten Freund auf die kräftige Schulter.

Hamish fluchte, als er sich beinahe das Ale über die Kleidung kippte. »Oh, du Mistkerl. Das hast du mit Absicht gemacht.« Finster verzog er das Gesicht. »Wo seid ihr beiden gewesen? Eure Mutter ist auf dem Kriegspfad. Allmächtiger, sie hat euch gesehen. Sie kommt her! Lauft, Jungs, wenn ihr ihr entkommen wollt.«

Es war fast schon amüsant, zu beobachten, wie sein ältester Bruder versuchte, sich so unscheinbar wie möglich zu machen. Das war leider nur etwas schwierig, wenn man wie ein Bär gebaut war, aber trotzdem versuchte er sein Bestes, während sich die Herzogin näherte. Lady Dunrannoch sah wunderschön und ganz besonders edel aus. Sie trug ein herrliches smaragdgrünes Kleid, das silbern bestickt war. Ein Plaid in den Farben der Maclaren hatte sie sich lässig über eine Schulter geworfen. Niall küsste seine Mutter auf die Wange und machte ihr ein Kompliment zu ihrem Aussehen. Sie errötete und vergaß ihren Ärger für einen Moment, bis sie ihren Erstgeborenen erblickte, der gerade versuchte, nicht größer als ein Lämmchen zu erscheinen.

Sie seufzte und bot ihm die Wange für einen Kuss dar. »Also, Ronan, das ist ein Ball zu deinen Ehren. Bitte, tu mir den Gefallen und mach zumindest den Eindruck, als würde es dir gefallen.«

»Aye, Mutter«, sagte er und beugte sich vor, um sie zu umarmen.

Er hatte sich noch nicht wieder ganz aufgerichtet, als sie ihm auch schon eine junge Frau vorstellte, die sie praktisch hinter sich versteckt hatte. Niall nutzte die Gelegenheit, sich davonzumachen, und ignorierte den finsteren Blick, den Ronan ihm noch zuwarf. Er ließ sich von einem Lakaien ein Glas Whisky reichen, nippte daran und ließ den rauchigen Geschmack über seine Zunge rinnen. Er war zu dem Entschluss gekommen, dass es nicht notwendig war, Alkohol ganz zu meiden. Er wusste, dass er in der Lage war, sich zurückzuhalten, wahrscheinlich schon länger. Es war die Angst davor gewesen, wieder in ein altes Muster zu verfallen und die zu enttäuschen, die er liebte, was ihn so lange davon abgehalten hatte, auch nur einen Tropfen Alkohol zu sich zu nehmen. Doch jetzt hatte er mehr Vertrauen zu sich. Er würde nicht mehr zu viel trinken, sondern einfach nur einen Schluck des hervorragenden Whiskys von Dunrannoch genießen. Ihr Whisky war der beste auf dieser Seite des Hadrianswalles.

Makenna wirbelte auf der Tanzfläche an ihm vorbei. Sie tanzte mit einem jungen Mann, der einen schwarz-gelben Kilt trug. Er gehörte dem Mackenzie-Clan aus dem Norden an und wirkte völlig verzaubert. Niall konnte es ihm nicht verdenken. Makenna hatte sich selbst übertroffen. Sie trug ein hellsilbernes Kleid, das die dunkleren Strähnen in ihrem roten Haar betonte. Sie hatte noch nie reizender ausgesehen und war viel zu hübsch, um auf so einen arglosen Jungen losgelassen zu werden, mit dem sie gerade tanzte. Er zog die Augenbrauen zusammen, als er sich daran erinnerte, wie geschickt sie das Thema gewechselt hatte, als er sie zu ihrem Ehemann befragen wollte. Wenn der Ball vorbei war, würde er der Sache auf den Grund gehen.

Beinahe hätte er gelacht, als er sah, wie Ronan ein junges Mädchen für den nächsten Tanz auf die Fläche führte. Angesichts des finsteren, verbitterten Ausdrucks hätte man meinen können, er befände sich auf dem Weg zum Galgen. Niall wusste nicht, warum er so strikt gegen eine Heirat war. Er war ein Laird, Erbe eines

Herzogtums, unanständig reich und hatte eigentlich kein Gesicht, bei dem die Frauen die Flucht ergriffen. Trotzdem ging sein Bruder einer Ehe um jeden Preis aus dem Weg. Er hatte nicht nur die Tochter des Campbells abgewiesen, sondern schon vor Jahren auch die Hand der Sinclair-Tochter ausgeschlagen. Und das wäre ein wirklich wertvolles – und lukratives – Bündnis gewesen. Lady Mairi hätte eine ganz besonders fügsame Ehefrau abgegeben, aber da sie nicht klüger als ein Huhn war, hätte sie vor ihrem Ehemann wahrscheinlich Angst gehabt.

»Du tanzt nicht?«, fragte ihn ein rotgesichtiger Hamish, als er zu ihm neben eine der offen stehenden Balkontüren trat. Hier war es kühler, und es bot sich die Möglichkeit zu einer schnellen Flucht, falls es erforderlich sein sollte. Aber eigentlich machte es Niall viel zu viel Spaß, zu beobachten, wie Ronan gequält wurde, als dass er diesen Gedanken ernsthaft erwog. Darüber hinaus wussten wohl auch nicht viele von Nialls zweiter Trennung von seiner Frau, oder vielleicht wussten sie es auch und hatten Mitleid mit ihm. Auf jeden Fall näherte sich ihm keiner, um mit ihm darüber zu sprechen.

»Nein«, sagte er.

»Du tanzt jetzt mit mir«, verkündete Makenna atemlos, als sie mit wirbelnden Satinröcken vor ihm stehen blieb. Er versuchte, abzulehnen, doch sie zerrte ihn bereits mit großer Begeisterung auf die Tanzfläche. Schnell reichte er einem Lakaien sein leeres Glas. »Du kennst doch die Schritte, oder? Es ist ein englischer Kontratanz.«

»Ich habe das Gleiche gelernt wie du, Mädchen.«

Es war kein Tanz, der einer Unterhaltung zuträglich war, deshalb konzentrierte Niall sich auf die Schritte, lächelte, wenn sie zusammenkamen und sich wieder trennten, Partner wechselten und die Figur dann wiederholten. Es war unterhaltsam, vor allem Hamish zu beobachten, der auch auf die Tanzfläche gezogen worden war und sich dabei sehr tollpatschig anstellte. Niall hatte Spaß. Bei einer Vierteldrehung spürte er plötzlich ein Kribbeln im Nacken. Es war ein instinktives Gefühl, das dafür sorgte, dass er sich von Kopf bis Fuß anspannte, als drohte eine Gefahr – oder zumindest etwas, das sich wie eine Gefahr anfühlte. Sein Blick huschte zum Eingang, und ihm stockte der Atem, als er die Frau sah, die gerade den Ballsaal betreten hatte.

Aisla.

Ihr Anblick ließ ihn beinahe in die Knie gehen; doch er blieb einfach nur stocksteif stehen. Die anderen Tänzer stießen beinahe mit ihm zusammen, während einige ein paar zusätzliche Schritte machten, um ihm auszuweichen. Doch er sah nur sie. Sie stand wie eine Vision in saphirblauem Satin oben auf der Treppe – kerzengerade und so schön, wie er sie in Erinnerung hatte. Diamanten glitzerten in ihrem vollen blonden Haar, und die stolzen Wangen waren leicht gerötet. Sie sah atemberaubend schön aus. Seine Venus.

Warum war sie *hier* und nicht in England? Oder hatte er sie heraufbeschworen, wie die tausend Male, seitdem sie gegangen war?

»Gütiger Himmel, Mann«, raunte Hamish ihm ins Ohr und brach damit die Trance, in der er sich befunden hatte. »Ist das nicht deine Ehefrau … ich meine, deine Frau … äh, deine Geliebte.«

Er warf dem Mann einen wütenden Blick zu. »Halt die Klappe, MacLeod.«

Makenna drehte sich ebenfalls, um zu sehen, was ihn abgelenkt hatte, und kam wie er taumelnd zum Stehen. Weitere Tänzer stießen miteinander zusammen, als die Musik mit falschen Tönen verklang.

»Ach du meine Güte«, flüsterte sie.

Aber Niall hörte sie nicht. Die Musik setzte wieder ein, während er sich langsam Richtung Treppe bewegte. Sein Blick war unverwandt auf Aisla gerichtet, als fürchtete er, sie könnte verschwinden, wenn er auch nur ein einziges Mal blinzelte. War sie ein Trugbild, das seine verzweifelte Phantasie heraufbeschworen hatte? Eine schmerzhafte Sekunde lang schloss er die Augen und öffnete sie wieder. Sie stand immer noch da – nur sah sie ihn jetzt an. Er konnte die Glut in den kupferfarbenen Augen spüren, als sie ihren Blick ohne Reue und ohne Scham direkt auf ihn richtete … und ihn unverhüllt besitzergreifend anschaute. In diesem Blick lag der Widerhall seines eigenen Herzens.

Mein. Mein. Mein.

Ein Lächeln erschien auf ihren Lippen, und sie sagte etwas zum Haushofmeister. Der räusperte sich mit plötzlich rotem Gesicht, obwohl sein Lächeln ebenso breit war wie ihres. »Lady Aisla Montgomery«, verkündete er. »Aber bald wieder Maclaren, wenn es nach ihr geht.«

Er hörte, wie einige um ihn herum schockiert keuchten und dann anfingen, miteinander zu tuscheln. Bestimmt war seine Mutter mit darunter. Aber das war Niall egal. Sie war gekommen.

Sie war zu ihm zurückgekommen.

Aisla sah ihm tief in die Augen, während sie eine Stufe nach der anderen nahm, bis sie auf der vorletzten stehen blieb, sodass sie mit ihm auf Augenhöhe war. Er konnte nicht mehr atmen.

»Offensichtlich habe ich eine Wette verloren, und ich bin hier, um meine Schulden zu bezahlen«, erklärte sie mit einem etwas zittrigen Lächeln.

Niall wusste, dass alle Augen auf sie gerichtet waren. Die Tänzer stießen immer noch miteinander zusammen, während sie die Hälse reckten, um besser sehen zu können. Die in der Nähe standen, beobachteten alles völlig ungeniert. Aber er hatte nur Augen für sie. Instinktiv wollte er sie in die Arme schließen – sie festhalten und nie wieder gehen lassen. Doch er wartete, während ihm das Herz bis zum Hals schlug. Er nahm um sich herum nichts mehr wahr. Da waren nur noch er und sie.

Sie sah ihn mit einem Lächeln in den Augen an, bei dem die bernsteinfarbenen Flecken darin mit einem Licht zu leuchten begannen, das von innen kam. »Ich habe darüber nachgedacht, was ich sagen würde, wenn ich dich sehe, und es ist immer dasselbe: Ich liebe dich, Niall Maclaren. Das habe ich immer getan. Wir haben es das erste Mal vielleicht vermasselt und waren wohl auch auf dem Papier nicht miteinander verheiratet, aber in meinem Herzen bin ich deine Ehefrau. Und ich gehöre hierher – zu dir.«

Er hatte das Gefühl, als würde er plötzlich schweben. Er hob die Hand, um ihre Wange zu berühren, und sie schmiegte sich daran, wobei sie nur Augen für ihn hatte. »Machen Sie mir einen Antrag, Lady Aisla?«

»Das kommt darauf an, Liebster«, flüsterte sie. »Nimmst du ihn an?«

»Aye, ich denke schon.«

»In dem Fall ...« Und sie verblüffte ihn erneut, indem sie auch die letzte Stufe zu ihm nach unten trat und in einem tiefen, eleganten Knicks versank, der einer Audienz bei Hofe würdig gewesen wäre. »Niall Stuart Maclaren, willst du mein Ehemann werden?«

Wäre die Welt um ihn herum in diesem Moment in Flammen aufgegangen, hätte er es nicht bemerkt. All seine Sinne waren auf die Frau gerichtet, die vor ihm kniete und um seine Hand anhielt. Er lachte und kniete sich mit einem Bein vor ihr hin. Dabei legte er seine Hand um ihren schlanken Hals. »Nur wenn du mir die Ehre erweist, meine Ehefrau zu werden.«

Ehe sie antworten konnte, lag sein Mund bereits auf ihren Lippen, und nur vage nahm er die aufbrausenden Jubelschreie und die Pfiffe wahr. Eine reizende Röte hatte die Wangen seiner zukünftigen Braut erblühen lassen, als sie sich Arm in Arm erhoben und sich der leicht schockierten Gesellschaft stellten. Er sah Ronans anerkennenden Blick und bemerkte, dass seine Mutter vor

Freude Tränen in den Augen hate. Makenna tupfte sich ebenfalls die Augen mit einem Spitzentaschentuch.

»Sie hat Ja gesagt«, verkündete er und zog sie mit einem verruchten Grinsen an sich. »Wieder.«

»Und bitte zum letzten Mal!«, brüllte Hamish. »Um Himmels willen!«

Alle lachten, aber Niall stimmte ihm von ganzem Herzen zu. Dieses Mal würde er sie nicht wieder gehen lassen.

Später am Abend legte eine erschöpfte, aber euphorische Aisla ihre Kleidung ab, um auf Tarbendale zu Bett zu gehen. Sie konnte ihr Glück kaum fassen. Ihre Angst war so groß gewesen, dass Niall sie zurückweisen könnte, aber all diese Befürchtungen hatten sich in Luft aufgelöst, als ihre Blicke sich begegnet waren. Nach ihrem feierlich vorgetragenen Antrag war der Rest des Abends ein einziger magischer Rausch gewesen – voll Tanzen, Lachen und so viel Liebe, dass es sich so angefühlt hatte, als wäre ihr Herz gar nicht in der Lage, alles aufzunehmen.

»Ist es so gelaufen, wie Sie erwartet haben, Mylady?«, fragte Pauline, während sie Aislas Kleid aufhakte und dann die Verschnürung des Korsetts löste.

»Besser«, erwiderte sie verträumt. »Ach, Pauline, er hat Ja gesagt.«

»*Mais oui*«, stellte Pauline fest. »Er hätte schon blind sein müssen, Ihrer Schönheit nicht zu erliegen.«

Er war auch schön gewesen. Niall hatte in Jackett und Kilt so überwältigend gut und begehrenswert ausgesehen, dass sie ihn am liebsten auf den Boden des Ballsaals gezerrt hätte, um sich schamlos zu nehmen, was sie haben wollte. Aber was dann folgte, war kaum weniger skandalös gewesen. Doch auch der Kuss war bald vergessen, als Hamish in seinem trunkenen Zustand eine Diskussion mit Julien darüber anfing, was Schotten unter ihrem

Kilt trugen – oder eben nicht. Der Beweis war – natürlich – von Nialls ungezogenen Brüdern, Finlay und Evan, erbracht worden. Lady Dunrannochs Ball würde immer in böser oder guter Erinnerung bleiben, je nachdem, wer davon erzählte, dass drei Männer ihren nackten Hintern gezeigt hatten.

Aisla musste ein Kichern unterdrücken, als sie sich fragte, ob Niall genau wie sein bester Freund und seine Brüder die Unterwäsche weggelassen hatte. Ihre Wangen wurden bei dem Gedanken ganz heiß. Irgendwann hatten sie miteinander Walzer getanzt, und sie hatte seine Erregung deutlich gespürt. Ihr Keuchen war deutlich hörbar gewesen. Er hatte sie mit einem anzüglichen Grinsen angesehen, während sein Blick sich auf ihr volles Dekolleté gerichtet hatte. Offensichtlich waren Paulines Beobachtungen zu den Veränderungen ihrer Figur doch richtig.

»Was erwartest du denn, wenn du so aussiehst, Mädchen? Ich bin schließlich auch nur ein Mann.« Seine Stimme hatte einen leisen, heiseren Klang angenommen. »Ärgere dich nicht – wir werden später eine andere Art Tanz vollführen.«

Aisla wäre beinahe über ihre eigenen Füße gestolpert, als ihr Körper sofort auf die provozierenden Worte reagiert hatte. Plötzlich war ihr so heiß, dass sie fürchtete, ohnmächtig zu werden, und nur sein starker Arm, der um ihre Taille lag, hielt sie aufrecht. Sein warmer Körper an ihrem hatte jedoch noch andere unschickliche Reaktionen bei ihr ausgelöst.

Und Stunden später kribbelte immer noch alles vor Vorfreude.

Pauline sah sie wohlgefällig an, als sie Aisla ein zartes Nachthemd über den Kopf zog und ihr dann einen Morgenmantel reichte. »Ich bin froh, dass Sie wieder lächeln.«

»Ich auch.«

Geschickt löste Pauline die komplizierte Frisur und begann, die Locken, die bis zur Taille reichten, auszubürsten. »Haben Sie es ihm gesagt?«

»Nein, ich …«

»Was gesagt?«, ertönte eine Stimme von der Tür her.

Niall stand mit lässig vor der Brust verschränkten Armen auf der Schwelle. Er hatte immer noch seinen Kilt an, doch Jackett und Krawatte hatte er abgelegt. Sein Hemd stand am Hals offen, und die leicht gebräunte Haut, die dadurch sichtbar war, machte Aisla sofort atemlos. Errötend reichte die Zofe ihr die Bürste, knickste und warf einen bedeutungsvollen Blick in ihre Richtung, ehe sie das Zimmer verließ.

»Worum ging es gerade?«, fragte er und betrat erst jetzt den Raum.

»Ach, Pauline ist einfach Pauline«, sagte sie, als er ihr die Bürste abnahm und begann, ihr Haar damit zu entwirren. »Das brauchst du nicht zu tun.«

Doch sie vergaß ihre Worte, als er mit den Fingern durch die schimmernden Strähnen strich und eine Handvoll ihres Haars an seine Wange hob. »Wie die weichste, aus Sonnenstrahlen gesponnene Seide«, murmelte er und atmete tief ein. »Ich liebe deinen Duft – Honigblüten und du.«

Er legte die Bürste auf die Kommode und sah sie im Spiegel an, als er ihr Haar von der rechten Schulter schob und sie auf den entblößten Nacken küsste. Aisla zitterte am ganzen Körper, während seine sanft gleitenden Lippen eine Gänsehaut erzeugten. Sein Blick ließ sie nicht los, und sie spürte sein Verlangen so deutlich wie seinen heißen Mund, der ihre Haut zum Glühen brachte.

Gütiger Gott, sie stand kurz davor, in Flammen aufzugehen.

Aisla griff nach dem Rand des Frisiertisches, um Halt zu finden, während seine Küsse an ihrem Hals nach oben glitten und dann hinten wieder nach unten bis zur anderen Seite. Sie konnte seine Erregung im Rücken spüren, und das ließ ihre Knie weich werden, während es sie an den animalischen Tanz erinnerte, auf den er im Ballsaal angespielt hatte. Ihre Brüste schmerzten, ihr ganzer

Körper wurde heiß, und dann begann auch noch dieses verruchte Pochen zwischen ihren Beinen.

Niall ließ ihr Haar fallen, legte die Hand an ihren Kiefer und hob ihr Kinn zu sich an, um gleich darauf seinen Mund auf ihre Lippen zu pressen. Dieser Kuss war ein ganz anderer als im Ballsaal. Er war leidenschaftlich, besitzergreifend und rau. Er brandmarkte sie. Selbst in ihrer nach hinten geneigten Haltung spürte Aisla den Kuss bis in die Zehenspitzen. Und währenddessen drückte er seine Hüften fest an ihren Po und ahmte unverhohlen den Akt nach, nach dem es sie immer heftiger verlangte.

»Himmel, ich habe dich so sehr vermisst«, sagte er und ließ von ihrem Mund ab, um ihre Wange bis zur Schläfe mit Küssen zu übersäen, während seine Hand an ihrer Brust nach unten glitt und den Gürtel ihres Hausmantels öffnete. Raschelnd glitt der seidige Stoff nach unten und blieb auf dem Boden liegen. Gierig verschlang er sie mit seinen Blicken im Spiegel, wo er die rosigen Spitzen ihres Busens sah, die deutlich durch den dünnen Stoff zu sehen waren – genau wie der Schatten weiter unten zwischen ihren Beinen. Seine Hand legte sich um ihre rechte Brust, ehe er den Blick wieder hob und sie im Spiegel ansah, während er die Spitze sanft mit zwei Fingern zusammendrückte. Der zweiten Spitze ließ er die gleiche Aufmerksamkeit angedeihen, bis beide sich schmerzhaft steif aufgerichtet hatten. Köstliche Hitze schoss von ihren Brüsten zu ihren Schenkeln. Aisla konnte ein lustvolles Stöhnen nicht unterdrücken, als sich ihre Lippen in hilfloser Hingabe öffneten.

Endlich drehte er sie zu sich um. Seine Augen strahlten in einem blauen Feuer, und seine Erregung loderte unverhüllt in ihnen. Das Verlangen, ihn erneut zu küssen, ließ sich nicht mehr bezwingen, und Aisla schlang beide Arme um seinen Hals, um sich zu nehmen, was sie wollte. Sie knabberte an seinen Lippen und genoss deren samtig weiche Haut, ehe sie ihre Zunge neckend in seinen Mund schob. Er reagierte mit einem Knurren, zog sie fester an sich und der Kuss wurde noch inniger.

»Das wollte ich schon tun, als ich das letzte Mal in deinem Zimmer war«, sagte sie errötend.

»Ich kann auch seit Wochen nur daran denken.«

Sein Geständnis ließ sie kühn werden, und so zog Aisla ihn an sich und spürte, wie sein Körper noch fester wurde, als sie ihre Hände auf seinen Hintern legte. »Ich habe vergessen, dir zu sagen, dass ich viele Kinder haben will.«

»Dann sollten wir lieber gleich damit anfangen«, erwiderte er mit einem lüsternen Grinsen.

»Ich habe dir noch etwas anderes zu sagen.«

Er knabberte gerade an ihrem Ohrläppchen und sog es ein, sodass sie leise stöhnte. »Kann das nicht warten?«

»Nein«, keuchte sie und lehnte sich etwas zurück, um seiner verführerischen Zunge zu entkommen. »Das, was Pauline vorhin erwähnt hat, ehe sie gegangen ist«, erklärte sie, war aber kaum in der Lage, zwei zusammenhängende Gedanken zu formulieren, während er sie küsste. »Du wirst Vater.«

Nachdem sie mit der Neuigkeit herausgeplatzt war, erstarrte Niall, seine Augen wurden ganz groß vor Freude, und dann küsste er sie so liebevoll und zärtlich, dass sie nicht mehr denken konnte. Deshalb war sie auch verblüfft, als er sie hochnahm und sich mit ihr drehte, bis ihr fast schwindelig wurde. Als er stehen blieb, zog er sie erst an sich und sank dann auf die Knie, um seinen Kopf an ihren flachen Bauch zu drücken.

»Ich liebe dich, Aisla«, sagte er, schaute zu ihr auf und drückte einen Kuss auf ihren Bauch. Ihre Beine fingen an zu zittern.

Er sah sie an und zog dabei die Augenbrauen zusammen. »Wie fühlst du dich? Geht es dir gut?«

»Es geht mir hervorragend. Genau wie dem Baby.«

»Vielleicht sollten wir warten, bis wir … du weißt schon …«

Aisla lachte und zerrte an seinen Schultern. »Niall Maclaren, wenn du mich in diesem unbefriedigten Zustand lässt, werd ich dir das nie verzeihen.«

»Du sprichst wieder wie eine Schottin.«

»Aye.« Sie grinste. »Und jetzt mach, *leannan*.«

Mit einem verschmitzten Lächeln kam er hoch. Erneut nahm er ihre Lippen in Besitz und brachte sie mit seiner Zunge fast um den Verstand, als sie vor Lust nahezu die Besinnung verlor. Sie fühlte sich so lebendig und war von so großer Sehnsucht nach ihm erfüllt, dass sie fröhlich lachte, als er sie mit seinen starken Armen hochnahm und zum Bett trug. Er legte sie darauf ab und trat zurück, um sie zu betrachten. Himmel! Er sah so gut aus. So groß und männlich. Sie wollte ihn so sehr, dass sie es gar nicht beschreiben konnte. Bebend holte er tief Luft, und ein seltsamer Ausdruck trat in seine Augen. Aisla runzelte die Stirn. Wollte er etwa aufhören? Sie kämpfte gegen den Knoten, den sie plötzlich im Magen hatte.

»Darf ich Sie daran erinnern, dass Sie bereits Ja gesagt haben, Sir?«

»Aye. Ich gehöre dir. Ich brauchte nur einen Moment, um mir klarzumachen, dass du real bist … dass ich nicht träume.«

»Träumst du häufig von mir?«

Sein Lachen klang fast wie ein Stöhnen. »Du quälst mich jetzt schon seit Wochen, Liebste. Jedes Mal, wenn ich die Augen schließe, habe ich dich vor Augen.«

Sie kam auf dem Bett auf die Knie hoch, und das Herz schlug ihr bis zum Hals. »Hat deine Traum-Aisla das hier gemacht?«

Langsam zog sie an den Bändern ihres Nachthemds, sodass das Oberteil nach unten rutschte und an den Spitzen ihrer Brüste hängen blieb. Sie hörte ihn keuchend Luft holen und ließ den Blick an seinem muskulösen Körper nach unten gleiten, um dort innezuhalten, wo sich sein Kilt vielsagend nach vorn wölbte. Dann zog sie sich das Nachthemd ganz aus, sodass sie völlig nackt war und er sich an ihr sattsehen konnte.

»Himmel, Liebste«, hauchte er. »Du bist eine Göttin.«

»Ich gehöre dir.« Sie fuhr sich mit der Zunge über die Lippen und ließ sich aufs Bett zurücksinken. »Jetzt zieh du dich für mich aus.«

Er gehorchte, öffnete die Knöpfe seiner Weste und streifte sie ab. Als es ihm mit den Knöpfen an seinem Hemd nicht schnell genug ging, gab er ein ärgerliches Schnalzen von sich und zog es sich einfach über den Kopf, sodass sein Oberkörper entblößt war. Aisla hielt den Atem an, als sie seine herrlich breite, muskulöse Brust sah. Sie bekam einfach nicht genug von ihm … von seinen festen Muskeln, den rotgoldenen Härchen und dem perfekt geformten Rumpf, der nach unten schmaler wurde. Ein leises Keuchen kam über ihre Lippen, als sie die Beine fest zusammendrückte. Gütiger Himmel. Durch ihn war ihr ganzer Körper in Aufruhr. Allein ihm dabei zuzuschauen, wie er sich entkleidete, brachte sie fast dazu, zu kommen.

Nachdem er auch noch Kilt, Schuhe und Strümpfe abgelegt hatte, kam er zu ihr aufs Bett und schob sich über ihren Körper. Aisla schlang die Arme um ihn, spürte, wie seine Brusthaare über die empfindsamen Spitzen ihres Busens strichen, und drückte den Rücken durch. Ihre Beine verwoben sich miteinander, und seine Erregung schob sich zwischen ihre Beine. Niall küsste sie wieder und umarmte sie ebenfalls so fest, dass kein Haar mehr zwischen sie gepasst hätte. Sie liebte das Gefühl seines schweren Körpers auf ihrem und die Wärme, die von ihm ausging. Himmel, sie wollte ihn so sehr.

»Jetzt, Niall, bitte.«

Er hob die Hüften und fand die richtige Position, drang aber nicht in sie ein. Stattdessen bewegte er sich vor und zurück und rieb sich nur an ihren Schenkeln. Währenddessen küsste er sie leidenschaftlich, und seine Zunge ahmte die flachen, quälenden Stöße nach. Aisla stöhnte fast vor Verzweiflung und hob ihm die Hüften entgegen. Er trieb sie noch in den Wahnsinn! Sie legte die Beine um ihn, und mit einem festen Ruck ihrer Hüften drehte sie sich zusammen mit ihm, sodass sie schließlich rittlings auf ihm saß.

Er sah sie mit funkelnden Augen an. »Was tun Sie da, Mylady?«

»Ich übernehme die Führung«, sagte sie und setzte sich zurecht.

»Ach ja?«, neckte er, doch seine Augen wurden schmal, als sie begann, die Hüften kreisen zu lassen. »Hast du vor, das häufiger zu tun?«

»Solange ich hier die Herrin bin, aye.«

Seine wandernde Hand fand ihre Brust und drückte sie sanft. »Meine Herrin, meine Ehefrau, mein Ein und Alles.«

Bei seinen zärtlichen Worten ließ sich Aisla auf ihn sinken und keuchte, als sie ihn ganz in sich aufnahm. Sie ließ die Hüften kreisen, und durch die Gefühle, die dies auslöste, spannte sich ihr Körper an und begann, vor Lust zu pochen. Nialls Hand lag an ihrer Taille. Seine Finger hielten sie fest umfasst und kneteten ihr Fleisch, während sie sich auf ihm bewegte und in dem rhythmischen Gefühl verlor, das sich einstellte, als sich ihre Körper immer wieder voneinander lösten und zusammenkamen. Er zog sie zu sich herunter, um sie leidenschaftlich zu küssen, während er gleichzeitig in sie stieß. Ihr Körper begann zu beben, und sie konnte fühlen, dass er sich ebenfalls anspannte, aber trotzdem versuchte, sein Tempo zu halten, um ihre Lust zu verlängern, ehe er seine fand. Aisla schrie auf, als sie den Gipfel erreichte und förmlich explodierte. Sie brach auf ihm zusammen. Ihr Kopf lag auf seiner Brust, und ihr rasender Herzschlag stand seinem in nichts nach.

»Ich liebe dich«, flüsterte er an ihrem Haar. »Weißt du das?«

»Aye, aber deine Liebe kann unmöglich so groß sein wie das, was ich für dich empfinde.«

Aisla bewegte sich und spürte, wie er aus ihr herausglitt. Er zog sie an seine Seite, und sie legte einen Schenkel über seine Beine. Sie war glücklich und befriedigt.

»Es tut mir leid, dass ich nicht um dich gekämpft habe, Aisla«, sagte er nach einer Weile in das angenehme Schweigen hinein, das sich über sie gelegt hatte. »In Paris ... ich hätte dir sagen sollen, dass ich da war.«

»Das ist nicht wichtig.«

»Doch, das ist es«, sagte er. »Ich habe sechs Jahre damit verbracht, ein anderer Mensch zu werden ... ein besserer Mensch – für dich. Ich hätte härter kämpfen sollen. Das alles wäre nichts gewesen ohne dich. Das ist mir an dem Tag klar geworden, als du abgereist bist, um nach Paris zurückzukehren.«

»Ich habe mich auch geändert«, sagte sie. »Ich bin stärker geworden – nicht nur das Mädchen von Montgomery, sondern auch die Frau von Maclaren. Ich war nicht in der Lage, hier meinen Platz zu finden, als ich damals herkam. Und durch die Trinkerei war es ...«

Er legte einen Finger auf ihre Lippen. »Was das Trinken anging, war ich ein Narr. Ich bin nicht mehr der Mann von damals.«

»Das weiß ich«, sagte sie. Sie stützte sich auf den Ellbogen, als sie hochkam, und sah ihm ins geliebte Gesicht. Sie gab ihm einen sanften – zärtlichen – Kuss. »Und dafür liebe ich dich nur umso mehr. Ich bedaure die Trennung, aber ohne die wären wir wohl nicht zu den Menschen geworden, die wir heute sind. Du wärest nicht der atemberaubende, unglaubliche, talentierte, geniale Laird, und ich wäre nicht die ... die ich jetzt bin.«

Er lächelte. »Eine starke, kluge, schöne, tüchtige Frau.«

Aisla errötete, aber sie sah die Ernsthaftigkeit in seinen Augen und wollte ihre Gefühle nicht vor ihm verbergen. Er hatte einen Anspruch darauf, alle ihre Gefühle zu kennen – auch die, die sie verletzlich machten. »Ich habe mich von Anfang an in dich verliebt, Niall, aber damals wusste ich noch nicht, was Liebe eigentlich bedeutete. Jetzt schon. Sich zu verlieben, ist einfach. Jemanden mit all seinen Fehlern zu lieben bei all den eigenen Fehlern, die man hat, ist das Schwierige. Es ist einfach, zu gehen und aufzugeben. Manchmal bedeutet Liebe Arbeit, aber das ist es wert. Die Belohnung, die man am Ende erhält, ist es wert.« Sie fuhr ihm mit einem Finger über die Wange. »Und jetzt weiß ich, wo ich hingehöre.«

»Nach Tarbendale?«

Aisla legte ihre Hand auf seine Brust und spürte seinen regelmäßigen Herzschlag.

»Zu dir.« Sie gab ihm einen zärtlichen Kuss. »Wo du bist, bin ich zu Hause.«

Epilog

Zwei (lange) Monate später

Niall stand steif am Altar, und sein Herz donnerte wie eine ganze Horde Pferde, die auf den Feind zu galoppierte. Himmel, er musste seine Nervosität in den Griff bekommen. Er würde gleich heiraten – nicht gehängt werden. Und er heiratete Aisla. Die Frau, die er liebte. Die einzige Frau, die er je geliebt hatte. Warum zum Teufel war er so nervös?

Ronan, der neben ihm stand, räusperte sich, während er und alle anderen Hochzeitsgäste zur Kirchentür sahen und auf Aislas Erscheinen warteten.

»Du siehst aus, als würde dir gleich schlecht werden«, flüsterte Ronan.

»Halt den Mund.«

»Was ist los? Ich dachte, du willst das Mädchen heiraten.«

Niall trat von einem Bein auf das andere. Das wollte er. Er wollte nichts mehr, als Aisla wieder seine Ehefrau nennen zu dürfen, und dieses Mal würde es richtig und legal sein in den Augen Gottes und des Gesetzes. Gütiger Himmel! Er war derjenige gewesen, der auf einer kirchlichen Trauung bestanden hatte. An dem Abend, als sie während Ronans Geburtstagsfeier zurückgekehrt war, hatte Aisla in seinem Bett gelegen, mit dem Fuß über Nialls Schienbein gestrichen und vorgeschlagen, durchzubrennen. *Wieder.*

»Wir sind doch schon so gut wie verheiratet«, hatte sie gesagt, während sich ihr sinnlicher Körper an ihn schmiegte. Sein Kind – ihr gemeinsames Kind – wuchs in ihrem Bauch.

Niall hatte es abgelehnt. Nein, dieses Mal würden sie alles anders machen. Es war ihre zweite Chance. Ihr Neuanfang, und er würde alles richtig machen und keinen Funken Bedauern verspüren. Aisla hatte es bereitwillig hingenommen, und jetzt nach zwei Monaten Vorbereitung und Warten auf das Eintreffen der Montgomerys auf Maclaren, damit auch diese der Hochzeit beiwohnten, war der Tag endlich gekommen.

Niall hätte sich am liebsten selbst in den Hintern getreten, dass er nicht auf ihren Vorschlag eingegangen war.

»Mein Wunsch, sie zu heiraten, ist größer als nach dem nächsten Atemzug«, sagte er zu Ronan. In der Kirche war es so laut, dass ihre Stimmen glücklicherweise nicht zu hören waren.

»Was ist dann das Problem, *bràthair?* Ich hab dir doch schon gesagt, dass mein Hochzeitsgeschenk an euch die Erlassung deiner Schulden ist.«

Niall war überrascht und dankbar gewesen von Ronans Großzügigkeit. Sein Bruder hatte darauf bestanden, dass er die Wette letztendlich gewonnen hätte. Seine Nervosität hatte im Grunde überhaupt nichts mit der Anzahl der Leute zu tun, die der Hochzeit beiwohnten. Es hatte überhaupt nichts mit der Zeremonie zu tun.

»Ich will sie glücklich machen«, sagte Niall.

Beim ersten Mal hatte er sich darüber nicht viele Gedanken gemacht. Er war zu jung und egoistisch gewesen. Jetzt aber war es das einzig Wichtige. Hatte er schon wieder alles vermasselt, indem er auf einer kirchlichen Trauung und einem anschließenden großen Hochzeitsempfang bestanden hatte?

Die Türen der Kirche öffneten sich, und plötzlich strömte fast blendend helles Sonnenlicht herein. Als Aisla die Kirche betrat, lösten sich auf einmal all seine Sorgen in Luft auf.

Sie sah überwältigend aus. Das goldene Haar war locker hochgesteckt, und zarte Löckchen umspielten ihr liebreizendes Gesicht. Harfenklänge setzten ein, und Aisla begann, langsam auf ihn zuzukommen. Ihr ältester Halbbruder, Brandt, der Herzog von Glenross und Laird der Montgomerys, schritt zu ihrer Rechten den Gang entlang und Lord Leclerc zu ihrer Linken.

Beide führten sie sie zum Altar, wobei der Laird der Montgomerys ihn mit einem finsteren, warnenden Blick durchbohrte, während der Franzose wie üblich grinste. Zum ersten Mal seit Wochen verspürte er nicht den Wunsch, ihm ins Gesicht zu schlagen. Er machte sich viel zu viel Sorgen wegen seines Schwagers. Brandt war mit Nialls Schwester Sorcha verheiratet, und sie hatte es ihm nie vergeben, dass er damals durchgebrannt war. Das bedeutete, dass er sich beim Laird bereits unbeliebt gemacht hatte. Ganz abgesehen davon, dass er die Schwester des Mannes mit der ersten Scheinehe praktisch ruiniert hatte. Er hatte viel wiedergutzumachen. Doch dann begegnete sein Blick dem seiner Braut, und nichts war mehr wichtig.

Nialls Herz drohte zu platzen, als sie ihn lächelnd ansah. Ihre Augen strahlten vor unverhüllter Freude, und es glitzerten auch Tränen in ihnen. Aisla bewegte sich voller Anmut, als sie stolz aufgerichtet auf ihn zukam. Ihr Schritt war leicht und sicher. Ihr Kleid bestand aus cremefarbener Spitze und Seide, die sich duftig um sie bauschte. Niall sah das Blitzen von Topasen, die in Mieder und Saum eingenäht waren, als das Sonnenlicht gerade im richtigen Winkel auf sie fiel. Elfenbeinfarbene Handschuhe, die bis zum Ellbogen reichten, bedeckten ihre Arme. Das Armband, das sie im Dorf gekauft hatte, lag an ihrem linken Handgelenk. Sie funkelte förmlich. Sie war so, so schön … und sie gehörte ihm.

»Du willst sie glücklich machen?«, murmelte Ronan. Niall hatte ihn und alle anderen in der Kapelle längst vergessen. »Sieht so aus, als hättest du einen guten Anfang gemacht.«

Sie erreichte den Altar, und sofort lösten Brandt und Leclerc sich von ihrer Seite, und Niall trat vor, um nach ihrer Hand zu greifen. Das Herz schlug ihm jetzt nicht mehr bis zum Hals. Seine Nervosität war völlig unbegründet, solange sie nur an seiner Seite war.

»Du bist das vollkommenste Wesen auf der ganzen Welt«, sagte er zu ihr, woraufhin Aisla lachte und den Kopf schüttelte.

»Mein Bauch ist mittlerweile so groß wie der von Hamish«, erwiderte sie, während die Gemeinde Platz nahm und die Musik der Harfe verklang.

Er musterte ihren Bauch, der tatsächlich angefangen hatte, wundervoll rund zu werden. Niall wollte gern die Hand auf die Wölbung legen, wie er es immer tat, widerstand jedoch der Versuchung.

»Unsinn«, flüsterte er. »Du hast noch ein paar Monate, ehe du so einen Bauch hast wie er.«

Sie lachte. Ihre Augen funkelten immer noch etwas feucht, und als der Priester zu reden anfing, fühlte Niall sich unendlich verbunden mit ihr. Es lag ein so langer Weg hinter ihnen, und sie hatten sich eine Zeit lang in unterschiedliche Richtung entwickelt. Aber am Ende hatten sie doch wieder zueinander gefunden, und er war aus tiefster Seele überzeugt, dass sie sich dieses Mal zusammen weiterentwickeln würden.

Als der Priester dazu aufforderte, die Ringe zu tauschen, schob Aisla ihm einen Reif aus Silber und Bronze auf den Finger.

»Er gehörte meinem Onkel, dem ersten Ehemann meiner Mutter, dem Herzog von Glenross. Er war ihre erste und einzige Liebe«, erklärte sie. »So wie du meine.«

Niall schaute zum Gestühl, wo die Montgomerys saßen, und sah die Augen von Aislas Mutter, in denen Tränen standen. Lady Catriona lächelte und nickte einmal kurz, und als Brandt die Hand seiner Mutter in seine nahm, spürte er auch die Zustimmung des Lairds. Seine Schwester Sorcha saß an der Seite ihres Ehemanns, und ihr Stolz und ihre Zuneigung, die Niall entgegenschlugen, waren nicht zu übersehen. Sein Hals wurde plötzlich eng. Von seinen drei Schwestern war Sorcha diejenige, die ihm am nächsten stand, und zwar nicht wegen der Narben in ihrem Gesicht, die sie sich als Kind durch einen Wolf zugezogen hatte, sondern weil sie sich immer um ihn gekümmert hatte. Vielleicht aber auch, weil sie durch eine Tragödie verbunden waren – einst war sie die Verlobte des Mannes gewesen, der auf so brutale Weise Nialls Hand genommen hatte. Abgesehen von Aisla war sie die stärkste Frau, die er kannte.

Er drehte sich zu Ronan um, der ihm eine kleine Holzschachtel reichte. Darin befand sich der Ring, an dem er mehr als einen halben Monat gearbeitet hatte. Die Arbeit an dem Schmuckstück hatte er begonnen, als sie abgereist war, zu Ende gebracht hatte er ihn aber erst im letzten Monat. Als er ihn auf Aislas Finger schob, sah sie ihn voller Bewunderung an, und er wusste, dass es die Mühe wert gewesen war, so lange an dem Ring zu arbeiten.

»Oh, Niall«, sagte sie und berührte voll Ehrfurcht die verschlungenen Windungen des Reifs: zwei Topase, einer bernsteinfarben und der andere wie pures Gold, waren zu Händen geschliffen worden, die das jeweils andere Handgelenk umfassten. Er hatte sich nicht ohne Grund für Hände statt für ein traditionelleres Herz entschieden.

»Es sind nicht nur unsere Herzen, die jetzt verbunden sind«, sagte er, »sondern auch unser Leben und unsere Familien.« Jetzt überwand er auch sein Widerstreben von vorhin und legte seine Hand auf ihren Bauch. »Unsere zukünftigen Kinder. Du bist meine Partnerin, Aisla, und endlich auch meine Frau.«

Jetzt begannen ihre Tränen endlich ungehindert zu fließen, und doch war ihr Lächeln so strahlend, dass es fast wie die Sonne blendete.

»Ach, wie sehr ich dich liebe, Niall«, rief sie, schlang die Arme um seinen Hals und küsste ihn.

Er lachte leise an ihren Lippen, als der Priester höflich hüstelte. Schnell nahm Aisla wieder Haltung an, obwohl Niall immer noch ein mutwilliges Funkeln in ihren Augen sah.

»Ich glaube, wir sollten die Zeremonie beenden, meinst du nicht auch?«, flüsterte er. Sie nickte keck, während sie ihn weiter voll Bewunderung mit glühendem Blick ansah.

Je eher er sie wieder als seine Ehefrau bezeichnen konnte, desto besser.

Der Empfang auf Tarbendale ging bis in den Abend hinein, und Aisla merkte an den langsam einsetzenden Rückenschmerzen, wie anstrengend der Tag gewesen war. Von ihrer Schwangerschaft waren nur noch drei Monate übrig, und sie machte sich wegen des Babys immer noch Sorgen, fühlte sich aber gleichzeitig anders als beim ersten Mal. Sie konnte sich die seltsame Zuversicht nicht erklären, dass dieses Kind gesund und munter zur Welt kommen würde. Vielleicht lag es an der Harmonie, die zwischen ihr und Niall herrschte, und dass ihr Ehebund jetzt stärker war.

Aber als sie jetzt am Kopf der langen Tafel mit Köstlichkeiten aller Art in der Halle von Tarben Castle saß und ihr die Augen vor Müdigkeit fast zufielen, während sie zusah, wie ihr Mann mit ihrer Schwägerin Sorcha tanzte, war Aisla von einer tiefen Zufriedenheit und Heiterkeit erfüllt.

»Du siehst wie eine Katze aus, die die Maus gefangen hat«, sagte Julien, der neben ihr saß und an einem Weinkelch nippte.

»Das würde ich meinen Bruder besser nicht hören lassen, dass Sie ihn mit einer Maus vergleichen«, ließ Makenna sich von Aislas anderer Seite vernehmen.

Die drei beobachteten die Feierlichkeiten, zu denen auch ein Jongleur gehörte, der in einer Ecke der Halle mehrere Messer gleichzeitig in der Luft hielt.

»Ein wunderbarer Rat, Mylady«, erwiderte Julien und beugte

sich leicht nach vorn, um Makenna anzusehen. »Wie wäre es mit einem Tanz?«

»Ich habe bereits dreimal Nein gesagt«, empörte sie sich. »Entweder sind Sie so stur oder so dumm wie ein Ochse.«

»Wenn Sie versuchen, mir den Wunsch auszutreiben, mit Ihnen tanzen zu wollen, klappt das nicht. Ich bin Beleidigungen gewöhnt«, sagte er und klopfte Aisla auf den Arm.

Lachend gab sie ihm einen Klaps. »Bitte, tanz mit ihm, Makenna. Ich kann dieses Gezanke und Gejammere wie von einer alten Frau nicht mehr ertragen.«

Julien stieß seinen Stuhl zurück. »Sehen Sie, was ich mir alles anhören muss?«

Makenna warf die Arme in die Luft und stand ebenfalls auf. »Na gut. Dann muss ich mich wohl opfern.«

Julien grinste, trank seinen Wein in einem Zug aus und folgte Nialls Schwester auf die Tanzfläche. Aisla lachte zwar über die beiden, verspürte aber zum ersten Mal an diesem Tag eine gewisse Traurigkeit. Makenna hatte zwar nichts davon gesagt, dass sie zu ihrem Ehemann zurückwollte, aber Aisla wusste, dass es bald so weit sein würde. Sie hatte versprochen, bis zur Hochzeit auf Maclaren zu bleiben, aber sie war Brodie jetzt lang genug ferngeblieben. Der Mann würde seine Frau bestimmt zurückhaben wollen.

Und da es dem Herzog mittlerweile deutlich besser ging, gab es auch eigentlich keinen Grund mehr für sie, zu verweilen. Sie würde Makenna sehr vermissen, und während sie und Julien sich den anderen Tänzern anschlossen, hatte Aisla plötzlich das seltsame Gefühl, dass sie auch ihm fehlen würde. Er würde schon bald nach Paris zurückkehren und »sich um seine Angelegenheiten kümmern«, wie er es formulierte. Ob er damit meinte, nach einer anderen Frau zu suchen, die als Ehefrau für ihn infrage kam, wusste Aisla nicht. Es war schwer vorstellbar für sie, dass es viele

Frauen gab, die sich nicht nach Liebe und Leidenschaft in einer Ehe sehnten.

Wie töricht es von ihr gewesen war, zu glauben, dass sie eine von ihnen wäre. Himmel, beinahe hätte sie sich selbst überzeugt.

Ihr Blick fiel auf Niall, der die Tanzfläche verließ und auf die Tafel zukam. Er pirschte sich mit diesem geheimnisvollen Lächeln an sie heran, das schon den ganzen Tag auf seinem Gesicht lag, wenn er sie ansah. Es wirkte, als hätte er etwas sehr Ungezogenes im Sinn – was wahrscheinlich auch der Fall war. Es wäre gelogen gewesen, wenn Aisla gesagt hätte, sie würde sich nicht auf die Hochzeitsnacht freuen. Sie hatten zwar unzählige Male miteinander geschlafen seit dem Abend ihrer Rückkehr, als sie ihm auf Maclaren einen Antrag gemacht hatte, und doch gab es jedes Mal etwas wunderbares Neues zu entdecken, wenn sie mit ihm zusammen war.

»Ich hoffe wirklich, dass Ihr nicht Gefahr lauft, einzuschlafen, Lady Tarbendale«, raunte er, als er sich über sie beugte und sie aufs Ohrläppchen küsste. Ihr Körper neigte sich in seine Richtung, als würde er von einem Magneten angezogen werden. Er hatte eine unerklärliche Wirkung auf sie. Sie hörte nie auf, ihn zu begehren oder sich nach seiner Berührung zu sehnen.

»Ich bin mir ziemlich sicher, viel zu … erregt zu sein, um auch nur ein Auge schließen zu können«, erwiderte sie und richtete den Blick demonstrativ auf seinen Kilt, als er sich neben ihr hinsetzte. Nialls Blick loderte. Er sah aus, als wollte er sie sich jetzt gleich über die Schulter werfen und nach oben tragen.

»Ich bin bereit, wenn du es bist«, sagte er, und sie spürte auf der Stelle heftiges Begehren in sich aufsteigen. »Verdammt noch mal«, knurrte er, und sie blinzelte verwirrt, als sich sein Ton plötzlich änderte. Sie merkte, dass sich sein Blick auf die Tanzenden gerichtet hatte. »Leclerc nimmt sich zu viele Freiheiten bei Makenna heraus.«

»Es ist ein Walzer, Niall.«

»Er ist ein Wüstling, und sie ist verheiratet.« Nur Aislas Hand auf seinem Arm hielt ihn davon ab, auf die Tanzfläche zu stürmen und die beiden wie eine überfürsorgliche Glucke zu trennen. Er warf ihr einen finsteren Blick zu.

»Lass die beiden doch. Makenna wirkt glücklicher, als ich sie je erlebt habe, und zumindest ist Julien nicht dabei, unsere Brüder zu Handgreiflichkeiten zu provozieren.«

Niall wirkte besänftigt, aber Aisla kam nicht umhin, die Schwingungen zu bemerken, die von dem tanzenden Paar ausgingen. Die beiden bildeten ein beeindruckendes Paar – sie mit ihrem leuchtenden Haar und er der blonde Adonis. Wäre Makenna nicht bereits verheiratet gewesen, hätte sie sich Sorgen um ihre Schwägerin gemacht. Julien stand in dem Ruf, gebrochene Herzen zu hinterlassen, und sie wollte nicht, dass Makenna ihm zum Opfer fiel. Der Tanz endete, und beide gingen in unterschiedliche Richtungen davon. Aisla atmete erleichtert auf – genau wie Niall.

»Siehst du«, meinte sie. »Nichts, worüber man sich Sorgen machen müsste.«

Sie erwähnte nicht, dass Julien zwar in eine andere Richtung gegangen war, aber schon bald demselben Ausgang zustrebte, durch den Makenna die Halle verlassen hatte. Aber vielleicht war das auch nur Zufall.

»Er ist ein Schurke«, grummelte Niall.

Sie kniff ihren Mann ins Ohr. »Er ist wie ein Verwandter für mich und nicht ganz und gar ein Schurke. Du weißt doch, dass er mir angeboten hat, mich zu heiraten … wenn du es abgelehnt hättest, meine ich natürlich.«

»Ich werde ihn windelweich prügeln.«

»An unserem Hochzeitstag wird es keine Schlägerei geben, Niall Maclaren. Und du musst ihm dafür danken, dass er mir sicheres Geleit gegeben hat.«

»Aye«, brummelte er. »Ich werde ihm wohl erlauben, wieder nach Tarbendale kommen zu dürfen. Aber dieser Franzose gehört für mich nicht zur Familie.«

Aisla lachte und ließ den Blick über die Menge in der Halle schweifen. Ihre Brüder Callan und Patrick sowie Nialls Brüder Evan und Finlay standen dicht beieinander und schienen lautstark über irgendetwas zu diskutieren. Aber worum es auch gehen mochte – Aisla wusste, dass es in den nächsten paar Minuten vergessen sein würde – oder wenn die nächste Runde Whisky ausgeschenkt wurde. Brandt und Sorcha gaben sich ganz dem Tanzen hin und hatten nur noch Augen füreinander, nachdem ihre kleinen Kinder, Aislas ungestümer Neffe Rabbie und ihre reizende Nichte Gavina ins Bett geschickt worden waren. Lady Dunrannoch und Lady Catriona saßen bei einem Glas Weißwein zusammen und flüsterten und kicherten die ganze Zeit. Sogar Nialls Vater, der Herzog, hatte sich kurz sehen lassen.

»Sie sehen alle glücklich aus, nicht wahr?«, meinte Aisla leise.

»Aye«, stimmte Niall ihr zu. »Obwohl ich den Verdacht habe, dass Evan und Finlay irgendetwas Übles mit deinen Brüdern vorhaben. Ich wette, es gibt bald ein Wetttrinken, und das wird unweigerlich in einer Schlägerei enden.«

Sie lachte. »Solange ihre Kilts weiter hübsch ihre Knie bedecken, wird deine Mutter nichts dagegen haben.«

»Und was ist mit meinem Kilt?«

Aisla bekam einen trockenen Mund bei seiner frechen Anspielung. Wieder ging ihr Blick zu seinem Schoß, um ihn aber sofort wieder abzuwenden. »Benimm dich.«

Ihr Ehemann beugte sich zu ihr rüber, hob sie mit seinen mächtigen Armen hoch und mit einer einzigen schnellen Bewegung auf seinen Schoß, sodass sie laut keuchte. Er knabberte an ihrem Hals, während seine rechte Hand an der Außenseite ihres Schenkels nach oben glitt. »Und wenn ich das nicht will? Wenn ich nun den allergrößten Skandal anzettele, bei dem der lüsterne Laird seine hochschwangere Ehefrau beim Hochzeitsmahl in der großen Halle verführt, hm?«

»Niall!«, rief sie atemlos. »Die Dienstboten gucken schon.«

Seine heiße Zunge glitt über ihre empfindsame Haut und brachte sie zum Beben. »Darum geht es bei einem Skandal, *leannan*. Wir sind frisch verheiratet.« Er stieß ein verruchtes Lachen aus. »Es ist ja nicht so, als hätten die Dienstboten in den letzten Wochen deine Schreie nicht gehört.«

Aisla lief rot an und biss sich auf die Unterlippe. Es stimmte, dass er sie zu solchen Höhepunkten der Lust getrieben hatte, dass sie nicht mehr in der Lage gewesen war, sich zurückzuhalten, aber es war wirklich ungehörig von ihm, es zu erwähnen. Sie zwickte seinen Arm. »Schsch, du schrecklicher Mann!«

»Ich will dich doch nur necken.« Er küsste sie auf den Mund, und es war eine Verheißung dessen, was noch kommen würde. »Ich liebe dich wie verrückt, Liebste. Und alle im Raum sind glücklich, weil wir glücklich sind.«

Das stimmte – sie waren glücklich. Ihre Familien waren immer gut miteinander ausgekommen, aber jetzt lag eine fast greifbare Erleichterung in der Luft, dass sie und Niall wieder zusammen waren. So wie es sich gehörte. Sie dachte an den Ehering, den Niall für sie angefertigt hatte, an die beiden ineinander liegenden Topashände, die mehr als nur Liebe symbolisierten. Sie standen für Fortdauer und Familie und Bindungen, die nicht leicht zu brechen waren. Die Montgomerys und die Maclarens zusammen zu sehen, gab Aisla das Gefühl, als wären zwei Hälften endlich nahtlos miteinander verschmolzen. Endlich war sie dort, wo sie hingehörte.

Aisla sah Niall an, und Schalk schwang in ihrer Stimme mit, als sie mit lang gezogenem schottischem Dialekt sagte: »Ich liebe dich auch. Und ich war vom ersten Tag, da ich dich gesehen habe, bereit für dich«, flüsterte sie und schob ihre Finger zwischen seine. »Es gibt keinen anderen Mann mehr für mich, Niall Maclaren.«

»Gut, denn ich habe keine Lust, ständig irgendwelche Männer umzubringen.« Er brachte ihr Lachen mit seinen Lippen zum Schweigen und sah sie zärtlich an. »Du gehörst zu mir, Aisla. Meine Liebe, *mo gràidh*, mein Herz. Und ich werde mich hingebungsvoll der Aufgabe widmen, dich für den Rest deines Lebens überglücklich zu machen, wenn du es mir erlaubst.«

Aisla sah ihren Ehemann strahlend an, und ihr Herz strömte vor Freude über. »Das klingt nach einem perfekten und wundervollen Plan.«

Anmerkungen der Autorinnen und Danksagungen

Manchmal kommen überraschende Dinge heraus, wenn man geschichtliche Themen recherchiert. Während wir zu *Sweet Home Highlander* Nachforschungen anstellten, stießen wir auf eine ganz besonders interessante Information: Eine Scheidung war im Schottland des 19. Jahrhunderts weit moderner und mit weniger Aufwand verbunden als zur gleichen Zeit in England. Und das war dort auch schon länger so. Nach der schottischen Reformation im Jahre 1560 konnte eine Ehe durch den Commissary Court von Edinburgh und den Court of Session aufgrund von Ehebruch und böswilligem Verlassen aufgelöst werden, wohingegen es vorher für ein unglücklich verheiratetes Paar nur die Möglichkeit gegeben hatte, die Ehe gegebenenfalls zu annullieren oder sich zu trennen. Die Kosten für eine rechtliche Klärung stellten jedoch für die meisten Schotten ein derart großes Hindernis dar, dass dieser Weg nur selten gewählt wurde. Doch wer in Besitz von Vermögen und Macht war sowie die nötige Entschlossenheit aufbrachte, konnte eine Scheidung erwirken. Diese Bedingungen schufen die Voraussetzung, die Geschichte von Aisla und Niall zu erzählen – obwohl wir natürlich statt einer Scheidung ein Happy End anstrebten!

Als wir zu Überlebenden von Amputationen im frühen 19. Jahrhundert in Schottland recherchierten, erfuhren wir, dass Robert

Liston ein schottischer Chirurg gewesen war, der auf seinem Gebiet Pionierarbeit geleistet hatte. Er war berühmt für die Geschwindigkeit, mit der er Amputationen durchführte, als es noch keine Anästhesie gab. Die Anzahl seiner Patienten, die den Eingriff überlebten, war doppelt so hoch wie die anderer Chirurgen. Im frühen 19. Jahrhundert starben die Patienten häufig, wenn bei ihnen eine Amputation durchgeführt worden war. Die Sterberate lag bei 45 bis 65 Prozent, wobei meist post-operative Infektionen Auslöser für Wundbrand und Tod waren. Es war zwar nicht Doktor Liston, der die Amputation von Nialls Hand vorgenommen hatte, doch die Überlebenschancen hingen davon ab, wie schnell die Wunde geschlossen, die Blutung gestoppt und welche Hygienemaßnahmen eingehalten wurden, damit sich die Wunde nicht infizierte. Das Nähen der Wunde löste häufig Infektionen aus, und manche Ärzte zogen es deshalb vor, die Wunde nur zu verbinden, sodass sie auf natürlichem Wege trocknete und sich schloss. In unserer Geschichte sind wir zwar nicht genauer auf diesen Aspekt eingegangen, aber wir haben uns vorgestellt, dass Nialls Heilungsprozess wohl so abgelaufen sein wird.

Wir haben Niall auch ein wenig als Erfinder dargestellt, der Lederhüllen mit Stahlprothesen für seine fehlende Hand entwickelt hatte. Prothesen gab es schon im alten Ägypten, aber die bekanntesten sind natürlich der Haken, der eine Hand ersetzen sollte, und das Holzbein. Während der Renaissance bestanden Prothesen aus Eisen, Kupfer, Holz und Stahl und entwickelten sich im Laufe der Zeit immer weiter. In *Sweet Home Highlander* beschäftigt sich Niall nebenbei mit der Konstruktion von Aufsätzen, die unterschiedlichen Zwecken dienen und entweder als Werkzeug oder als Waffe eingesetzt werden können. Wie man sieht, hat er sich durch seine fehlende Hand von nichts abhalten lassen!

Wie immer danken wir unserer unermüdlichen Lektorin von Entangled Publishing, Alethea Spiridon, und unserer wundervollen Verlegerin, Liz Pelletier. Unser Dank gilt ebenfalls den Mitarbeitern von Amara, die sich um Produktion, Design und Werbung gekümmert haben, sowie in ganz besonderem Maße Crystal Havens, Curtis Svehlak, Holly Bryant-Simpson, Riki Cleveland, Heather Riccio, Katie Clapsadl, Meredith Johnson, Candace Havens, Melanie Smith, Erin Dameron-Hill und Imogen Howson. Außerdem danken wir unseren treuen Leserinnen, die unsere Bücher lesen und uns unterstützen. Und zum Schluss danken wir noch unseren tollen Familien – wir verehren euch.

Herzlichst
Amalie und Angie